D0997409

# De witte veer

John Boyne bij Boekerij:

*Dief van de tijd*
*De jongen in de gestreepte pyjama*
*De scheepsjongen*
*Het Winterpaleis*
*Noah Barleywater gaat ervandoor*
*De witte veer*

www.boekerij.nl

John Boyne

# De witte veer

*De witte veer* is voortgekomen uit de verbeelding van de auteur, en afgezien van de historische feiten is elke overeenkomst met bestaande personen, dood of levend, gebaseerd op toeval.

ISBN 978-90-225-6020-4

NUR 302

Oorspronkelijke titel: *The Absolutist* (Doubleday)
Vertaling: Mechteld Jansen
Omslagontwerp: DPS, Amsterdam, naar een ontwerp van Tom Poland
Omslagbeeld: Johnny Ring
Zetwerk: Mat-Zet bv, Soest

Voor Con

# *Tombland*

NORWICH, 15-16 SEPTEMBER 1919

T egenover me in de treincoupé zat de bejaarde dame met het
vossenbontje om haar hals herinneringen op te halen aan de
moorden die ze in de loop der jaren had gepleegd.

'Die dominee in Leeds bijvoorbeeld,' zei ze met een glimlachje terwijl ze met haar wijsvinger op haar onderlip tikte. 'En die oude vrijster uit Hartlepool met het tragische geheim dat haar ondergang betekende. En dan natuurlijk de actrice uit Londen, die het aanlegde met
de man van haar zuster toen die terugkwam van de Krim. Ze was niet
goed snik, dus dat kan niemand me kwalijk nemen. Maar het spijt me
wel een beetje dat ik dat dienstmeisje op Connaught Square heb laten
doodgaan. Dat was een hardwerkend meisje uit een keurige familie
uit het noorden. Misschien had zij niet zo'n gruwelijk einde ver-
diend.'

'Dat vond ik een van de beste,' zei ik. 'Als u het mij vraagt heeft ze
haar verdiende loon gekregen. Ze had brieven gelezen die niet voor
haar ogen bestemd waren.'

'Ken ik u niet ergens van?' vroeg ze, terwijl ze iets naar voren leunde en met half toegeknepen ogen naar iets bekends in mijn gezicht
zocht. Een sterke geur van lavendel en gezichtscrème, een dikke laag
bloedrode lipstick op haar mond. 'Ik heb u eerder ontmoet.'

'Ik werk voor de heer Pynton bij Whisby Press,' zei ik. 'Mijn naam
is Tristan Sadler. We hebben elkaar een paar maanden geleden ont-

moet tijdens een literaire lunch.' Ik stak mijn hand uit. Ze keek er even naar alsof ze niet precies wist wat er van haar verwacht werd voor ze hem behoedzaam drukte, zonder haar vingers helemaal om de mijne te sluiten. 'U gaf een lezing over niet-detecteerbare gifstoffen,' voegde ik eraan toe.

'Ja, nu weet ik het weer,' zei ze met een kort knikje. 'U had vijf boeken bij u om te laten signeren. Ik was onder de indruk van uw enthousiasme.'

Ik lachte, gevleid dat ze me zich herinnerde. 'Ik ben een groot bewonderaar van uw werk,' zei ik. Ze boog minzaam haar hoofd, een beweging die ze verfijnd moest hebben door meer dan dertig jaar complimenten van haar lezers in ontvangst nemen. 'Evenals de heer Pynton. Hij heeft al een paar keer gesproken over een poging u naar onze uitgeverij te lokken.'

'Ja, ik ken Pynton wel,' antwoordde ze huiverend. 'Dat verachtelijke mannetje. Met zijn vreselijk slechte adem. Het verbaast me dat u het bij hem in de buurt kunt uithouden. Maar ik begrijp wel waarom hij u in dienst heeft genomen.'

Beduusd trok ik een wenkbrauw op en ze keek me met een vaag lachje aan.

'Pynton heeft graag mooie dingen om zich heen,' legde ze uit. 'Dat zult u wel gezien hebben aan zijn voorliefde voor kunst en aan die krullerige banken die eerder thuis lijken te horen in het Parijse atelier van een of andere modeontwerper. U doet me denken aan zijn vorige assistent, die toen zo'n schandaal heeft veroorzaakt. Maar nee, geen sprake van, helaas. Ik zit al meer dan dertig jaar bij mijn uitgever en ben daar zeer tevreden.'

Haar gezichtsuitdrukking werd koel en ze leunde weer achterover. Ik wist dat ik een slechte beurt had gemaakt door een onderhoudend gesprek te misbruiken om zakelijke mogelijkheden af te tasten. Ongemakkelijk keek ik uit het raam. Op mijn horloge zag ik dat we al een uur vertraging hadden en nu stond de trein alweer zonder duidelijke reden stil.

'Dit is nu precies waarom ik nooit meer naar de stad ga,' zei ze bruusk terwijl ze het raam probeerde open te zetten, want het begon benauwd te worden in de wagon. 'Je kunt er gewoonweg niet meer op rekenen dat de spoorwegen je weer thuisbrengen.'

'Laat mij u even helpen, mevrouw,' zei de jongeman naast haar, die vanaf ons vertrek van Liverpool Street Station op flirtende toon met het meisje naast mij had zitten fluisteren. Hij stond op, boog zich naar voren in een walm van transpiratiegeur en gaf een stevige ruk aan het raam. Dat ging open met een schok en er stroomde een vlaag warme lucht en stoom van de locomotief naar binnen.

'Mijn Bill is heel goed met machines,' zei de jonge vrouw met een trots giecheltje.

'Stil maar, Margie,' zei hij en hij ging weer zitten terwijl hij haast onmerkbaar glimlachte.

'Hij repareerde machines in de oorlog, nietwaar, Bill?'

'Ik zei: "stil maar", Margie,' herhaalde hij, koeler nu, en toen onze blikken elkaar kruisten keken we elkaar even onderzoekend aan voor we onze ogen weer afwendden.

'Het was maar een raam, liefje,' merkte de romanschrijfster met perfecte timing op.

Het viel me op dat het meer dan een uur had geduurd voordat wij reizigers een woord met elkaar hadden gewisseld. Het deed me denken aan het verhaal over de twee Britten die na een schipbreuk vijf jaar lang samen op een onbewoond eiland zaten zonder ooit een woord met elkaar te wisselen omdat ze nooit fatsoenlijk aan elkaar waren voorgesteld.

Twintig minuten later zette onze trein zich weer in beweging en reden we verder, om uiteindelijk met meer dan anderhalf uur vertraging in Norwich aan te komen. Het jonge stel stapte het eerst uit, ten prooi aan nerveuze opwinding, giechelbuien en haast om naar hun kamer te gaan. Ik hielp de schrijfster met haar koffer.

'Erg vriendelijk van u,' merkte ze afwezig op terwijl ze het perron rondkeek. 'Mijn chauffeur moet hier ergens zijn om me verder te helpen.'

'Het was een genoegen om u te ontmoeten,' zei ik. Ik deed geen poging haar nogmaals de hand te schudden, maar boog verlegen mijn hoofd, alsof zij de koningin was en ik haar toegewijde onderdaan. 'Ik hoop dat ik u daarnet niet in verlegenheid heb gebracht. Ik bedoelde alleen dat de heer Pynton graag schrijvers van uw kaliber in ons fonds zou hebben.'

Dit ontlokte haar een lachje – ik ben belangrijk, stond op haar gezicht te lezen, ik doe ertoe – en toen was ze weg, met een in uniform gestoken chauffeur in haar kielzog. Maar ik bleef staan waar ik stond, omgeven door mensen die van en naar hun perrons liepen, verloren in de menigte en helemaal alleen op het drukke treinstation.

Ik stapte van tussen de dikke stenen muren van Thorpe Station een onverwacht zonnige middag in en ontdekte dat Recorder Road, waar mijn logement lag, niet ver weg was. Maar toen ik daar aankwam was tot mijn teleurstelling mijn kamer nog niet klaar.

'O hemeltje,' zei de pensionhoudster, een magere vrouw met een bleek, grof voorkomen. Ik zag dat ze een beetje trilde, hoewel het niet koud was, en nerveus haar handen wrong. Ze was ook lang; het type vrouw dat door haar ongewone postuur direct opvalt in een groep mensen. 'Ik ben bang dat we u onze excuses moeten aanbieden, meneer Sadler. We zitten de hele dag al met onze handen in het haar. Ik weet niet precies hoe ik moet uitleggen wat er is gebeurd.'

'Ik heb u toch geschreven, mevrouw Cantwell,' zei ik, terwijl ik mijn irritatie probeerde te onderdrukken. 'Ik schreef dat ik hier iets na vijven zou zijn. En nu is het al zes uur geweest.' Ik knikte in de richting van de staande klok in de hoek achter de balie. 'Ik wil niet lastig zijn, maar…'

'U bent helemaal niet lastig, meneer,' antwoordde ze snel. 'De kamer had uren geleden al voor u klaar moeten zijn, maar…' Ze viel stil en er verschenen diepe rimpels in haar voorhoofd; ze beet op haar lip en draaide zich van me af. Het leek wel alsof ze me niet kon aankijken. 'We hadden vanochtend een vervelende kwestie, meneer Sadler, als ik eerlijk ben. In uw kamer. Of eigenlijk, in wat uw kamer zou worden. Nu wilt u hem waarschijnlijk niet meer. Ik zou hem niet aan u moeten geven. Ik weet niet wat ik ermee moet, eerlijk niet. Ik kan me ook niet veroorloven hem niet te verhuren.'

Ze was duidelijk van streek, en hoewel ik met mijn gedachten min of meer bij mijn plannen voor de volgende dag was, had ik met haar te doen. Ik wilde net vragen of ik haar soms ergens mee kon helpen toen er achter haar een deur openging en ze zich vlug omdraaide. Er verscheen een jongen van ongeveer zeventien jaar oud, naar ik aannam haar zoon; hij had haar ogen en mond, maar een slechtere huid dan zij, getekend door de jeugdpuistjes, die nu eenmaal bij zijn leeftijd horen. Hij bleef staan om me even op te nemen voordat hij geërgerd tegen zijn moeder begon te praten.

'Ik zei toch dat je me moest roepen zodra meneer zou arriveren?' zei hij boos.

'Maar hij stapt net binnen, David,' protesteerde ze.

'Dat is waar,' zei ik, met een merkwaardige aandrang om haar te verdedigen. 'Ik stap net binnen.'

'Maar je hebt me niet geroepen,' ging hij door tegen zijn moeder. 'Wat heb je hem verteld?'

'Ik heb hem nog niets verteld,' zei ze. Ze keek me aan met een blik die aangaf dat ze zou gaan huilen als ze nog langer werd afgeblaft. 'Ik wist niet wat ik moest zeggen.'

'Ik bied u mijn verontschuldigingen aan, meneer Sadler,' zei hij.

Met een samenzweerderig lachje keek hij me aan, alsof hij wilde zeggen dat hij en ik het soort mannen waren dat wel wist dat niets ter wereld in orde zou komen als wij de vrouwen niet alles uit handen namen om het zelf maar te regelen. 'Ik had gehoopt dat ik hier zelf zou zijn om u te verwelkomen. Ik had ma gevraagd me meteen van uw komst op de hoogte te stellen. We hadden u eerder verwacht, geloof ik.'

'Ja,' zei ik en ik vertelde hem over de onbetrouwbare trein. 'Maar eerlijk gezegd ben ik erg moe. Ik had gehoopt direct naar mijn kamer te kunnen.'

'Natuurlijk, meneer,' zei hij. Hij slikte en keek naar de receptiebalie alsof zijn hele toekomst in het hout lag uitgetekend; daar in die nerf zat het meisje met wie hij zou trouwen, daar de kinderen die ze zouden krijgen en daar het zenuwslopende bekvechten waarmee ze elkaar hun leven lang zouden tergen. Zijn moeder raakte voorzichtig zijn arm aan en fluisterde iets in zijn oor; hoofdschuddend siste hij haar toe dat ze haar mond moest houden. 'Het is één grote ellende,' zei hij met stemverheffing toen hij zijn aandacht weer op mij richtte. 'U zou kamer vier krijgen, ziet u. Maar helaas is kamer vier op dit moment niet beschikbaar.'

'Kan ik dan niet een van de andere kamers krijgen?' vroeg ik.

'Nee, meneer,' zei hij hoofdschuddend. 'Helaas zijn ze allemaal bezet. U stond geboekt voor kamer vier. Maar die is nog niet klaar, dat is het probleem. Misschien kunt u ons nog wat extra tijd geven om hem in orde te maken.'

Hij kwam achter de balie vandaan en nu kon ik hem wat beter bekijken. Hoewel hij maar een paar jaar jonger was dan ik maakte hij de indruk van een kind dat de rol van volwassene speelt. Hij droeg een herenpantalon die iets te lang voor hem was, met de pijpen omgeslagen om dat te verhelpen, en een overhemd, das en vest die een veel oudere man niet zouden misstaan. Een beginnend snorretje stond als een aarzelend lijntje op zijn bovenlip, en even vroeg ik me af of het soms geen snor was, maar gewoon een vuile veeg die die ochtend aan het washandje was ontsnapt. Ondanks zijn pogingen om ouder te lijken was hij duidelijk jong en onervaren. Hij had niet daarginds kunnen zijn met ons, daar was ik zeker van.

'David Cantwell,' zei hij even later en hij stak zijn hand naar me uit.

'Het is niet goed, David,' zei mevrouw Cantwell met een kleur als vuur. 'Meneer zal vannacht ergens anders moeten logeren.'

'Waar dan?' beet de jongen haar met stemverheffing toe, op een toon alsof hem onrecht werd aangedaan. 'Je weet dat alles overal volgeboekt is. Waar moet ik hem dan heen sturen? Want ik zou het niet weten. Naar Wilson? Vol! Naar Rutherford? Vol! We zijn het hem verplicht, ma. We zijn het meneer Sadler verplicht en we moeten onze verplichtingen nakomen, anders krijgen we een slechte naam en is er wat dat betreft nog niet genoeg gebeurd voor één dag?'

Ik schrok van zijn onverwachte felheid en kreeg een beeld van het leven in het pension voor deze twee slecht bij elkaar passende stakkers. Een jongen en zijn moeder, al vanaf zijn kindertijd tot elkaar veroordeeld omdat haar man, besloot ik, jaren geleden al was omgekomen bij een ongeluk met een dorsmachine. De jongen was natuurlijk te jong om zich zijn vader te herinneren, maar zette hem niettemin op een voetstuk en had zijn moeder nooit vergeven dat zij de arme man had gedwongen elk door God gegeven uur te gaan werken. En toen was de oorlog uitgebroken en was hij te jong geweest om te gaan vechten. Hij had zich aangemeld en ze hadden hem uitgelachen. Ze hadden gezegd dat hij een brave jongen was en dat hij over een paar jaar, als hij haar op zijn borst had, maar eens moest terugkomen. Dan zouden ze wel verder zien, als die godvergeten toestand dan nog niet voorbij was. En hij was teruggegaan naar zijn moeder en minachtte haar om de opluchting op haar gezicht toen hij haar vertelde dat hij nergens heen ging, nog niet in elk geval.

Zelfs toen al verzon ik altijd zulke scenario's, zocht ik in het kreupelhout van mijn intriges naar in elkaar grijpende gebeurtenissen.

'U moet het mijn zoon maar niet kwalijk nemen, meneer Sadler,' zei mevrouw Cantwell. Ze steunde met haar handen plat op de balie. 'Hij is wat lichtgeraakt, zoals u ziet.'

'Daar heeft het niets mee te maken, ma,' hield David vol. 'We hebben verplichtingen,' herhaalde hij.

'En we zouden natuurlijk graag aan onze verplichtingen voldoen, maar...'

Ik miste het einde van haar betoog, want de jonge David had me bij mijn elleboog gepakt; het intieme gebaar overrompelde me en ik trok me los. Hij beet op zijn lip en keek nerveus om zich heen voor hij gedempt begon te praten.

'Meneer Sadler,' zei hij. 'Kan ik u onder vier ogen spreken? Ik verzeker u dat dit niet de manier is waarop ik de zaken hier graag regel. U moet wel een heel slechte indruk van ons krijgen. Maar misschien kunnen we even naar de salon gaan? Daar is op dit moment niemand en...'

'Prima,' zei ik. Ik zette mijn reistas voor mevrouw Cantwells balie op de grond. 'Hebt u er bezwaar tegen als ik die hier laat staan?' vroeg ik. Ze schudde haar hoofd en slikte terwijl ze alweer in haar handen wrong en erbij keek alsof ze op dat moment liever een pijnlijke dood zou sterven dan ons gesprek voort te zetten. Ik volgde haar zoon naar de salon, deels nieuwsgierig door de grote onrust die hier tentoongespreid werd en deels geërgerd. Ik was moe van mijn reis en zo vol tegenstrijdige emoties over de redenen van mijn verblijf in Norwich dat ik niets liever wilde dan direct naar mijn kamer gaan, de deur achter me dichtdoen en alleen zijn met mijn gedachten.

Feitelijk wist ik niet eens of ik mijn plannen voor de volgende dag wel kon doorzetten. Ik wist dat er elke twee uur om tien minuten over het hele uur een trein naar Londen vertrok; de eerste ging om tien over zes, dus ik kon er al vier nemen voordat het tijd was voor mijn afspraak.

'Wat een toestand,' zei David Cantwell. Hij floot zachtjes tussen zijn tanden en deed de deur achter ons dicht. 'En ma maakt het er niet makkelijker op, vindt u niet, meneer Sadler?'

'Luister, als u het probleem nu eens gewoon aan me uitlegt,' zei ik. 'Ik heb een postwissel bij mijn brief ingesloten om de kamer te reserveren.'

'Zeker, meneer, natuurlijk,' zei hij. 'Ik heb de reservering zelf ingeboekt. U zou kamer vier krijgen, weet u. Die had ik gekozen. Nummer vier is de rustigste van onze kamers en hoewel de matras misschien een beetje bobbelig is heeft het bed een goede vering en zeggen veel gasten dat het erg comfortabel is. Ik heb uw brief gelezen en kreeg de indruk dat u militair was. Klopt dat, meneer?'

Ik aarzelde even en knikte toen kort. 'Dat ben ik geweest,' zei ik. 'Nu niet meer, natuurlijk. Niet sinds het afgelopen is.'

'Hebt u veel gevechten meegemaakt?' vroeg hij. Zijn ogen lichtten op en ik merkte dat ik mijn geduld begon te verliezen.

'Mijn kamer. Krijg ik die of niet?'

'Tja, meneer,' zei hij, teleurgesteld door mijn antwoord. 'Dat is helemaal aan u.'

'Hoezo?'

'Ons meisje, Mary, is op dit moment alles aan het ontsmetten. Ze heeft er een hele scène over geschopt, dat mag u gerust weten, maar ik heb tegen haar gezegd dat mijn naam boven de deur staat en niet de hare, en dat ze moet doen wat haar gezegd wordt als ze haar baan wil houden.'

'Ik dacht dat het de naam van je moeder was,' zei ik een beetje plagerig.

'Nou, het is ook de mijne,' snauwde hij verontwaardigd. Hij keek me zo kwaad aan dat zijn ogen ervan uitpuilden. 'Maar goed, als ze klaar is is de kamer zo goed als nieuw, dat kan ik u verzekeren. Ma wilde er niets over zeggen, maar omdat u militair bent…'

'Ex-militair,' verbeterde ik hem.

'Ja, meneer. Het lijkt me wel zo netjes als ik u vertel wat daar is gebeurd, zodat u zelf over de kwestie kunt beslissen.'

Nu was ik nieuwsgierig geworden en er schoten me enkele mogelijkheden te binnen. Moord misschien. Zelfmoord. Een overspelige echtgenoot die door een privédetective was betrapt in de armen van een andere vrouw. Of iets minder dramatisch: een brandende sigaret in een prullenmand. Een gast die 's nachts met de noorderzon was vertrokken zonder zijn rekening te voldoen. Andere perikelen. Andere verwoestingen.

'Ik zal met alle plezier zelf beslissen,' zei ik, 'als ik maar…'

'Hij heeft hier natuurlijk eerder gelogeerd,' onderbrak de jongen me. Zijn stem werd levendiger nu hij me op de hoogte ging brengen, tot in de kleinste details. 'Hij heet meneer Charters. Edward Charters. Een respectabel heerschap, vond ik altijd. Werkt bij een bank in Londen, maar heeft een moeder ergens in de buurt van Ipswich. Af en toe bezoekt hij haar en dan blijft hij meestal een nacht of twee in Norwich voor hij weer naar de stad terugkeert. Dan logeert hij altijd hier. We hebben nooit problemen met hem gehad, meneer. Een rustige man, erg op zichzelf. Goed gekleed. Vroeg altijd naar nummer vier omdat hij wist hoe goed die kamer was, en ik deed hem graag dat genoegen. Ik verdeel de kamers, meneer Sadler, en niet ma. Ze haalt de nummers door elkaar en…'

'En deze meneer Charters,' zei ik, 'heeft geweigerd de kamer op tijd te verlaten?'

'Nee, meneer,' zei de jongen hoofdschuddend.

'Is er iets gebeurd? Is hij ziek geworden?'

'Nee, niets van dat alles, meneer. Weet u, we hebben hem een sleutel gegeven. Voor het geval hij laat zou terugkomen. Die geven we aan betrouwbare gasten. Ik sta dat toe. U kunt er natuurlijk ook een krijgen, als ex-militair. Ik had zelf dienst willen nemen, meneer, maar ze namen me niet aan vanwege mijn...'

'Alsjeblieft,' onderbrak ik hem. 'Kunnen we misschien...'

'Ja, het spijt me. Maar het is wel een beetje gênant. Meneer Sadler, wij zijn toch allebei mannen van de wereld? Mag ik vrijuit spreken?'

Ik haalde mijn schouders op. Dat was ik vast wel. Of eigenlijk wist ik het niet. Wist ik niet eens wat die uitdrukking precies betekende.

'Het punt is dat er vanochtend wat commotie was,' zei hij wat zachter, terwijl hij zich samenzweerderig naar me toe boog. 'Iedereen in huis werd er verdomme wakker van. Neem me niet kwalijk, meneer,' zei hij hoofdschuddend. 'Het bleek dat de heer Charters helemaal niet zo'n rustig, fatsoenlijk heerschap was als we dachten. Hij is vannacht uitgegaan, maar niet alleen teruggekomen. En we hebben natuurlijk regels over dat soort dingen.'

Ik kon een glimlach niet onderdrukken. Al die fatsoensregels! Was dat nu waar we de afgelopen vier jaar voor hadden gevochten? 'Is dat alles?' vroeg ik. Ik stelde me een eenzame man voor, die aardig was voor zijn moeder in Ipswich en die op de een of andere manier wat vrouwelijk gezelschap gevonden had voor de avond, misschien onverwacht, en die zichzelf had toegestaan zijn lagere instincten te volgen. Dat was toch nauwelijks iets om je over op te winden?

'Niet helemaal, meneer,' zei David. 'Want meneer Charters... gezelschap, zullen we maar zeggen, was niet meer dan een dief. Die hem bestal en die hem ook nog een mes op de keel zette toen hij zich verzette, en toen brak de hel los. Ma werd wakker, ik ook, en de andere gasten stonden in hun nachtkleding in de gang. We klopten op zijn deur en toen we die opendeden...' Hij leek te twijfelen of hij verder moest gaan. 'We hebben natuurlijk de politie gebeld,' voegde hij eraan toe. 'Ze zijn allebei meegenomen. Maar ma voelt er zich ellendig over. Denkt dat het hele pension nu een slechte naam heeft. Praat over verkopen, geloof het of niet. Over terugverhuizen naar haar familie in het westen.'

'Ik weet zeker dat meneer Charters zich ook ellendig voelt,' zei ik, in een vlaag medeleven met hem. 'Die arme man. Ik kan natuurlijk begrijpen dat de jongedame is gearresteerd als ze gewelddadig werd, maar waarom hij? Dit is toch geen zedenzaak?'

'Jawel, meneer,' zei David. Hij richtte zich nu in zijn volle lengte op en leek ontegenzeggelijk geschokt. 'Het is wel degelijk een zedenzaak.'

'Maar zover ik begrijp heeft hij geen wetsovertreding begaan,' zei ik. 'Ik zie eigenlijk niet in waarom hij zich moet verantwoorden voor iets wat niet meer is dan een persoonlijke indiscretie.'

'Meneer Sadler,' zei David rustig. 'Ik zal het maar ronduit zeggen, want ik geloof dat u me niet goed hebt begrepen. Meneer Charters gezelschap was helaas geen jongedame. Het was een jongen.' Hij knikte me veelbetekenend toe en ik keek lichtelijk blozend de andere kant op.

'Ach,' zei ik, en ik knikte langzaam. 'Ik begrijp het. Op die manier.'

'U begrijpt dus wel waarom ma zo overstuur is. Als het bekend wordt…' Hij keek vlug op, alsof hij zich ineens iets realiseerde. 'Ik vertrouw erop dat u hier discreet mee omgaat, meneer. We moeten aan onze broodwinning denken.'

'Wat?' vroeg ik, en ik staarde hem aan en knikte toen snel. 'Ja, vanzelfsprekend. Het is… ja, het gaat behalve u beiden niemand iets aan.'

'Maar dan is er nog de kwestie van de kamer,' zei hij zacht, 'en of u daarin wilt slapen of niet. Hij wordt grondig schoongemaakt, zoals ik al zei.'

Ik dacht er even over na, maar zag geen bezwaren. 'Ik vind het echt geen probleem, meneer Cantwell,' zei ik. 'Ik voel mee met uw moeilijkheden en uw moeders zorgen, maar als de kamer nog vrij is voor vannacht, ik heb nog steeds een bed nodig.'

'Dat is dan geregeld,' zei hij joviaal. Hij deed de deur open en liep de salon uit. Enigszins verbaasd over het abrupte einde van ons gesprek volgde ik hem en trof de moeder van de jongen nog op dezelfde plek achter haar balie; haar ogen schoten tussen ons heen en weer.

'Meneer Sadler begrijpt alles volkomen,' kondigde haar zoon aan. 'En hij zou toch graag van de kamer gebruikmaken. Ik heb hem gezegd dat die over een uur klaar is. Dat kan, neem ik aan?' Hij sprak haar aan alsof hij al heer en meester was in het huis en zij zijn dienstmeisje.

'Ja, natuurlijk, David,' zei ze een beetje opgelucht. 'En het is erg vriendelijk van u, meneer, als ik het mag zeggen. Zou u zich willen inschrijven?'

Ik knikte en boog me over het boek. Ik schreef mijn naam en adres zorgvuldig in het register, maar maakte ondanks mijn pogingen de pen goed vast te houden toch een paar inktvlekjes met mijn spastische rechterhand.

'U kunt in de salon wachten, als u wilt,' zei David met een blik op mijn trillende wijsvinger, ongetwijfeld met een paar vragen in zijn hoofd. 'Maar een paar huizen verderop zit ook een heel fatsoenlijke pub, voor het geval u na uw reis iets zou willen gebruiken.'

'Ja, dat lijkt me een goed idee,' zei ik. Ik legde de pen voorzichtig terug op de balie, me bewust van het knoeiwerk dat ik had achtergelaten. Ik geneerde me een beetje. 'Mag ik mijn reistas zolang hier laten?'

'Natuurlijk, meneer.'

Ik boog me voorover om mijn boek uit de tas te pakken, deed hem weer dicht en keek, toen ik overeind kwam, op de klok.

'Als ik nu eens om half zeven terugkom?' vroeg ik.

'Dan is de kamer klaar, meneer,' zei David. Hij bracht me naar de deur en deed die voor me open. 'En nogmaals mijn verontschuldigingen. Het is een rare wereld, vindt u ook niet? Je weet nooit wat voor gekken er rondlopen.'

'Inderdaad,' zei ik, terwijl ik de frisse buitenlucht in stapte. Er stond een verkwikkend briesje, dat me noodzaakte mijn overjas strak om me heen te trekken en me deed verlangen naar mijn handschoenen. Maar die lagen binnen in mijn tas, bij mevrouw Cantwell, en ik had geen zin om weer in gesprek te moeten met de moeder of de zoon.

Tot mijn verbazing besefte ik voor de eerste keer die dag dat het de avond van mijn eenentwintigste verjaardag was. Tot dat moment had ik er totaal niet aan gedacht.

Ik liep de straat door, maar voor ik de Carpenter's Arms binnenging viel mijn blik op de koperen plaat die op een opvallende plek boven de deur was gespijkerd, in matzwarte letters voorzien van de woorden EIGENAAR: J.T. CLAYTON. VERGUNNING VOOR BIER EN SPIRITUALIËN. Ik bleef er even met ingehouden adem en een groeiend gevoel van angst naar staan kijken. Ik snakte naar een sigaret en klopte op mijn zakken in de hoop het pakje Gold Flakes te vinden dat ik die ochtend in Liverpool Street had gekocht. Maar ik wist al dat ik ze op mijn plaats in de treincoupé had laten liggen, toen ik opstond om de romanschrijfster te helpen met haar koffer voor ze uitstapte, en dat ze daar hoogstwaarschijnlijk nog steeds lagen of in andermans zakken waren terechtgekomen.

EIGENAAR: J.T. CLAYTON.

Dit moest toeval zijn. Sergeant Clayton kwam voor zover ik wist uit Newcastle. Dat bleek in elk geval uit zijn accent. Maar had ik niet opgevangen dat zijn vader iets belangrijks bij een brouwerij deed?

Of verwarde ik hem met iemand anders? Nee, dit was belachelijk, besloot ik hoofdschuddend. Er moesten duizenden Claytons in Engeland zijn. Tienduizenden. Dit kon niet dezelfde zijn. Ik weigerde te zwichten voor pijnlijke speculaties, duwde de deur open en stapte naar binnen.

De bar zat half vol met werklieden, die na een korte blik op mij hun conversatie weer voortzetten. Hoewel ik er vreemd was voelde ik me er op mijn gemak, tevreden met een plek tussen de mensen zonder hen te hoeven spreken. Ik had in de loop der jaren zo veel tijd in cafés doorgebracht, lezend en schrijvend aan wiebelende tafels vol biervlekken. Onder het versnipperen van bierviltjes had ik er mijn personages uit de armoede laten opstijgen naar succes, en anderen vanuit hun landhuis in de goot laten belanden. Alleen, altijd alleen. Ik dronk niet veel, maar ik dronk wel. Een sigaret in mijn rechterhand en een paar schrociplckjes op mijn linkermanchet. Die spotprent van me waarop ik mijn boeken zit te schrijven in een knus hoekje van een Londens café, die spotprent waar ik me zo aan erger en die me er later in mijn leven toe heeft gebracht om me in interviews op te stellen als een steigerend, briesend paard dat wordt aangevallen, zit er eigenlijk niet ver naast. Per slot van rekening is de drukte van een volle pub veel uitnodigender dan de stilte van een leeg huis.

'Ja, meneer?' zei een stevig uitziende man in hemdsmouwen achter de bar, die met een doek gemorste bierdruppels van de toog stond te vegen. 'Wat wilt u drinken?'

Ik liet mijn blik over de rij biertaps voor hem gaan. Een paar namen waren me onbekend, streekmerken misschien, en ik koos er op goed geluk een uit.

'*Pint?*'

'Graag,' zei ik. Ik keek toe hoe hij een glas uitkoos van de plank achter zich en het met een routinegebaar bij de voet ophield om het te onderzoeken op vingerafdrukken of vuile vlekken, waarna hij het tevreden in de juiste hoek onder de tap hield en begon te schenken. Met afkeer, maar toch ook geboeid zag ik dat er koekkruimels in zijn dikke snor zaten.

'Bent u de eigenaar?' vroeg ik even later.

'Zekers,' zei hij met een glimlach. 'John Clayton. Kennen we elkaar?'

'Nee, nee,' zei ik hoofdschuddend en ik diepte een paar munten op uit mijn zak. Nu kon ik me ontspannen.

'Zo, meneer,' zei hij. Hij zette de pint voor me neer en maakte zich kennelijk niet druk om mijn vraag. Ik bedankte hem en liep naar een halflege hoek van de pub, waar ik mijn jas uittrok en met een diepe zucht ging zitten. Misschien was het maar goed dat mijn kamer nog niet klaar was geweest, bedacht ik terwijl ik het donkerbruine bier in het glas voor me helderder zag worden. Boven de opstijgende koolzuurbelletjes stond de schuimkraag al naar me te knipogen, net als ik wachtend op de intense voldoening die de eerste slok na mijn treinreis me zou schenken. Ik zou hier de hele avond kunnen blijven, bedacht ik. Ik zou erg dronken kunnen worden en een scène maken. Dan zou de politie me arresteren, me in de cel gooien en me de volgende ochtend op de trein naar Londen zetten. Dan zou ik dit niet hoeven doorzetten. De hele zaak zou me uit handen genomen zijn.

Ik zuchtte diep, liet de gedachte varen en haalde mijn boek uit mijn zak. Een blik op het omslag gaf me het veilige gevoel dat ik altijd kreeg bij een stapeltje ingebonden vellen. Die maandag halverwege september 1919 las ik *White Fang* van Jack London. Mijn ogen concentreerden zich op de afbeelding op het stofomslag: het silhouet van een vossenjong dat in het licht van de volle maan achter een paar bomen rondsprong. De schaduwen van de takken suggereerden een weg diep de bergen in. Ik sloeg het boek open bij mijn boekenlegger, maar voor ik begon te lezen keek ik eerst naar de woorden die op de titelpagina geschreven stonden: *Voor mijn ouwe makker Richard*, stond er met sierlijke, regelmatig gevormde letters in zwarte inkt, *Net zo'n schurftige ouwe hond als White Fang zelf, Jack.* Ik had het boek een paar dagen eerder gevonden in een bak voor een van de boekhandels op Charing Cross Road en had de opdracht pas gezien toen ik het thuis opensloeg. De boekhandelaar had maar een halve penny gerekend voor het tweedehands boekje, dus ik nam aan dat hij de woorden binnenin niet had gezien. Ik beschouwde het als een enorme bonus, al had ik geen idee of de Jack die met 'Jack' had ondertekend dezelfde Jack was die de roman had geschreven, maar ik geloofde graag van wel. Ik liet mijn rechterwijsvinger – de vinger die me door het onvoorspelbare trillen altijd zo veel last bezorgde – even over de letters gaan, in een imitatie van de pen van de grote schrijver die zijn inktspoor op de bladzijde achterlaat. In mijn jeugdige fantasie hoopte ik dat de literatuur mij zou genezen, maar mijn vinger trilde nog erger dan anders en vol afkeer trok ik hem weg.

'Wat zit u daar te lezen?' klonk een stem een paar tafels verderop. Ik keek op en zag een man van middelbare leeftijd in mijn richting kijken. Verrast dat ik werd aangesproken draaide ik de roman met de voorkant naar hem toe zodat hij de titel kon lezen in plaats van simpelweg zijn vraag te beantwoorden. 'Nooit van gehoord,' zei hij schouderophalend. 'Is het goed?'

'Heel goed,' zei ik. 'Geweldig zelfs.'

'Geweldig?' herhaalde hij met een lachje. Het woord klonk vreemd uit zijn mond. 'Nou, dan moet ik het te pakken zien te krijgen, als het zo geweldig is. Ik ben dol op lezen. Mag ik bij u komen zitten? Of wacht u op iemand?'

Ik aarzelde. Ik had gedacht dat ik alleen wilde zijn, maar nu me gezelschap werd aangeboden, merkte ik dat ik er niet veel bezwaar tegen had.

'Ga uw gang,' zei ik en ik wees op de zitplaats naast me. Hij schoof naar me toe en zette zijn halfvolle pint tussen ons op tafel. Hij dronk een donkerder biertje dan ik en er hing een zurige zweetlucht om hem heen die wees op een lange dag hard werken. Het was vreemd genoeg niet onaangenaam.

'Mijn naam is Miller,' zei hij. 'William Miller.'

'Tristan Sadler,' zei ik en ik gaf hem een hand. 'Aangenaam kennis met u te maken.'

'Met u ook,' zei hij. Hij was ongeveer vijfenveertig, schatte ik. De leeftijd van mijn vader. Maar hij deed me niet in het minst aan mijn vader denken, want hij was tenger gebouwd en had een vriendelijke, bedachtzame uitstraling, heel anders dan mijn vader. 'U komt zeker uit Londen?' vroeg hij, terwijl hij me opnam.

'Dat klopt,' zei ik lachend. 'Is dat zo duidelijk?'

'Ik ben goed in accenten herkennen,' antwoordde hij met een knipoog. 'Ik kan de meeste mensen plaatsen binnen een straal van dertig kilometer van waar ze zijn opgegroeid. Mijn vrouw zegt dat het maar een trucje is, maar ik denk er anders over. Voor mij is het meer dan een geintje.'

'Waar ben ik dan opgegroeid, meneer Miller?' vroeg ik, wel in voor een verzetje. 'Kunt u dat horen?'

Met half dichtgeknepen ogen keek hij me aan en afgezien van het geluid van zijn zware, nasale ademhaling bleef het bijna een minuut stil voordat hij zijn mond weer opendeed en bedachtzaam zei: 'Chiswick zou ik denken. Kew Bridge. Ergens in die contreien. Klopt dat?'

Ik lachte blij verrast. 'Chiswick High Street,' zei ik. 'Mijn vader heeft een slagerij. We zijn daar opgegroeid.'

'"We"?'

'Mijn zusje en ik.'

'Maar u woont hier? In Norwich?'

'Nee,' zei ik hoofdschuddend. 'Nee, ik woon nu in Londen. Highgate.'

'Dat is een behoorlijk eind van uw familie vandaan,' zei hij.

'Ja,' antwoordde ik. 'Ik weet het.'

Ik schrok op van een glas dat in duizend stukjes uit elkaar spatte op de vloer achter de bar. Ik keek op en mijn handen klemden zich instinctief om de rand van de tafel; ik kon ze pas ontspannen toen ik de eigenaar zich schouderophalend zag bukken om met stoffer en blik de rommel op te ruimen en ik de plagende juichkreten van de mannen om hem heen hoorde.

'Het was maar een glas,' zei mijn metgezel, die zag hoe geschrokken ik was.

'Ja,' zei ik in een vergeefse poging mijn overdreven reactie weg te lachen. 'Ik schrok ervan, dat is alles.'

'Tot het einde gebleven, hè?' vroeg hij. De lach verdween van mijn gezicht en hij zuchtte: 'Sorry, jongen. Dat had ik niet moeten vragen.'

'Het geeft niet,' zei ik zacht.

'Ik had er twee zonen zitten, weet je. Beste jongens, alle twee. De ene zat vol streken, de andere was een beetje zoals jij en ik. Een lezer. Een paar jaar ouder dan jij, zou ik zeggen. Hoe oud ben je, negentien?'

'Eenentwintig,' zei ik. Mijn nieuwe leeftijd drong voor het eerst tot me door.

'Onze Billy zou nu drieëntwintig zijn geweest en onze Sam bijna tweeëntwintig.' Hij glimlachte bij het uitspreken van hun namen, slikte en wendde zijn blik af. Het gebruik van de voorwaardelijke wijs was een wijdverbreide kwaal bij het bespreken van de leeftijd van kinderen geworden, en er hoefde verder niets over gezegd te worden. We zwegen een poosje, tot hij zich met een nerveus lachje naar me toe keerde. 'Je lijkt eigenlijk wel op onze Sam,' zei hij.

'Ja?' zei ik, vreemd gestreeld door de vergelijking. Ik stapte het woud van mijn verbeelding weer in en baande me een weg tussen de doornige netels van het kreupelhout om Sam te vinden, een jongen die van boeken hield en dacht dat hij er later zelf graag een paar zou willen schrijven. Ik zag hem op de avond dat hij zijn ouders vertelde dat hij vrijwillig dienst nam voor ze hem kwamen halen; dat hij naar Billy ging, daarginds. Ik zag de broers saamhorigheid vinden op de oefenterreinen, moed op het slagveld en heldhaftigheid in de dood. Dit was Sam, besloot ik. Dit was William Millers Sam. Ik kende hem goed.

'Het was een goeie jongen, onze Sam,' fluisterde mijn gespreks-partner even later. Daarna sloeg hij met zijn vlakke hand drie keer op de tafel alsof hij wilde zeggen: Zo is het genoeg. 'Nog een pint, jongen?' vroeg hij met een knikje naar mijn halflege glas, maar ik schudde mijn hoofd.

'Nog niet,' zei ik. 'Maar evengoed bedankt. Hebt u toevallig iets te roken bij u?'

'Zeker,' zei hij. Hij viste een plat doosje uit zijn zak dat eruitzag alsof het al zijn hele leven meeging, maakte het open en gaf me een van de twaalf perfect gerolde sigaretten die erin zaten. Hij had vuile vingers, met op zijn duim de zwaar aangezette, donkere groeven van, naar ik aannam, handarbeid. 'Beter zie je ze niet bij de tabaks-boer, hè?' vroeg hij en hij wees naar de volmaakt gerolde sigaret.

'Nee,' zei ik met bewondering. 'U bent er goed in.'

'Ik niet,' zei hij. 'Mijn vrouw rolt ze voor me. Elke ochtend, als ik nog aan mijn ontbijt zit, gaat ze in een hoekje van de keuken zitten met vloeitjes en een pakje tabak. Het is het eerste wat ze doet. Ze is er in een paar minuten mee klaar. Vult mijn doosje en ik kan weg. Hoe goed kun je het treffen? Er zijn niet veel vrouwen die dat doen.'

Ik moest lachen bij de gedachte aan deze huiselijke gezelligheid. 'U boft maar,' zei ik.

'Vertel mij wat!' riep hij met gespeelde verontwaardiging. 'En jij dan, Tristan Sadler?' vroeg hij. Hij gebruikte mijn volledige naam, misschien omdat ik te oud was om met het informele Tristan aangesproken te worden en te jong voor 'meneer'. 'Ben jij getrouwd?'

'Nee,' zei ik hoofdschuddend.

'Een liefje in Londen, neem ik aan?'

'Niemand in het bijzonder,' antwoordde ik. Ik zou niet graag toegeven dat er ook niemand was die niet bijzonder was.

'Je bent je wilde haren dus nog niet kwijt,' zei hij lachend, maar zonder de platvloerse bijbedoeling waarmee sommige oudere kerels dat soort opmerkingen kunnen maken. 'Ik kan het jullie niet kwalijk nemen, geen van jullie natuurlijk, na alles wat jullie hebben meegemaakt. Als jullie wat ouder zijn is er nog tijd genoeg voor bruiloften en kleintjes. Maar mijn god, wat waren de meiden blij toen jullie terugkwamen.'

Ik lachte. 'Dat zal wel,' zei ik. 'Ik weet het eigenlijk niet.' Ik begon nu echt moe te worden. De combinatie van het reizen en de drank op een lege maag maakte me een beetje slaperig en licht in mijn hoofd. Nog een biertje zou me echt te veel zijn.

'Je hebt zeker familie in Norwich?' vroeg meneer Miller even later.

'Nee,' zei ik.

'Voor het eerst hier?'

'Ja.'

'Op vakantie? Even weg uit de grote stad?'

Ik dacht even na voor ik antwoord gaf. Ik besloot te liegen. 'Ja,' zei ik. 'Een paar dagen ertussenuit, inderdaad.'

'Dan had je geen leukere plaats kunnen kiezen, dat kan ik je wel vertellen,' zei hij. 'Ik ben in Norwich geboren en getogen. Heb hier van kindsbeen af gewoond. Zou nergens anders willen wonen en ik kan niet begrijpen dat niet iedereen dat wil.'

'En toch herkent u accenten,' stelde ik. 'U moet wel gereisd hebben.'

'Alleen als klein schoffie,' zei hij. 'Maar ik luister naar de mensen, daar komt het door. De meeste mensen luisteren niet. En soms,' zei hij terwijl hij zich naar me toe boog, 'kan ik zelfs raden wat ze denken.'

Ik voelde mijn blik verstarren terwijl ik hem aankeek. Onze ogen ontmoetten elkaar en er was een zekere spanning, een uitdaging; we knipperden geen van beiden met onze ogen of wendden onze blik af. 'Is dat zo?' zei ik ten slotte. 'U weet dus wat ik denk, meneer Miller?'

'Niet wat je denkt, jongen, dat niet,' zei hij terwijl hij mijn blik vasthield. 'Maar wat je voelt? Ja, ik denk dat ik dat weet. Maar daarvoor hoef je geen gedachten te kunnen lezen. Ik hoefde maar een blik op je te werpen toen je binnenkwam om het te zien.'

Hij leek niet van plan dit verder uit te leggen, dus ik moest hem er wel naar vragen, hoewel mijn intuïtie me iets anders influisterde. 'En wat is dat dan, meneer Miller?' vroeg ik met een zo neutraal mogelijke gezichtsuitdrukking. 'Wat voel ik?'

'Twee dingen, zou ik zeggen,' antwoordde hij. 'Het eerste is schuld.'

Ik bleef hem zwijgend aankijken. 'En het tweede?'

'Gewoon,' zei hij, 'je haat jezelf.'

Ik wilde wel reageren – ik had mijn mond al open – maar ik weet niet wat ik gezegd zou hebben. En ik kreeg ook niet de kans, want op dat moment sloeg hij weer met zijn hand op tafel en verbrak de spanning die zich tussen ons had opgebouwd. Hij keek op de klok aan de muur en riep: 'Nee, is het al zo laat? Ik moet naar huis, anders verslindt moeder de vrouw me levend! Prettige vakantie, Tristan Sadler,' zei hij glimlachend, terwijl hij opstond. 'Of wat het dan ook is waarvoor je hier bent. En een behouden terugreis naar Londen als het voorbij is.'

Ik knikte, maar stond niet op. Ik zag hem naar de deur lopen, zich even omdraaien en met opgestoken hand vlug afscheid nemen van

J.T. Clayton: eigenaar, met vergunning voor bier en spiritualiën. Zonder nog een woord te zeggen liep hij het café uit.

Ik keek weer naar *White Fang*, dat met de titel naar boven op tafel lag, maar pakte in plaats daarvan mijn glas. Toen ik het leeg had wist ik dat mijn kamer eindelijk klaar zou zijn, maar ik was er nog niet aan toe om terug te gaan. Ik stak een vinger op in de richting van de bar en even later stond er een versgetapte pint voor me; mijn laatste, verzekerde ik mezelf, van die avond.

Mijn kamer in mevrouw Cantwells pension, de beruchte nummer vier, vormde maar een saaie achtergrond voor de kennelijk dramatische gebeurtenissen van de nacht ervoor. Het behang, voorzien van een doffe print van hangende hyacinten en bloeiende krokussen, getuigde van betere en vrolijker tijden. In een vierkant vlak tegenover het raam was het patroon wit verbleekt door de zon, en het tapijt onder mijn voeten vertoonde versleten plekken. Tegen een muur stond een schrijftafel; in de hoek een wastafel met een nieuw stuk zeep op het porseleinen randje. Tevreden met de efficiënte Engelse uitvoering van de kamer, de simpele functionaliteit ervan, keek ik om me heen. Hij was een stuk beter dan de slaapkamer uit mijn kindertijd – een beeld dat ik snel uit mijn hoofd zette – maar oogde minder verzorgd dan de slaapkamer die ik met een combinatie van zuinigheid en toewijding had ingericht in mijn appartementje in Highgate.

Ik ging even op bed zitten en probeerde me het drama voor de geest te halen dat zich hier vanochtend in de kleine uurtjes had afgespeeld: de ongelukkige meneer Charters, die worstelde met zijn affectie voor die jongen, en die vervolgens moest vechten om zijn waardigheid te behouden nadat hij het slachtoffer werd van een roofoverval, een poging tot moord en een arrestatie, en dat alles binnen een uur. Ik voelde met hem mee en vroeg me af of hij wel aan zijn trekken was gekomen voordat de verschrikkingen begonnen.

Was hij in de val gelokt of was hij alleen een ongelukkig slachtoffer van de omstandigheden? Misschien was hij toch niet zo rustig als David Cantwell dacht en was hij op zoek geweest naar bevrediging die niet te koop was.

Langzaam stond ik op. Mijn voeten waren vermoeid van een hele dág reizen. Ik trok mijn schoenen en sokken uit en hing mijn overhemd over de leuning van de stoel, zodat ik in broek en hemd midden in de kamer stond. Toen mevrouw Cantwell op de deur klopte en mijn naam riep overwoog ik voor het decorum alles weer aan te trekken, maar ik had er de energie niet voor en ik vond het ook niet onfatsoenlijk om me zo aan de vrouw te vertonen. Ik deed de deur open en zag haar staan met een dienblad in haar handen.

'Het spijt me dat ik u stoor, meneer Sadler,' zei ze met dat nerveuze lachje van haar, zonder twijfel geperfectioneerd door jaren van dienstbaarheid. 'Ik dacht dat u misschien honger had. En ook dat we iets goed te maken hadden na al dat ongemak.'

Ik zag dat er een pot thee op het dienblad stond, een sandwich met rosbief en een stukje appeltaart en ik was haar onmiddellijk dankbaar. Ik wist niet dat ik zo'n honger had, tot ik dat eten zag. Ik had die ochtend voor ik uit Londen vertrok natuurlijk ontbeten, maar ik at 's morgens nooit veel; alleen thee met een stukje toast. Toen ik in de trein honger kreeg bleek de restauratiewagon treurig slecht bevoorraad en ik had maar de helft van een lauw kippenpasteitje gegeten voordat ik het met weerzin van me afschoof. Door dit gebrek aan eten, en door de twee pinten bier in de Carpenter's Arms, rammelde ik van de honger en ik deed de deur verder open om haar binnen te laten.

'Dank u, meneer,' zei ze. Ze keek even aarzelend om zich heen om zich ervan te verzekeren dat er geen tekenen meer waren van het schandaal van de afgelopen nacht. 'Ik zet het hier op de schrijftafel als dat goed is.'

'Erg vriendelijk van u, mevrouw Cantwell,' zei ik. 'Ik zou u niet graag om eten gestoord hebben op dit tijdstip.'

'Het is geen moeite,' zei ze. Ze draaide zich om en bekeek me glimlachend van top tot teen. Ze bleef zo lang naar mijn blote voeten kijken dat ik het gênant begon te vinden en me afvroeg wat ze er zo interessant aan vond. 'Gebruikt u morgen de lunch bij ons, meneer Sadler?' vroeg ze. Ze keek weer op en ik kreeg het gevoel dat ze iets met me wilde bespreken, maar de juiste woorden niet kon vinden. Het eten, hoe welkom ook, was duidelijk een voorwendsel.

'Nee,' zei ik. 'Om een uur heb ik een afspraak met een kennis, dus ik ben aan het eind van de ochtend weg. Als ik vroeg genoeg wakker ben ga ik daarvoor de stad een beetje verkennen. Kan ik mijn spullen hier achterlaten en ophalen voordat ik de avondtrein neem?'

'Natuurlijk.' Ze bleef staan en maakte geen aanstalten de kamer te verlaten; ik bleef zwijgend staan wachten tot ze iets zou zeggen. 'Wat David betreft,' zei ze ten slotte. 'Ik hoop dat u vanmiddag geen last van hem hebt gehad?'

'Helemaal niet,' zei ik. 'Hij was heel tactvol bij wat hij me vertelde. Denkt u alstublieft niet dat ik...'

'Nee, nee,' zei ze, en ze schudde vlug haar hoofd. 'Nee, dat bedoel ik niet. Dat ligt nu allemaal achter ons, hoop ik, en er hoeft niet meer over gesproken te worden. Nee, het is alleen dat hij soms te veel vragen stelt aan militairen. Die daar geweest zijn, bedoel ik. Ik weet dat de meesten van jullie liever niet praten over wat er daar gebeurde, maar hij blijft maar aandringen. Ik heb geprobeerd er met hem over te praten, maar dat is moeilijk.' Ze haalde haar schouders op en wendde verslagen haar blik af. 'Híj is moeilijk,' verbeterde ze zichzelf. 'Het is voor een vrouw alleen niet makkelijk met zo'n jongen.'

Me ongemakkelijk voelend bij haar vertrouwelijke toon wendde ik mijn blik van haar af en keek naar buiten. Een hoge plataan blokkeerde mijn uitzicht op de straat en terwijl ik naar de dikke takken keek, werd ik alweer overrompeld door een herinnering uit mijn kindertijd. Mijn zusje Laura en ik, die samen paardenkastanjes verzamelden onder de bomen langs de lanen bij Kew Gardens en die thuis ontdeden van hun stekelige bast om ze aan elkaar te rijgen tot wapens; een herinnering die ik even snel verdreef als ze was opgekomen.

'Ik vind dat niet zo erg,' zei ik tegen mevrouw Cantwell. 'Ik weet dat jongens van zijn leeftijd daar belangstelling voor hebben. Hij is, wat zal het zijn… zeventien?'

'Net geworden, ja. Hij was zo boos vorig jaar, toen de oorlog voorbij was.'

'Boos?' vroeg ik fronsend.

'Ik weet dat het belachelijk klinkt. Maar hij was zich al zo lang aan het voorbereiden om te gaan,' zei ze. 'Hij las er elke dag over in de krant, volgde alle jongens uit de omgeving die naar Frankrijk waren gegaan. Hij heeft zelfs een paar keer geprobeerd aan te tekenen, door te doen alsof hij ouder was, maar ze stuurden hem lachend naar me terug, en dat, meneer, was naar mijn mening niet goed. Helemaal niet goed. Hij wilde tenslotte alleen maar zijn steentje bijdragen, daar hadden ze hem niet om moeten uitlachen. En toen het allemaal voorbij was, tja, toen had hij het gevoel dat hij iets was misgelopen.'

'Ja, een afgeschoten hoofd waarschijnlijk,' zei ik. De woorden ketsten tegen de muren en spatten granaatscherven over ons heen. Mevrouw Cantwell kromp in elkaar, maar bleef me aankijken.

'Hij zou dat zelf niet zo zien, meneer Sadler,' antwoordde ze zachtjes. 'Zijn vader is daar geweest, weet u. Hij is helemaal in het begin al gesneuveld.'

'Wat erg,' zei ik. Het ongeluk met de dorsmachine was dus inderdaad fictie.

'Ja, David was toen nog maar dertien en geen jongen was zo gek op zijn vader als hij. Om eerlijk te zijn geloof ik niet dat hij er ooit overheen is gekomen. Het heeft hem op de een of andere manier beschadigd. U kunt het zien aan zijn gedrag. Hij is altijd zo boos. Zo moeilijk aanspreekbaar. Geeft mij natuurlijk de schuld van alles.'

'Dat doen jongens van zijn leeftijd meestal,' zei ik glimlachend. Het verbaasde me hoe volwassen ik klonk, terwijl ik maar drie jaar ouder was dan haar zoon.

'Ik wilde natuurlijk dat er een einde aan de oorlog kwam,' ging ze verder. 'Ik heb ervoor gebeden. Ik wilde niet dat hij aan het front zou lijden, zoals jullie allemaal. Ik kan me niet eens voorstellen hoe dat voor jullie moet zijn geweest. Uw arme moeder moet buiten zichzelf zijn geweest.'

Ik haalde mijn schouders op maar liet het gebaar vlug overgaan in een hoofdknik; ik had daar niets op te zeggen.

'Maar vanbinnen, heel diep vanbinnen,' zei ze, 'hoopte ik dat hij zou kunnen gaan. Voor een week of twee. Ik wilde natuurlijk niet dat hij zou moeten vechten. Ik wilde niet dat hem iets zou overkomen. Maar een week tussen de andere jongens was misschien goed voor hem geweest. En daarna vrede.'

Ik wist niet of ze vrede in Europa bedoelde of vrede in haar eigen specifieke stukje Engeland, maar ik zei niets.

'Hoe dan ook, ik wilde me alleen maar voor hem verontschuldigen,' zei ze met een lachje. 'En nu laat ik u uw thee drinken.'

'Dank u wel, mevrouw Cantwell,' zei ik. Ik bracht haar naar de deur en zag hoe ze zich door de gang haastte, aan het eind ervan links en rechts kijkend alsof ze niet wist welke richting ze uit moest, hoewel ze hier waarschijnlijk bijna haar hele volwassen leven had gewoond.

Weer in mijn kamer, met de deur dicht, at ik de sandwich langzaam op, met de gedachte dat te veel haast het fragiele evenwicht van mijn maag misschien zou verstoren. Ik dronk met kleine slokjes van mijn thee, die warm, zoet en sterk was, en daarna begon ik weer een beetje mezelf te worden. Af en toe hoorde ik beweging op de gang – de muren van mijn kamer waren flinterdun – en ik besloot in dromenland te zijn voordat mijn buren in de kamers drie of vijf zouden terugkomen voor de nacht. Ik kon niet het risico lopen wakker te liggen; het was belangrijk om uitgerust te zijn voor de dag die voor me lag.

Ik zette het dienblad weg, trok mijn hemd uit en waste mijn gezicht en bovenlijf met koud water aan de wastafel. Al snel vielen er druppels op mijn broek, dus ik trok de gordijnen dicht, knipte het licht aan en kleedde me helemaal uit. Zo goed als ik kon waste ik de rest van mijn lijf. De schone handdoek die op het bed voor me klaarlag, was gemaakt van een soort stof die snel nat wordt, dus ik wreef mezelf er krachtig mee droog, zoals we dat op onze eerste dag in Aldershot hadden geleerd, en hing hem daarna over de rand van de wastafel te drogen. Properheid, hygiëne, oog voor detail, de kenmerken van een goede soldaat. Zulke dingen kwamen tegenwoordig vanzelf in me naar boven.

Ik ging voor de hoge spiegel in de hoek van de kamer staan en bekeek mijn lichaam kritisch. Mijn borst, die in mijn latere jongensjaren goedgevormd en gespierd was geweest, had de laatste tijd zijn vorm grotendeels verloren; hij was nu bleek. Over mijn benen liepen felrode littekens; op mijn onderbuik zat een grote donkere plek die maar niet wilde verdwijnen. Ik voelde me hopeloos onaantrekkelijk.

Ik wist dat er een tijd was geweest dat ik niet zo lelijk was. Als jongen vonden mensen me er goed uitzien. Dat hebben ze meer dan eens tegen me gezegd.

Dat deed me aan Peter Wallis denken. Peter en ik waren als jongens dikke vrienden geweest, en van de gedachte aan Peter was het maar een kleine stap naar Sylvia Carter. Toen we allebei vijftien waren vertoonde zij zich voor de eerste keer in onze straat, en dat leidde uiteindelijk tot mijn laatste keer. Als kinderen waren Peter en ik onafscheidelijk geweest; hij met zijn gitzwarte krulletjes en ik met die onhandelbare gele bos haar die altijd in mijn ogen viel, hoe vaak mijn vader me ook op een stoel aan de eettafel zette om hem bij te knippen met een grote slagersschaar, dezelfde die hij beneden in de winkel gebruikte om het kraakbeen van de koteletten te knippen.

Sylvia's moeder keek Peter en mij altijd na als we samen met haar dochter in een jeugdig verbond de straat uit holden en maakte zich zorgen over wat Sylvia zich nu weer op de hals zou halen. En die bezorgdheid was niet onterecht, want Peter en ik waren op een leeftijd dat we alleen maar over seks praatten: hoe graag we het wilden, waar we het zouden zoeken en wat voor vreselijke dingen we zouden doen met het ongelukkige schepsel dat het ons aanbood.

Tijdens het zwemmen die zomer waren we ons allemaal scherp bewust van de veranderingen van elkaars lichaam, en Peter en ik, iets ouder en zelfverzekerder, ontlokten Sylvia verleidelijke blikken en flirterige opmerkingen. Toen ik een keer alleen met haar was, zei ze dat ik de knapste jongen was die ze ooit had gezien en dat ze elke keer de rillingen kreeg als ze me uit het zwembad zag klimmen met mijn glanzende lichaam en mijn zwarte zwembroek waar het water van af droop als van een ottervacht. Die opmerking had ik tegelijk opwindend en afstotend gevonden. Toen we elkaar kusten, ik in tegenstelling tot haar met een droge mond en onzekere tong, schoot de gedachte door me heen dat ik misschien toch niet helemaal mislukt was als een aantrekkelijk meisje als Sylvia me leuk vond. De gedachte maakte me blij, maar als ik mezelf 's avonds in bed bevredigde tijdens korte, levendige fantasieën die ik even snel weer van me afzette, zag ik buitengewoon sensationele scenario's voor me waarin Sylvia niet eens voorkwam. Na afloop lag ik uitgeput en met een smerig gevoel tussen de zweterige lakens en slikte mijn tranen in terwijl ik me afvroeg wat er mis was met mij, wat er toch in vredesnaam mis was met mij.

Het was de enige keer dat we elkaar kusten, want een week later kondigden Peter en zij aan dat ze verliefd op elkaar waren en besloten hadden hun leven met elkaar te delen. Zodra ze volwassen waren zouden ze trouwen, lieten ze weten. Ik was gek van jaloezie en werd gekweld door de vernedering, want ongemerkt was ik hopeloos verliefd geworden; het was me overkomen zonder dat ik het in de gaten had gehad. En als ik het stel zag en dacht aan wat ze deden als ze bij elkaar waren en ik ergens anders, viel ik ten prooi aan een bittere woede en voelde niets dan haat voor hen allebei.

Maar het was Sylvia Carter geweest die, toen ik nog een onervaren jongen was, had gezegd dat mijn lichaam haar de rillingen bezorgde. Als ze mijn lichaam nu zou zien, bont en blauw na meer dan twee jaar vechten, stelde ik me voor dat ze er eerder de rillingen van afkeer van zou krijgen. Mijn voorheen blonde haar had nu een onbestemde kleur lichtbruin en viel slap over mijn voorhoofd, mijn ribben waren zichtbaar door mijn huid heen, mijn linkerhand was hier en daar gemarmerd met vlekken en mijn rechterhand kon oncontroleerbaar trillen en schokken, mijn benen waren dun en mijn geslachtsorgaan was het zwijgen opgelegd. Dat mijn reisgenote in de treinwagon me mooi had gevonden was een grap; ik was afstotelijk, een afgeleefd wezen.

Ik trok mijn onderbroek en hemd weer aan omdat ik niet bloot wilde slapen. Ik wilde de versleten lakens van mevrouw Cantwell niet tegen mijn lichaam voelen. Ik kon geen enkele aanraking verdragen die ook maar enigszins intiem leek. Ik was eenentwintig en had al besloten dat dat deel van mijn leven voorbij was. Wat dom van me. Twee keer verliefd geweest, dacht ik toen ik mijn ogen sloot en mijn hoofd neerlegde op het dunne kussen, dat maar vijf centimeter boven het matras uit kwam. Twee keer verliefd en twee keer kapotgemaakt.

De gedachte aan die tweede verliefdheid maakte me ineens misselijk en mijn ogen vlogen open terwijl ik uit bed sprong. Ik wist dat ik maar een paar seconden had om bij de wastafel te komen, waar ik mijn bier, sandwich, thee en appeltaart in twee snelle golven uitspuugde. Het onverteerde vlees en weke brood vormden een hoogst onaangenaam gezicht in de porseleinen bak en ik spoelde de viezigheid snel weg met een kan water.

Zwetend liet ik me op de vloer zakken met mijn knieën opgetrokken tegen mijn kin. Ik sloeg mijn armen eromheen en perste mijn ineengedoken lichaam zo stijf mogelijk tussen de muur en de voet van de wastafel terwijl ik mijn ogen stijf dichtkneep toen de afschuwelijke beelden terugkwamen.

Waarom was ik hiernaartoe gekomen? vroeg ik me af. Wat had ik me in mijn hoofd gehaald? Als ik verlossing zocht, was die niet te vinden. Als het begrip was, dan was er niemand die dat kon geven. En als het vergeving was, dan verdiende ik die niet.

Ik werd de volgende ochtend vroeg wakker na een verrassend ongestoorde slaap en kon als eerste gebruikmaken van de badkamer die de zes kamers in mevrouw Cantwells pension moesten delen. Het water was op z'n best genomen lauw, maar het was goed genoeg om mijn lichaam schoon te boenen met het stuk zeep dat in mijn kamer had klaargelegen. Nadat ik me had geschoren en voor het spiegeltje boven de wastafel mijn haar had gekamd, voelde ik iets meer vertrouwen in de onderneming die voor me lag. Het slapen en baden had me verkwikt en ik voelde me niet meer zo zwak als de vorige avond. Ik stak mijn rechterhand horizontaal voor me uit om te kijken of de spastische vinger zou gaan trillen, maar hij bleef bewegingsloos. Ik ontspande me en probeerde er niet aan te denken hoe vaak het in de loop van de dag mis zou gaan.

Omdat ik geen zin had om te praten besloot ik niet in het pension te ontbijten. In plaats daarvan sloop ik kort na negen uur naar beneden en naar buiten zonder een woord te wisselen met mijn gastheer of gastvrouw, die ik als een oud echtpaar hoorde kibbelen in de eetkamer. Ik had de deur van mijn kamer op een kier laten staan en mijn reistas boven op het bed gezet.

Het was een frisse, heldere ochtend; er was geen wolkje aan de lucht, geen dreiging van regen later op de dag, en daar was ik blij mee. Ik was nog nooit in Norwich geweest en kocht bij een kiosk een plattegrond met het idee om een uur of twee door de stad te wandelen. Mijn afspraak was pas om een uur, dus ik had tijd genoeg om een paar bezienswaardigheden te bezoeken en naar mijn pension terug te gaan om me op te knappen voordat ik naar de afgesproken ontmoetingsplaats zou gaan.

Ik stak de brug over op de Prince of Wales Road en bleef even naar de snelstromende Yare staan kijken. Ik moest denken aan een soldaat, Sparks, met wie ik samen was opgeleid in Aldershot en zij aan zij had gevochten in Frankrijk. Toen we op een avond samen dienst hadden, had hij me een hoogst opmerkelijk verhaal verteld. Op een middag zo'n vier of vijf jaar eerder was hij halverwege de Tower Bridge in Londen overvallen door de sterke overtuiging dat hij precies op dat moment exact halverwege zijn leven was.

'Ik keek naar links,' zei hij. 'En ik keek naar rechts. Ik keek in de gezichten van de mensen die langs me heen liepen. En ik wist het gewoon, Sadler. Dat dit het was. En op dat moment viel me een datum in: 11 juni 1932.'

'Maar dan zou je, laat eens zien, niet ouder dan veertig worden?' zei ik.

'Maar dat is nog niet alles,' zei hij. 'Toen ik weer thuis was, heb ik op een stukje papier uitgerekend welke dag mijn laatste zou zijn als ik werkelijk halverwege mijn leven zou zijn. En weet je waar ik op uitkwam?'

'Nee toch?' zei ik, stomverbaasd.

'Nee, het was niet precies de goede datum,' zei hij lachend. 'Maar wel bijna. Het zou augustus 1932 zijn. Hoe dan ook, niet bepaald lang en gelukkig, hè?'

Hij haalde geen van beide data. Kort voor Kerstmis 1917 werden zijn beide benen afgeschoten en overleed hij aan zijn verwondingen.

Ik zette Sparks uit mijn hoofd en liep in noordelijke richting verder omhoog over de steile straat, en ik merkte dat ik langs de stenen muren van Norwich Castle liep. Ik overwoog even om de heuvel te beklimmen naar het kasteel om te kijken welke kunstschatten er binnen tentoongesteld waren, maar ineens interesseerde het me niet meer en zag ik ervan af. Zulke kastelen waren tenslotte niets anders dan de overblijfselen van militaire bases, waar soldaten werden gelegerd tot de vijand kwam opdagen. Daar hoefde ik niet nog meer van te zien. In plaats daarvan sloeg ik rechts af en wandelde via een plek die zich met de nogal morbide naam Tombland tooide in de richting van de grote torenspits van Norwich Cathedral.

Een klein café trok mijn aandacht en herinnerde me eraan dat ik nog niet had ontbeten, en in plaats van verder te lopen besloot ik iets te gaan eten. Ik zat nog maar net in een hoekje bij het raam toen er al een blozende vrouw met een grote bos dik rood haar naar me toe kwam om mijn bestelling op te nemen.

'Alleen thee en toast,' zei ik, blij dat ik weer even zat.

'Eieren erbij, meneer?' stelde ze voor en ik knikte.

'Ja, graag. Roerei, als dat kan.'

'Natuurlijk,' antwoordde ze. Ze knikte vriendelijk en verdween weer achter de toonbank terwijl ik mijn blik op de straat richtte. Ik had spijt dat ik *White Fang* niet had meegenomen, want dit leek een goede gelegenheid om ontspannen van mijn ontbijt te genieten en mijn boek te lezen, maar dat zat in mijn reistas die bij mevrouw Cantwell stond. In plaats daarvan keek ik naar de voorbijgangers.

De straat werd grotendeels in beslag genomen door vrouwen met netjes vol ochtendboodschappen. Ik dacht aan mijn moeder, die in mijn kinderjaren elke ochtend rond deze tijd de bedden opmaakte en de bovenverdieping schoonmaakte, terwijl mijn vader zich in zijn grote witte jas hulde om zijn plaats in te nemen achter de toonbank in de winkel beneden en daar vers vlees uitbeende voor de vaste klanten die de volgende acht uur naar hem toe zouden komen.

Ik was doodsbang geweest voor alles wat te maken had met mijn vaders werk – de uitbeenmessen, de karkassen, de botzagen en ribbentrekkers, de overalls met bloedvlekken – en mijn overgevoeligheid maakte me niet erg geliefd bij hem. Later leerde hij me hoe ik de messen op de juiste manier moest gebruiken, hoe ik de gewrichten moest losmaken van de varkens, schapen of koeien die in de koelruimte achter hingen en elke dinsdagochtend met veel plichtplegingen werden afgeleverd. Ik heb mezelf nooit gesneden, maar hoewel ik de slagerskunst redelijk machtig ben geworden, had ik er niet echt talent voor. In tegenstelling tot mijn vader, die ervoor in de wieg was gelegd in diezelfde winkel, of zijn vader, die tijdens de aardappelhongersnood uit Ierland was gekomen en op de een of andere manier voldoende geld bij elkaar had weten te schrapen om de zaak op te zetten.

Mijn vader had natuurlijk gehoopt dat ik hem zou opvolgen in het familiebedrijf. De winkel heette al Sadler & Zoon en hij wilde dat ons naambord klopte. Maar dat zou nooit gebeuren. Vlak voor mijn zestiende werd ik het huis uit gezet en ik ben er maar één keer teruggeweest: anderhalf jaar later, op de middag voordat ik naar Frankrijk vertrok.

'Eerlijk gezegd, Tristan,' zei mijn vader die dag, terwijl hij me met zijn dikke vingers stevig op mijn schouders zorgvuldig naar buiten duwde, 'zou het voor ons allemaal het beste zijn als de Duitsers je onmiddellijk doodschoten.'

Dat was het laatste wat hij tegen me heeft gezegd.

Ik schudde mijn hoofd en knipperde met mijn ogen. Het was me niet duidelijk waarom ik mijn ochtend liet vergallen door deze herinneringen. Mijn thee, eieren en toast stonden al snel voor me en het viel me op dat de serveerster met samengeknepen handen als een smekeling in gebed en een brede glimlach op haar gezicht bij mijn tafel bleef staan. Met mijn volle vork halverwege tussen bord en mond keek ik op, nieuwsgierig wat ze van me wilde.

'Alles naar wens, meneer?' vroeg ze opgewekt.

'Ja, dank u,' zei ik. Het compliment was kennelijk bevredigend genoeg, want ze liep vlug terug naar haar bar om zich aan haar volgende taak te wijden. Ik was er nog steeds niet aan gewend om op mijn gemak te kunnen eten na bijna drie jaar in het leger, waar ik at wat me maar werd voorgezet, wanneer ik maar kon, ingeklemd tussen de stotende ellebogen van andere soldaten, die hun mond volpropten en het eten vermaalden als bronstige varkens op een boerenerf, in plaats van een groep Engelsen die manieren van hun moeder hadden geleerd. Ook de kwaliteit en de overvloed van het voedsel konden me verrassen, hoewel het nog steeds niet te vergelijken was met voor de oorlog. Maar een café als dit binnen kunnen lopen, gaan zitten en na een blik op het menu zeggen: 'Ik geloof dat ik de omelet met champignons maar neem', of 'Ik wil graag de vispastei', of 'Een portie puree met worst, alstublieft, met uiensaus' – ja, dat was een opmerkelijk nieuwe sensatie waar bijna geen woorden voor te vinden waren. Eenvoudige genoegens, het gevolg van onmenselijke ontberingen.

Ik rekende af, bedankte de vrouw, verliet het café en liep door Queen Street in de richting van de spits van de kathedraal. Toen het prachtige klooster met zijn omringende muur en poorten in zicht kwam liet ik mijn ogen eroverheen dwalen. Ik geniet van kerken en kathedralen. Niet zozeer vanwege het religieuze aspect – ik ben een overtuigd agnost – maar vanwege de vredige rust die ze vanbinnen bieden. Mijn tegenovergestelde tweelingplekken om niets te doen: de kroeg en de kapel. De ene gezellig en vol leven, de andere stil en herinnerend aan de dood. Maar er gaat een zekere troost van uit om in een grote kerk op de banken te zitten uitrusten en de koele lucht in te ademen, gekruid met het eeuwenlange branden van wierook en kaarsen, van de hoge plafonds die je je nietig laten voelen binnen het grotere plan van de natuur, van de kunstwerken, de friezen, de gebeeldhouwde altaren en de beelden die hun armen uitstrekken alsof ze hun bezoek willen omhelzen, van het onverwachte moment als boven je een koor dat oefent voor de ochtenddienst losbarst in gezang en daarmee de wanhoop verlicht die je juist naar binnen had gevoerd.

Een keer had ons regiment een uur rust in de buurt van Compiègne, op ongeveer anderhalve kilometer afstand van een kleine *église*. Hoewel ik de hele ochtend al had gemarcheerd besloot ik erheen te lopen, meer om even te kunnen ontsnappen aan de andere soldaten dan uit verlangen naar een religieuze ervaring. De kerk was niets bijzonders, zowel vanbuiten als vanbinnen een nogal grof gebouw, maar het brak mijn hart om te zien hoeveel verlatenheid ze uitstraalde nu de parochie was uitgezwermd naar veilige plaatsen ver weg, de loopgraven of het kerkhof en de sfeer ontdaan was van de eens zo levendige aanwezigheid van de gelovigen. Toen ik weer buitenkwam bedacht ik dat ik wel even in het gras kon gaan liggen tot ik naar het regiment werd teruggeroepen en mezelf met mijn ogen dicht in de middagzon misschien zelfs in gelukkiger oorden kon wanen. Toen zag ik Potter, ook uit mijn regiment, een beetje schuin tegen de andere kant van de kerk geleund staan. Hij stond met één hand tegen de muur luidruchtig tegen het eeuwenoude metselwerk te plassen. Zonder na te denken rende ik naar hem toe en haalde hem onderuit. Stomverbaasd viel hij al urinerend op de grond; de straal urine stopte, maar had al wel zijn broek en hemd ondergespat. Even later was hij weer op de been; hardop vloekend gooide hij me omver als represaille voor de vernedering. We moesten uit elkaar gehaald worden door een paar andere soldaten. Ik beschuldigde hem van heiligschennis en hij beschuldigde me van iets ergers – godsdienstwaanzin – en hoewel dat een valse beschuldiging was, sprak ik haar niet tegen. Toen we uitgeraasd waren stopten we met beledigingen uitwisselen. Nadat we elkaar in de ogen hadden gekeken en de hand hadden geschud, werden we eindelijk losgelaten en voor we de heuvel af liepen waren we weer vrienden. Maar de heiligschennis had me toch geraakt.

Ik liep nu door het schip van de kathedraal en keek onopvallend naar het tiental mensen dat verspreid door de kerk in stil gebed was verzonken. Ik vroeg me af voor welke tegenspoed zij verlichting zochten, voor welke zonden vergeving. Op de kruising draaide ik me om en keek omhoog naar de plek waar het koor zou staan als het op zondagochtend de lofzangen zong. Vanaf dat punt liep ik zuidwaarts naar een openstaande deur, die naar een doolhof buiten leidde waar een paar kinderen tikkertje speelden in de ochtendzon. Ik liep verder langs de muur naar het oostelijke deel van de kathedraal, maar stond plotseling stil bij een graf. Het was een opvallend graf: verrassend sober, alleen een stenen kruis op een dubbel fundament. Ik bukte me en zag dat dit het graf was van Edith Cavell, de beroemde vaderlandslievende verpleegster die honderden Britse krijgsgevangenen via haar ondergrondse route uit België had helpen ontsnappen en die na al haar inspanningen in de herfst van 1915 was gefusilleerd.

Ik richtte me weer op. Ik sprak geen gebed uit, want daar zou niemand iets aan hebben, maar gaf me over aan een moment van bezinning. Zuster Cavell was uiteraard tot heldin uitgeroepen. Tot martelaar. En ze was een vrouw. De Engelsen leken dit feit voor deze ene keer in hun geschiedenis te waarderen en het was voor mij een groot genoegen om zo onverwacht op haar graf te stuiten.

Voetstappen op het grind waarschuwden me dat er iemand aankwam, twee mensen om precies te zijn. Ze liepen in precies dezelfde pas, als een nachtpatrouille rondom een kamp. Ik liep een stukje bij het graf vandaan en keerde hun de rug toe, onder het voorwendsel dat ik de gebrandschilderde ramen boven me bestudeerde.

'We moeten de definitieve lijst rond drie uur opstellen,' zei de jongeman – die eruitzag als een koster – tegen zijn oudere metgezel. 'Als we tenminste de eerdere zaken vlug kunnen afhandelen.'

'Het duurt zo lang als het duurt,' antwoordde de andere man nadrukkelijk, 'maar ik zal mijn zegje doen, dat beloof ik je.'

'Natuurlijk, dominee Bancroft,' was de reactie. 'Het is een moeilijke situatie, dat weten we allemaal. Maar iedereen heeft begrip voor uw pijn en verdriet.'

'Onzin,' snauwde de man. 'Ze begrijpen er niets van en dat zullen ze ook nooit doen. Ik zal zeggen wat ik ervan vind, daar hoef je niet aan te twijfelen. Maar daarna moet ik vlug naar huis. Mijn dochter heeft iets geregeld. Een… het is nogal moeilijk uit te leggen.'

'Is het een jongeman?' vroeg de koster luchtig. De blik die hij als antwoord kreeg weerhield hem ervan om nog verder te vragen.

'Het is niet zo erg als ik te laat kom,' zei de geestelijke. Zijn stem verried onzekerheid. 'Onze vergadering is veel belangrijker. Ik weet trouwens ook nog niet zeker of ik de plannen van mijn dochter wel zo verstandig vind. Ze heeft zo haar ideeën, begrijp je. En die zijn niet altijd even wijs.'

Op het moment dat ze weer wegliepen ving de geestelijke mijn blik en glimlachte. 'Goedemorgen, jongeman,' zei hij. Ik keek hem aan en mijn hart begon sneller te kloppen. 'Goedemorgen,' zei hij nogmaals, terwijl hij een paar stappen in mijn richting deed. Hij lachte me vaderlijk toe, maar leek zich toen te bedenken, alsof hij een mogelijke dreiging voelde, en stapte weer achteruit. 'Gaat het wel? U kijkt alsof u een geest hebt gezien.'

Ik wist niet wat ik moest zeggen. Ik deed mijn mond open en liet hen denkelijk allebei schrikken door me om te draaien en weg te rennen in de richting van de poort waardoor ik was binnengekomen. Ik struikelde bijna over een heg links van me, een klein kind rechts van me en een groepje straatstenen voor me, en toen was ik weer terug in de kathedraal. Die leek nu monstrueus en benauwend en klaar om me in te sluiten en voorgoed gevangen te houden. Ik zocht wanhopig naar een uitgang uit die verwarrende ruimte en toen ik die vond, rende ik het schip van de kerk door met ritmisch bonkende laarzen, die tot in de verste hoeken van het gebouw te horen waren. Ik was me ervan bewust dat de gelovigen me bekeken met een mengeling van schrik en afkeuring.

Eenmaal buiten was ik buiten adem en voelde ik mijn huid over mijn hele lichaam klam worden. Mijn ontspannen gevoel van even daarvoor maakte plaats voor angst en wroeging. De rust die de kathedraal me had gegeven was weg en ik was weer een man alleen, hier, in de onbekende omgeving van Norwich, met een taak die volbracht moest worden.

Hoe kon ik zo dom zijn geweest? Hoe was het mogelijk dat ik er niet aan had gedacht? Maar het was allemaal zo onverwacht; de naam – dominee Bancroft – en dan die uitdrukking op zijn gezicht. De gelijkenis was gewoon griezelig. Het leek wel alsof ik terug was op de oefenterreinen van Aldershot of in de loopgraven van Picardië. Alsof het weer die verschrikkelijke ochtend was, toen ik woedend en wraakzuchtig uit de cel kwam.

Het was nu langzamerhand tijd om terug te gaan naar het pension om me wat op te frissen voor mijn afspraak. Ik liep weg van de kathedraal en nam een andere route, kriskras links- en rechtsaf door de straten.

Ik was de briefwisseling met Marian Bancroft zelf begonnen. We hadden elkaar nooit ontmoet, maar Will had het vaak over haar gehad en ik was jaloers geweest op hun hechte vriendschap. Zelf had ik natuurlijk ook een zus, maar zij was pas elf toen ik het huis uit ging en de brieven die ik haar kort daarna geschreven had waren nooit beantwoord; ik vermoed dat mijn vader ze had onderschept voordat ze haar konden bereiken. Maar zou hij ze zelf gelezen hebben? vroeg ik me vaak af. Maakte hij stiekem de enveloppen open om uit mijn krabbels op te maken waar ik was en hoe ik mijn levensonderhoud bij elkaar schraapte? Zou hij zich ook maar een seconde afvragen of er op een dag geen brieven meer van mij zouden komen, niet omdat ik gestopt was met schrijven, maar omdat ik niet meer in leven was? Opgeslokt door de straten van Londen? Ik zou het nooit weten.

De oorlog was bijna negen maanden voorbij toen ik eindelijk de moed bij elkaar raapte om Marian te schrijven. De gedachte speelde al lang door mijn hoofd; uit een soort plichtsgevoel had ik nachten wakker gelegen terwijl ik probeerde te beslissen wat ik het beste zou kunnen doen. Eigenlijk wilde ik haar voorgoed uit mijn gedachten bannen, doen alsof zij en haar familie niet bestonden. Wat zou ik tenslotte voor hen kunnen betekenen? Hoe zou ik hen kunnen troosten? Maar de gedachte bleef knagen en op een dag kocht ik, gekweld door schuldgevoel, een pak naar mijn idee elegant briefpapier en een nieuwe vulpen – want ik wilde goed voor de dag komen – en stelde een brief op.

Geachte mejuffrouw Bancroft,

U kent me niet, of misschien ook wel, misschien hebt u mijn naam wel eens horen noemen, maar ik was een vriend van uw broer Will. We zijn samen opgeleid voordat we naar daarginds gestuurd werden. We zaten in hetzelfde regiment, dus we kenden elkaar goed. We waren vrienden.

Mijn verontschuldigingen voor het feit dat ik u zo onverwacht schrijf. Ik weet niet wat u deze laatste paar jaar hebt doorgemaakt, ik kan me er geen voorstelling van maken, maar ik weet wel dat uw broer nooit ver uit mijn gedachten is. Want wat de mensen ook zeggen, hij was de moedigste en vriendelijkste man die ik ooit heb gekend en ik kan u verzekeren dat er daar veel moedige mensen waren, maar niet zo veel vriendelijke.

Hoe dan ook, ik schrijf u nu omdat ik iets heb wat van Will is en waarvan ik vind dat ik het moet teruggeven. De brieven die u aan hem geschreven hebt toen hij daarginds was. Hij heeft ze allemaal bewaard, ziet u, en ze zijn bij mij terechtgekomen. Na afloop, bedoel ik. Vanwege onze vriendschap. Ik verzeker u dat ik er nooit een gelezen heb. Maar ik dacht dat u ze wel terug zou willen hebben.

Ik had natuurlijk eerder moeten schrijven, maar eerlijk gezegd ging het niet zo goed met me na mijn terugkeer; ik had tijd voor mezelf nodig. Misschien kunt u dat begrijpen. Ik denk dat dat nu allemaal achter de rug is. Ik weet het niet. Ik ben niet zo zeker van de dingen als ik aan de toekomst denk. Ik weet niet hoe dat voor u is, maar ik weet wel dat ik het niet ben.

Het was eigenlijk niet mijn bedoeling zo veel te schrijven. Ik wilde mezelf alleen maar introduceren en u laten weten dat ik u graag een keer zou bezoeken, als u me dat zou willen toestaan. Dan kan ik u de brieven teruggeven, want ik vraag me af of die u niet een beetje zouden troosten wanneer u aan uw broer denkt.

Ik weet niet of u wel eens in Londen komt, maar als dat niet het geval is kom ik met alle plezier naar Norwich. Ik hoop dat deze brief goed aankomt, u zou ook verhuisd kunnen zijn. Ik heb gehoord dat mensen soms verhuizen in dit soort situaties, vanwege alle narigheid die het met zich meebrengt.

Als u me zou willen schrijven zou ik deze kwestie graag afhandelen. Of als u me liever niet wilt ontmoeten kan ik u de brieven in een doos toezenden. Maar ik hoop dat u erin toestemt me te ontmoeten. Er is zo veel dat ik u zou willen vertellen.

Uw broer was mijn beste vriend, dat heb ik al gezegd, geloof ik. In ieder geval weet ik dat hij geen lafaard was, juffrouw Bancroft, integendeel. Hij was moediger dan ik ooit zal zijn. Het was niet mijn bedoeling zo veel te schrijven. Maar er valt veel te vertellen, geloof ik.

Met de meeste hoogachting,
Tristan Sadler


Ongemerkt was ik Recorder Road al voorbijgelopen en stond ik op Riverside te kijken naar de hoge stenen zuilen van Thorpe die me vanaf de overkant begroetten. Mijn voeten voerden me als vanzelf de rivier over en het station in, waar ik op mijn gemak toekeek hoe de mensen kaartjes kochten en hun perrons opzochten. Het was vijf minuten over twaalf. Voor me stond de trein naar Londen, die over nog eens vijf minuten zou vertrekken. Een conducteur liep heen en weer en riep: 'Iedereen instappen!' Ik stak mijn hand in mijn zak om mijn portefeuille te pakken en keek op het kaartje dat ik bij me had voor mijn terugreis later die avond. Mijn hart ging sneller slaan toen ik zag dat het de hele dag geldig was. Ik zou gewoon kunnen instappen en naar huis gaan, de hele ellendige toestand achter me laten. Ik zou natuurlijk mijn reistas kwijt zijn, maar daar zat toch niet veel in; alleen mijn kleren van gisteren en het boek van Jack London. Ik zou mevrouw Cantwell het verschuldigde bedrag kunnen overmaken en me verontschuldigen voor mijn onaangekondigde vertrek.

Terwijl ik stond te aarzelen kwam er een man op me af die me met uitgestoken hand vroeg of ik wat kleingeld voor hem had. Ik schudde mijn hoofd en stapte een stukje achteruit omdat hij naar verschaald zweet en goedkope alcohol stonk; hij liep op krukken omdat hij geen linkerbeen had en zijn rechteroog was afgeplakt alsof hij kortgeleden had gevochten. Hij was geen dag ouder dan vijfentwintig.

'Een paar stuivers, meer niet,' zei hij nors tegen me. 'Voor mijn land gevochten, hè, en kijk eens wat ze met me doen. U kunt toch wel wat kleingeld missen? Kom op, verdomde rotvent!' riep hij, harder nu. Ik schrok van de onverwachte grofheid. 'U hebt toch wel een paar stuivers over voor iemand die u vrijheid heeft gebracht?'

Een dame die langs ons heen liep met een kleine jongen legde direct haar handen op zijn oren. Ik zag dat de jongen gefascineerd naar de man keek. Voordat ik iets tegen de man kon zeggen deed hij een uitval naar me. Ik deed nog een stap achteruit en precies op dat moment verscheen er een politieman die hem beetpakte – zachtaardig, zo te zien – en zei: 'Kom maar, dit lost toch niets op?' En door die eenvoudige opmerking leek de man ineen te krimpen; hij hinkte naar de muur en ging weer op de grond zitten, met zijn hand bijna katatonisch voor zich uit. Hij leek niet te verwachten dat iemand hem zou helpen.

'Het spijt me, meneer,' zei de politieman. 'Hij veroorzaakt meestal geen overlast, dus laten we hem daar maar zitten, omdat hij doorgaans wel een paar shilling per dag krijgt. Oudgediende, zoals ikzelf. Maar hij heeft het beroerd gehad.'

'Het is al goed,' mompelde ik en ik liep het station uit. Elke gedachte aan teruggaan naar Londen was uit mijn hoofd verdwenen. Ik was gekomen om een taak te verrichten. Het was belangrijk dat ik die ook afmaakte. En dat had niets te maken met het teruggeven van een stapel brieven.

Het duurde bijna twee weken voordat ik antwoord kreeg van Marian Bancroft en in de tussenliggende tijd had ik aan weinig anders gedacht. Haar zwijgen riep bij mij de vraag op of ze mijn brief wel had ontvangen, of haar familie niet had moeten verhuizen naar een ander deel van het land, of dat ze simpelweg niets met me te maken wilde hebben. Het was onmogelijk om daarachter te komen en ik werd heen en weer geslingerd tussen spijt omdat ik haar had geschreven en het gevoel dat ik werd gestraft met haar weigering om te antwoorden.

En toen vond ik op een avond, toen ik laat thuiskwam van een dag saaie, ongevraagd aangeboden manuscripten lezen bij Whisby Press, een brief op mijn deurmat. Verrast raapte ik hem op – ik kreeg nooit post – en toen ik het elegante handschrift zag wist ik onmiddellijk wie de afzender moest zijn. Ik ging naar binnen om een kop thee te zetten, staarde intussen nerveus naar de envelop en maakte me een voorstelling van de teleurstellingen die hij kon bevatten. Toen ik eindelijk zat, maakte ik hem voorzichtig open. Ik trok het enkele velletje papier eruit en werd direct getroffen door de vage geur van lavendel die vrijkwam. Ik vroeg me af of dit haar persoonlijke parfum was of dat ze een ouderwets meisje was dat een geurtje in al haar enveloppen sprenkelde, of ze nu een liefdesbrief schreef, een rekening betaalde of onverwachte correspondentie zoals de mijne beantwoordde.

Geachte heer Sadler,

In de eerste plaats wil ik u graag bedanken voor uw brief en mijn excuses aanbieden voor het lange uitblijven van mijn antwoord. Ik besef dat mijn stilzwijgen onbeleefd kan zijn overgekomen, maar u zult vast wel begrijpen dat uw brief me op een onverwachte manier heeft verward en ontroerd en ik wist niet goed hoe ik hem moest beantwoorden. Ik wilde niet reageren voor ik zeker wist wat ik wilde zeggen. Ik denk dat mensen vaak te snel reageren, vindt u ook niet? En dat wil ik niet.

U spreekt erg vriendelijk over mijn broer en dat heeft me sterk aangegrepen. Ik ben blij dat hij een vriend heeft gehad 'daarginds', zoals u het noemt. (Waarom is dat, meneer Sadler? Durft u de naam van die plek niet te gebruiken?) Ik koester helaas erg tegenstrijdige gevoelens tegenover onze soldaten. Ik respecteer hen natuurlijk en voel met hen mee omdat ze zo lang onder zulke verschrikkelijke omstandigheden hebben moeten vechten. Ik ben ervan overtuigd dat ze erg moedig zijn geweest. Maar als ik denk aan wat ze met mijn broer hebben gedaan, aan wat deze zelfde soldaten hem hebben aangedaan, dan zult u zeker kunnen begrijpen dat mijn gevoelens op dergelijke momenten niet erg mild zijn.

Als ik dit zou proberen uit te leggen weet ik niet of er voldoende inkt op de wereld zou zijn voor mijn gedachten, of voldoende papier om ze op te schrijven. En ik denk dat het moeilijk zou zijn een postbode te vinden die zo'n lang document als ik zou moeten opstellen zou willen bezorgen. De brieven: ik kan niet geloven dat u ze hebt. Ik vind het erg vriendelijk dat u ze aan mij terug wilt geven.

Meneer Sadler, ik hoop dat u het niet erg vindt, maar om persoonlijke redenen kan ik nu niet naar Londen komen. Ik zou u graag ontmoeten, maar klinkt het erg vreemd als ik zeg dat ik u graag hier zou ontmoeten, in de straten die ik ken, in de stad waar Will en ik zijn opgegroeid? Uw aanbod om hierheen te komen was zeer gul; wellicht mag ik dinsdag de 16e voorstellen als mogelijke datum? Of werkt u? Ik neem aan van wel. Iedereen moet tegenwoordig werken, dat is heel bijzonder. Goed, misschien kunt u het me schriftelijk laten weten?

Met vriendelijke groeten,
Marian Bancroft

Ik hoopte dat ik ongezien het pension in en uit kon komen, maar David Cantwell stond de bloemen in de twee vazen op de wandtafels te verversen en aan zijn blos te zien geneerde hij zich een beetje toen hij me zag.

'Mijn moeder is even weg,' zei hij. 'Dus mag ik dit doen. Vrouwenwerk, vindt u niet? Bloemen. Ik lijk wel een mietje. Een vergeet-me-mietje.'

Hij probeerde me aan het lachen te krijgen met zijn woordspeling, maar ik negeerde zijn flauwe poging tot humor en bracht hem op de hoogte van mijn plannen.

'Ik ga alleen even naar mijn kamer,' zei ik. 'Zal ik mijn tas in het kantoor zetten of kan ik hem boven laten staan?'

'Liever in het kantoor, meneer,' zei hij een beetje stijfjes. Misschien was hij teleurgesteld dat ik niet met hem wilde omgaan alsof we al jaren bevriend waren. 'We hebben een andere gast voor de kamer geboekt, die rond twee uur wordt verwacht. Hoe laat denkt u de tas te komen ophalen?'

'Niet veel later dan dat,' zei ik, al wist ik niet waarom ik dat dacht. Het was mogelijk dat mijn afspraak maar tien minuten zou duren. 'Ik kom langs voor ik de trein neem.'

'Heel goed, meneer,' zei hij en wijdde zich weer aan zijn bloemen. Het viel me op dat hij niet zo toeschietelijk was als de vorige avond en hoewel ik niet op een praatje uit was, vroeg ik me af waarom dat was. Misschien had zijn moeder hem uitgelegd dat het voor iemand die daarginds is geweest niet zo prettig is om te praten over wat daar is gebeurd. Er waren uiteraard soldaten die hun verhalen maar wat graag vertelden, alsof ze van de oorlog hadden genoten, maar anderen, zoals ik, niet.

Ik ging naar boven, poetste mijn tanden en waste mijn gezicht en kamde voor de spiegel mijn haar nog een keer. Ik vond dat ik er niet al te slecht uitzag, al was ik bleek. Ik was klaar voor deze afspraak.

En zo zat ik twintig minuten later in een gezellig café aan Cattle Market Street te kijken naar de klok aan de muur, die genadeloos doortikte tot één uur, en naar de andere klanten om me heen. Het was een traditioneel café, zag ik, dat waarschijnlijk van generatie op generatie overging binnen dezelfde familie. Achter de bar stonden een man van een jaar of vijftig en een meisje van mijn leeftijd – zijn dochter, nam ik aan, want ze leek op hem. Er waren niet meer dan een stuk of zes klanten, wat ik prettig vond, want het leek me lastig om met elkaar te praten als de ruimte vol en lawaaierig was, en even lastig als er niemand zou zijn en ons gesprek kon worden afgeluisterd.

Geachte mejuffrouw Bancroft,

Dank u voor uw reactie en uw vriendelijke woorden. U hoeft zich niet te verontschuldigen voor uw verlate antwoord. Ik was maar al te blij om het te ontvangen.
De 16e komt mij uitstekend uit. En ja, ik heb een baan, maar ik heb nog vakantiedagen te goed, die ik dan kan opnemen.
Ik zie ernaar uit u te ontmoeten. Misschien kunt u een voorstel doen waar en hoe laat het u schikt.

Met vriendelijke groeten,

Tristan Sadler

De deur ging open en ik keek op, verbaasd dat ik zo schrok van dat geluid. Mijn maag kromp ineen van de spanning en ik zag plotseling op tegen de ontmoeting. Maar het was een man die binnenkwam en schichtig rondkeek voor hij helemaal achter in een hoek ging zitten, half verscholen achter een pilaar. Ik had het idee dat hij me even achterdochtig aankeek voor hij uit mijn blikveld verdween. Als ik al niet zo in beslag werd genomen door mijn gedachten zou ik er langer bij hebben stilgestaan.

Geachte heer Sadler,

Zullen we zeggen om een uur? Er is een aangenaam café aan Cattle Market Street, Winchall heet het. Iedereen kan het u wijzen.

Marian B.

Om iets te doen te hebben pakte ik een houdertje met servetten op van de tafel. Mijn rechterhand schoot meteen in een kramp, zodat het doosje uit mijn handen viel en de servetten op het tafelkleed en op de vloer vielen. Binnensmonds vloekend bukte ik me om ze op te rapen, waardoor ik niet zag dat de deur opnieuw openging en er een dame naar binnen stapte die op mijn tafel afliep.

'Meneer Sadler?' zei ze gespannen. Met een rood gezicht van het bukken keek ik op. Ik kwam onmiddellijk overeind en staarde haar sprakeloos aan, zonder een woord te kunnen uitbrengen. Zonder een woord te kunnen uitbrengen.

# Wij zijn anders, volgens mij

ALDERSHOT, APRIL – JUNI 1916

I k spreek pas met Will Bancroft op onze tweede dag in Militaire
Kazerne Aldershot, maar hij valt me de eerste dag al op.

We arriveren op de laatste dag van april aan het eind van de middag; een ongeregelde groep van zo'n veertig schreeuwerige, grofgebekte jongens, stinkend naar zweet en gespeelde heldhaftigheid. Degenen die elkaar al kennen zitten bij elkaar in de trein; ze praten aan één stuk door, bang voor de stilte, en proberen boven elkaar uit te komen. Wie niemand kent duikt weg in zijn zitplaats aan het raam met zijn hoofd tegen het glas en doet alsof hij slaapt of naar het voorbijsnellende landschap kijkt. Er zijn er een paar die gespannen praten over wat ze hebben achtergelaten; hun families en de liefjes die ze zullen missen, maar niemand heeft het over de oorlog. Als je zou afgaan op de spanning die we durven laten zien, zou je evengoed kunnen denken dat we een dagje uit zijn.

Na het uitstappen gaan we in groepjes bij elkaar staan. Ik sta naast een jongen van ongeveer negentien jaar, die geërgerd om zich heen kijkt en me met een enkele blik opneemt en afkeurt. Zijn gezicht drukt zowel berusting als wrevel uit; zijn dikke wangen zijn ruw, alsof hij zich heeft geschoren met koud water en een stomp mes, maar hij staat kaarsrecht om zich heen te kijken alsof hij de opgewektheid van de andere jongens niet kan bevatten.

'Kijk ze nou,' zegt hij kil. 'Stomme idioten, stuk voor stuk.'

Ik draai me om en bekijk hem eens wat beter. Hij is langer dan ik, heeft keurig geknipt haar en een bedachtzaam voorkomen. Zijn ogen staan dicht bij elkaar en hij draagt een simpel uilenbrilletje dat hij om de zoveel tijd afzet om zijn neusbrug te masseren, waar een rode afdruk zit. Hij doet me aan een van mijn vroegere leraren denken, maar dan jonger en waarschijnlijk minder geneigd tot uitbarstingen van nodeloos geweld.

'Wat een flauwekul, vind je ook niet?' gaat hij verder. Hij neemt een lange trek van zijn sigaret, alsof hij alle nicotine in één keer zijn longen in wil zuigen.

'Wat is flauwekul?' vraag ik.

'Dit,' zegt hij. Hij knikt in de richting van de andere rekruten, die staan te praten en te lachen alsof het allemaal een grote grap is. 'Dit alles. Deze idioten. Deze plek. We zouden hier niet moeten zijn, niemand van ons.'

'Ik heb hier al vanaf het begin willen zijn.'

Hij kijkt naar me alsof hij zijn oordeel over mij al klaar heeft, snuift minachtend en wendt dan hoofdschuddend zijn hoofd af. Hij plet de peuk onder zijn schoenzool, opent een zilveren sigarettenkoker en zucht als die leeg blijkt te zijn.

'Tristan Sadler,' zeg ik met uitgestoken hand, want ik wil mijn militaire loopbaan niet met een wanklank beginnen. Hij kijkt er even naar en net als ik me afvraag of ik mijn hand vernederd moet terugtrekken neemt hij hem aan en knikt kort.

'Arthur Wolf,' zegt hij.

'Kom je uit Londen?' vraag ik.

'Essex,' zegt hij. 'Nou ja, Chelmsford. En jij?'

'Chiswick.'

'Mooi daar,' zegt hij. 'Een tante van me woont in Chiswick. Elsie Tyler. Ken je haar soms?'

'Nee,' antwoord ik hoofdschuddend.

'Ze heeft een bloemenwinkel vlak bij Turnham Green.'

'Ik ben er een van Sadler en Zoon, de slager in de hoofdstraat.'

'Jij bent de zoon zeker.'

'Vroeger wel, ja,' zeg ik.

'Je bent hier zeker vrijwillig?' vraagt hij. Er klinkt nu nog meer minachting door in zijn stem. 'Net achttien geworden?'

'Ja,' lieg ik. Eigenlijk word ik pas over vijf maanden achttien, maar ik ben niet van plan om dat hier te bekennen, anders ben ik straks terug bij af voordat er een week voorbij is.

'Je kon zeker niet wachten, hè? Het was vast een cadeautje voor jezelf om naar de sergeant-majoor te marcheren met: ja, sergeant, nee, sergeant, wat u maar wilt, sergeant, en jezelf aan te bieden aan een kruis.'

'Ik had me al eerder willen aanmelden,' zeg ik. 'Maar ze wilden me niet aannemen vanwege mijn leeftijd.'

Hij lacht maar gaat er niet verder op in, schudt alleen zijn hoofd alsof ik niet de moeite waard ben om tijd aan te verspillen. Een aparte kerel, die Wolf.

Even later voel ik beweging in de rijen. Als ik me omdraai zie ik drie mannen in zware, gestevem uniformen vanuit een nabijgelegen keet naar ons toe lopen. Alles aan hen riekt naar autoriteit en ik voel me vreemd opgewonden. Een bang voorgevoel, dat zeker. En misschien verlangen.

'Goedemiddag, heren,' zegt de middelste man. Hij is de oudste van de drie, de kleinste, de dikste en degene die de leiding heeft. Zijn toon is vriendelijk en dat verbaast me. 'Willen jullie me volgen? We zijn nog niet waar we moeten zijn.'

We troepen samen en slenteren achter hem aan. Ik maak gebruik van de gelegenheid om naar de andere mannen om me heen te kijken. De meesten roken sigaretten en praten zachtjes verder. Ik haal mijn eigen sigarettenkoker uit mijn zak en bied Wolf er een aan, die niet aarzelt.

'Bedankt,' zegt hij en hij vraagt tot mijn ergernis meteen om een tweede sigaret voor later. Met een geïrriteerd schouderophalen stem ik toe. Hij trekt nog een sigaret onder het elastiekje vandaan en steekt die boven zijn oor. 'Zo te zien heeft hij de leiding,' zegt hij met een knikje in de richting van de sergeant. 'Ik moet hem spreken. Niet dat hij naar me zal luisteren, natuurlijk. Maar ik zal mijn zegje doen, dat kan ik je verzekeren.'

'Waarover?' vraag ik.

'Kijk eens om je heen, Sadler,' is zijn antwoord. 'Over zes maanden is nog maar een handjevol van deze mensen in leven. Wat vind je daarvan?'

Ik vind er niets van. Wat moet ik vinden? Ik weet dat er mannen omkomen, ze worden elke dag in de kranten vermeld. Maar het zijn alleen maar namen, letters op een rijtje die samen een nieuwsfeit vormen. Ik ken niemand van hen. Ze betekenen nog niet veel voor me.

'Neem een raad van mij aan,' zegt hij. 'Doe net als ik en maak dat je hier wegkomt zodra je kunt.'

Midden op het exercitieterrein blijven we stilstaan. De sergeant en zijn twee korporaals draaien zich naar ons om. We staan niet in een bepaalde opstelling, maar de sergeant blijft zwijgend naar ons staan kijken tot we zonder iets tegen elkaar te zeggen een rechthoek vormen van viermaal tien man. We staan allemaal op een armlengte van elkaar af.

'Goed,' zegt de sergeant met een knikje. 'Dat is een goed begin, heren. Laat ik jullie eerst welkom heten in Aldershot. Ik weet dat sommigen van jullie hier willen zijn en anderen niet. Degenen onder ons die al jaren in dienst zijn leven met jullie mee en delen jullie gevoelens. Maar die doen er niet meer toe. Wat jullie denken, hoe jullie je voelen, is niet belangrijk meer. Jullie zijn hier om getraind te worden als soldaat en dat zal ook gebeuren.'

Hij spreekt op kalme toon, heel anders dan het conventionele beeld van een legersergeant, misschien om ons op ons gemak te stellen. Misschien ook om ons later met een andere aanpak te kunnen overrompelen.

'Mijn naam is sergeant James Clayton,' deelt hij mee. 'De komende maanden, zolang jullie hier zijn, is het mijn verantwoordelijkheid soldaten van jullie te maken, wat van jullie zowel verstand als kracht en uithoudingsvermogen vergt.' Met toegeknepen ogen en zijn tong tegen zijn wang gedrukt neemt hij de mannen – jongens – op die in rijen voor hem staan.

'U, meneer,' zegt hij, terwijl hij met zijn stok een jonge vent in het midden van de eerste rij aanwijst. Het is de jongen die zich in de trein populair heeft gemaakt met zijn gevatheid en gevoel voor humor. 'Uw naam, graag?'

'Mickey Rich,' zegt de jongen zelfverzekerd.

'Mickey Rich, *sergeant!*' schreeuwt de soldaat links van de sergeant, maar de oudere man schudt zijn hoofd.

'Dat geeft niet, korporaal Wells,' zegt hij opgewekt. 'Rich hier kent onze manieren nog niet. Hij weet nog helemaal niets, nietwaar, Rich?'

'Nee, sergeant,' antwoordt Rich. Hij klinkt nu minder zelfverzekerd en spreekt het woord 'sergeant' luid en duidelijk uit.

'Ben je blij dat je hier bent, Rich?' vraagt sergeant Clayton.

'O ja, sergeant,' zegt Rich. 'Zo blij als een hond met zeven staarten.'

De hele groep barst in lachen uit en ik doe nerveus mee.

Met een mengeling van geamuseerdheid en minachting op zijn gezicht wacht de sergeant zwijgend tot het lachen is bedaard. Dan pas kijkt hij de rijen door en knikt hij in de richting van een tweede man. 'En u?' vraagt hij. 'Wie bent u?'

'William Tell,' komt er als antwoord, en weer klinkt er een nauwelijks ingehouden gegrinnik.

'William Tell?' vraagt de sergeant met een opgetrokken wenk-brauw. 'Dat is nog eens een naam. Heb je je pijl-en-boog meege-bracht? Waar kom je vandaan, Tell?'

'Hounslow,' zegt Tell. De sergeant knikt tevreden.

'En u?' vraagt hij aan de man ernaast.

'Shields, sergeant. Eddie Shields.'

'Oké, Shields. En u?'

'John Robinson.'

'Robinson,' bevestigt de sergeant met een kort knikje. 'En u?'

'Philip Unsworth.'

'U?'

'George Parks.'

'U?'

'Will Bancroft.'

En zo gaat het verder. Een litanie van namen, waarvan sommi-ge in mijn hoofd blijven hangen maar me geen aanleiding geven iemand beter te bekijken.

'En u?' vraagt de sergeant nu met een knikje in mijn richting.

'Tristan Sadler, sergeant,' zeg ik.

'Hoe oud ben je, Sadler?'

'Achttien, sergeant,' lieg ik weer.

'Blij om hier te zijn?'

Ik zeg niets. Ik weet niet wat het juiste antwoord is. Gelukkig dringt hij niet aan, want hij is alweer verder.

'Arthur Wolf, sergeant,' zegt mijn buurman.

'Wolf?' vraagt de sergeant. Hij bekijkt hem wat beter. Het is dui-delijk dat hij al iets weet over deze man.

'Dat klopt, sergeant.'

'O.' Hij laat zijn blik van boven naar beneden over hem heen glij-den. 'Ik had verwacht dat je kleiner zou zijn.'

'Een meter vierentachtig, sergeant.'

'Zo,' zegt sergeant Clayton; zijn mond vertrekt langzaam in een flauw lachje. 'Dus jij bent de jongen die hier niet wil zijn?'

'Klopt, sergeant.'

'Bang om te vechten?'

'Nee, sergeant.'

'Nee, sergeant, zeker niet, sergeant, wat een grove beschuldiging, sergeant! Ik zou wel eens willen weten of je enig idee hebt hoeveel dappere mannen daarginds ook niet willen vechten?' Hij wacht even en zijn glimlach verdwijnt. 'Maar ze zijn daar. En ze vechten, dag in dag uit. Ze zetten hun levens op het spel.'

Ik hoor een zacht gemompel door de gelederen gaan. Een paar rekruten draaien hun hoofd om naar Wolf.

'Ik laat je niet naar huis gaan, als je dat soms verwacht,' zegt de sergeant achteloos.

'Nee, sergeant,' zegt Wolf. 'Nee, dat had ik niet verwacht. Nog niet, in elk geval.'

'En je krijgt ook geen arrest. Niet zolang ik die opdracht niet krijg. We gaan je trainen, dat is wat we doen.'

'Ja, sergeant.'

Sergeant Clayton blijft naar Wolf kijken, met zijn kaken iets steviger op elkaar geklemd. 'Oké, Wolf,' zegt hij rustig. 'Zullen we maar gewoon kijken hoe het gaat?'

'Ik verwacht binnenkort iets te horen, sergeant,' zegt Wolf. Zijn stem klinkt vast, maar omdat ik naast hem sta kan ik een bepaalde spanning in zijn lijf voelen, een angstige spanning die hij met alle macht verborgen probeert te houden. 'Van de commissie, bedoel ik. Ik verwacht dat ze me van hun uitspraak op de hoogte zullen stellen, sergeant.'

'Feitelijk ben ík degene die op de hoogte wordt gesteld, Wolf,' snauwt de sergeant, die nu eindelijk zijn kalmte verliest. 'Ze zullen hun communicatie aan mij richten.'

'Misschien wilt u zo vriendelijk zijn me het dan direct te laten weten, sergeant,' antwoordt Wolf en sergeant Clayton glimlacht weer.

'Misschien,' zegt hij dan. 'Ik weet zeker, mannen, dat jullie allemaal trots zijn om hier te zijn,' gaat hij met stemverheffing verder, nu tegen de hele groep. 'Maar jullie weten waarschijnlijk dat er mannen van jullie generatie zijn die zich niet verplicht voelen hun vaderland te verdedigen. Gewetensbezwaarden, noemen ze zichzelf. Jongens die hun geweten onderzoeken en daar niets vinden wat beantwoordt aan de roepende plicht. Ze zien er natuurlijk uit als andere mannen. Ze hebben twee ogen en twee oren, twee armen en twee benen. Geen ballen natuurlijk, dat is een gegeven. Maar als je hun broek niet uittrekt en het noodzakelijke onderzoek verricht, is het heel moeilijk om hen van de echte mannen te onderscheiden. Maar ze zijn er. Ze zijn onder ons. En als ze konden, zouden ze ons onderuithalen. Ze geven de vijand steun.'

Er verschijnt een bitter, boosaardig lachje op zijn gezicht. De mannen in de rijen kijken mompelend en minachtend naar Wolf en proberen om het hardst aan sergeant Clayton te laten zien dat zij die overtuiging niet zijn toegedaan. Het siert Wolf dat hij standhoudt en niet ingaat op het afkeurende gesis aan zijn adres, schimpscheuten waaraan noch de sergeant noch zijn twee korporaals een einde proberen te maken.

'Schande,' zegt een stem ergens achter me.

'Verdomde lafaard,' zegt een ander.

'Witte veer.'

Terwijl ik sta te kijken hoe hij op de beledigingen reageert, valt mijn blik voor het eerst op Will Bancroft. Hij staat vier mannen van me af nieuwsgierig naar Wolf te kijken. Hij lijkt het niet helemaal met Wolf eens te zijn, maar doet ook niet mee aan het koor van afkeuring. Het lijkt alsof hij zich een indruk wil vormen van iemand die zich gewetensbezwaarde noemt, alsof hij wel eens van zo'n geheimzinnig wezen gehoord heeft en zich altijd al heeft afgevraagd hoe die er in levenden lijve zou uitzien. Ik merk dat ik hem recht sta aan te staren – Bancroft, bedoel ik, niet Wolf – zonder mijn blik te kunnen afwenden. Hij moet dat gevoeld hebben, want hij draait zich om en kijkt me glimlachend aan, met zijn hoofd een beetje schuin. Het is vreemd; ik heb het gevoel alsof ik hem ken, alsof we elkaar al kennen. In verwarring bijt ik op mijn lip en dwing mezelf zo lang mogelijk een andere kant op te kijken voor ik opnieuw naar hem kijk. Maar nu staat hij strak in het gelid en kijkt naar voren alsof het moment van contact er nooit is geweest.

'Genoeg, mannen,' zegt sergeant Clayton. De kakofonie is snel afgelopen en de veertig gezichten kijken weer recht voor zich uit. 'Kom hier, Wolf,' gaat hij verder. Mijn metgezel aarzelt maar even en loopt dan naar voren. Ik kan de angst onder zijn vertoon van moed bijna voelen. 'En u ook, meneer Rich,' voegt hij eraan toe terwijl hij wijst naar de jongen die hij het eerst naar zijn naam heeft gevraagd. 'Onze hond met zeven staarten. Kom allebei hier, alsjeblieft.'

De twee mannen lopen naar voren tot ze zo'n twee meter voor de sergeant staan en ongeveer even ver van de eerste rij achter hen. De rest van ons blijft volkomen stil.

Sergeant Clayton kijkt naar de groep mannen en zegt: 'Heren. In dit leger worden jullie allemaal, net als ikzelf vroeger, getraind om je uniform in ere te houden. Om te vechten, een geweer te hanteren, sterk te zijn, en als je daarginds bent zo veel vervloekte vijanden om te leggen als je kunt vinden.' Als zijn stem bij die laatste zin overslaat van woede denk ik: zo is hij dus, zo zit deze man in elkaar. 'Maar soms,' gaat hij verder, 'kun je jezelf in een situatie brengen waarin jij geen wapens meer hebt en je tegenstander ook niet. Je kunt midden in niemandsland staan met Fritz recht tegenover je, zonder geweer of bajonet, met niets om je te verdedigen dan je vuisten. Een angstaanjagend vooruitzicht, vinden jullie niet, heren? En als zoiets zou gebeuren, Shields,' zegt hij tegen een van de rekruten, 'wat denk je dan dat jij zou doen?'

'Niet veel keus, sergeant,' zegt Shields. 'Vechten.'

'Precies,' zegt de sergeant. 'Heel goed, Shields. Vechten. Nu, jullie,' knikt hij in de richting van Wolf en Rich. 'Stel je voor dat jullie in die situatie zitten.'

'Sergeant?' vraagt Rich.

'Vecht, jongen,' zegt de sergeant opgewekt. 'We zullen zeggen dat jij de Engelsman bent, omdat jij althans nog enige pit hebt getoond. Wolf, jij bent de vijand. Vecht. Laat maar eens zien wat jullie kunnen.'

Rich en Wolf keren zich naar elkaar toe, de laatste met een ongelovige uitdrukking op zijn gezicht. Maar Rich begrijpt hoe de zaken ervoor staan en aarzelt niet. Hij balt zijn rechterhand en stompt Wolf hard op zijn neus. De harde, directe stoot, als van een bokser, overvalt Wolf zo dat hij achteruitwankelt en struikelt, met zijn handen voor zijn gezicht. Als hij weer opstaat ziet hij geschrokken hoe het bloed uit zijn neusgaten over zijn vingers stroomt. Rich is een potige kerel met sterke armen en een goede rechtse hoek.

'Je hebt mijn neus gebroken,' zegt Wolf. Hij kijkt naar ons alsof hij niet kan geloven wat er is gebeurd. 'Je hebt verdomme zomaar mijn neus gebroken!'

'Dan breek je die van hem ook maar,' zegt sergeant Clayton onverschillig.

Wolf kijkt naar zijn handen; het bloeden wordt minder, maar er kleeft al een dikke laag aan. Zijn neus is niet echt gebroken; Rich heeft alleen een paar bloedvaten geraakt, dat is alles.

'Nee, sergeant,' zegt Wolf.

'Sla hem nog maar een keer, Rich,' zegt Clayton. Rich haalt nog een keer uit, deze keer naar de rechterkaak en Wolf wankelt weer, maar kan zich staande houden. Met een luide kreet van pijn legt hij een hand op zijn kaak en wrijft er even mee over de zere plek.

'Vecht met hem, Wolf,' zegt Clayton langzaam en nadrukkelijk. Hij spreekt elke lettergreep duidelijk uit en iets in Wolfs gezichtsuitdrukking vertelt me dat hij dat misschien wel zal doen, maar na twintig, dertig seconden diep ademhalen vindt hij zijn zelfbeheersing terug en schudt dan zijn hoofd.

'Ik ga niet vechten, sergeant,' houdt hij vol. En dan wordt hij weer geslagen, in zijn maag, en nog een keer, en hij ligt in elkaar gedoken op de grond, ongetwijfeld in de hoop dat de afranseling gauw afgelopen zal zijn. De mannen kijken toe, zonder te weten wat ze ervan moeten vinden. Zelfs Rich doet een stap achteruit in de wetenschap dat er geen sprake is van een eerlijk gevecht als de ander niet voor zichzelf opkomt.

'In godsnaam,' zegt sergeant Clayton. Hij schudt minachtend zijn hoofd nu hij beseft dat hij niet de knokpartij krijgt waarop hij had gehoopt; een knokpartij waaruit Wolf ernstig toegetakeld tevoorschijn had kunnen komen. 'Oké, Rich, terug naar je plaats. En jij,' zegt hij met een knik in de richting van de liggende Wolf, 'sta op, in godsnaam. Wees een man. Hij heeft je nauwelijks aangeraakt.'

Het duurt even, maar uiteindelijk staat Wolf zonder hulp op en schuifelt terug naar zijn plaats naast me. Hij vangt mijn blik; misschien ziet hij mijn bezorgde uitdrukking wel, maar hij wendt zijn hoofd af. Hij wil geen medelijden.

'Het is een prachtige dag voor een nieuw begin,' kondigt sergeant Clayton aan. Hij strekt zijn armen voor zich uit en laat zijn knokkels kraken. 'Een prachtige dag om discipline te leren en in te zien dat ik in dit regiment geen lolbroekerij of lafheid duld. Ik ben allergisch voor allebei, heren. Knoop dat goed in jullie oren. Jullie zijn hier om getraind te worden. En dat zal gebeuren.'

Daarna loopt hij in de richting van de kazerne en laat ons achter in de handen van zijn twee apostelen, die Wells en Moody heten. Ze doen een stap naar voren om onze namen af te strepen op een lijst die ze in hun handen hebben, een voor een. Zo gauw iemands naam is afgestreept laten ze hem gaan, en natuurlijk bewaren ze Wolf voor het laatst.

De volgende ochtend om vijf uur, als we door Wells en Moody worden gewekt, heb ik voor het eerst echt contact met Will Bancroft.

We zijn onderverdeeld in barakken van twintig man; tien bedden langs de ene muur met het voeteneind naar het midden en tien aan de andere kant ertegenover, een opstelling die volgens Unsworth precies is zoals hij zich een veldhospitaal voorstelt.

'Laten we hopen dat je daar niet al te gauw achter komt,' zegt Yates.

Omdat ik geen broers heb ben ik niet gewend een kamer met iemand te delen, laat staan met negentien andere jongens die de hele nacht liggen te ademen, snurken, draaien en woelen, en ik ben ervan overtuigd dat ik onmogelijk zal kunnen slapen. Maar tot mijn verbazing ligt mijn hoofd nog niet op het kussen of ik begin aan één stuk door verward te dromen – ik moet doodmoe zijn van de treinreis en de emotie om eindelijk hier te zijn – en dan is het weer ochtend en staan onze twee korporaals tegen ons te schreeuwen dat we met onze luie reet uit bed moeten komen, want anders zullen zij ons verdomme wel even helpen met de punt van hun laars.

Ik heb de op een na laatste brits tegen de linkermuur, de kant waar het licht direct op mijn gezicht zou vallen als de zon 's morgens door het ruitje hoog in de muur zou schijnen. Will kwam als een van de eersten de barak binnen en nam de brits naast mij, het beste plekje omdat hij aan één kant een muur heeft en maar één buurman, mij. Tegenover hem en drie bedden naar rechts ligt Wolf, die sinds de vorige avond heel wat trekken en duwen van de jongens heeft moeten ondergaan. Tot mijn verbazing heeft Rich het bed naast het zijne gekozen en ik vraag me af of dat een teken van berouw of een soort dreigement is.

Will en ik hebben elkaar maar even kort toegeknikt voor we op onze britsen neerploften, maar als we er weer uit springen, ik aan mijn linkerkant, hij aan zijn rechterkant, botsen we tegen elkaar op en vallen we om. We wrijven over de zere plek op ons hoofd en excuseren ons lachend voordat we ons opstellen aan het voeteneind van ons bed. Moody deelt ons mee dat we zo snel mogelijk naar de medische barak moeten voor de keuring – mijn tweede, want ik ben al gekeurd in Brenton toen ik me aanmeldde – die zal moeten uitmaken of we geschikt zijn om te vechten voor het Koninkrijk.

'Wat niet waarschijnlijk is,' voegt hij eraan toe, 'want ik heb in mijn hele leven nog nooit zo'n ellendig stel mislukkelingen gezien. Als de afloop van deze oorlog afhangt van jullie zooitje ongeregeld, kunnen we maar beter onze *Guten Morgens* en onze *Gute Nachts* oefenen, want die zullen we dan binnenkort wel nodig hebben.'

Als we ons achter in de groep laten meevoeren naar buiten, alleen gekleed in onderbroek en hemd en met onze blote voeten op het scherpe grind, komen Will en ik naast elkaar te staan. Hij steekt zijn hand naar me uit.

'Will Bancroft,' zegt hij.

'Tristan Sadler.'

'Het ziet ernaar uit dat we de komende maanden buren zijn. Je snurkt toch niet?'

'Ik weet het niet,' zeg ik. Ik heb er nog nooit over nagedacht. 'Niemand heeft er ooit iets van gezegd. En jij?'

'Ze zeggen dat ik op mijn rug een hels kabaal kan maken, maar ik heb mezelf kennelijk aangeleerd om me op mijn zij te draaien.'

'Ik duw je wel om, als je begint,' zeg ik glimlachend. Hij glimlacht ook een beetje en ik voel al iets kameraadschappelijks tussen ons.

'Dat zou ik niet erg vinden,' zegt hij even later zachtjes.

'Hoeveel broers heb je?' vraag ik, in de veronderstelling dat het er wel een paar moeten zijn als hij op de hoogte is van zijn nachtelijke gewoontes.

'Geen,' zegt hij. 'Alleen een oudere zus. Ben jij enig kind?'

Ik voel een brok in mijn keel en aarzel of ik hem de waarheid zal vertellen of niet. 'Een zusje, Laura,' zeg ik en daar laat ik het bij.

'Ik ben altijd blij geweest met mijn zus,' zegt hij. 'Ze is een paar jaar ouder dan ik, maar we zorgen voor elkaar, als je begrijpt wat ik bedoel. Ze heeft me laten beloven dat ik haar regelmatig schrijf als ik daarginds ben. Ik ga me aan die belofte houden.'

Ik knik en kijk nog eens wat beter naar hem. Het is een knappe kerel met een wilde bos donker haar, heldere blauwe ogen die wel van avontuur lijken te houden en ronde wangen met kuiltjes erin als hij lacht. Hij is niet echt gespierd, maar zijn armen zijn goedgevormd en steken stevig uit zijn hemd tevoorschijn. Hij heeft vast nooit veel moeite hoeven doen om bedgenoten te vinden die hem op zijn zij wilden rollen als hij te luidruchtig werd.

'Wat is er, Tristan?' vraagt hij. 'Je wordt helemaal rood.'

'Dat komt van het vroege opstaan,' leg ik uit met afgewend gezicht. 'Ik ben te vlug uit bed gekomen, dat is alles. Het bloed is naar mijn hoofd gestegen.'

Hij knikt en we lopen verder, als hekkensluiters van onze groep, die op dit vroege uur lang niet zo enthousiast of levendig is als toen we gisteren uit de trein stapten. De meeste mannen lopen zonder aandacht voor elkaar zwijgend door, met hun blik meer op de grond voor hun voeten gericht dan op de medische barak voor hen. Met een luid en krachtig 'Hup-twee-drie-vier!' probeert Wells ons in de maat te laten lopen. Wij doen ons best om in het gelid te blijven, maar eigenlijk ziet het er hopeloos uit.

'Zeg,' zegt Will even later met een gezicht dat nu zorgelijker staat. 'Wat vond jij van vriend Wolf? Dapper van hem, vind je niet?'

'Een beetje stom,' zeg ik. 'De sergeant kwaad maken op zijn eerste dag hier? En het was ook geen beste manier om vrienden te worden met de mannen, vind je niet?'

'Misschien niet,' zegt Will. 'Maar je kunt wel bewondering hebben voor zijn lef. Zich op die manier verzetten tegen de baas terwijl hij weet dat hij de kans loopt ervoor afgestraft te worden. Ken jij zo iemand? Zo'n... hoe noem je ze... gewetensbezwaarde?'

'Nee,' zeg ik hoofdschuddend. 'Jij wel?'

'Eentje maar,' zegt hij. 'De oudere broer van een jongen bij mij op school. Larson heette hij. Zijn voornaam weet ik niet meer. Mark of Martin of zoiets. Weigerde wapens te dragen. Zei dat dat om godsdienstige redenen was en dat de oude Derby en Kitchener meer in hun Bijbel en minder in hun instructies moesten lezen; en dat het niet uitmaakte wat ze met hem deden, hij zou nooit een geweer richten op een schepsel van Gods hand, al zouden ze hem ervoor opsluiten.'

Ik maak een afkeurend geluid in de veronderstelling dat hij de man laf vindt, net zoals ik. Ik heb geen bezwaar tegen mensen die uit principe tegen de oorlog zijn of willen dat er snel een eind aan komt – dat is maar al te begrijpelijk – maar ik ben ervan overtuigd dat wij allen de verantwoordelijkheid hebben om deel te nemen aan de oorlog, zolang als die duurt. Ik ben nog jong, natuurlijk. Ik ben dom.

'Wat is er met hem gebeurd?' vraag ik. 'Met die Larson. Hebben ze hem naar Strangeways gestuurd?'

'Nee,' antwoordt hij. 'Nee, ze hebben hem naar het front gestuurd als brancarddrager. Zo doen ze dat namelijk. Als je weigert te vechten zeggen ze dat je op zijn minst assistentie kunt verlenen aan degenen die dat wel willen. Sommigen worden tewerkgesteld op boerderijen, "werk van nationaal belang" noemen ze dat, en die boffen. Anderen gaan de gevangenis in, die boffen minder. Maar de meesten, tja, die komen alsnog hier terecht.'

'Dat klinkt redelijk,' zeg ik.

'Tot je beseft dat een brancarddrager aan het front een levensver-wachting van ongeveer tien minuten heeft. Ze sturen ze vanuit de loopgraven het niemandsland in om de lichamen van de doden en gewonden op te halen en dat betekent hun einde. Een makkelijk doelwit voor sluipschutters. Eigenlijk is het een soort openbare exe-cutie. Dat klinkt minder redelijk, hè?' Fronsend denk ik daarover na. Ik wil een weloverwogen antwoord geven, want ik weet al dat het be-langrijk voor me is dat Will Bancroft goed over me denkt en vriend-schap met me wil sluiten. 'Zelf had ik natuurlijk ook de religieuze optie kunnen kiezen,' gaat hij peinzend verder. 'Mijn ouweheer is dominee, zie je. In Norwich. Hij wilde dat ik ook het ambt in zou gaan. Daarmee was ik onder de dienstplicht uit gekomen, denk ik.'

'Maar dat zag je niet zitten?'

'Nee,' zegt hij hoofdschuddend. 'Al die flauwekul is niets voor mij. Ik vind het niet erg om dienst te nemen. Tenminste, dat denk ik. Vraag het me over zes maanden nog eens. Mijn grootvader heeft in Transvaal gevochten. Voor hij sneuvelde was hij daar een soort held. Ik wil mezelf graag bewijzen dat ik net zo moedig ben als hij. Mijn moeder heeft altijd... Let op, we zijn er.'

We stappen de medische barak binnen, waar Moody ons in groe-pen opsplitst. Zes man gaan achter een rij gordijnen op een paar banken zitten, terwijl de anderen vlakbij op hun beurt blijven wach-ten.

Will en ik horen bij de eersten die worden onderzocht; hij heeft weer het laatste bed gekozen en ik kies het bed naast hem. Ik vraag me af waarom hij er zo'n hekel aan heeft om midden in een ruimte te zijn. Ik vind het wel prettig; het geeft me het gevoel dat ik ergens bij hoor en minder opval. Ik heb zo'n idee dat er algauw subgroepjes onder ons zullen ontstaan en dat degenen aan de buitenkant het eerst zullen afvallen.

De dokter is een magere man van middelbare leeftijd, met een bril met zwaar montuur en een witte jas die betere tijden heeft gekend. Als hij Will te kennen geeft dat hij zich moet uitkleden doet die dat zonder een spoor van gêne. Hij trekt zijn hemd over zijn hoofd, gooit het achteloos op het bed naast zich en laat vervolgens zijn onderbroek op de grond zakken alsof het hem geen zier kan schelen. Ik kijk verlegen een andere kant uit, maar dat helpt niet echt, want overal waar ik kijk hebben andere groepsgenoten, althans die op de bedden zitten, zich ook al helemaal uitgekleed. Ik zie een stel slecht ontwikkelde, schrikbarend onaantrekkelijke lichamen. Het verbaast me dat de meeste van deze jongemannen tussen de achttien en twintig er zo ondervoed en witjes uitzien. Overal waar ik kijk zie ik kippenborsten, ingevallen buiken en slappe billen, behalve bij een paar jongens die het andere uiterste vertegenwoordigen met hun overgewicht en dikke vetkwabben die als borsten aan hun lijf hangen. Als ik me ook uitkleed, bedank ik in stilte de bouwonderneming waar ik de afgelopen achttien maanden ongeschoold werk heb gedaan voor mijn spierontwikkeling. Pas daarna vraag ik me af of ik vanwege mijn relatieve kracht en goede conditie misschien eerder voor actieve dienst word opgeroepen dan goed voor me zou zijn.

Ik richt mijn aandacht weer op Will, die kaarsrecht staat met beide armen gestrekt voor zich, terwijl de dokter zijn mond inspecteert en daarna een meetlint over zijn borst legt. Zonder na te denken over de indruk die dat maakt neem ik hem in één oogopslag op en weer valt me op hoe goed hij eruitziet. In een flits denk ik terug aan die middag dat ik van mijn vroegere school werd gestuurd, een herinnering die ik diep heb weggestopt.

Ik doe mijn ogen even dicht en als ik ze weer open, kijk ik recht in Wills ogen. Hij heeft zijn hoofd omgedraaid om naar me te kijken; weer zo'n vreemd moment. Ik vraag me af: waarom wendt hij zijn blik niet af? En vervolgens: waarom ik niet? De blik duurt drie, vier, vijf seconden. Dan krullen zijn mondhoeken zich tot een glimlach en kijkt hij eindelijk weer recht voor zich uit, terwijl hij drie keer lang en diep zucht. Het is een reactie, besef ik, op de dokter die een stethoscoop tegen zijn rug houdt en hem vraagt diep in en uit te ademen.

'Dank je,' zegt de dokter ongeïnteresseerd. Hij stapt naar voren en zegt tegen Will dat hij zijn kleren weer kan aantrekken. 'En nu,' met een blik op mij, 'de volgende.'

Ik onderga hetzelfde onderzoek, dezelfde meting van hartslag en bloeddruk, lengte, gewicht en longcapaciteit. Hij pakt mijn ballen en draagt me op te hoesten; dat doe ik snel, want ik wil dat hij loslaat, en vervolgens moet ik allebei mijn handen recht uitgestrekt voor mijn lijf houden, zo stil als ik kan. Ik doe wat hij vraagt en hij lijkt tevreden met wat hij ziet. 'Zo vast als een huis,' zegt hij knikkend en hij streept iets af op zijn formulier.

Later, na een weerzinwekkend ontbijt van koud roerei met vet spek, ben ik weer terug in onze barakken en dood ik de tijd met de indeling in me opnemen. In de afgeschermde ruimte tegenover het voeteneind van Will en mij slapen Wells en Moody, op britsen die hun enige privacy verschaffen ten opzicht van hun waardeloze pupillen. De latrine, een eenvoudig hokje met een paar pispotten en nog iets wat veel erger stinkt en waarvan we te horen krijgen dat we het elke avond om beurten moeten legen, is buiten. Uiteraard is Wolf die avond als eerste aan de beurt.

'Vind je ook niet dat ze ons eerst de kans moeten geven om ons ontbijt te laten zakken?' vraagt Will onderweg naar het oefenterrein. We lopen weer naast elkaar, maar deze keer midden in de groep. 'Wat vind jij, Tristan? Volgens mij kan ik die zooi zo weer uitkotsen. Maar ja, we zijn in oorlog. Het is hier geen vakantiekamp.'

Sergeant Clayton staat op ons te wachten, kaarsrecht in een pasgesteven uniform. Hij staat bewegingsloos en lijkt niet eens te ade-

men. Wij gaan in het gelid voor hem staan en zijn twee apostelen nemen hun positie aan weerszijden van hem in.

'Mannen,' zegt hij dan. 'De gedachte om jullie te zien oefenen in
het uniform van het regiment is een waar schrikbeeld voor me.
Daarom zullen jullie, tot nader order, getraind en gedrild worden in
jullie burgerkloffie.'

Er gaat een zacht gemompel van teleurstelling door de rijen; veel
van de jongens willen duidelijk niets liever dan het langgewenste
kakitenue aantrekken, hier en nu, alsof de kleding in één klap soldaten van ons zou maken. Degenen onder ons die lang hebben moeten
wachten om aangenomen te worden, zitten er niet op te wachten om
de goedkope, vuile kleren waarin we zijn aangekomen langer te dragen dan nodig is.

'Flauwekul,' fluistert Will. 'Het leger heeft gewoon niet voldoende
uniformen, dat is het. Het gaat nog weken duren voordat we onze
uitrusting hebben.'

Ik zeg niets terug, omdat ik bang ben betrapt te worden op praten, maar ik geloof hem. Zolang de oorlog gaande is volg ik de kranten en er wordt continu geklaagd dat het leger te weinig uniformen
en geweren voor de soldaten heeft. Het nadeel is dat we de komende
tijd nog aan ons burgerkloffie vastzitten, maar het voordeel is dat we
niet naar Frankrijk kunnen worden gestuurd voordat we een geschikte uitrusting hebben om in te vechten. Er zijn al verhitte discus-
sies in het parlement over mannen die zichzelf opofferen zonder dat
ze een fatsoenlijk uniform hebben.

We beginnen met wat elementaire exercitieoefeningen: tien minuten rekken en daarna rennen op de plaats om ons goed in het
zweet te werken. Dan besluit sergeant Clayton ineens dat onze opstelling van vijf bij vier man wanordelijk is en hij stormt op ons af.
Hij duwt een man een stap naar voren, trekt een ander een stukje
terug, sleurt een nietsvermoedende jongen naar rechts en schopt

iemand anders naar links. Als hij klaar is – ik heb tijdens zijn ingrijpen ook mijn portie duwen en trekken gehad – zien de rijen er niet minder ongeordend of geordend uit dan tien minuten daarvoor. Maar het lijkt hem beter te bevallen en ik wil best aannemen dat mijn ongeoefende oog niet kan zien wat zo'n flagrante belediging is voor zijn meer ervaren blik.

Ondertussen klaagt sergeant Clayton luid en duidelijk over ons onvermogen om in formatie te blijven. Zijn stem klinkt zo gespannen en hij kijkt zo kwaad dat ik werkelijk geloof dat hij zichzelf nog iets aandoet als hij niet oppast. Maar als we mogen inrukken en naar het washok worden gestuurd om ons schoon te schrobben oogt hij tot mijn verrassing weer even beheerst en onverstoorbaar als toen we hem voor het eerst ontmoetten.

Hij moet nog één order geven. Wolf, verordonneert hij, heeft de groep lelijk laten zitten door bij het marcheren zijn knieën niet hoog genoeg op te trekken.

'Nog een uur voor Wolf, zou ik denken,' zegt hij tegen Moody, die antwoordt met een resoluut 'Ja, sergeant'. Wells brengt ons terug naar ons startpunt, terwijl onze collega in zijn eentje midden op het exercitieveld blijft staan. Hij marcheert in een perfecte eenmansformatie terwijl wij, ogenschijnlijk zonder enige interesse in zijn welzijn, hem daar achterlaten.

'Die ouwe heeft wel de pik op Wolf, hè?' zegt Will als we later op de dag op onze brits liggen. We hebben toestemming om een half uur te pauzeren voordat we ons weer moeten melden voor een avondmars over zwaar terrein; ik begin al te kreunen als ik eraan denk.

'Dat was te verwachten,' zeg ik.

'Ja, natuurlijk. Maar toch. Erg sportief is het niet.'

Ik kijk hem verbaasd aan. Er klinkt iets chics door in zijn manier van praten. Ik veronderstel dat zijn opvoeding als zoon van een dominee in Norfolk van een ander niveau is geweest dan de mijne. Zijn uitspraak is beschaafder en hij heeft duidelijk oog voor anderen. Zijn vriendelijkheid maakt indruk op me. Het neemt me voor hem in.

'Vond je vader het erg toen je opgeroepen werd?' vraag ik.

'Ontzettend. Maar als ik dienst had geweigerd was dat nog veel erger geweest. Vorst en vaderland betekenen veel voor hem. En de jouwe?'

Ik haal mijn schouders op. 'Het kon hem niet veel schelen.'

Will knikt en gaat zwaar door zijn neus ademend overeind zitten. Hij legt zijn kussen dubbelgevouwen in zijn rug en steekt bedachtzaam een peuk op.

'Zeg,' zegt hij even later, zo zacht dat niemand hem kan horen. 'Hoe vond je het daarnet bij de dokter?'

'Wat ik daarvan vond?' vraag ik verbaasd. 'Ik weet niet. Waarom vraag je dat?'

'Zomaar,' zegt hij. 'Ik dacht alleen dat je erg geïnteresseerd was in wat hij deed, meer niet. Je bent toch niet van plan om je bij de medische staf aan te sluiten?'

Ik voel dat ik weer ga blozen – hij had me dus toch naar hem zien kijken – en ik draai me om zodat hij het niet kan zien.

'Nee, nee, Bancroft,' zeg ik. 'Ik blijf in het regiment.'

'Goed om te horen, Tristan,' zegt hij. Hij buigt zich zo ver naar me toe dat er een vleugje transpiratielucht mijn kant uit komt. Het voelt alsof zijn hele wezen zich op me wil storten. 'Maar we zitten hier volgens mij wel met een stel hopeloze gevallen. Daar kon korporaal Moody wel eens gelijk in hebben. Het is fijn om een vriend te hebben.' Ik glimlach, maar zeg niets; ik krijg een steek in mijn lijf als hij dat zegt, alsof een mes zich alvast midden in mijn borstkas plant om te waarschuwen voor de pijn die ongetwijfeld moet komen. Ik sluit mijn ogen en probeer er niet te veel over na te denken. 'En, Tristan, noem me in vredesnaam geen Bancroft meer, oké?' voegt hij er nog aan toe. Hij laat zich weer op zijn eigen brits vallen, zo hard dat de veren kreunen alsof ze pijn hebben. 'Ik heet Will. Ik weet ook wel dat iedereen elkaar hier bij de achternaam noemt, maar wij zijn anders, volgens mij. Wij laten ons niet breken, oké?'

In de volgende weken ondergaan we zo'n folterende training dat ik niet kan geloven er zo lang naar uitgekeken te hebben om eraan deel te mogen nemen. Onze reveille is meestal om vijf uur 's morgens. Na hooguit drie minuten waarschuwing vooraf van Wells of Moody wordt van ons verwacht dat we wakker worden, uit bed springen en met kleding en laarzen aan in het gelid voor de barak gaan staan. De meeste dagen staan we daar in een soort halfslaap en als we het kamp uit marcheren voor de vier uur durende veldloop schreeuwt ons lijf het uit van de pijn. Op dit soort ochtenden geloof ik dat er niets er-gers bestaat dan de basisopleiding; ik zal er algauw achter komen dat ook dat niet waar is.

Maar het resultaat van dat soort activiteiten is dat onze jonge lichamen zich ontwikkelen. Er vormt zich een harde spierlaag op onze kuiten en borst, we krijgen strakke buikspieren en gaan er ein-delijk uitzien als soldaten. Zelfs die paar jongens uit onze groep die met overgewicht op Aldershot aankwamen – Turner, Hobbs, Milton en de moddervette Denchley – raken hun overtollige pondjes kwijt en gaan er gezonder uitzien.

We hoeven niet in stilte te marcheren en lopen meestal zachtjes te praten. Met de meeste jongens van de groep kan ik goed opschieten, maar de meeste ochtenden blijf ik in de buurt van Will, die ook graag met mij lijkt op te trekken. Ik heb niet veel vriendschap ervaren in mijn leven. De enige die ooit iets voor me heeft betekend was Peter, maar die heeft me laten stikken voor Sylvia en na het incident op school ben ik zo in ongenade gevallen dat ik hem nooit meer zou zien.

En dan, op een middag tijdens een zeldzaam rustuur in de barakken, komt Will binnen en treft me alleen aan. Ik lig met mijn rug naar hem toe en hij springt in een vlaag van enthousiasme boven op me, gillend en schreeuwend als een spelend kind. Ik worstel me onder hem uit, waarna we stoeiend over de vloer rollen, lachend om niets. Als hij me in de houdgreep op de grond gedrukt houdt met zijn knieën aan weerszijden van mijn lijf kijkt hij glimlachend op me neer. Zijn donkere haar valt in zijn ogen en ik weet zeker dat hij even naar mijn lippen kijkt met zijn hoofd een beetje schuin en zijn lichaam iets voorovergebogen. Ik til mijn knie een stukje op en waag een glimlach. We kijken elkaar aan – 'Ach, Tristan,' zegt hij zacht en treurig – en dan horen we iemand bij de deur. Hij springt op en wendt zich van me af. Als hij weer naar me kijkt nadat Robinson de barak binnen is gekomen zie ik dat hij me niet in de ogen kan kijken.

Misschien is het dus niet zo vreemd dat ik op een vroege ochtendmars brand van jaloezie als ik merk dat ik Will tussen de mannen ben kwijtgeraakt nadat ik bij het vertrek uit het kamp even heb moeten stoppen om de veters van mijn laarzen beter vast te maken. Als ik vlug tussen de mannen door loop, zonder te laten blijken wat ik wil, zie ik hem voor de anderen uit lopen met niemand anders dan Wolf, onze gewetensbezwaarde, alsof ze de beste maatjes zijn. Ik kijk er verbaasd naar, want niemand loopt ooit naast Wolf of praat met hem. Zijn bed ligt elke avond zo vol met witte veertjes uit onze kussens dat Moody, die toch niet meer van Wolf gecharmeerd is dan wij, ons opdraagt ze weer terug te stoppen; we krijgen nog een zere nek van de lege kussens als we plat op bed liggen zonder iets onder ons hoofd. Ik kijk om me heen of iemand anders deze ongewone combinatie is opgevallen, maar de meeste van mijn mederekruten hebben hun aandacht vooral bij de beweging van hun voeten. Met gebogen hoofd en halfgesloten ogen denken ze alleen maar aan een zo vlug mogelijke terugkeer op de basis en het twijfelachtige genoegen van ons ontbijt.

Vastbesloten om niets te missen van hun gesprek versnel ik mijn pas tot ik ze heb ingehaald. Ik ga naast Will lopen, maar kijk angstvallig langs hem heen als Wolf me toelacht. Ik krijg de indruk dat hij midden in een of ander betoog zat – Wolf voert nooit een gesprek, het is altijd een betoog – maar nu valt hij stil. Will draait zijn hoofd naar me toe met een blik die aangeeft dat hij verbaasd is om me te zien, maar ook blij.

Een van de dingen die ik het meest in Will waardeer is dat hij me het idee geeft – in mijn ogen volkomen gemeend – echt van mijn gezelschap te genieten. Hij lacht om mijn grappen, die me bij hem in de buurt makkelijker en geestiger ontvallen dan bij iemand anders. Hij geeft me het gevoel dat ik niet voor hem onderdoe, dat ik even slim ben, even gemakkelijk met anderen kan omgaan, terwijl dat allerminst waar is. En ik heb het gevoel, het voortdurende gevoel, dat hij iets voor me voelt.

'Tristan,' zegt hij vrolijk. 'Ik vroeg me al af wat er met je was gebeurd. Ik dacht dat je misschien naar bed was teruggegaan. Arthur en ik zijn aan de praat geraakt. Hij vertelde me net over zijn toekomstplannen.'

'O ja?' vraag ik. Ik kijk langs hem heen naar Wolf. 'En wat zijn die? Ga je je kandidaat stellen voor het pausschap?'

'Rustig, Tristan,' zegt Will met een vleugje sarcasme in zijn stem. 'Je weet dat mijn ouweheer dominee is. Niets mis met de kerk, weet je, als het bij je past. Ik zou er zelf niets voor voelen, maar toch.'

'Nee, natuurlijk niet,' zeg ik. Ik was dominee Bancroft en zijn preken in Norwich even helemaal vergeten. 'Ik bedoelde alleen dat Wolf iets goeds ziet in iedereen, meer niet.' Het is een armzalig antwoord, waaruit waardering moet blijken voor Wolf, die ik niet heb, en ik zeg het alleen omdat ik denk dat Will die wel heeft.

'Het priesterschap niet, nee,' zegt Wolf, duidelijk vermaakt door mijn geklungel. 'Ik dacht aan de politiek.'

'De politiek?' zeg ik lachend. 'Maar daar maak je toch geen schijn van kans?'

'Waarom niet?' vraagt hij. Hij kijkt me aan zonder dat zijn gezichtsuitdrukking iets prijsgeeft.

'Hoor eens, Wolf,' zeg ik. 'Ik weet niet of je gelijk hebt in je overtuigingen of niet. Daar durf ik geen oordeel over uit te spreken.'

'Is dat zo? Waarom niet? Dat doe je meestal wel. Ik dacht dat je het eens was met al die andere jongens die me een lafbek vinden. Een witte veer.'

'En zelfs als je gelijk hebt,' ga ik verder, zonder op zijn reactie in te gaan, 'zul je er een heel karwei aan hebben om daar na de oorlog iemand van te overtuigen. Ik bedoel, als een parlementskandidaat in mijn district de kiezers zou vertellen dat hij tegen oorlog was en geweigerd had om te vechten, nou, dan zou hij grote moeite hebben om heelhuids van het podium af te komen, laat staan dat hij genoeg stemmen zou binnenhalen om een zetel te winnen.'

'Maar Arthur weigert niet om te vechten,' zegt Will. 'Hij is toch hier?'

'Ik ben hier om opgeleid te worden,' zegt Wolf nadrukkelijk. 'Ik heb je toch gezegd, Will, zodra we ingescheept worden zal ik weigeren om te vechten. Dat heb ik ze verteld. Ze weten het. Maar ze luisteren niet, dat is het probleem. De militaire commissie zou weken geleden al over mijn zaak beslissen, maar ik heb nog steeds niets gehoord. Het is ontzettend frustrerend.'

'Zeg, waar maak je precies bezwaar tegen?' vraag ik, omdat ik er niet helemaal zeker van ben dat ik zijn motieven begrijp. 'Je houdt niet van oorlog, is dat het?'

'Niemand zou van oorlog moeten houden, Sadler,' zegt Wolf. 'En ik kan me niet voorstellen dat iemand dat ook echt doet, behalve sergeant Clayton misschien. Hij lijkt ervan te genieten. Nee, ik geloof gewoon niet dat het goed is om in koelen bloede iemand om het leven te brengen. Ik ben geen religieus mens, niet erg in elk geval, maar volgens mij is het aan God om naar Zijn wil levens te nemen of te sparen. En daarnaast, waarom zou ik eigenlijk iets hebben tegen zo'n Duitse jongen die uit Berlijn, Frankfurt of Dusseldorf is weggehaald om voor zijn vaderland te vechten? Wat heeft hij tegen mij? Er staan dingen op het spel, ja, politieke en territoriale kwesties, waar deze oorlog over gaat, en ik zal niet ontkennen dat daar legitieme gronden voor zijn. Maar er is ook nog zoiets als diplomatie, in de vorm van weldenkende mensen die met elkaar om de tafel gaan zitten om hun problemen op te lossen. En ik geloof niet dat die wegen al uitputtend bewandeld zijn. In plaats daarvan maken we elkaar dag na dag zomaar af. En dáár maak ik bezwaar tegen, Sadler, als je het echt wilt weten. En ik weiger daaraan mee te doen.'

'Maar, beste jongen,' zegt Will met een lichte ergernis in zijn stem. 'Dan krijg je een baantje als brancarddrager. Dat wil je toch zeker niet?'

'Natuurlijk niet. Maar als het het enige alternatief is...'

'Weinig nut voor de politiek als je binnen exact tien minuten door een sluipschutter wordt omgelegd,' zeg ik. Als Will me fronsend aankijkt schaam ik me voor wat ik gezegd heb. We zorgen er altijd allemaal voor om nooit te praten over de gevolgen van de oorlog, over het feit dat hooguit een paar van ons het zullen overleven, dus het is tegen onze gedragscode om zo'n grove opmerking te maken. Ik kan de afkeuring van mijn vriend niet verdragen en kijk de andere kant op. Mijn laarzen stampen op de keien onder mijn voeten.

'Is er iets, Sadler?' vraagt Wolf even later als Will alweer een eindje verderop is gaan lopen en met Henley lacht om iets anders.

'Nee,' brom ik, zonder hem aan te kijken. Ik houd mijn ogen strak voor me gericht, op alweer een toekomstige vriendschap die mij verder van mijn plaats zou kunnen verdringen. 'Hoezo?'

'Je lijkt een beetje... geïrriteerd, dat is alles,' zegt Wolf. 'Een beetje zorgelijk.'

'Je kent me niet,' zeg ik.

'Je hoeft je heus geen zorgen te maken,' zegt hij zo nonchalant dat ik er kwaad van word. 'We liepen alleen maar een beetje te praten. Ik zal hem echt niet van je afpakken. Je kunt hem nu terugkrijgen als je wilt.'

Ik staar hem aan zonder woorden voor mijn verontwaardiging te kunnen vinden. Hij barst in lachen uit en loopt hoofdschuddend weg.

Later, als straf voor mijn botte gedrag, vormt Will opnieuw een paar met Wolf als we gaan oefenen met de Short Magazine-geweren – de Smilers, zoals wij ze noemen – en zit ik opgescheept met Rich. Rich heeft overal een antwoord op en beschouwt zichzelf als de geestigste van onze groep, maar hij staat bekend als een kluns als het op leren aankomt. Hij heeft nogal een rare positie, want hoewel hij Wells en Moody hoorndol maakt met zijn stommiteiten en zich bijna dagelijks de woede van sergeant Clayton op de hals haalt, heeft hij iets aandoenlijks over zich, iets innemends, zodat niemand lang boos op hem kan blijven.

We krijgen ieder een geweer, maar klachten over het feit dat we nog altijd onze burgerkleren dragen, die om de drie dagen gewassen worden om ze te ontdoen van aangekoekte modder en zweetlucht, zijn aan dovemansoren gericht.

'Ze willen alleen dat we zo veel mogelijk vijanden neerleggen,' merkt Rich op. 'Het maakt ze niet uit hoe we erbij lopen. Als het aan Lord Kitchener lag, zouden we in adamskostuum kunnen gaan.'

Ik ben het met hem eens, maar vind het ook een beetje overdreven en dat zeg ik ook. Evengoed is het een ontnuchterend moment voor ons allemaal als we eindelijk onze Smilers krijgen en er valt een ongemakkelijke stilte, doodsangst bij het idee dat we opgeroepen kunnen worden om ze te gebruiken, en snel ook.

'Heren,' zegt sergeant Clayton terwijl hij op een onmiskenbaar obscene manier zijn geweer staat te strelen, 'met wat jullie in handen hebben gaan we deze oorlog winnen. De Short Magazine Lee Enfield-geweren hebben een magazijn voor tien patronen, een sluitmechaniek waar legers van over de hele wereld jaloers op zijn, en voor de aanval op korte afstand een bajonet van drieënveertig centimeter lang, voor als je je op de vijand wilt storten om hem met je speer duidelijk te maken wie wie is, wat wat is en waarom de dingen zijn zoals ze zijn. Dit is geen speelgoed, heren, en als ik iemand zijn geweer als speelgoed zie behandelen, gaat diegene vijftien kilometer marcheren met een stuk of tien van deze fraaie wapens op zijn rug. Is dat duidelijk?'

We mompelen iets bevestigends en onze basistraining in het gebruik van geweren begint. Het laden en ontladen van het wapen is niet makkelijk, en sommigen hebben het eerder onder de knie dan anderen. Ik denk dat ik zo'n beetje bij de middenmoot van de groep behoor en kijk naar Will, die alweer met Wolf staat te praten tijdens het vullen en leegmaken van het magazijn en het bevestigen en losmaken van de bajonet. Als ik even Wolfs blik opvang, weet ik dat ze het over mij hebben, dat Wolf me doorheeft, door me heen kan kijken en Will mijn geheimen vertelt. Het lijkt wel alsof ik het van de daken schreeuw, want op dat moment kijkt Will naar me en zwaait plotseling breeduit lachend met zijn geweer. Ik zwaai, ook lachend, terug met het mijne en word daarvoor beloond met een draai om mijn oren van Moody. Als ik over de pijnlijke plek sta te wrijven zie ik Will hartelijk lachen. Dat alleen al maakt het de moeite waard.

'Ik zie dat we een paar mannen hebben die sneller leren dan anderen,' kondigt sergeant Clayton aan als de tijd om is. 'Laten we een vaardigheidstestje doen, goed? Williams, kom hier, alsjeblieft.' Roger Williams, een tamelijk zachtaardig lid van onze groep, staat op om naar voren te lopen. 'En... Yates, denk ik,' gaat hij verder. 'Jij ook. En Wolf.'

De drie mannen gaan voor ons staan om Wolfs dagelijkse rituele vernedering uit te voeren. Ik zie de ogen van de jongens oplichten als hij daar staat en werp een blik op Will, die afkeurend staat te fronsen. 'Zo, heren,' zegt sergeant Clayton. 'Degene die als laatste zijn geweer uit elkaar heeft gehaald en weer in elkaar heeft gezet zoals het hoort, zal...' Hij haalt nadenkend zijn schouders op. 'Nou, ik weet het nog niet. Maar ik weet wel dat het geen pretje zal zijn.' Hij glimlacht een beetje en een paar strooplikkers uit onze groep grijnzen waarderend om de waardeloze grap. 'Korporaal Wells, tel eens voor ze af, als je wilt.'

Wells roept: 'Drie-twee-één-start.' Tot mijn verbazing staan Williams en Yates te tobben met hun geweren, terwijl Wolf het zijne zonder enige moeite uit elkaar haalt en het geheel in precies vijfenveertig seconden weer in elkaar zet. Er valt een stilte onder de mannen, van teleurstelling waarschijnlijk, en zijn twee tegenstanders stoppen even om ongelovig naar hem te kijken om daarna snel verder te strijden om de tweede plaats.

Sergeant Clayton staart Wolf geërgerd aan. Het lijdt geen twijfel dat hij gedaan heeft wat van hem gevraagd werd en ook nog binnen de tijd; hij kan hier onmogelijk voor worden gestraft. Dat zou niet eerlijk zijn en iedereen zou dat weten. Ik zie dat Will moeite heeft zijn lachen in te houden en bijna gaat applaudisseren, maar hij kan zich gelukkig beheersen.

'Het verbaast me,' zegt sergeant Clayton ten slotte op een toon alsof hij het echt meent, 'dat iemand die te bang is om te vechten zo vaardig is met zijn geweer.'

'Ik ben niet bang om te vechten,' zegt Wolf met een zucht. 'Ik wil het gewoon niet, dat is alles.'

'U bent een lafaard, meneer,' merkt Clayton op. 'Laten we de dingen tenminste bij hun naam noemen.'

Wolf haalt zijn schouders op, een opzettelijk provocerend gebaar.

De sergeant pakt het geweer uit de handen van Yates, gaat na of het ongeladen is en wendt zich weer tot Moody. 'We moeten het nog een keer doen, vind ik,' kondigt hij aan. 'Wolf en ik gaan het tegen elkaar opnemen. Wat denk je, Wolf, kun je een uitdaging aan? Of gaat dat ook tegen je delicate morele principes in?'

Wolf zegt niets, maar knikt alleen en even later roept Moody weer: 'Drie-twee-één-start!' Ditmaal is er geen twijfel over wie de winnaar zal zijn. Sergeant Clayton demonteert en monteert zijn geweer met zo'n verbazingwekkende snelheid dat het een lust voor het oog is. Veel jongens applaudisseren voor hem, maar mijn bijdrage aan het gênante kabaal beperkt zich tot één plichtmatige klap. Blij met zijn overwinning staat hij naar ons te kijken en hij grijnst zo trots tegen Wolf dat ik besef hoe kinderlijk deze man eigenlijk is. Het enige wat hij heeft gepresteerd is een rekruut verslaan in iets wat hij zelf al jaren succesvol doet. Dat is geen echte overwinning. Trouwens, de uitdaging op zich was al schandalig.

'Zo, Wolf,' zegt hij, 'wat dacht je daarvan?'

'Ik denk dat u beter met een geweer omgaat dan ik ooit zal kunnen,' antwoordt hij. Hij legt de laatste hand aan het in elkaar zetten van zijn Smiler en gaat weer op zijn plaats naast Will staan, die hem op zijn rug klopt met een 'goed gedaan'-gebaar. Sergeant Clayton lijkt niet goed te weten of Wolfs antwoord bedoeld was als compliment of als sneer. Nadat hij ons heeft weggestuurd blijft hij alleen achter. Hij staat op zijn hoofd te krabben en vraagt zich ongetwijfeld af hoe lang het zal duren voor hij Wolf weer kan straffen voor een of andere zogenaamde overtreding.

De dag dat onze uniformen eindelijk aankomen, is de dag waarop Will en ik samen zijn ingeroosterd voor wachtdienst. Opgewonden over onze spiksplinternieuwe standaarduitrusting staan we samen in de koele avondlucht bij de slagbomen van de kazerne. Iedereen in de troep heeft een paar nieuwe laarzen gekregen, twee dikke grijze hemden zonder kraag en een kaki broek, die hoog in de taille valt en netjes wordt opgehouden met bretels. De sokken zijn dik en ik denk dat ik nu eindelijk eens een hele nacht warme voeten zal houden. We hebben ook allemaal een zware overjas gekregen. In die gloednieuwe uitrusting staan Will en ik naast elkaar geduldig de omgeving af te speuren voor het onwaarschijnlijke geval dat er over een heuvel midden in New Hampshire een bataljon Duitse soldaten komt opduiken.

'Mijn nek doet pijn,' zegt Will. Hij trekt het hemd een stukje weg van zijn huid. 'Die stof is verdomd ruw, hè?'

'Ja. Maar het went wel, denk ik.'

'Ja, als we voor altijd een streep in onze nek hebben. We moeten maar denken dat we aristocraten in de Franse Revolutie zijn en dat we Madame la Guillotine moeten wijzen waar ze ons hoofd moet afhakken.'

Ik lach even en zie mijn adem als damp voor me in de lucht. 'Maar het is wel warmer dan wat we eerst hadden,' zeg ik even later. 'Ik zag al op tegen weer een nacht wachtdienst in mijn burgerkloffie.'

'Ik ook. Maar die arme Wolf dan? Heb jij in je hele leven ooit zoiets walgelijks meegemaakt?'

Ik denk even na voor ik antwoord geef. Toen Wells en Moody eerder die dag de uniformen uitdeelden bleek Wolf een hemd te hebben dat te groot was en een veel te strakke broek. Hij leek wel een clown. De hele groep, met uitzondering van Will, lachte zich tranen toen hij ze aantrok en zich aan ons vertoonde. Ik kon mezelf er alleen van weerhouden om met het hysterische gelach mee te doen omdat ik niet wilde dat Will slecht over me zou denken.

'Hij roept het over zichzelf af,' zeg ik. Ik was teleurgesteld omdat mijn vriend zich continu geroepen voelde om voor Wolf in de bres te springen. 'Waarom kies jij eigenlijk altijd zijn kant, Will?'

'Ik kies zijn kant omdat hij bij ons in het regiment zit,' zegt hij alsof dat de gewoonste zaak van de wereld is. 'Ik bedoel, waar had sergeant Clayton het pas over? *Espert*... wat ook weer? Espert en nog iets?'

'*Esprit de corps*,' help ik hem.

'Ja, precies. Het besef dat een regiment een regiment is, een eenheid, en niet een verzameling slecht bij elkaar passende mannen die met elkaar om de aandacht vechten. Wolf mag dan niet populair zijn bij de jongens, maar dat is nog geen reden om hem als een of ander monster te behandelen. Hij is hier toch maar. Hij is niet ondergedoken in een of andere schuilplaats in, weet ik veel, de Schotse Hooglanden of een ander van God verlaten gebied. Hij had kunnen vluchten en zich gedeisd kunnen houden tot de oorlog voorbij was.'

'Als hij niet populair is, dan komt dat doordat hij het er zelf naar maakt,' leg ik uit. 'Je probeert me toch niet te vertellen dat je het eens bent met de dingen die hij zegt? Met de dingen waarvoor hij staat?'

'Die jongen zegt een hoop verstandige dingen,' antwoordt Will kalm. 'O, ik zeg niet dat we ons allemaal met onze handen in de lucht tot gewetensbezwaarden moeten uitroepen en thuis in bed moeten gaan liggen. Ik ben niet zo stom om te denken dat dat een goed idee is. Het hele land zou verschrikkelijk in de problemen komen. Maar hij heeft toch verdorie recht op zijn mening? Hij heeft het recht om gehoord te worden. Er zijn jongens die 'm gewoon gesmeerd zouden zijn, maar hij niet en dat bewonder ik in hem. Hij heeft het lef om hier met ons te blijven trainen in afwachting van de uitspraak in zijn zaak. Als ze hem die ooit vertellen. En het gevolg is dat hij het mikpunt is van het getreiter en geklier van een stelletje idioten die te stom zijn om te bedenken dat het doden van een medemens niet iets is wat je zomaar in een opwelling doet, maar het zwaarste misdrijf tegen de natuurlijke orde.'

'Ik wist niet dat je zo'n utopist was, Will,' zeg ik een beetje spottend.

'Doe niet zo neerbuigend, Tristan,' valt hij uit. 'Ik vind alleen dat hij niet zo behandeld mag worden. En als ik het nog een keer moet zeggen: die jongen zegt vaak verstandige dingen.'

Ik zeg niets meer. Ik kijk met toegeknepen ogen voor me uit alsof ik iets zie bewegen aan de horizon, terwijl we natuurlijk allebei weten dat dat niet zo is. Ik wil dit gesprek niet voortzetten, dat is alles. Ik wil geen ruzie. Om eerlijk te zijn ben ik het wel eens met de dingen die Will zegt. Maar ik vind het verschrikkelijk dat hij in Wolf een jongen ziet die hij respecteert en zelfs bewondert, terwijl ik voor hem niet meer ben dan een makker om mee op te trekken. Iemand met wie hij kan praten als hij 's avonds naar bed gaat en met wie hij een tweetal kan vormen voor gezamenlijke opdrachten omdat we aan elkaar gewaagd zijn in snelheid, kracht en vaardigheid; dat zijn volgens sergeant Clayton de drie factoren waarin Britse soldaten zich van hun Duitse evenkniëen onderscheiden.

'Sorry hoor,' zeg ik na een lange stilte. 'Ik vind Wolf heel aardig, als ik eerlijk ben. Ik zou alleen willen dat hij niet overal zo'n heisa van maakte.'

'Laten we er maar niet meer over praten,' zegt Will. Hij blaast luidruchtig in zijn handen en ik merk opgelucht dat zijn toon niet agressief is. 'Ik wil geen ruzie met jou.'

'Nou, ik ook niet met jou,' zeg ik. 'Je weet hoeveel je vriendschap voor me betekent.' Als hij naar me kijkt hoor ik hem zwaar ademen. Hij bijt op zijn lip en lijkt iets te willen zeggen, maar hij bedenkt zich.

Even later snijdt hij nadrukkelijk een ander onderwerp aan. 'Zeg, Tristan,' zegt hij, 'je raadt nooit wat voor dag het vandaag is.'

Na kort nadenken weet ik het. 'Je verjaardag,' zeg ik.

'Hoe wist je dat?'

'Gokje.'

'Wat heb je dan voor me gekocht?' vraagt hij met die brutale grijns op zijn gezicht die me al het andere doet vergeten. Ik geef hem een stomp op zijn bovenarm.

'Dit,' zeg ik als hij au roept en over de zogenaamd zere plek wrijft.

Ik grijns ook even en kijk dan snel de andere kant uit.

'Nou, verdomd gefeliciteerd,' zeg ik als imitatie van onze geliefde korporaal Moody.

'Verdomd bedankt,' antwoordt hij lachend.

'Hoe oud ben je nu?'

'Dat weet je heel goed, Tristan,' zegt hij. 'Ik ben toch maar een paar maanden ouder dan jij. Negentien dus.'

'Negentien jaar en nog nooit gekust,' zeg ik zonder erbij na te denken of acht te slaan op het feit dat hij niet een paar maanden ouder is dan ik, maar bijna anderhalf jaar. Mijn moeder zei dat altijd als iemand het over zijn leeftijd had. Ik bedoel er niets mee.

'Rustig aan, ouwe,' zegt hij vlug. Hij kijkt me aan met een half beledigd lachje. 'Natuurlijk ben ik gekust. Hoezo, jij niet dan?'

'Natuurlijk wel,' zeg ik. Sylvia Carter had me immers gekust. En er was nog iemand geweest. Allebei een complete ramp.

'Stel dat ik nu thuis was,' zegt Will dan. Hij rekt de woorden zo lang mogelijk uit, een spelletje waarmee we ons altijd vermaken als we samen wachtdienst hebben. 'Ik denk dat mijn ouders vanavond een etentje voor me zouden organiseren, met alle buren om me cadeautjes te geven.'

'Klinkt heel chic,' zeg ik. 'Zou ik ook uitgenodigd worden?'

'Geen sprake van. We laten alleen de hoogste maatschappelijke kringen toe in ons huis. Mijn vader is dominee, weet je. Hij moet een zekere stand ophouden. We kunnen niet zomaar iedereen binnenlaten.'

'Nou, dan zou ik buiten blijven,' kondig ik aan. 'En op wacht staan, zoals hier. Dat zou ons dan aan deze rotplek doen denken. Ik zou iedereen buiten de deur houden.'

Hij lacht, maar zegt niets. Ik vraag me af of hij mijn voorstel een beetje overdreven vond.

'Maar er is er één die je binnen zou moeten laten,' zegt hij even later.

'O ja? Wie is dat?'

'Nou, Eleanor natuurlijk.'

'Ik dacht dat je zei dat je zus Marian heette.'

'Is ook zo,' zegt hij. 'Maar wat heeft dat ermee te maken?'

'Nee, ik bedoelde alleen...' begin ik verward. 'Wie is Eleanor dan, als ze je zus niet is? Jullie labrador of zo?'

'Nee, Tristan,' zegt hij grinnikend. 'Iets heel anders. Eleanor is mijn verloofde. Ik heb je toch wel over haar verteld?'

Ik kijk hem aan. Ik weet heel zeker dat hij me nog nooit over haar verteld heeft en ik zie aan de uitdrukking op zijn gezicht dat hij dat ook weet. Hij lijkt het gesprek met opzet op haar gebracht te hebben.

'Je verloofde? vraag ik. 'Ga je dan trouwen?'

'Bij wijze van spreken,' zegt hij en ik denk iets van verlegenheid of zelfs spijt in zijn stem te horen, maar ik weet niet zeker of dat echt zo is of dat ik me dat maar verbeeld. 'Ik bedoel, we hebben al zo lang verkering. En we hebben het al over trouwen gehad. Haar familie en de mijne kunnen goed met elkaar overweg; ik denk dat het er altijd in gezeten heeft. Ze is een fantastische meid. En helemaal niet traditioneel, als je begrijpt wat ik bedoel. Ik kan traditionele meiden niet uitstaan, jij wel, Tristan?'

'Nee,' zeg ik. Ik wroet met de punt van mijn laars in de modder en stel me voor dat de grond Eleanors hoofd is. 'Nee, ik moet ervan kotsen.'

Ik weet niet precies wat hij bedoelt als hij zegt dat ze niet traditioneel is. Het lijkt een ongewone uitdrukking, maar dan herinner ik me zijn opmerking dat hij van iemand gehoord heeft dat hij verschrikkelijk snurkt. Ik voel me als door een adder gebeten als ik goed tot me door laat dringen wat hij eigenlijk zegt.

'Als dit voorbij is, zal ik je aan haar voorstellen,' zegt hij even later. 'Ik weet zeker dat je haar leuk zult vinden.'

'Vast wel,' zeg ik. Nu blaas ik zelf in mijn handen. 'Als ze niet traditioneel is kan ze vast verdomd goed naaien.'

Hij aarzelt even voor hij reageert. 'Wat bedoel je daarmee?' vraagt hij.

'Waarmee?'

'Met wat je net zei. Dat ze vast verdomd goed kan naaien.'

'Let maar niet op mij,' zeg ik met een nijdige hoofdbeweging. 'Ik heb het verrotte koud, dat is alles. Jij niet, Bancroft? Ik vind deze nieuwe uniformen lang niet zo goed als ze zeiden.'

'Ik heb je toch gezegd me niet zo te noemen?' snauwt hij. 'Ik vind het niet prettig.'

'Sorry, Will,' corrigeer ik mezelf.

Er ontstaat een onaangename spanning tussen ons en vijf minuten lang, of misschien wel tien, zeggen we niets. Ik pijnig mijn hersens af, maar kan niets bedenken om te zeggen. De gedachte dat Will en die ellendige slet van een Eleanor iets met elkaar hebben, wie weet hoe lang al, is een kwelling voor me. Ik wil niets liever dan op mijn brits liggen en mijn hoofd in mijn kussen begraven in de hoop dat de slaap gauw komt. Ik heb geen idee waar Will aan denkt, maar hij is nu zo stil dat ik denk dat hij zich ook ongemakkelijk voelt. Ik probeer te ontrafelen waarom en probeer er tegelijkertijd niet aan te denken.

'Heb jij dan geen meisje thuis?' vraagt hij eindelijk. Het klinkt alsof het vriendelijk bedoeld is, maar zo komt het helemaal niet over.

'Dat weet je best,' zeg ik koel.

'Hoe zou ik dat moeten weten? Je hebt er nooit iets over gezegd.'

'Omdat ik het gezegd zou hebben als het wel zo was.'

'Ik heb toch ook niets over Eleanor gezegd?' werpt hij tegen. 'Of dat beweer jij tenminste.'

'Dat heb je ook niet.'

'Ik denk gewoon niet graag aan haar, zoals ze in haar eentje in Norwich weg zit te kwijnen vanwege mij.' Hij bedoelt het als grap, om de onaangename sfeer op te klaren, maar het werkt niet. Het komt zelfvoldaan en arrogant over en dat is precies het tegenovergestelde van wat hij bedoelt. 'Je weet dat een paar van de mannen getrouwd zijn,' zegt hij nu. Ik kijk hem weer aan, want dit interesseert me tenminste.

'Echt waar? Dat wist ik niet. Wie?'

'Shields bijvoorbeeld. En Attling. Taylor ook.'

'Taylor?' roep ik. 'Wie zou er in vredesnaam met Taylor willen trouwen? Hij ziet eruit als een ongelikte beer.'

'Blijkbaar toch icmand. Afgelopen zomer, vertelde hij.'

Ik haal mijn schouders op alsof het me allemaal niets interesseert.

'Het moet ontzettend fijn zijn om getrouwd te zijn,' zegt hij dan met een dromerige stem. 'Kun je je voorstellen dat je sloffen elke avond als je thuiskomt naast de haard klaarstaan en er een warme maaltijd op je wacht?'

'De droom van elke man,' zeg ik sarcastisch.

'En dan al het andere nog,' gaat hij verder. 'Wanneer je maar wilt. Je kunt niet ontkennen dat het klinkt alsof het de moeite waard is.'

'Al het andere?' houd ik me van de domme.

'Je weet best wat ik bedoel.'

Ik knik. 'Ja,' zeg ik. 'Ja, ik weet wat je bedoelt. Je bedoelt seks.'

Hij knikt lachend. 'Natuurlijk bedoel ik seks,' reageert hij. 'Maar jij zegt het alsof het iets ergs is. Alsof je het woord vol walging uitspuugt.'

'Is dat zo?'

'Ja.'

'Dat is niet mijn bedoeling,' zeg ik hautain. 'Ik vind alleen dat je over sommige onderwerpen niet moet praten.'

'In de preken van mijn vader misschien,' zegt hij. 'Of in aanwezigheid van mijn moeder en haar vriendinnen als ze komen whisten op dinsdagavond. Maar hier? Kom op, Tristan. Doe niet zo preuts.'

'Ik wil niet dat je dat tegen me zegt,' zeg ik. 'Ik laat me niet uitschelden.'

'O, ik bedoelde er niets mee,' verdedigt hij zichzelf. 'Waarom ben jij trouwens zo gespannen?'

'Wil je dat echt weten? vraag ik. 'Want dan zal ik het je vertellen.'

'Natuurlijk wil ik dat weten,' zegt hij. 'Anders zou ik het niet gevraagd hebben.'

'Oké dan,' zeg ik. 'We zijn hier toch al bijna zes weken?'

'Ja.'

'En ik dacht dat we vrienden waren, jij en ik.'

'We zijn ook vrienden, Tristan,' zegt hij met een nerveus lachje, hoewel er niets humoristisch aan de orde is. 'Waarom zou je denken dat dat niet zo is?'

'Misschien omdat je in al die zes weken nooit tegen me hebt gezegd dat er thuis een verloofde op je zit te wachten.'

'Jij hebt anders ook nooit tegen me gezegd of… of…' Hij zoekt naar woorden om zijn zin af te maken. 'Ik weet niet. Of je liever met de trein reist of met de boot. Het is gewoon nooit in me opgekomen.'

'Zwam niet zo,' zeg ik. 'Ik ben gewoon verbaasd. Ik dacht dat je me vertrouwde.'

'Dat doe ik ook. Je bent echt de meest geschikte kerel hier.'

'Vind je dat?'

'Natuurlijk. Een man heeft een vriend nodig op een plek als deze. Om nog maar te zwijgen van de plek waar we heen gaan. En jij bent mijn vriend, Tristan. De beste die ik heb. Je bent toch niet jaloers?' zegt hij nog, lachend om de ongerijmdheid daarvan. 'Je klinkt precies als Eleanor, weet je. Ze zit me altijd op mijn nek vanwege die andere meid, Rebecca. Ze beweert dat die verliefd op me is.'

'Natuurlijk ben ik niet jaloers,' zeg ik. Uit pure ergernis spuug ik op de grond. Allemachtig, nu is er ook nog een Rebecca in het spel. 'Waarom zou ik jaloers op haar zijn, Will? Dat is toch onzin.' Ik wil nog meer zeggen. Ik wil zo graag nog iets zeggen. Maar ik weet dat dat niet kan. Ik heb het gevoel dat we nu aan de afgrond staan. En als ik hem iets zie wegslikken weet ik dat hij het ook voelt. Ik kan over de rand stappen en maar zien of hij me opvangt, of ik kan een stap terug doen. 'Vergeet nou maar wat ik allemaal heb gezegd,' zeg ik uiteindelijk. Ik schud elke onbetamelijke gedachte van me af. 'Het kwetste me alleen dat je niets over haar hebt verteld. Ik houd niet van geheimen.'

Het blijft even stil.

'Maar het was geen geheim,' zegt hij zacht.

'Nou, wat het dan ook was,' zeg ik, 'laten we het maar vergeten. Ik ben gewoon moe, meer niet. Ik weet niet wat ik zeg.'

Hij haalt zijn schouders op en wendt zijn blik af. 'We zijn allebei moe,' zegt hij. 'Ik weet niet eens waarom we ruzie hebben.'

'We hebben geen ruzie,' zeg ik resoluut. Ik voel de tranen in mijn ogen springen omdat ik voor geen goud onenigheid met hem wil. 'We hebben geen ruzie, Will.'

Hij komt een stap dichter bij me staan en legt zachtjes zijn hand op mijn arm. Hij kijkt ernaar alsof zijn hand daar buiten zijn wil om terecht is gekomen en hij zich afvraagt waar die vervolgens naartoe zal gaan.

'Ik heb haar gewoon altijd al gekend,' zegt hij. 'Ik denk dat ik altijd heb gedacht dat we voor elkaar bestemd zijn.'

'En is dat zo?' vraag ik. Nu zijn hand op mijn arm ligt gaat mijn hart zo tekeer dat ik zeker weet dat hij het kan horen. Met een mengeling van verwarring en verdriet kijkt hij me aan. Hij wil iets zeggen, maar houdt zich in en drie, vier, vijf seconden lang blijven we elkaar aankijken. Ik weet zeker dat een van ons iets zal zeggen of doen, maar ik ga ervan uit dat hij dat zal zijn, want ik kan het risico niet nemen. Heel even denk ik dat hij dat ook zal doen, maar dan verandert hij van gedachten en trekt vloekend van ergernis zijn arm terug. 'Verdomme, Tristan,' sist hij en hij loopt bij me weg. Hij verdwijnt in het donker. Ik hoor zijn nieuwe laarzen op de grond stampen als hij om de kazerne heen loopt, op zoek naar iemand die daar niets te zoeken heeft om zijn woede op te koelen.

Mijn negen weken in Aldershot zitten er bijna op als ik voor de eerste keer sinds mijn aankomst midden in de nacht wakker word. Over zesendertig uur moeten we vertrekken, maar het is niet de angst voor de toekomst van ons regiment als echte soldaten die me uit de slaap houdt. Het is een gedempt tumult aan de andere kant van de barak. Ik til mijn hoofd op van het kussen en het geluid houdt even op, maar komt daarna nog duidelijker terug; een verwarrende mengeling van trekken, duwen en sussen, een deur die open en dicht gaat, en daarna weer stilte.

Ik doe mijn ogen iets verder open en kijk naar Will, die in het bed naast me ligt te slapen. Een blote arm hangt over de rand van het bed en zijn mond is halfopen. Een dikke lok donker haar valt over zijn voorhoofd en zijn ogen. Hij mompelt iets in zijn slaap, tikt iets weg met de vingers van zijn linkerhand en draait zich op zijn andere zij.

En ik val weer in slaap.

Als sergeant Clayton ons de volgende ochtend bij de exercitie opdraagt om in het gelid te gaan staan, zijn we hem onmiddellijk een doorn in het oog. Op de tweede rij, derde plaats valt overduidelijk een plek leeg; de plek van een ontbrekende soldaat, een soldaat afwezig zonder verlof. Dit is de eerste keer dat dit gebeurt sinds we in april uit de trein zijn gestapt.

'Ik weet dat ik dit eigenlijk niet hoef te vragen,' zegt sergeant Clayton, 'omdat ik ervan uitga dat als iemand van jullie het antwoord zou hebben diegene allang naar me toe zou zijn gekomen. Maar is er iemand die weet waar Wolf is?'

Het blijft volkomen stil in de gelederen. Niemand kijkt om zich heen, zoals we negen weken eerder nog gedaan zouden hebben. We staan gewoon recht voor ons uit te kijken. We zijn getraind.

'Dat dacht ik al,' gaat hij verder. 'Dan kan ik jullie maar beter vertellen dat onze zelfverklaarde gewetensbezwaarde is verdwenen. Hij is vannacht weggeslopen, de lafaard die hij is. Vroeg of laat zullen we hem pakken, dat kan ik jullie verzekeren. Maar het doet me toch een zeker plezier dat jullie vrijdag kunnen vertrekken zonder lafaard in jullie gelederen.'

Wat hij zegt verbaast me wel een beetje, maar ik besteed er niet al te veel aandacht aan; ik denk geen moment dat Wolf er stiekem vandoor is gegaan. Ik weet zeker dat hij vroeg of laat zal opduiken met een of andere belachelijke smoes voor zijn afwezigheid. In plaats daarvan houd ik me bezig met de vraag wat er zaterdagochtend zal gebeuren. Worden we direct op de trein naar Southampton gezet voor een nachtelijke overtocht naar Frankrijk? Zitten we maandagochtend al midden in de strijd? Heb ik nog een week te leven? Dit zijn prangender kwesties voor me dan de vraag of Wolf al dan niet de sprong naar de vrijheid heeft gewaagd.

Als ik later die middag samen met Will van de mess terugloop naar de barak zie ik opschudding voor ons. De jongens staan in groepjes bij elkaar opgewonden te praten.

'Laat me raden,' zegt Will. 'De oorlog is afgelopen en we mogen allemaal naar huis.'

'Wie denk je dat er gewonnen heeft?'

'Niemand,' zegt hij. 'We hebben allebei verloren. Kijk, daar komt Hobbs.'

Als Hobbs ons ziet aankomen, huppelt hij op ons af als de iets te zware golden retriever waaraan hij me altijd doet denken. 'Waar zaten jullie?' vraagt hij ademloos.

'In Berlijn, op bezoek bij de Kaiser om tegen hem te zeggen dat hij zich moet overgeven,' zegt Will. 'Hoezo?'

'Hebben jullie het nog niet gehoord?' vraagt Hobbs. 'Ze hebben Wolf gevonden.'

'O,' antwoord ik lichtelijk teleurgesteld. 'Is dat alles?'

'Hoe bedoel je, "is dat alles"? Is dat niet genoeg dan?'

'Waar hebben ze hem gevonden?' vraagt Will. 'Is alles goed met hem?'

'Zo'n zes kilometer hiervandaan,' zegt Hobbs. 'In het bos waar we de eerste weken gingen marcheren.'

'Daar helemaal?' vraag ik verbaasd, want het is een beroerde plek vol moerassen en ijskoude stroompjes. Sergeant Clayton heeft het al een tijdje geleden ingewisseld voor droger terrein. 'Wat deed hij daar in vredesnaam? Dat is geen plaats om je te verschuilen.'

'Je bent echt niet zo slim, hè, Sadler?' zegt Hobbs met een brede grijns. 'Hij was daar niet aan het onderduiken. Hij is daar gevonden. Wolf is dood.'

Stomverbaasd staar ik hem aan. Ik kan dit niet bevatten. Ik slik en herhaal het afschuwelijke woord heel zachtjes, maar nu als vraag en niet als vaststelling.

'Dood?' vraag ik. 'Hoe dan? Wat is er met hem gebeurd?'

'Ik heb nog niet het hele verhaal gehoord,' zegt hij. 'Maar dat komt nog wel. Hij schijnt daar gevonden te zijn met zijn gezicht in een van de beken en een gat in zijn hoofd. Hij moet in het donker over een steen zijn gestruikeld toen hij probeerde te vluchten en voorover zijn gevallen. Ofwel de wond was dodelijk, of hij is verdronken. Niet dat het enig verschil maakt; hij is er niet meer. Opgeruimd staat netjes, zou ik zeggen, voor onze witte veer.'

Instinctief grijp ik Wills arm, precies op het moment dat hij uithaalt om Hobbs een klap in zijn gezicht te verkopen.

'Wat heb jij?' vraagt Hobbs. Met een verbaasde blik op Will springt hij achteruit. 'Vertel me nou niet dat jij je ook bij hen aansluit? Je wordt op onze laatste avond hier toch niet ineens een lafaard?'

Will worstelt nog even om uit mijn greep los te komen, maar ik ben net zo sterk als hij en ik laat hem pas los als ik zijn spieren voel verslappen en zijn arm begint te ontspannen. Maar ik houd hem wel in de gaten als hij zich na een woedende blik op Hobbs omdraait en wegloopt in de richting waaruit we gekomen zijn. Hij gooit zijn armen in de lucht met een gebaar van afschuw en verdwijnt dan uit het zicht.

Ik besluit hem niet achterna te gaan. Ik ga op mijn rug op mijn brits liggen en bemoei me niet met de gesprekken van de jongens om me heen, die de ene fantastische theorie na de andere bedenken over de manier waarop Wolf naar zijn schepper is teruggekeerd, maar geef me over aan mijn eigen gedachten. Wolf, dood. Het lijkt onmogelijk. De jongen was tenslotte maar een paar jaar ouder dan ik, een gezonde jonge kerel die zijn hele leven nog voor zich had. Ik heb hem gisteren nog gesproken. Hij zei dat hij met Will een aardrijkskundequiz had gedaan toen ze samen dienst hadden, en dat Will dik had verloren.

'Hij is niet een van de snuggerste, hè?' vroeg hij toen. Het maakte me zo kwaad dat ik geen woord kon uitbrengen. 'Ik begrijp niet wat je in hem ziet, echt niet.'

Ik weet natuurlijk dat iedereen tijdens een oorlog eerder met de dood wordt geconfronteerd dan onder natuurlijke omstandigheden het geval zou zijn, maar we zijn Engeland nog niet eens uit. We hebben zelfs Aldershot nog niet verlaten. De twintig man uit onze barak zijn al gereduceerd tot negentien, de onvermijdelijke afbrokkeling van onze groep is al begonnen voor we onze opleiding hebben afgerond. Zouden al die jongens die hem nu uitlachen en uitschelden voor lafaard of witte veer evenveel pret hebben als ik was doodgegaan? Of Rich? Of Will? Ik vind het een onverdraaglijke gedachte. Maar ik veracht mezelf nog steeds om wat ik denk. Want hoewel ik geen reden meer heb om jaloers te zijn op zijn vriendschap met Will, ben ik – moge God het me vergeven – gerustgesteld omdat die vriendschap niet meer kan opbloeien.

Als Will bij het vallen van de avond nog niet terug is ga ik hem zoeken, want het is nog geen anderhalf uur voor de avondklok. Dit is onze laatste avond als rekruut; de volgende dag is de training afgelopen en zal ons verteld worden wat het leger voor ons in petto heeft. Om dit te vieren hebben we de avond vrij gekregen. We mogen gaan en staan waar we willen, op voorwaarde dat we om middernacht in bed liggen en het licht uit is, anders zullen we ons moeten verantwoorden bij Wells en Moody.

Ik weet dat een paar jongens naar het dorp in de buurt zijn gegaan, naar een plaatselijke pub die ons ontmoetingspunt was bij die zeldzame gelegenheden dat we vrijaf kregen. Anderen zijn bij de meisjes die ze de afgelopen weken in de omliggende dorpen hebben opgescharreld. Weer anderen zijn in hun eentje een lange wandeling gaan maken, misschien om even alleen te zijn met hun gedachten. Een arme ziel, Yates, zei dat hij bij wijze van afscheid nog een laatste keer de heuvel op ging marcheren en is vervolgens genadeloos gesard door de jongens. Maar Will is gewoon verdwenen.

Ik kijk eerst in de pub, maar daar is hij niet; de waard zegt dat hij er wel is geweest en in zijn eentje in een hoekje heeft gezeten. Een van de dorpelingen, een oudere man, had hem uit eerbied voor zijn uniform een pint bier aangeboden, maar die had Will afgeslagen met een vuile blik op zijn ordeteken en dat was bijna op een gevecht uitgedraaid. Ik vraag of hij aangeschoten was toen hij wegging, maar dat was niet zo. Hij had niet meer dan twee pinten gedronken en was toen zonder een woord te zeggen weggegaan.

'Waarom zou hij hier een gevecht willen uitlokken?' vraagt de waard. 'Bewaar dat maar voor daarginds, zou ik zeggen.'

Ik geef geen antwoord, maar draai me om en vertrek. Het schiet door me heen dat Will wel eens kwaad weggelopen kan zijn vanwege Wolf, en dat hij misschien wil deserteren. Idioot, denk ik, want hij zal voor de krijgsraad gebracht worden als – wanneer – hij gepakt wordt. Vanaf het punt waar ik sta zijn er drie verschillende paden die hij allemaal genomen kan hebben; ik heb geen andere keus dan naar de kazerne teruggaan in de hoop dat hij zo verstandig is geweest om tijdens mijn afwezigheid terug te keren.

Het toeval wil dat ik zover niet hoef te gaan, want halverwege de pub en de legerplaats tref ik hem aan op een van de open plekken in het bos, een afgelegen plekje met uitzicht op een beek. Hij zit in het maanlicht op het gras aan de oever naar het water te kijken en een steentje van de ene hand in de andere te gooien.

'Will!' roep ik terwijl ik naar hem toe ren, opgelucht dat hij zichzelf niet in gevaar heeft gebracht. 'Daar ben je eindelijk. Ik heb je overal gezocht.'

'Echt?' vraagt hij. Als hij opkijkt zie ik in het maanlicht dat hij heeft gehuild; er lopen vuile strepen over zijn wangen waar hij geprobeerd heeft om zijn tranen weg te vegen. De huid onder zijn ogen is dik en rood. 'Sorry,' zegt hij en hij draait zijn gezicht de andere kant op. 'Ik moest gewoon even een tijdje alleen zijn. Ik wilde je niet ongerust maken.'

'Het geeft niet,' zeg ik terwijl ik naast hem ga zitten. 'Ik dacht alleen dat je misschien iets doms had gedaan.'

'Zoals?'

'Nou, je weet wel,' zeg ik schouderophalend. 'Weglopen.'

Hij schudt van nee. 'Dat zou ik niet doen, Tristan,' zegt hij. 'Nog niet, in elk geval.'

'Wat bedoel je met "nog niet"?'

'Ik weet het niet.' Een diepe zucht ontsnapt aan zijn lippen en hij wrijft nog eens in zijn ogen voordat hij me weer aankijkt met een droevige glimlach. 'Dit is het dus,' zegt hij. 'Het eindpunt. Was het de moeite waard, denk je?'

'Daar zullen we snel genoeg achter komen, denk ik,' zeg ik met een blik op het kalme water. 'Wanneer we in Frankrijk zijn, bedoel ik.'

'Ja, Frankrijk,' zegt hij bedachtzaam. 'Het komt nu wel erg dichtbij. Ik denk dat sergeant Clayton teleurgesteld zou zijn als we niet allemaal in het harnas zouden sneuvelen.'

'Zeg dat nou niet,' huiver ik.

'Waarom niet? Het is toch zo?'

'Sergeant Clayton mag van alles en nog wat zijn,' zeg ik. 'Maar zo'n monster is hij niet. Ik weet zeker dat hij niemand van ons dood wil hebben.'

'Wees toch niet zo naïef,' snauwt hij. 'Hij wilde Wolf in elk geval wel dood hebben. En hij kreeg uiteindelijk zijn zin.'

'Wolf heeft zichzelf gedood,' zeg ik. 'Misschien niet met opzet, maar wel door zijn eigen stomme streken. Alleen een idioot gaat midden in de nacht door dat bos lopen.'

'O, Tristan,' zegt hij. Hij schudt zijn hoofd en de lage, zachte stem waarmee hij mijn naam uitspreekt doet me denken aan die keer dat hij me na ons schijngevecht in de barak tegen de grond gedrukt hield. Hij geeft me een paar klopjes op mijn knie, een keer, twee keer, en laat de derde keer zijn hand even liggen voordat hij hem langzaam terugtrekt. 'Je bent soms zo ongelooflijk naïef. Het is een van de redenen waarom ik je zo leuk vind.'

'Doe niet zo neerbuigend,' zeg ik, geërgerd door zijn toon. 'Jij weet echt niet zo veel als je denkt.'

'Wat moet ik anders denken?' vraagt hij. 'Jij denkt zelf nota bene dat Wolf zijn ondergang aan zichzelf te danken heeft. Dat denk je alleen als je naïef bent. Of verdomd stom. Wolf is niet gevallen, Tristan. Hij is niet verongelukt. Hij is vermoord. Afgemaakt in koelen bloede.' 'Wat?' vraag ik. Ik moet bijna lachen, zo absurd is wat hij zegt. 'Hoe kom je daar nu bij? In godsnaam, Will, hij is uit het kamp gedeserteerd. Hij is…'

'Hij is helemaal niet gedeserteerd,' zegt hij kwaad. 'Nog maar een paar uur eerder, voor we gingen slapen, heeft hij me verteld dat hij de status van gewetensbezwaarde heeft gekregen. De commissie heeft uiteindelijk een beslissing in zijn zaak genomen. Op grond daarvan zou hij niet eens als brancarddrager worden uitgezonden. Hij bleek zeer bedreven in de wiskunde, en hij heeft erin toegestemd om op het ministerie van Defensie te komen werken en onder huisarrest te staan zolang de oorlog duurt. Hij zou naar huis gaan, Tristan. De volgende ochtend al. En dan verdwijnt hij zomaar. Dat is wel een erg toevallige samenloop van omstandigheden, vind je niet?'

'Wie wisten dat nog meer?' vraag ik.

'Clayton natuurlijk. En Wells en Moody, zijn achterbakse handlangers. En een of twee andere jongens, denk ik. Het begon gisteravond rond te zingen. Ik hoorde erover smoezen.'

'Ik heb helemaal niets gehoord.'

'Dat wil niet zeggen dat het niet zo was.'

'Wat probeer je nu te zeggen?' vraag ik. 'Dat ze hem mee naar buiten hebben genomen en hem hebben vermoord vanwege de uitspraak?'

'Natuurlijk, Tristan. Ga je me nou vertellen dat je denkt dat ze daar niet toe in staat zijn? Waar zijn we anders voor getraind dan voor het ombrengen van andere soldaten? De kleur van het uniform maakt echt niet veel uit. Trouwens, in het donker zien ze er toch allemaal hetzelfde uit.'

Ik doe mijn mond open om te antwoorden, maar merk dat ik geen woorden kan vinden. Het klopt precies. En dan herinner ik me dat ik midden in de nacht wakker ben geworden en geluiden heb gehoord; ritselende lakens, dekens die weggetrokken worden, gedempte stemmen en iets wat over de vloer wordt gesleept.

'Jezus,' zeg ik.

'Je hebt het door,' knikt hij vermoeid. 'Maar wat kunnen we ermee? Niets. We hebben gedaan waarvoor we hier kwamen. We hebben een uitstekende conditie opgebouwd. We hebben leren geloven dat de man voor ons, die een andere taal spreekt dan wij, een stuk vlees is dat van het bot moet worden gescheurd. We zijn nu perfecte soldaten. Bereid om te doden. Sergeant Clayton is klaar met zijn werk. We hebben alleen een voorproefje van de strijd gekregen, meer niet.'

Hij spreekt met zo veel woede, met zo'n bittere mengeling van angst en vijandigheid, dat ik niets liever wil dan mijn armen naar hem uitsteken om hem te troosten, en dat doe ik ook. Als hij even later met zijn hoofd in zijn handen zit besef ik dat hij huilt. Ik blijft aarzelend naar hem kijken tot hij zijn hoofd opheft, met één hand plat tegen zijn gezicht zodat ik niet kan zien hoezeer hij van streek is.

'Niet doen,' zegt hij tussen twee snikken door. 'Ga terug naar de kazerne, Tristan, alsjeblieft.'

'Will,' zeg ik, terwijl ik me naar hem toe buig. 'Het geeft niet. Ik vind het niet gek. We voelen allemaal hetzelfde. We zijn allemaal de weg kwijt.'

'Maar, verdomme,' zegt hij, iets wegslikkend als hij naar me kijkt. 'Jezus christus, Tristan, wat gaat er daar met ons gebeuren? Ik schijt zeven kleuren bagger, echt waar.'

Hij neemt mijn gezicht in zijn handen en trekt me naar zich toe. Als ik me in een verloren ogenblik wel eens zo'n situatie voorstelde, ging ik er altijd van uit dat het andersom zou zijn. Dat ik hem zou willen vastpakken en hij zich zou terugtrekken, en dat ik daarmee ontmaskerd zou zijn als een ontaarde, foute vriend. Maar nu schokt of verrast zijn initiatief me niet, en ik voel ook niets van de sterke aandrang die naar mijn idee bij zo'n moment zou horen. Integendeel, alles wat hij doet en tussen ons laat gebeuren voelt juist volstrekt natuurlijk. En voor de eerste keer sinds die vreselijke middag waarop mijn vader me halfdood sloeg, heb ik het gevoel dat ik ben thuisgekomen.

# Ademhalen en leven

NORWICH, 16 SEPTEMBER 1919

'Juffrouw Bancroft,' zei ik. Ik legde de gevallen servetjes weer in een stapel op tafel en stond op, een beetje blozend en behoorlijk nerveus. Ze keek even naar mijn uitgestoken hand voor ze haar handschoen uittrok en me een stevige, zakelijke handdruk gaf. Haar huid voelde zacht aan tegen mijn eigen ruwe handen.

'U hebt het dus kunnen vinden?' vroeg ze. Ik knikte vlug.

'Ja,' zei ik. 'Ik ben gisteravond al aangekomen. Zullen we gaan zitten?'

Ze trok haar jas uit, hing die aan een kapstok bij de deur en boog zich even over de tafel heen. 'Wilt u me even excuseren, meneer Sadler?' vroeg ze zacht. 'Ik zou me graag opfrissen.'

Ik keek haar na terwijl ze naar een zijdeur liep en vermoedde dat dit een geliefd café van haar moest zijn als ze moeiteloos de damestoiletten wist te vinden. Ze leek haar strategie vooraf te hebben bedacht: binnenkomen, mij begroeten, me opnemen, even weggaan om haar gedachten te ordenen en dan weer terugkomen, klaar voor het gesprek. Terwijl ik zat te wachten kwam er een jong stel binnen, dat vrolijk kletsend ging zitten. Er stond maar één tafeltje tussen hen en mij in; ik zag dat hij een grote brandwond op zijn gezicht had en wendde mijn blik af voor hij zag dat ik naar hem keek. Ik was me vaag bewust van de man in de verste hoek, die me bij zijn binnenkomst had aangestaard. Hij was van achter de pilaar tevoorschijn gekomen en leek aandachtig naar me te kijken, maar toen ik zijn blik ving keek hij direct weg. Ik dacht er verder niet over na.

'Thee?' vroeg de serveerster, die met een schrijfblokje en een pen naar me toe kwam.

'Ja,' zei ik. 'Of eigenlijk, nee. Mag ik even wachten tot mijn gezelschap terugkomt? Het zal niet lang duren.'

Het meisje knikte zonder een spoor van irritatie. Ik richtte mijn aandacht weer op de straat, waar nu een groep van zo'n twintig schoolkinderen voorbijliep, twee aan twee. Elk jongetje hield de hand van de jongen naast hem vast, zodat ze elkaar niet kwijt zouden raken. Ondanks mijn zenuwen moest ik erom glimlachen. Het bracht me terug naar mijn eigen schooltijd toen onze leraar ons op acht-, negenjarige leeftijd op dezelfde manier liet lopen. Peter en ik knepen altijd heel hard in elkaars handen, vastbesloten om niet de eerste te zijn die 'au' riep en losgelaten wilde worden. Was dat echt nog maar twaalf jaar geleden? vroeg ik me af. Het leken er wel honderd.

'Neem me niet kwalijk dat ik u heb laten wachten,' zei Marian, die nu tegenover me aan tafel ging zitten. Het stelletje keek haar kant op en fluisterde iets tegen elkaar. Ik vermoedde dat ze een clandestien afspraakje hadden en niet afgeluisterd wilden worden, want ze stonden bijna onmiddellijk op en gingen aan een tafeltje zo ver mogelijk van ons af zitten. Ondertussen keken ze onvriendelijk onze kant uit, alsof wij degenen waren die hen hadden gestoord. Marian keek ze na met haar tong tegen haar wang gedrukt en wendde zich daarna weer tot mij met een raadselachtige uitdrukking op haar gezicht, een mengeling van pijn, berusting en boosheid.

'Geen probleem,' zei ik. 'Ik was hier maar zo'n tien minuten eerder dan u.'

'U zei dat u gisteravond al bent gekomen?'

'Ja,' zei ik. 'Met de late middagtrein.'

'Had dat maar gezegd. We hadden gisteren kunnen afspreken, als dat u beter uitkwam. Dan had u hier niet hoeven overnachten.'

Ik schudde mijn hoofd. 'Vandaag is prima, juffrouw Bancroft. Ik wilde het niet op vanochtend aan laten komen. De treinen vanuit Londen zijn nog niet altijd even betrouwbaar en ik wilde onze afspraak niet missen omdat ze om een of andere reden niet zouden rijden.'

'Erg, hè?' zei ze. 'Ik moest een paar maanden geleden naar een bruiloft in Londen. Ik had besloten de trein van tien over tien te nemen zodat ik rond twaalf uur op Liverpool Street Station zou aankomen, maar weet u dat ik er pas na tweeën was? Toen ik in de kerk aankwam hadden mijn vrienden hun geloften al afgelegd en liepen ze me door het middenpad tegemoet. Ik schaamde me zo dat ik het liefst naar het station had willen terugrennen om de eerste trein naar huis te nemen. Denkt u dat alles ooit weer normaal wordt?'

'Ooit wel, ja,' zei ik.

'Wanneer? Ik word erg ongeduldig, meneer Sadler.'

'Niet meer in deze eeuw, in elk geval,' antwoordde ik. 'Misschien in de volgende.'

'Dat klinkt niet best. Dan zijn we toch allemaal dood? Is fatsoenlijk vervoer te veel gevraagd in een mensenleven?'

Ze glimlachte en keek even naar buiten, waar een tweede delegatie schoolkinderen – meisjes ditmaal – voorbijliep in een soortgelijke militaire opstelling van twee aan twee.

'Was het heel erg?' vroeg ze ten slotte en ik keek op, verbaasd dat ze al zo snel zo'n beladen vraag stelde. 'De treinreis,' verduidelijkte ze vlug toen ze mijn onrust opmerkte. 'Had u wel een zitplaats?'

Natuurlijk moesten we eerst over koetjes en kalfjes praten, we konden moeilijk meteen beginnen over de redenen voor mijn bezoek. Maar het was een raar gevoel om allebei te weten dat we met die koetjes en kalfjes op dezelfde manier om de hete brij heen draaiden.

'Ik vond het niet vervelend,' zei ik, half geamuseerd door het misverstand. 'Ik kwam een vage kennis tegen in de trein. We zaten in dezelfde coupé.'

'Dat scheelt, lijkt me. Leest u, meneer Sadler?'

'Of ik lees?'

'Ja. Leest u?'

Ik aarzelde even en vroeg me af of ze bedoelde of ik kon lezen. 'Eh, ja,' zei ik op mijn hoede. 'Natuurlijk lees ik.'

'Ik kan niet in de trein zitten zonder een boek,' deelde ze mee. 'Op de een of andere manier is het een vorm van zelfverdediging.'

'Hoe dat zo?'

'Nou, ik ben eerlijk gezegd niet zo goed in gesprekken met onbekenden. O, kijk maar niet zo bezorgd, ik zal mijn best doen voor u. Maar als ik met de trein reis komt er bijna altijd wel een eenzame oude vrijgezel naast me zitten die me complimentjes wil geven over mijn jurk, of mijn haar of mijn goede smaak in hoeden. Ik erger me daar wild aan en ik vind het behoorlijk neerbuigend. U gaat me toch geen complimentjes geven, meneer Sadler?'

'Ik was het niet van plan,' zei ik, weer met een lach. 'Ik heb niet zo veel verstand van damesjaponnen of kapsels en hoeden.'

Aan de manier waarop ze me aankeek kon ik zien dat mijn reactie haar wel beviel, want haar lippen vormden iets wat op een glimlach leek; ze wist duidelijk nog niet precies wat ze van me vond.

'En als het geen vrijgezel is, is het wel een irritante oude dame die me ondervraagt over mijn leven; of ik getrouwd ben, een baan heb, wat mijn vader doet, of we verwant zijn aan de Bancrofts uit Shropshire enzovoort, enzovoort. Een hoop gezanik, meneer Sadler.'

'Dat kan ik me voorstellen,' zei ik. 'Tegen een man praat men doorgaans niet zo veel. Jongedames zeker niet. Jonge mannen ook niet. Oude mannen... nou, soms wel. Die stellen vragen.'

'Precies,' zei ze. Aan haar toon hoorde ik dat ze er niet verder op in wilde gaan. Ze haalde een sigarettenkoker uit haar tas, pakte er een uit en bood mij er ook een aan. Ik had al bijna geaccepteerd, maar bedacht me op het laatste moment en schudde van nee. 'Rookt u niet?' vroeg ze verbluft.

'Jawel,' zei ik. 'Maar nu even niet, als u het niet erg vindt.'

'Het maakt mij niets uit,' zei ze. Ze stopte de koker weer in haar tas en gaf zichzelf vuur met een vloeiende beweging van haar duim, pols en aansteker. 'Waarom zou ik dat erg vinden? O, hallo, Jane, goedemorgen.'

'Goedemorgen, Marian,' zei de serveerster die al eerder naar me toe gekomen was.

'Het zwarte schaap is er weer.'

'Wij houden onze zwarte schapen hier in ere. Ooit zullen ze ons rijk maken. Wil je al bestellen?'

'Zijn we al aan de lunch toe, meneer Sadler?' vroeg ze en ze blies rook in mijn gezicht; om die te ontwijken wendde ik me af. Ze wuifde de rook direct weg met haar rechterhand en draaide haar hoofd bij het volgende trekje opzij. 'Of zullen we het voorlopig bij thee houden? Thee dan maar,' zei ze zonder op antwoord te wachten. 'Tweemaal thee, Jane.'

'Iets te eten erbij?'

'Nog even niet. U hebt toch geen haast, meneer Sadler? Of erge honger? Ik heb de indruk dat jonge mannen tegenwoordig altijd uitgehongerd zijn. Degenen die ik ken, in elk geval.'

'Nee, dank u,' zei ik, een beetje van mijn stuk gebracht door haar bruuske gedrag; ik vroeg me af of het een houding was of haar gewone manier van doen.

'Voor nu alleen thee, dan. Misschien later nog iets anders. Hoe is het trouwens met Albert? Voelt hij zich al een beetje beter?'

'Een beetje,' zei de serveerster, met een glimlach nu. 'De dokter zegt dat het gips er over een weekje af mag. Hij houdt het bijna niet meer uit, de arme ziel. En ik trouwens ook niet. Hij heeft verschrikkelijke jeuk en klaagt het huis bij elkaar. Ik heb hem een breinaald gegeven om zich te krabben, maar weet je, ik ben bang dat hij zo hard krabt dat hij zichzelf verwondt. Dus heb ik die weer afgenomen, maar sindsdien jammert hij nog harder.'

'Wat een vervelende toestand,' zei Marian hoofdschuddend. 'maar je hoeft nog maar een week.'

'Ja. En je vader, gaat het een beetje met hem?'

Marian knikte en nam nog een trekje van haar sigaret; door glimlachend haar hoofd af te wenden maakte ze Jane duidelijk dat ze kon gaan en dat het gesprek was afgelopen.

'De thee komt eraan,' zei de serveerster. Ze had het begrepen en liep weg.

'Een erg triest verhaal,' zei Marian toen de serveerster buiten gehoorsafstand was. 'Het is haar man, ziet u. Ze zijn nog maar een paar maanden getrouwd. Zes weken geleden is hij van het dak gevallen toen hij een paar dakpannen wilde vervangen. Hij heeft zijn been gebroken. En een maand daarvoor was hij net hersteld van een gebroken arm. Broze botten, denk ik. Hij is niet eens van zo hoog gevallen.'

'Haar man?' vraag ik verbaasd. 'Ik dacht dat jullie het over een kind hadden.'

'Het is ook een beetje een kind,' zei ze schouderophalend. 'Ik mag hem niet zo, hij voert altijd iets in zijn schild, maar Jane is zo'n schat. Vroeger speelde ze met mij en…' ze viel stil en haar gezicht betrok, alsof ze zelf niet kon geloven wat ze had willen zeggen. Ze nam nog een trekje van haar sigaret en drukte die, nog maar half opgerookt, uit in de asbak. 'Zo is het wel genoeg,' zei ze. 'Ik denk erover om ermee te stoppen.'

'Echt?' vroeg ik. 'Om een bepaalde reden?'

'Eerlijk gezegd vind ik het niet meer zo lekker,' zei ze. 'En ik kan me ook niet voorstellen dat het echt goed is voor een mens, u wel? Elke dag al die rook in je longen zuigen. Het lijkt niet erg verstandig, als je erover nadenkt.'

'Ik kan me niet voorstellen dat het kwaad kan,' zei ik. 'Iedereen rookt.'

'U niet.'

'Jawel,' zei ik. 'Ik had er nu alleen geen zin in.'

Ze knikte en kneep haar ogen een beetje toe, alsof ze me kritisch opnam. Het bleef even stil, wat me de gelegenheid gaf haar eens beter te bekijken. Ze was óuder dan Will en ik, ongeveer vijfentwintig leek me, maar ze had geen trouwring om haar vinger, dus ik nam aan dat ze nog niet getrouwd was. Ze leek niet erg op hem; hij was donker geweest en had er ondeugend uitgezien, alsof hij altijd op het punt stond om te knipogen of te glimlachen. Zij was blonder dan hij, bijna zo blond als ik, en ze had een gladde, gave huid. Ze had een verzorgd, praktisch kapsel, dat tot net in haar hals viel, zonder opsmuk. Ze was leuk om te zien – knap, liever gezegd – en had haar lippen heel licht aangezet met wat misschien wel haar natuurlijke kleur was. Ik kon me voorstellen dat ze heel wat mannen het hoofd op hol bracht. Of het afbeet.

'Zeg,' zei ze even later. 'Waar hebt u eigenlijk overnacht?'

'In het pension van mevrouw Cantwell,' zei ik.

'Cantwell?' vroeg ze. Ze trok rimpels in haar voorhoofd terwijl ze erover nadacht en ik hapte bijna naar adem. Daar was hij! In die gezichtsuitdrukking. 'Ik ken de Cantwells niet, geloof ik. Waar zitten ze?'

'Vlak bij het station,' zei ik. 'Bij de brug.'

'O ja,' zei ze. 'Daar zitten er veel, hè?'

'Vast wel.'

'In je eigen stad ken je de pensions eigenlijk niet, nietwaar?'

'Nee,' schudde ik. 'Nee, ik denk het niet.'

'Als ik naar Londen ga, logeer ik in een erg leuk pensionnetje op Russell Square. Jackson, de vrouw die het runt, is een Ierse. Ze drinkt uiteraard. Liters gin. Maar ze is vriendelijk, haar kamers zijn schoon en ze bemoeit zich niet met me. Meer heb ik niet nodig. Ze krijgt het niet voor elkaar een fatsoenlijk ontbijt te maken, maar dat heb ik ervoor over. Kent u Russell Square, meneer Sadler?'

'Ja,' zei ik. 'Ik werk zelf in Bloomsbury. Vroeger woonde ik in het zuiden van Londen. Nu woon ik ten noorden van de rivier.'

'Geen plannen om naar het centrum te verhuizen?'

'Op het moment niet, nee. Dat is akelig duur en ik werk bij een uitgeverij.'

'Levert niet veel op?'

'Levert niet veel op voor mij,' zei ik lachend.

Ze moest ook lachen. Toen ze naar de asbak keek dacht ik dat ze er spijt van had dat ze haar sigaret had uitgemaakt, want ze leek niet te weten wat ze met haar handen moest doen. Ze keek naar de bar, waar nog geen thee te bekennen was, net zomin als een spoor van onze serveerster. De oudere heer die er had gezeten toen ik binnenkwam, was ook verdwenen.

'Ik heb dorst,' zei ze. 'Waarom doet ze er zo lang over?'

'Ze zal zo wel komen,' zei ik.

Eerlijk gezegd begon ik me ongemakkelijk te voelen. Ik vroeg me af waarom ik in vredesnaam hiernaartoe was gekomen. We voelden ons duidelijk niet op ons gemak in elkaars gezelschap. Ik was stil en droeg niets anders bij aan de conversatie dan snelle antwoorden en verlegen opmerkingen, terwijl juffrouw Bancroft – Marian – als één brok nerveuze energie zonder nadenken of aarzelen van de hak op de tak sprong. Ik geloofde geen moment dat ze echt zo was; het hoorde gewoon bij onze ontmoeting. Ze voelde zich niet vrij om zichzelf te zijn.

'Over het algemeen is dit een prima tent,' zei ze hoofdschuddend.

'Ik geloof dat ik u mijn excuses verschuldigd ben.'

'Dat is niet nodig.'

'Het is maar goed dat we geen eten hebben besteld. Jeetje, we hebben alleen maar om twee kopjes thee gevraagd. U zult wel erge honger hebben, meneer Sadler. Hebt u wel gegeten? Jonge mannen zijn altijd uitgehongerd, valt mij op.'

Ik had geen idee of ze zich herinnerde dat ze die opmerking al eerder had gemaakt. Merkwaardig genoeg leek ze zich er niet van bewust.

'Ik heb ontbeten,' zei ik.

'Bij uw mevrouw Cantwell?'

'Nee, daar niet. Ergens anders.'

'O ja?' vroeg ze. Hevig geïnteresseerd boog ze zich naar me toe. 'Waar bent u geweest, was het er leuk?'

'Ik weet het niet meer,' zei ik. 'Ik geloof...'

'Er zijn wel een paar plekken in Norwich waar je goed kunt eten,' zei ze. 'U denkt vast dat we hier akelig provinciaals zijn en geen fatsoenlijke maaltijd kunnen serveren. Dat denkt iedereen toch in Londen?'

'Helemaal niet, juffrouw Bancroft,' zei ik. 'Eerlijk gezegd...'

'U had het me natuurlijk van tevoren even moeten vragen. Als u me had laten weten dat u de avond ervoor al zou aankomen, hadden we u te eten kunnen uitnodigen.'

'Ik zou u niet graag last hebben bezorgd,' zei ik.

'Maar het zou helemaal geen last zijn geweest,' zei ze bijna beledigd. 'Goeie hemel, we hebben het over één persoon extra aan tafel. Hoe lastig kan dat zijn? Wilde u niet komen eten, meneer Sadler? Was dat het?'

'Ik heb er geen moment aan gedacht,' zei ik blozend. 'Toen ik in Norwich aankwam was ik moe, dat is alles. Ik ben rechtstreeks naar mijn pension gegaan om te slapen.' Ik besloot haar niets te vertellen over het wachten op de kamer of de redenen daarvoor; ik zei ook niets over mijn bezoek aan de pub.

'Natuurlijk,' zei ze. 'Treinreizen kunnen zo vermoeiend zijn. Ik neem graag een boek mee om te lezen. Leest u, meneer Cantwell?'

Ik staarde haar verbouwereerd aan en voelde mijn mond openvallen, maar er kwam geen woord uit. Ik was terechtgekomen in een situatie waarvan ik vooraf had geweten dat die onverdraaglijk zou zijn, maar tot dat moment had ik geen idee gehad hoe erg het precies zou zijn. Het ironische was dat ik wel had geweten hoe moeilijk deze afspraak voor mij zou zijn, maar ik had er nooit bij stilgestaan hoe erg het voor haar moest zijn. Zoals ze daar voor me zat was Marian Bancroft één bonk zenuwen en dat leek met elke minuut erger te worden.

'O hemel, dat heb ik al gevraagd, hè?' zei ze. Ze barstte in lachen uit. 'U hebt me al verteld dat u van lezen houdt.'

'Ja,' zei ik. 'En ik heet Sadler, niet Cantwell.'

'Dat weet ik,' zei ze fronsend. 'Waarom zegt u dat?'

'U noemde me meneer Cantwell.'

'Echt?'

'Ja. Daarnet.'

Ze schudde ontkennend haar hoofd. 'Dat geloof ik niet, meneer Sadler,' zei ze. 'Maar het maakt niet uit. Wat was u aan het lezen?'

'In de trein?'

'Ja, natuurlijk,' zei ze met een vleugje ongeduld in haar stem. Ze keek naar de serveerster, die achter de bar twee scones op een bordje legde voor het stel dat verderop was gaan zitten. Ze leek geen aanstalten te maken om ons thee te brengen.

'*White Fang*,' zei ik. 'Van Jack London. Hebt u dat gelezen?'

'Nee,' antwoordde ze. 'Is dat een Amerikaanse auteur?'

'Ja,' zei ik. 'Hebt u wel eens van hem gehoord?'

'Ik heb nog nooit van hem gehoord,' zei ze. 'Ik vond alleen dat hij Amerikaans klonk.'

'Zelfs met een naam als London?' vroeg ik lachend.

'Ja, zelfs daarmee, meneer Cantwell.'

'Sadler,' zei ik.

'Hou daarmee op, wilt u?' snauwde ze. Ze kreeg een kille, boze uitdrukking op haar gezicht en sloeg met haar beide handen op de tafel tussen ons in. 'Hou op met me te corrigeren. Dat pik ik niet.'

Ik wist niet wat ik moest zeggen of doen om de situatie te verbeteren; ik had geen flauw idee op welk moment alles zo verkeerd was gegaan. Misschien op de dag dat ik mijn pen op papier had gezet om te schrijven: *Geachte mejuffrouw Bancroft, u kent me niet… maar ik was een vriend van uw broer.* Of misschien al eerder. In Frankrijk. Of nog eerder. Die dag in Aldershot, toen ik naar voren leunde in de rij en Wills blik ving. Of hij de mijne.

'Het spijt me,' zei ik, nerveus slikkend. 'Het was niet mijn bedoeling u te beledigen.'

'Nou, dat deed u anders wel. Zeer zeker. En daar hou ik niet van. Uw naam is Sadler. Tristan Sadler. Dat hoeft u me niet elke keer weer te vertellen.'

'Het spijt me,' herhaalde ik.

'En hou op met u te verontschuldigen, dat is stomvervelend.'

'Het…' Ik slikte mijn woorden net op tijd in.

'Het zal wel,' zei ze. Ze trommelde met haar vingers op de tafel en keek weer naar de halfopgerookte sigaret. Ik wist dat ze zich ergens afvroeg of het ongemanierd zou zijn om hem uit de asbak te pakken, het verkoolde puntje eraf te halen en hem weer op te steken. Mijn ogen werden er ook naartoe getrokken. Er was nog meer dan de helft over, het leek zo'n verkwisting. In de loopgraven was een halfopgerookte sigaret bijna evenveel waard als een nacht alleen in een schuttersputje met kans op een paar uur slaap. Ontelbare keren had ik tabaksspeukjes die zo miniem waren dat elk normaal mens ze zonder nadenken weg zou gooien, zo lang mogelijk bij me gehouden.

'Wat… wat leest u graag, juffrouw Bancroft?' vroeg ik maar om de situatie te redden. 'Romans, neem ik aan?'

'Waarom zegt u dat? Omdat ik een vrouw ben?'

'Eigenlijk wel,' zeg ik. 'Ik bedoel, ik weet dat veel dames graag romans lezen. Ikzelf trouwens ook.'

'En toch bent u een man.'

'Zeker.'

'Nee. Ik geef niets om romans,' zei ze hoofdschuddend. 'Ik heb ze eerlijk gezegd nooit echt begrepen.'

'In welk opzicht?' vroeg ik. Het was me een raadsel wat er moeilijk te begrijpen kon zijn aan het idee van een roman. Natuurlijk waren er schrijvers die hun verhaal zo gecompliceerd mogelijk vertelden – van wie velen hun manuscript ongevraagd opstuurden naar bijvoorbeeld Whisby Press – maar anderen, zoals Jack London, boden hun lezers zo veel troost tegen de ellende van het leven dat hun boeken een geschenk van de goden leken.

'Nou, geen van die verhalen is toch echt gebeurd?' vroeg juffrouw Bancroft. 'Ik zie het nut niet in van lezen over mensen die nooit bestaan hebben en die dingen doen die ze nooit gedaan hebben in een omgeving waar ze nooit geweest zijn. Aan het eind trouwt Jane Eyre met haar meneer Rochester. Nou, Jane Eyre heeft nooit bestaan en meneer Rochester ook niet, evenmin als de gekke vrouw die hij opgesloten heeft in de kelder.'

'Dat was op zolder,' zei ik pedant.

'Maakt niet uit. Het is toch een hoop onzin?'

'Volgens mij is het meer een manier om te ontsnappen.'

'Ik hoef niet te ontsnappen, meneer Sadler,' zei ze. Ze sprak mijn naam nu langzaam uit om er zeker van te zijn dat het goed ging. 'En als dat wel zo was, zou ik een reis boeken naar een warm en exotisch oord, waar ik verwikkeld zou raken in een spionagecomplot of in een romantisch misverstand, zoals de heldinnen in uw geliefde romans. Nee, ik lees liever over dingen die echt waar zijn, die echt gebeurd zijn. Ik lees meestal non-fictie. Geschiedenisboeken. Politiek. Biografieën. Dat soort dingen.'

'Politiek?' vroeg ik verrast. 'U bent geïnteresseerd in politiek?'

'Natuurlijk,' zei ze. 'Vindt u dat vreemd? Omdat ik een vrouw ben?'

'Ik weet het niet, juffrouw Bancroft,' zei ik, doodmoe van haar strijdlust. 'Ik ben gewoon... Ik babbel gewoon maar wat. Wees vooral geïnteresseerd in politiek, als u dat wilt. Mij maakt het niet uit.' Ik had het gevoel dat ik hier onmogelijk mee door kon gaan. Ik kon haar niet bijhouden. We waren nog geen kwartier bij elkaar, maar ik voelde al dat het zo moest zijn om getrouwd te zijn; continu kibbelen over en weer, op alle terloopse opmerkingen in een gesprek letten die gecorrigeerd zouden kunnen worden, alles doen om de overhand te houden, de voorsprong, om de game te kunnen winnen, vervolgens de set en ten slotte de hele wedstrijd, zonder ooit een punt weg te geven.

'Natuurlijk maakt dat uit, meneer Sadler,' zei ze even later, iets rustiger, alsof ze besefte dat ze misschien te ver was gegaan. 'Het maakt uit omdat u en ik hier zonder de politiek toch niet hadden gezeten?'

Ik keek haar aarzelend aan. 'Nee,' zei ik schouderophalend. 'Nee, volgens mij niet.'

'Nou dan,' zei ze. Ze deed haar tas open en pakte haar sigarettenkoker er weer uit, die vervolgens met een flinke klap op de grond viel. De sigaretten lagen nu net zo om onze voeten als de servetten die ik voor haar binnenkomst had laten vallen. 'Verdomme!' riep ze. Ik schrok ervan. 'Kijk nou wat ik doe.'

Binnen de kortste keren stond Jane, onze serveerster, naast ons om ons te helpen met oprapen. Maar dat was een verkeerde keuze van haar, want juffrouw Bancroft had er kennelijk schoon genoeg van en keek haar zo woedend aan dat ik bang was dat ze haar zou aanvliegen.

'Laat maar, Jane!' schreeuwde ze. 'Die kan ik zelf wel oprapen. Kunnen we nu onze thee krijgen? Alsjeblieft? Of is twee kopjes thee soms te veel gevraagd?'

De komst van de thee zorgde voor een onderbreking in onze heftige conversatie; we konden ons even met iets triviaals bezighouden in plaats van ons verplicht te voelen om te praten. Marian was duidelijk erg gespannen en kwaad. Voor onze afspraak had ik me egoïstisch genoeg alleen met mijn eigen emoties beziggehouden, maar Will was tenslotte haar broer geweest. En nu was hij dood.

'Het spijt me, meneer Sadler,' zei ze na een lange stilte. Ze zette haar kopje neer en keek me met een schuldbewust lachje aan; weer viel me op hoe mooi ze was. 'Wat een verschrikkelijke heks kan ik zijn, hè?'

'U hoeft zich niet te verontschuldigen, juffrouw Bancroft,' zei ik. 'We zijn natuurlijk allebei... nou ja, dit is geen gemakkelijke situatie.'

'Nee,' stemde ze in. 'Misschien wordt het makkelijker als we wat minder formeel doen. Mag ik u vragen me Marian te noemen?'

'Natuurlijk,' knikte ik. 'En jij mij Tristan.'

'Ridder van de Ronde Tafel?'

'Niet echt,' lachte ik.

'Ook goed. Maar ik ben blij dat dit geregeld is. Ik had er niet lang meer tegen gekund om "juffrouw Bancroft" genoemd te worden. Het klinkt alsof ik een ouwe vrijster ben.' Ze aarzelde even, beet op haar lip en ging toen minder luchtig verder. 'Ik geloof dat ik moet vragen waarom je me hebt geschreven.'

Ik schraapte mijn keel; daar gingen we. 'Zoals ik in de brief schreef,' zei ik, 'heb ik iets van Will...'

'Mijn brieven.'

'Ja. En ik dacht dat je die wel terug zou willen.'

'Aardig van je om aan me te denken.'

'Ik weet dat hij gewild zou hebben dat ik ze teruggaf,' zei ik. 'Het leek alleen maar goed.'

'Ik bedoel dit niet als kritiek, maar je hebt ze wel lang bij je gehouden.'

'Ik verzeker je dat ik geen enkele envelop heb opengemaakt.'

'Natuurlijk niet. Daar twijfel ik geen moment aan. Ik vraag me alleen af waarom het zo lang geduurd heeft voor je contact zocht.'

'Ik voelde me niet zo goed,' zei ik.

'O, natuurlijk.'

'En ik was er nog niet aan toe om je te ontmoeten.'

'Begrijpelijk.'

Ze keek even naar buiten en toen weer naar mij. 'Je brief heeft me meer verrast dan je misschien denkt,' zei ze. 'Maar ik had je naam al eerder gehoord.'

'O ja?' vroeg ik voorzichtig.

'Ja. Will schreef me vaak, weet je. Vooral toen hij in opleiding was in Aldershot. We kregen om de twee of drie dagen een brief van hem.'

'Dat herinner ik me,' zei ik. 'Ik bedoel, ik herinner me dat hij vaak op zijn brits op een schrijfblok zat te krabbelen. De jongens maakten er grappen over, zeiden dat hij gedichtjes schreef zoals veel anderen deden, maar hij heeft me verteld dat hij aan jou schreef.'

'Gedichten zijn nog erger dan romans,' zei ze huiverend. 'Je moet niet denken dat ik een cultuurbarbaar ben, hoor. Hoewel ik me dat wel kan voorstellen na alles wat ik heb gezegd.'

'Dat denk ik helemaal niet. Hoe dan ook, het maakte Will niets uit wat anderen ervan zeiden. Hij was, zoals je al zei, altijd aan het schrijven. Het leken me ontzettend lange brieven.'

'Dat waren het ook. De meeste,' zei ze. 'Ik denk dat hij literaire aspiraties had. Hij kon erg overdreven uitdrukkingen gebruiken, om de beleving een beetje aan te dikken, dacht ik.'

'Was hij goed?'

'Niet echt,' zei ze lachend. 'O, ik wil hem niet kleineren, begrijp me niet verkeerd alsjeblieft, meneer Sadler.'

'Tristan,' zei ik.

'Ja, Tristan. Ik bedoel alleen dat hij duidelijk probeerde me in die brieven te vertellen hoe hij zich voelde, hoeveel angst en verwachtingen de opleiding in Aldershot met zich meebracht. Hij leek veel tijd door te brengen met uitkijken naar de oorlog. Sorry, ik bedoel niet "uitkijken" in de betekenis van "met opwinding tegemoet zien"…'

'Maar "je voorbereiden op"?' probeerde ik.

'Ja, precies. En het interessante was dat hij zo veel zei, maar ook zo weinig. Klinkt dat zinnig?'

'Ik geloof van wel,' zei ik.

'Hij vertelde natuurlijk alles over de dagelijkse gang van zaken. En over een paar jongens uit zijn groep. En de man die de leiding had – Clayton, klopt dat?'

Er trok een spanning door mijn lijf bij het horen van die naam; ik vroeg me af hoeveel ze wist over sergeant Claytons verantwoordelijkheid in het geheel of over de orders die hij aan het eind had gegeven. En over de mannen die hem hadden gehoorzaamd. 'Ja,' zei ik. 'Hij was daar van het begin tot het eind.'

'En wie waren die twee anderen? Links en Rechts, noemde Will ze.'

'Links en Rechts?' vroeg ik fronsend. Ik had geen idee wie ze bedoelde.

'Hij zei dat ze de assistenten waren van sergeant Clayton, of zoiets. De een stond altijd links van hem en de ander rechts.'

'O,' zei ik. Nu begreep ik het. 'Hij zal Wells en Moody hebben bedoeld. Dat is raar. Ik heb nooit gehoord dat hij ze Links en Rechts noemde. Wat grappig.'

'Nou, hij noemde ze altijd zo,' zei ze. 'Ik zou je de brieven kunnen laten zien, Tristan, maar vind je het heel erg als ik dat niet doe? Ze zijn nogal persoonlijk.'

'Uiteraard,' zei ik. Ik besefte pas hoe graag ik ze wilde lezen toen ze zei dat dat niet kon. Ik had me eigenlijk nooit afgevraagd wat hij in zijn brieven naar huis schreef. Ikzelf had niemand geschreven in Aldershot. Maar in de loop van de militaire operatie in Frankrijk heb ik een lange brief aan mijn moeder geschreven om haar vergeving te vragen voor het verdriet dat ik had veroorzaakt. In de envelop had ik ook een briefje voor mijn vader bijgevoegd, waarin ik schreef dat het goed met me ging en loog dat het aan het front niet zo slecht was als ik me had voorgesteld. Ik maakte mezelf wijs dat hij blij zou zijn iets van me te horen, maar ik heb nooit een reactie gekregen. Het zou zomaar kunnen dat hij op een ochtend als eerste de post van de mat heeft gepakt en mijn brief ongeopend en ongelezen heeft weggegooid, voor ik nog meer schande over zijn gezin kon brengen.

'Die Links en Rechts klonken als vreselijke tirannen,' zei ze.

'Dat waren ze soms ook,' zei ik nadenkend. 'Maar eigenlijk werden ze zelf ook behoorlijk getiranniseerd. Sergeant Clayton was een moeilijke man. Tijdens de training was hij al erg. Maar toen we daarginds waren…' Ik schudde mijn hoofd en ademde hoorbaar uit. 'Hij was er eerder geweest, weet je. Een paar keer al. Ik heb geen enkel respect voor die man – als ik aan hem denk word ik al misselijk – maar hij had het ook zwaar. Hij vertelde ons een keer dat zijn broer voor zijn ogen is doodgeschoten en dat… dat zijn hersens toen over zijn eigen uniform spatten.'

'Goeie god,' zei ze. Ze zette haar kopje neer.

'Pas later hoorde ik dat hij al drie andere broers had verloren in de strijd. Hij had het echt niet makkelijk, Marian. Maar het is geen excuus voor wat hij heeft gedaan.'

'Hoezo?' vroeg ze terwijl ze zich iets naar me toe boog. 'Wat heeft hij dan gedaan?'

Ik deed mijn mond open in het volle besef dat ik er nog niet aan toe was om deze vraag te beantwoorden. Ik wist niet of ik dat ooit zou zijn. Want het onthullen van Claytons misdrijf hield tenslotte in dat ik het mijne moest opbiechten. En dat stopte ik juist zo diep mogelijk weg. Ik was hier om een stapeltje brieven terug te geven, zei ik tegen mezelf. Meer niet.

'Heeft je broer… heeft Will mij vaak genoemd in die brieven?' vroeg ik na een tijdje. Mijn natuurlijke verlangen om dat te weten was sterker dan mijn angst voor wat hij haar verteld zou kunnen hebben.

'O ja,' zei ze, aarzelend, naar mijn idee. 'Vooral in zijn eerste brieven. Daarin had hij het vaak over jou.'

'Echt?' zei ik, zo rustig als ik kon. 'Dat is fijn om te horen.'

'Ik weet nog goed dat zijn eerste brief kwam, al een paar dagen na zijn aankomst daar,' zei ze. 'Hij schreef dat het wel oké leek, dat er twee groepen van twintig man waren en dat hij zat ingedeeld bij een stelletje kerels die op intellectueel gebied niet erg inspirerend leken.'

Ik schoot in de lach. 'Ja, dat klopt,' zei ik. 'We waren geen van allen erg hoog opgeleid.'

'In zijn tweede brief van een paar dagen later klonk hij een beetje somberder, alsof de eerste opwinding was weggezakt en hij zich er maar doorheen moest slaan. Ik had met hem te doen. Ik schreef terug dat hij vrienden moest maken en zijn beste beentje voor moest zetten, de gebruikelijke onzin die mensen zoals ik, die van toeten noch blazen weten, tegen anderen zeggen als ze hun eigen tijd niet willen verdoen met nadenken over andermans zaken.'

'Volgens mij ben je nu te hard voor jezelf,' zei ik vriendelijk.

'Nee, dat is niet zo. Ik had geen idee wat ik moest zeggen, weet je, ik vond het zo spannend dat hij naar het front ging. Klink ik nu als een monster? Je moet begrijpen, Tristan, dat ik toen jonger was. Uiteraard was ik jonger, dat is duidelijk. Maar ik bedoel dat ik minder geïnformeerd was. Echt, ik wist nergens iets van. Ik was een van die meisjes aan wie ik nu zo'n hekel heb.'

'Wat zijn dat voor meisjes?' vroeg ik.

'O, die heb jij wel gezien, Tristan. Jij woont in Londen, daar lopen ze overal rond. En ik wil maar zeggen, hemeltjelief, jij bent in je mooie uniform teruggekomen uit de oorlog, ze zullen je vast een hoop gunsten hebben geschonken.'

Ik haalde mijn schouders op en schonk nog een keer thee in, nu met extra suiker voor mij. Ik roerde langzaam en keek naar de draaikolk die de lepel op gang bracht in de donkerbruine soep.

'Die meisjes,' ging ze verder met een zucht van ergernis, 'denken dat de oorlog een lolletje is. Ze zien hun broers en geliefden op hun mooist uitgedost. Als ze terugkomen zijn de uniformen een beetje gehavend maar, ach, wat zien de jongens er knap en bekwaam uit. En ik was precies zo. Als ik Wills brieven las, dacht ik: ja, maar jij bent er tenminste! Wat zou ik er niet voor over hebben om daar te zijn! Ik had echt geen idee hoe zwaar het was. En dat heb ik nog steeds niet, geloof ik.'

'En de brieven maakten dit allemaal duidelijk?' vroeg ik, in de hoop haar weer op ons oorspronkelijke onderwerp terug te brengen.

'Nee, ik begreep het pas echt nadat het allemaal al achter de rug was. Ik was me indertijd alleen bewust van de onmenselijkheid daar. Ik was dus nogal teleurgesteld door de toon van mijn broers brieven. Maar na een tijdje werden zijn brieven opgewekter en daar was ik blij om.'

'Ja?'

'Ja. In zijn derde brief vertelde hij over de jongen die de brits naast hem had. Hij kwam uit Londen, zei hij, maar toch was het geen vervelende kerel.'

Ik knikte glimlachend, keek in mijn thee en hoorde hem zeggen: O, Tristan...

'Hij schreef me hoe jij en hij samen optrokken, dat iedereen iemand nodig had om mee te praten als hij het even niet zag zitten en dat jij er altijd voor hem was. Daar was ik blij om. Ik ben er nog blij om. En hij zei dat het makkelijker was omdat jullie even oud waren en allebei zo naar huis verlangden.'

'Zei hij dat ik naar huis verlangde?' vroeg ik verbaasd.

Na even nadenken corrigeerde ze zichzelf. 'Hij zei dat je niet veel over thuis praatte,' antwoordde ze. 'Maar hij wist dat je ernaar verlangde. Hij zei dat jouw zwijgen over thuis altijd iets verdrietigs had.'

Ik slikte en liet het tot me doordringen. Ik vroeg me af waarom hij er nooit over doorgevraagd had.

'En toen kwam al dat gedoe met Wolf,' zei ze.

'Heeft hij je dat verteld?' vroeg ik.

'In het begin niet. Later pas. Hij schreef dat hij een fascinerende jongen had ontmoet, die allerlei controversiële ideeën had. Hij vertelde daarover. Jij weet beter waar dat over ging dan ik, denk ik, dus ik hoef het je niet uit te leggen.'

'Nee.'

'Maar ik wist dat de ideeën van Wolf hem interesseerden. En toen hij vermoord was...'

'Het is nooit bewezen dat Wolf vermoord is,' zei ik kribbig.

'Denk jij dat het niet zo was?'

'Het enige wat ik weet is dat er geen bewijs voor was,' zei ik. Terwijl ik het zei wist ik dat het een zinloos antwoord was.

'Nou, ik weet dat mijn broer ervan overtuigd was. Hij zei dat het werd gebracht als een ongeluk, maar hij twijfelde er geen moment aan dat de arme jongen was vermoord. Hij zei dat hij niet wist wie het gedaan had, sergeant Clayton, Links of Rechts, een van de andere rekruten of een combinatie van hen. Maar hij was ervan overtuigd. Ze kwamen hem halen in het holst van de nacht, zei hij. Ik denk dat hij toen begon te veranderen, Tristan. Na de dood van Wolf.'

'Ja,' zei ik. 'Er is heel veel gebeurd in die dagen. We stonden onder enorme spanning.'

'Daarna was de zorgeloze jongen die ik had gekend en die natuurlijk bang was voor wat zou komen, verdwenen. Er kwam een nieuwe man voor in de plaats, een man die liever wilde praten over goed en fout dan over Links en Rechts.' Ze glimlachte om haar eigen grapje en werd onmiddellijk weer serieus. 'Hij vroeg me wat de kranten precies over de oorlog schreven, wat er gezegd werd bij de debatten in het parlement. Of er iemand was die opkwam voor de rechten van het individu, zoals hij het noemde, boven het dreunen van de geweren uit. Ik herkende hem niet in die brieven, Tristan. Maar zijn verandering boeide me wel en ik probeerde te helpen. Ik schreef hem alles wat ik wist. Toen jullie allemaal in Frankrijk waren, veranderden zijn brieven nog meer van toon. En toen... ja, je weet wat er toen is gebeurd.'

Ik knikte en zuchtte. We zaten voor mijn gevoel een hele tijd zwijgend bij elkaar, allebei verzonken in onze eigen herinneringen aan haar broer, mijn vriend.

'Heeft hij... heeft hij nog meer over me gezegd?' vroeg ik ten slotte. Ik had het gevoel dat praten over de brieven een gepasseerd station was, maar, bij god, misschien zou ik zo'n kans nooit meer krijgen en ik moest het weten. Ik moest weten wat hij voelde.

'Het spijt me, Tristan,' zei ze een beetje bedeesd. 'Ik moet je iets akeligs vertellen. Misschien zou ik het niet moeten doen. Ik weet het niet.'

'Doe nou maar, alsjeblieft,' drong ik aan.

'De waarheid is dat jij in de periode in Aldershot een belangrijke plek in zijn brieven innam. Hij vertelde over alles wat jullie samen deden; eerlijk gezegd leken jullie wel een paar ondeugende kinderen, met jullie grappen en grollen. Ik was blij dat jullie elkaar hadden en wat hij over jou vertelde klonk goed. Ik had eerlijk gezegd de indruk dat hij stapelgek op je was, hoe gek het ook mag klinken. Ik weet nog dat ik een keer onder het lezen van een brief dacht: mijn hemel, gaat dit nu echt alleen maar over wat Tristan Sadler vandaag heeft gedaan en gezegd? Hij was idolaat van je.'

Ik keek haar aan en probeerde te glimlachen, maar ik voelde mijn gezicht verstarren tot een grimas van pijn. Ik hoopte maar dat ze het niet zag.

'En toen schreef hij dat jullie allemaal op zee zaten,' ging ze verder. 'En na die eerste brief na jullie vertrek uit Aldershot heeft hij je naam nooit meer genoemd. Ik heb er een hele tijd niet naar willen vragen.'

'Waarom zou je ook?' vroeg ik. 'Je kende me toch niet?'

'Ja, maar…' Ze zweeg even en keek me zuchtend aan alsof ze een verschrikkelijk geheim met zich meedroeg. 'Tristan, dit zal erg raar overkomen, maar ik vind toch dat ik het je moet vertellen. Doe er maar mee wat je wilt. Het punt is… Ik zei al dat ik nogal geschokt was toen ik een paar weken geleden je brief kreeg. Ik dacht dat ik het verkeerd had begrepen en heb Wills brieven toen nog eens doorgelezen, maar het staat er toch duidelijk. Het enige wat ik kan bedenken is dat hij in de war was door alles wat er gebeurde of dat hij per ongeluk de verkeerde naam heeft opgeschreven. Het is allemaal erg vreemd.'

'Het was niet makkelijk daarginds,' zei ik. 'Als we in de loopgraven brieven wilden schrijven hadden we vaak te weinig tijd of onvoldoende papier of niets om mee te schrijven. En we dachten er liever niet aan of die brieven wel zouden aankomen. Misschien was al onze tijd en moeite wel voor niets.'

'Ja,' zei ze. 'Maar ik denk dat de meeste van Wills brieven aangekomen zijn. In ieder geval die van de eerste maanden in Frankrijk, want ik kreeg er bijna iedere week een en ik kan me echt niet voorstellen dat hij tijd had om er nog meer te schrijven. Dus hij schreef in zijn brieven wat er gebeurde. Hij deed zijn best me het ergste te besparen, zodat ik me niet al te veel zorgen zou maken. Omdat ik me een beeld van je had gevormd uit zijn eerdere brieven durfde ik op een gegeven moment te vragen wat er met jou was gebeurd; of jullie op dezelfde plek gelegerd waren en nog steeds deel uitmaakten van hetzelfde regiment.'

'Natuurlijk was dat zo,' zei ik, een beetje aangeslagen. 'Dat weet je toch? We zijn samen opgeleid, zijn samen naar Frankrijk ingescheept, we hebben in dezelfde loopgraven gevochten. Ik geloof eigenlijk niet dat we ooit gescheiden zijn geweest.'

'Ja, maar toen hij terugschreef,' zei Marian aarzelend en een beetje verlegen, 'zei hij dat hij slecht nieuws voor me had.'

'Slecht nieuws,' zei ik, meer als een bevestiging dan als vraag. Ik kreeg ineens een angstig vermoeden wat dat zou zijn.

'Hij zei... sorry, meneer Sadler, ik bedoel Tristan, maar ik vergis me echt niet, want ik heb het nog eens overgelezen, zoals ik al zei. Hij moet echt in de war geweest zijn met al die granaten en bombardementen en die ellendige, afschuwelijke loopgraven...'

'Zeg het nou maar gewoon,' zei ik kalm.

'Hij zei dat je gesneuveld was,' zei ze. Ze ging rechtop zitten en keek me recht in mijn ogen. 'Zo, ik heb het gezegd. Hij zei dat je twee dagen na jullie vertrek uit Aldershot was neergeschoten door een sluipschutter, al een paar uur na aankomst in het basiskamp. Hij zei dat het heel snel was gegaan en dat je niet had geleden.'

Ik staarde haar weer aan en voelde me duizelig worden. Ik denk dat ik zou zijn omgevallen als ik op dat moment had gestaan. 'Hij schreef dat ik dood was?' vroeg ik. Uit mijn eigen mond klonken de woorden weerzinwekkend.

'Het moet iemand anders zijn geweest,' zei ze vlug. 'Hij schreef over zo veel mensen in zijn brieven. Hij moet zich gewoon hebben vergist. Maar wat een akelige vergissing. Hoe dan ook, ik zag jullie voor me als gezworen kameraden samen op het oefenterrein en op weg naar Frankrijk, en ineens is het voorbij en ben je dood. Ik wil je best vertellen, Tristan, dat het me behoorlijk heeft aangepakt, al had ik je nooit ontmoet.'

'Mijn dood?'

'Ja. Ik hoop dat het niet al te belachelijk klinkt. Misschien heb ik me door jouw dood een beeld gevormd van de maar al te realistische kans dat Will ook dood zou gaan. Voor die tijd had ik daar stom genoeg nooit echt over nagedacht. Ik heb dagenlang gehuild, Tristan. Om een man die ik nooit heb gezien. Ik heb gebeden voor je opgezegd, ook al bid ik zelden. Mijn vader heeft een mis voor je gelezen. Kun je het geloven? Hij is dominee, weet je, en…'

'Ja,' zei ik. 'Ja, dat weet ik.'

'En hij vond het ook zo erg. Eerlijk gezegd denk ik dat hij het niet kon verdragen om veel aan jou te denken, omdat hij zich zo veel zorgen maakte over Will. Hij hield zo veel van hem. Mijn moeder ook. Maar hier zitten we nu. Ik dacht dat je in de oorlog gesneuveld was. En ongeveer drie jaar later kwam je brief zomaar uit de lucht vallen.'

Ik keek naar buiten. Het was nu stil op straat. Ik staarde naar de straatsteentjes met hun verschillende vormen en grootte. De afgelopen twaalf maanden had ik zo veel pijn en berouw gevoeld over wat er met Will was gebeurd en mijn aandeel daarin. En ik had zo veel verdriet gehad dat ik dacht dat ik er nooit overheen zou komen. En nu dit. Te moeten horen dat hij me letterlijk heeft doodverklaard na onze laatste avond in Aldershot. Ik dacht dat hij mijn hart niet erger kon breken dan hij al had gedaan – maar nu kwam dit er nog bij. Dit.

'Meneer Sadler? Tristan?'

Ik zag Marian bezorgd naar mijn rechterhand kijken.

Ik volgde haar blik en zag dat mijn hand onbeheerst trilde; mijn vingers leken buiten mijn wil om een nerveus dansje te doen. Ik keek ernaar alsof de hand niet bij mij hoorde, alsof het iets was wat een willekeurige voorbijganger op tafel had laten liggen om later te komen ophalen, een curiositeit. Gekweld legde ik mijn linkerhand op de rechter om voorlopig een einde aan het getril te maken.

'Excuseer me even,' zei ik en ik stond vlug op. Mijn stoel schraapte luidruchtig over de vloer toen ik hem achteruitschoof. Ik klemde mijn tanden op elkaar.

'Tristan...' begon ze, maar ik schudde mijn hoofd.

'Ik ben zo terug,' zei ik. Ik liep snel naar de deur van de herentoiletten, tegenover de deur waardoor zij eerder was verdwenen. Toen ik bij de deur was, bang dat ik de toiletten niet zou halen voordat de gruwel van wat ze me verteld had me zou overweldigen, zag ik ineens de man opspringen die voor mij het café binnen was gekomen en me leek te observeren. Hij liep snel naar de deur en ging voor me staan.

'Neem me niet kwalijk,' zei ik. 'Mag ik?'

'Ik wil u even spreken,' zei hij op een opdringerige, agressieve toon. 'Even maar.'

'Nu niet,' zei ik kortaf. Ik had geen idee waarom hij me lastigviel. Ik had de man nog nooit in mijn leven gezien. 'Ga opzij.'

'Ik ga niet opzij,' zei hij. 'Hoor eens, ik wil niet moeilijk doen, maar jij en ik moeten eens praten.'

'Laat me erdoor,' zei ik, harder nu. Ik zag het stelletje en de serveerster verbaasd naar me kijken. Ik vroeg me af of Marian me had gehoord, maar ons tafeltje stond om de hoek en buiten mijn gezichtsveld, dus ik kon haar niet zien. Ik duwde de man ruw opzij. Hij verzette zich niet en even later draaide ik de deur van het toilet achter me op slot. Ik legde mijn hoofd in mijn handen, overmand door verdriet. Ik huilde niet, maar één woord bleef ik maar herhalen, niet in mijn hoofd, zoals ik dacht, maar echt hardop. Ik moest mijn uiterste best doen om niet eindeloos 'Will, Will, Will' te blijven zeggen terwijl ik mezelf heen en weer wiegde, alsof dat het enige woord was dat er ooit toe had gedaan, de enige lettergreep die betekenis voor me had.

Toen ik uit het toilet kwam schaamde ik me voor mijn gedrag, al wist ik niet eens of Marian had gezien dat ik zo van streek was. Ik keek niet in de richting van de man die per se met me had willen praten, maar zijn aanwezigheid smeulde als een slapende vulkaan in de hoek van het café. Ik vroeg me af wie hij eigenlijk dacht dat ik was. Aan zijn uitspraak te horen kwam hij uit Norfolk, maar omdat ik nooit eerder in deze streek was geweest konden we elkaar hier niet ontmoet hebben. Aan onze tafel waren Marian en Jane, onze serveerster, diep in gesprek. Ze hadden zich blijkbaar weer verzoend. Ik ging weer zitten en keek lichtelijk nerveus van de een naar de ander.

'Ik heb Jane zojuist mijn verontschuldigingen aangeboden,' zei Marian met een glimlach. 'Ik vind dat ik daarnet te hard tegen haar ben geweest. En dat verdient ze niet. Jane is erg aardig voor mijn ouders geweest. Na wat er is gebeurd, bedoel ik,' zei ze, zorgvuldig haar woorden kiezend.

'Ik begrijp het,' zei ik. Ik zou liever willen dat Jane weer achter de bar verdween en ons alleen liet. 'Dus jij hebt Will gekend?'

'Van jongs af aan,' zei ze. 'Hij zat op school een paar klassen lager dan ik, maar ik was toen al gek op hem. Hij heeft een keer met me gedanst op een parochiefeestje. Ik was in de zevende hemel.' Ze keek me niet aan toen ze dit zei, misschien had ze spijt van haar woordkeus. 'Nou, ik moet weer aan het werk,' zei ze. 'Wil je nog iets, Marian?'

'Nog thee, denk ik. Mee eens, Tristan?'

'Prima,' zei ik.

'En daarna kunnen we een stukje gaan lopen en iets eten. Je zult wel honger hebben.'

'Nu wel,' gaf ik toe. 'Maar eerst nog een kop thee is prima.'

Jane liep weg om de thee te halen. Marian volgde haar met haar ogen terwijl ze bezig was aan de bar. 'Ze was natuurlijk niet de enige,' zei ze, samenzweerderig naar me voorovergebogen.

'De enige met wat?' vroeg ik.

'Die stapelgek was op mijn broer,' zei ze lachend. 'Het is niet te geloven hoe de meiden hier op hem vielen. Ook mijn vriendinnen waren gek op hem, terwijl ze jaren ouder waren dan hij.'

'O, kom op,' zei ik glimlachend. 'Je bent maar een paar jaar ouder dan ik. Je bent er nog niet aan toe om op stal gezet te worden.'

'Nee, natuurlijk niet,' zei ze. 'Maar ik werd er soms dol van. Ik bedoel, begrijp me niet verkeerd, Tristan, ik was stapelgek op mijn broer, maar voor mij was hij gewoon een slordig, ongewassen, ondeugend jochie. Toen hij klein was had mijn moeder de grootste moeite om hem in bad te krijgen – zo gauw de teil in zicht kwam schreeuwde hij het hele huis bij elkaar – maar ja, ik denk dat alle kleine jongetjes zo zijn. En sommige grote ook, als ik moet afgaan op de jongens die ik ken. Dus toen ik zag welke uitwerking hij op vrouwen had toen hij ouder werd, was ik stomverbaasd, dat mag je gerust weten.'

Ik knikte. Ik wist niet zo zeker of ik wel op dit onderwerp wilde doorgaan, maar door een masochistisch trekje van me kon ik het niet laten.

'En die gevoelens waren wederzijds?' vroeg ik.

'Soms,' zei ze. 'Op een gegeven moment had hij de een na de ander. Je kon niet bij de winkels komen of je zag hem lopen met een of andere wilde meid, op haar paasbest uitgedost en met bloemen in het haar om indruk te maken. Die dacht dan dat zij hem wel zou kunnen strikken. Ik kon ze niet bijhouden, het waren er zo veel.'

'Hij was een knappe kerel,' zei ik.

'Ja, dat geloof ik ook. Voor mij is het niet zo duidelijk, omdat ik zijn zus ben. En dat zal voor jou ook wel zo zijn.'

'Voor mij?'

'Nou, omdat je een man bent.'

'Ja.'

'Ik pestte hem er natuurlijk mee,' ging ze verder. 'Maar hij besteedde nooit zo veel aandacht aan me. De meeste jongens zouden kwaad worden en zeggen dat ik me met mijn eigen zaken moest bemoeien, maar hij haalde alleen maar lachend zijn schouders erover op. Hij zei dat hij graag lange wandelingen maakte en als een meisje hem daarbij gezelschap wilde houden, kon hij haar niet tegenhouden. Eerlijk gezegd leek hij in geen van allen erg geïnteresseerd. Daarom had het ook geen zin om hem ermee te plagen. Het kon hem echt niets schelen.'

'Maar hij had toch een verloofde?' vroeg ik fronsend. Ik wist niet wat ik hier allemaal van moest denken.

'Een verloofde?' vroeg ze. Ze glimlachte tegen Jane, die een verse pot thee voor ons neerzette.

'Ja, hij heeft me een keer verteld dat hij thuis een meisje had en dat ze verloofd waren.'

Ze stopte met inschenken en keek me aan met de theepot halverwege in de lucht. 'Weet je dat zeker?' vroeg ze.

'Misschien vergis ik me,' zei ik nerveus.

Marian zweeg peinzend en keek naar buiten. 'Heeft hij gezegd wie dat was?' vroeg ze.

'Ik weet niet of ik het me nog goed herinner,' zei ik, hoewel de naam in mijn geheugen gegrift stond. 'Ann en nog iets, geloof ik.'

'Ann?' vroeg ze. Ze schudde haar hoofd. 'Ik ken geen Ann. Weet je het zeker?'

'Ik geloof het wel,' zei ik. 'Nee, wacht even. Ik weet het weer. Eleanor. Hij zei dat ze Eleanor heette.'

Marian zette grote ogen op en ze keek me even aan voor ze in lachen uitbarstte. 'Toch niet Eleanor Martin?'

'Ik weet haar achternaam niet,' zei ik.

'Zij moet het zijn. Ze is de enige. Nou, ja, hij en Eleanor hadden wel iets met elkaar op een gegeven moment, geloof ik. Zij was een van die meiden die altijd achter hem aan zaten. Ik denk dat ze niets liever had gewild dan trouwen met mijn broer.' Ze klopte een paar keer op de tafel alsof haar net iets belangrijks te binnen schoot en zei: 'Eleanor Martin was degene die hem al die kleffe brieven stuurde.'

'Toen we daarginds waren?' vroeg ik verbaasd.

'Misschien ook, dat weet ik niet. Nee, ik bedoel die merkwaardige brieven die ze altijd naar ons huis stuurde. Afschuwelijk geparfumeerde brieven met droogbloemetjes erin, die in kruimels uit elkaar vielen op zijn schoot en het tapijt zodra hij ze openmaakte. Ik weet nog dat hij me eens vroeg of ik wist wat ze betekenden. Ik zei dat ze alleen maar iets zeiden over de stupiditeit van dat meisje, en geloof me maar, Tristan, want ik heb haar van jongs af gekend, dat meisje had het verstand van een postzegel. Ik weet nog dat ze lange verhandelingen schreef over onderwerpen in de natuur – voorjaar, wedergeboorte, kleine konijntjes, dat soort gedoe – en die stuurde ze dan op met het idee dat ze daarmee mijn broer kon veroveren. Ik weet niet wie ze dacht dat hij was, Lord Byron of zo. Wat een onnozele hals!' Ze bracht haar kopje naar haar mond en hield het daar even.

'Maar jij zegt dat hij beweerde dat ze verloofd waren?' vroeg ze. 'Dat kan niet. Als zij het had gezegd, zou ik het toeschrijven aan haar onnozelheid, maar hij? Dat bestaat niet.'

'Misschien vergis ik me,' zei ik nog eens. 'We hebben zo veel gepraat, ik kan me de helft niet meer herinneren.'

'Ik weet zeker dat je je vergist, Tristan,' zei ze. 'Mijn broer had vele kanten, maar hij zou nooit zijn leven hebben verspild aan zo'n onnozel schepsel als zij. Daar had hij te veel diepgang voor. Hoe knap hij ook was en hoe makkelijk hij elke vrouw die bij hem in de buurt kwam kon veroveren, hij heeft er nooit misbruik van gemaakt. Daar had ik bewondering voor. Toen zijn vrienden als gekken achter de meisjes aan holden, leek hij zijn belangstelling zelfs helemaal verloren te hebben. Ik heb me afgevraagd of dat te maken had met respect voor mijn vader, die natuurlijk niet blij was geweest met een zoon die de dorpsversierder uithing. Omdat hij dominee was, bedoel ik. Ik vind dat veel mooie jonge mannen hufters zijn, Tristan. Vind je ook niet?'

Ik haalde mijn schouders op. 'Ik zou het echt niet weten, Marian.'

'Daar geloof ik niets van,' zei ze. Ze zat me een beetje uit te dagen, leek me. 'Je bent bijna net zo knap als Will, als ik zo naar je kijk. Met je mooie blonde haar en die treurige hondenogen. Ik zeg dit alleen uit esthetisch oogpunt, Tristan, dus verbeeld je maar niets, want ik ben oud genoeg om je grootmoeder te kunnen zijn. Maar je bent toch een lekker jong? Mijn god, je wordt helemaal rood.'

Ze praatte zo opgewekt en onverwacht vrolijk dat het moeilijk was om niet mee te doen. Ik wist dat dit geen flirt was, in de verste verte niet, maar misschien wel het begin van een vriendschap. Ik begreep dat ze me aardig vond en wist dat ik haar ook graag mocht. Onverwacht. Daarvoor was ik niet hier gekomen.

'Jij bent niet oud,' mompelde ik in mijn kopje. 'Hoe oud ben je eigenlijk, vijfentwintig? Zesentwintig?'

'Heeft je moeder je nooit verteld dat het onbeleefd is om een dame naar haar leeftijd te vragen? En je bent nog maar een jongen. Hoe oud, negentien? Twintig?'

'Eenentwintig,' zei ik. Ze liet het fronsend bezinken.

'Maar wacht eens even, dat betekent...'

'Ik heb over mijn leeftijd gelogen,' zei ik om haar vraag voor te zijn. 'Ik was nog maar zeventien toen ik daarginds was. Ik heb gelogen omdat ze me anders niet zouden aannemen.'

'En ik dacht nog wel dat Eleanor dom was,' zei ze, maar niet onvriendelijk.

'Ja,' mompelde ik en ik keek in mijn thee.

'Nog maar een jongen,' zei ze weer en ze schudde haar hoofd. 'Maar vertel eens, Tristan,' ging ze verder. 'Hoe zit het echt? Ben jij ook zo'n hufter?'

'Ik weet niet wat ik ben,' zei ik zachtjes. 'Als je de waarheid wilt weten, ik ben de laatste jaren druk bezig geweest om daarachter te komen.'

Ze kneep haar ogen tot spleetjes en leunde achterover. 'Ben je wel eens in de National Gallery geweest?' vroeg ze.

'Een paar keer,' zei ik, enigszins verbaasd door deze plotselinge verandering van onderwerp.

'Ik ga er altijd heen als ik in Londen ben,' zei ze. 'Ik ben namelijk erg geïnteresseerd in kunst. Wat bewijst dat ik toch geen cultuurbarbaar ben. O, ik schilder zelf niet, begrijp me niet verkeerd. Maar ik hou veel van schilderijen. Als ik in het museum ben, zoek ik een doek dat me boeit en blijf er een uurtje naar zitten kijken, soms wel een hele middag. Ik laat het schilderij voor mijn ogen één geheel worden. Dan kan ik de bedoeling van de kunstenaar in de penseelstreken zien. De meeste mensen kijken even vluchtig en lopen dan door. Ze strepen het ene werk na het andere af en denken dat ze ze echt gezien hebben, maar hoe kun je op die manier iets naar waarde schatten? Ik zeg dit, meneer Sadler, omdat jij me aan een schilderij doet denken. Die laatste opmerking van je, ik weet niet precies wat die betekent, maar jij wel, denk ik.'

'Ik bedoelde er niets mee,' zei ik. 'Ik zei zomaar wat.'

'Nee, dat is een leugen,' zei ze effen. 'Ik heb het gevoel dat ik je zou kunnen begrijpen als ik maar lang genoeg naar je keek. Ik probeer je penseelstreken te zien. Kun je me volgen?'

'Nee,' zei ik resoluut.

'Alweer een leugen. Hoe dan ook…' Ze haalde haar schouders op en wendde haar blik van me af. 'Het wordt een beetje koud hier, vind je niet?'

'Ik zit hier goed,' zei ik.

'Ik ben een beetje verstrooid, geloof ik,' zei ze. 'Ik moet steeds denken aan dat gedoe met Eleanor Martin. Zo gek dat Will dat heeft gezegd. Ze woont hier nog steeds.'

'Echt waar?' zei ik verbaasd.

'Jazeker. Ze is geboren en getogen in Norwich. Ze is vorig jaar getrouwd met een man die beter had moeten weten, maar hij kwam uit Ipswich en dan moet je natuurlijk pakken wat je krijgen kunt. Ze loopt altijd in de stad rond. Als we pech hebben komen we haar misschien nog tegen.'

'Ik hoop van niet,' zei ik.

'Waarom zeg je dat?'

'Zomaar. Ik ben gewoon… niet zo geïnteresseerd, dat is alles.'

'Maar waarom dan niet?' vroeg ze nieuwsgierig. 'Mijn broer, je beste vriend, vertelt je dat hij verloofd is. Ik vertel je dat er voor zover ik weet nooit sprake is geweest van zo'n verloving. Hoe komt het dan dat je niet nieuwsgierig bent naar deze Helena van Troje die zijn hart heeft veroverd?'

'Juffrouw Bancroft,' zei ik met een zucht, en ik leunde achterover en wreef in mijn ogen. Ze had Will mijn beste vriend genoemd en ik betwijfelde of hij dat ook was. En ik vroeg me af waarom haar goedgehumeurdheid van daarnet nu zo'n wrede bijklank had. 'Wat wilt u dat ik zeg?'

'O, nu ben ik ineens weer "juffrouw Bancroft", hè?' vroeg ze.

'Je noemde me daarnet ook "meneer Sadler". Ik dacht dat we misschien weer formeel gingen doen.'

'Nee hoor,' zei ze kortaf. 'En laten we geen ruzie maken, goed? Ik zou er niet tegen kunnen. Je lijkt zo'n aardige jongen, Tristan. Let er maar niet op als ik een beetje kregelig ben. Op het ene moment val ik je aan en direct daarna noem ik je een lekker jong. Het is gewoon een rare dag. Maar ik ben blij dat je deze reis hebt gemaakt.'

'Dank je,' zei ik. Ik zag dat ze naar mijn hand keek, mijn linker, niet mijn dansende rechterhand, en ving haar blik.

'Ik was gewoon nieuwsgierig,' zei ze. 'Er zijn zo veel mannen van jouw leeftijd getrouwd nadat ze terugkwamen uit de oorlog. Ben jij nooit in de verleiding gekomen?'

'Zelfs geen klein beetje,' zei ik.

'Had jij dan geen liefje dat thuis op je wachtte?'

Ik schudde mijn hoofd.

'Nou, wel zo prettig,' zei ze vlug. 'Voor zover ik weet heb je meer last dan gemak van geliefden. Liefde is een spelletje voor de dommen, als je het mij vraagt.'

'Maar het is het enige wat ertoe doet,' zei ik ineens. Ik was verbaasd om mezelf zoiets te horen zeggen. 'Waar zouden we zijn zonder liefde?'

'Je bent dus een romanticus.'

'Ik weet niet eens wat dat betekent,' zei ik. 'Een romanticus? Ik weet dat ik emoties heb. Ik weet dat ik heel veel voel, te veel eigenlijk. Ben ik dan een romanticus? Ik weet het niet. Misschien wel.'

'Maar mannen zijn tegenwoordig allemaal zo gevoelig,' zei ze nadrukkelijk. 'Mijn vrienden ook, de jongens die daarginds hebben gevochten. Jullie hebben nu een bepaalde gevoeligheid, misschien een zekere somberheid of zelfs angst. Vroeger was dat heel anders. Hoe komt dat, denk je?'

'Dat ligt toch voor de hand?' zei ik.

'Ja. Tot op zekere hoogte. Maar ik zou graag willen dat je het uitlegt.'

Ik keek naar de tafel terwijl ik erover nadacht. Ik wilde eerlijk tegen haar zijn, of in elk geval zo eerlijk als ik durfde. Ik wilde dat wat ik zei betekenis had.

'Voor ik daarheen ging,' zei ik, met mijn ogen op het bestek voor me gericht om haar niet aan te hoeven kijken, 'dacht ik dat ik mezelf een beetje kende. Natuurlijk had ik toen ook gevoelens. Ik kende iemand. Ik… het spijt me, Marian, ik werd verliefd, geloof ik. Op een kinderlijke manier. En toen ben ik verschrikkelijk gekwetst. Door mijn eigen schuld natuurlijk. Ik had niet goed nagedacht. Ik dacht dat ik dat wel had gedaan. Ik dacht dat ik wist wat ik deed en dat de ander hetzelfde voor mij voelde. En ik had het natuurlijk mis, helemaal mis. Het liep compleet uit de hand. Toen ik me daarginds bij het regiment aansloot en natuurlijk ook bij je broer, besefte ik hoe dom ik indertijd was geweest. Want ik ging ineens alles, het hele leven, veel intenser beleven. Het leek alsof ik op een andere planeet leefde dan daarvoor. In Aldershot leerden ze ons niet vechten, maar zo lang mogelijk in leven blijven. Alsof we al dood waren, maar het nog een paar dagen of weken konden rekken als we goed konden schieten en met zorg en precisie een bajonet konden hanteren. De kazerne zat vol geesten, Marian, begrijp je dat? We leken al dood te zijn voor we uit Engeland vertrokken. En toen ik niet sneuvelde, toen ik een van de gelukkigen was… Weet je, we waren met zijn twintigen in onze barak. Twintig jongens. En er zijn er maar twee teruggekomen. Een jongen die gek geworden is en ik. Maar dat betekent nog niet dat we het overleefd hebben. Ik denk niet dat ik het overleefd heb. Ik lig dan wel niet begraven in Franse grond, maar ik hang daar nog altijd rond. Mijn geest, in elk geval. Ik denk dat ik alleen nog maar ademhaal. En er is een verschil tussen ademhalen en leven. Dus, wat je vraag betreft, ben ik een romanticus? Denk ik nog in termen van bruiloften en verliefd worden? Nee, niet meer. Het lijkt me zo zinloos, zo volslagen oppervlakkig. Ik weet niet wat dat over me zegt. Of het betekent dat er iets mis is in mijn hoofd. Maar eigenlijk is er altijd al iets mis geweest in mijn hoofd, weet je. Zolang ik me kan herinneren. En ik heb nooit geweten wat ik daaraan moest doen. Ik heb het nooit kunnen begrijpen. En nu, na alles wat er is gebeurd, na alles wat ik heb gedaan...'

'Tristan, stop,' zei ze. Ze pakte mijn hand, die tot mijn schaamte opnieuw begon te trillen. Ik merkte dat ik ook een beetje huilde, niet hard, maar er gleden een paar tranen over mijn wangen. Ook daar schaamde ik me voor en ik veegde ze weg met de rug van mijn linkerhand. 'Ik had je dit niet moeten vragen,' zei ze. 'Ik bedoelde het niet zo serieus. Je hoeft me niets te vertellen als je dat niet wilt. Mijn god, je bent helemaal hiernaartoe gekomen om me te zien, om me gul verhalen over mijn broer te vertellen, en dit is wat je ervoor terugkrijgt. Kun je het me vergeven?'

Ik haalde lachend mijn schouders op. 'Er valt niets te vergeven,' zei ik. 'Alleen... je moet ons er niet naar vragen. Zei je dat je vrienden hebt, ex-militairen, die zijn teruggekomen?'

'Ja.'

'Praten zij er graag over?'

Ze dacht er even over na en aarzelde. 'Daar kan ik niet goed antwoord op geven,' zei ze toen. 'Soms heb ik het gevoel van wel, omdat ze haast nooit over iets anders praten. Maar ze raken ook altijd overstuur. Net als jij daarnet. Ik merk ook dat ze elk moment steeds weer opnieuw beleven. Hoe lang zou dat duren, denk je?'

'Ik weet het niet,' zei ik. 'Een hele tijd.'

'Maar het is voorbij,' zei ze nadrukkelijk. 'Het is voorbij! Je bent jong, Tristan. Je bent pas eenentwintig. Mijn god, je was nog maar een kind toen je daarheen ging. Zeventien! Laat je er niet door deprimeren. Kijk naar Will.'

'Hoe bedoel je?'

'Nou, hij is dood,' zei ze. Haar gezicht drukte oprecht medeleven uit. 'Hij kan niet eens overstuur raken. Hij kan niet leven met zijn nare herinneringen.'

'Ja,' zei ik. De bekende pijnscheut trok weer door mijn lijf. Ik ademde hoorbaar uit en drukte mijn handpalmen even tegen mijn ogen. Toen ik ze wegtrok knipperde ik een paar keer met mijn ogen en keek aandachtig naar haar gezicht. 'Zullen we even naar buiten gaan?' vroeg ik. 'Ik heb behoefte aan frisse lucht.'

'Natuurlijk,' zei ze, met een klap op de tafel, alsof ze direct toegaf dat we er al te lang zaten. 'Maar je hoeft toch nog niet terug naar Londen? Ik vind het prettig om met je te praten.'

'Nee, nog niet,' zei ik. 'De eerste paar uur in elk geval niet.'

'Goed. Het is zo'n mooie dag. Laten we een stukje wandelen. Ik kan je wel iets laten zien van de plekken waar Will en ik zijn opgegroeid. Je moet echt iets van Norwich zien, het is een prachtige stad. Dan kunnen we daarna een late lunch nemen. En ik zou graag willen dat je iets voor me doet, maar dat vertel ik je later wel, als je het goedvindt. Als ik het nu al vraag, denk ik dat je het weigert. En dat wil ik niet.'

Ik zweeg even, maar knikte toen. 'Oké', stemde ik toe. Ik stond op om mijn overjas van de kapstok te pakken en zij trok de hare aan. 'Ik ga even de thee betalen,' zei ik. 'Ik zie je zo buiten.'

Ik keek haar na terwijl ze naar buiten liep, om zich heen keek of ze een bekende zag en haar jas dichtknoopte. Uiterlijk leek ze natuurlijk niet op Will. Het waren heel verschillende types. Maar iets in haar manier van bewegen deed me aan hem denken. Een bepaalde zelfverzekerdheid, gecombineerd met het besef dat anderen haar schoonheid zouden opmerken, al had ze dat liever niet. Glimlachend bleef ik even naar haar kijken en draaide me toen om om de thee te betalen.

'Het spijt me van daarnet,' zei ik tegen de serveerster toen ze wisselgeld uit de kassa pakte. 'Ik hoop dat we niet te lastig waren.'

'Je hoeft je niet te verontschuldigen,' zei ze. 'Was je een vriend van Will?'

'Ja,' zei ik. 'Ja, we zaten samen in het leger.'

'Het was een schande,' siste ze, terwijl ze zich naar me toe boog. Haar ogen schoten vuur. 'Wat er met hem gebeurd is, bedoel ik. Absoluut een schande. Ik schaamde me dat ik een Engelse was. U zult hier niet veel mensen tegenkomen die het met me eens zijn, maar ik kende hem en wist heel goed wat voor man hij was.' Ik slikte, nam mijn wisselgeld aan en stak het zonder iets te zeggen in mijn zak. 'Er zijn niet veel mensen voor wie ik zo veel respect heb als voor Marian Bancroft,' ging ze verder. 'Ze is er een uit duizenden, echt waar. Ondanks alles wat er gebeurd is, biedt ze zo veel hulp aan de ex-soldaten in haar omgeving. Alles in aanmerking genomen zou je verwachten dat ze hen zou haten. Maar nee. Ik weet eigenlijk nooit goed wat ik van haar moet denken. Ze is een raadsel voor me.'

Peinzend bedacht ik dat ik Marian helemaal niet had gevraagd hoe ze haar dagen vulde in Norwich, waarmee ze haar tijd doorbracht. Dat was kenmerkend voor jongens als ik; we waren zo met onszelf bezig dat we vergaten dat er nog anderen op de wereld waren. Ik hoorde het belletje boven de deur ten teken dat er iemand wegging, bedankte Jane en nam afscheid.

Voordat ik het café verliet klopte ik op mijn zakken om na te gaan of mijn portefeuille en het pakje brieven er nog in zaten. Gerustgesteld dat ik alles nog had ging ik naar buiten. Marian had gelijk; het was een prachtige dag. Warm en helder, windstil en de zon was niet al te fel. Een perfecte dag om een stukje te wandelen. Ineens zag ik Will door deze straten lopen naast een of ander smoorverliefd grietje dat haar best deed om hem bij te houden. Af en toe keek ze stiekem naar zijn knappe gezicht en droomde ervan dat hij haar onverwacht, bij de volgende straathoek, als niemand hen kon zien, in zijn armen zou nemen alsof het de gewoonste zaak van de wereld was en haar tegen zich aan zou trekken.

Ik zette het beeld uit mijn hoofd en keek of ik Marian zag. Ze stond zo'n drie meter van me vandaan, maar ze was niet alleen. De man uit het café was haar naar buiten gevolgd en stond nu druk gebarend voor haar. Even wist ik niet wat ik ervan moest denken. Toen drong tot me door dat zijn gedrag nogal agressief was. Ik liep vlug naar ze toe.

'Hallo,' zei ik. 'Alles goed hier?'

'En jij,' zei de man met stemverheffing en een woedende uitval van zijn vinger naar mijn gezicht, 'ga jij maar een stap naar achteren, vriendje, want dit gaat jou niets aan en ik zweer je dat ik niet voor mezelf insta als je dichterbij komt, begrepen?'

'Leonard,' zei Marian. Ze kwam tussen hem en mij in staan. 'Hij heeft hier niets mee te maken. Laat het rusten, als je weet wat goed voor je is.'

'Ga jij me nou niet vertellen wat ik moet doen, Marian,' zei hij, waardoor het in elk geval duidelijk werd dat ze elkaar kenden en hij niet zomaar een onbekende was die haar op straat lastigviel. 'Je beantwoordt mijn brieven niet, je wilt niet met me praten als ik bij je langskom en dan ga je recht onder mijn ogen met een ander om. Wie denk jij eigenlijk dat je bent?' vroeg hij. Deze vraag was aan mij gericht, maar ik was te verbaasd om te bedenken wat ik terug moest zeggen. Hij was woedend, zijn wangen waren vuurrood en hij stond op het punt Marian opzij te duwen en mij tegen de grond te slaan; instinctief deed ik een stap achteruit. 'Dat is beter, uit de weg, jij,' ging hij verder. Hij liep tevreden op me af, kennelijk in de verwachting dat hij me kon intimideren. In werkelijkheid was ik absoluut niet bang voor hem; ik had gewoon geen zin om in een straatgevecht terecht te komen.

'Leonard, ik zei dat je op moest houden!' riep Marian. Ze trok hem aan zijn jas achteruit. Een paar voorbijgangers keken naar ons met een mengeling van nieuwsgierigheid en minachting, maar liepen hoofdschuddend door alsof ze niets anders verwachtten van ons soort mensen. 'Het is niet wat je denkt, je hebt het mis, zoals gewoonlijk.'

'Ik heb het weer mis, hè?' zei hij tegen haar. Ik bekeek hem wat beter. Hij was langer dan ik, had bruin haar en een rossige gelaatskleur. Hij leek iemand die lichamelijk goed in zijn vel zat. Het enige wat afbreuk deed aan zijn potige uiterlijk was het uilenbrilletje op zijn neus, dat hem een studentikoos aanzien gaf. Maar de stennis die hij hier op straat schopte sprak dat weer tegen. 'Ik heb het mis? Als ik jullie daar bijna een uur met zijn tweeën als een paar tortelduifjes zie zitten kletsen? En ik zag dat je zijn hand pakte, Marian, dus ga me alsjeblieft niet vertellen dat er niets gaande is terwijl ik het met eigen ogen heb gezien.'

'En wat dan nog, als er iets gaande zou zijn?' riep ze terug. Ze kreeg weer een beetje kleur op haar wangen. 'En dan? Wat heb jij daar eigenlijk mee te maken?'

'O, hou toch je mond,' begon hij, maar ze ging zo dicht bij hem staan dat haar gezicht het zijne bijna raakte.

'Ik zeg wat ik wil, Leonard Legg! Je hebt niets over me te zeggen. Niet meer. Je betekent niets meer voor me.'

'Je bent van mij,' hield hij vol.

'Ik ben van niemand!' schreeuwde ze. 'En zeker niet van jou. Denk je dat ik je ooit nog aan zal kijken? Hè? Na wat je hebt gedaan?'

'Na wat ik heb gedaan?' zei hij. Hij lachte haar in haar gezicht uit. 'Die is fraai, zeg. Het feit alleen al dat ik het verleden wil vergeten en nog altijd met je wil trouwen zou je duidelijk moeten maken wat voor man ik ben. Een band aangaan met een familie als de jouwe levert me niet veel goeds op, dat weet je, maar ik ben er nog altijd toe bereid. Voor jou.'

'Bespaar je de moeite,' zei ze, wat zachter nu; in een mum van tijd had ze haar waardigheid terug. 'Want als je denkt dat ik ooit met jou zou trouwen, als je denkt dat ik mezelf zo omlaag zou halen…'

'Jezelf omlaag halen? Ha! Als mijn ouders wisten dat ik hier met je stond te praten, dat ik je vergeven had…'

'Je hebt me niets te vergeven,' riep ze boos, met haar armen in de lucht. 'Ik zou jou moeten vergeven. Maar dat doe ik niet,' zei ze nadrukkelijk, terwijl ze weer dicht bij hem ging staan. 'Dat doe ik niet en dat zal ik ook nooit doen.'

Hij keek haar dreigend aan en ademde zwaar uit door zijn neusgaten, als een stier die op het punt staat om aan te vallen; even dacht ik dat hij naar haar uit zou halen en dus stapte ik naar voren. Maar op hetzelfde moment draaide hij zich naar mij om en verplaatste hij zijn woede van Marian naar mij. Zonder enige waarschuwing lag ik ineens op de grond, met mijn hand tegen mijn neus waaruit – tot mijn verbazing – geen bloed stroomde, maar mijn kaak voelde rauw en pijnlijk aan. Ik besefte dat hij me naast mijn neus in mijn gezicht gestompt had, waardoor ik mijn evenwicht verloren had en op de grond terechtgekomen was.

'Tristan!' riep Marian. Ze bukte zich snel om naar me te kijken. 'Gaat het?'

'Ik denk het wel,' zei ik. Ik ging zitten en keek eens naar mijn aanvaller. Met elke vezel in mijn lijf wilde ik hem terugmeppen, helemaal naar Lowestoft als het moest, maar ik deed het niet. Net als Wolf zou ik niet vechten.

'Kom op dan,' daagde hij me uit. Hij had de houding aangenomen van een professionele bokser, sneu figuur als hij was. 'Kom overeind en laat maar eens zien wat je in huis hebt.'

'Ga weg, Leonard,' zei Marian tegen hem. 'Ga weg voor ik de politie roep.'

Hij lachte, maar leek toch een beetje van zijn stuk gebracht door deze mededeling. En misschien irriteerde het hem dat ik niet wilde opstaan om met hem te vechten. Hij spuugde hoofdschuddend op de grond vlak voor mijn linkerschoen. 'Lafbek,' zei hij met een minachtende blik op mij. 'Geen wonder dat ze op je valt. Daar zijn de Bancrofts dol op, hè?'

'Ga alsjeblieft weg,' zei Marian zachtjes. 'In godsnaam, Leonard, kun je me niet gewoon met rust laten? Ik wil je niet.'

'Dit is nog niet voorbij,' zei hij. 'Denk maar niet dat dit voorbij is, want dat is niet zo.'

Hij keek nog een keer naar ons zoals we daar dicht bij elkaar op de stoep zaten en schudde minachtend zijn hoofd, waarna hij een zijstraat in sloeg en uit het gezicht verdween. Verward draaide ik me om naar Marian en ik zag dat ze bijna in tranen was. Ze had haar handen voor haar gezicht geslagen en schudde haar hoofd.

'Het spijt me, Tristan,' zei ze. 'Het spijt me zo.'

Toen ik even later weer op mijn benen stond begonnen we onze wandeling door de straten van het centrum van Norwich. Er verscheen een blauwe plek op mijn wang, maar er was geen echte schade aangericht. Meneer Pynton zou de volgende dag ongetwijfeld zuchtend zijn knijpbrilletje van zijn neus halen, me misprijzend aankijken en het toeschrijven aan jeugdige onbezonnenheid.

'Wat moet je wel niet van me denken?' zei ze na een lange stilte.

'Hoezo?' vroeg ik. 'Jij hebt me niet geslagen.'

'Nee, maar het was mijn schuld. Gedeeltelijk, tenminste.'

'Je kent die man dus.'

'O ja,' zei ze spijtig. 'Ja, ik ken hem zeker.'

'Hij lijkt te denken dat hij een zekere zeggenschap over je heeft.'

'Dat was ook zo. Vroeger,' antwoordde ze. 'We zijn namelijk verloofd geweest.'

'Echt waar?' vroeg ik. Hoewel ik dit wel had kunnen opmaken uit de ruzie van daarnet verbaasde het me, omdat ik me niet kon voorstellen dat Marian zich met zo'n figuur zou inlaten of dat een man die haar hand had veroverd haar weer zou laten gaan.

'Doe niet zo gechoqueerd,' zei ze geamuseerd. 'Ik heb ook genoeg aanbidders gehad.'

'Nee, ik bedoelde…'

'We zouden gaan trouwen. Dat was althans het plan.'

'En toen ging er iets mis?'

'Dat is toch duidelijk, Tristan,' zei ze kribbig. 'Sorry, ik moet het niet op jou afreageren,' voegde ze er even later aan toe. 'Maar… ik geneer me dood dat hij je zo aanviel en ik schaam me ook voor mezelf.'

'Ik zou niet weten waarom,' zei ik. 'Volgens mij heb je op tijd met hem gebroken. Stel je voor dat je met die bruut getrouwd was. Wie weet wat voor leven je dan had gehad.'

'Maar ik was niet degene die de verloving verbroken heeft,' zei ze. 'Dat was Leonard. Kijk alsjeblieft niet zo verbaasd. Op de lange duur had ik hem zelf wel aan de kant moeten zetten, maar tot mijn grenzeloze spijt was hij me voor. Je begrijpt toch wel waarom?'

'Het had zeker met Will te maken?' zei ik. Ineens was het me helemaal duidelijk.

'Ja.'

'Hij liet je vallen omdat hij bang was voor wat de mensen zouden zeggen?'

Ze haalde haar schouders op. Het leek haar na zo veel tijd nog altijd van haar stuk te brengen.

'En dan vind je míj een hufter,' zei ik lachend. Van de weeromstuit schoot zij ook in de lach. Haar blik dwaalde af naar de markt, waar zo'n veertig kramen in een strak vierkant stonden opgesteld; groente- en fruit-, vis- en vleeskramen, allemaal overdekt met felgekleurd zeildoek. Er stonden veel mensen omheen, voornamelijk vrouwen met boodschappentassen in de hand. Ze overhandigden het weinige geld dat ze hadden aan de verkopers, terwijl ze ondertussen zorgelijk met elkaar stonden te praten.

'Zo erg was hij nou ook weer niet,' zei ze. 'Vroeger hield ik van hem. Vóór dit alles, bedoel ik…'

'Bedoel je voor de oorlog?'

'Ja, voor de oorlog. Toen was hij anders. Het is moeilijk uit te leggen. We kennen elkaar al vanaf ons vijftiende, zestiende. We zijn altijd gek op elkaar geweest. Nou, ik op hem dan – hij was verliefd op een vriendin van mij, in elk geval zo verliefd als je op die leeftijd kunt zijn.'

'Alles is verwarrend op die leeftijd.'

'Ja. Maar hij liet dat andere meisje vallen voor mij en dat leidde tot grote onenigheid tussen onze families. Het meisje was een goede vriendin van mij, maar ze heeft nooit meer met me willen praten. Het was een vreselijk schandaal. Ik schaam me heel erg als ik eraan terugdenk, maar we waren nog zo jong dat het geen zin heeft om er wakker over te liggen. Feit blijft dat ik gek op hem was.'

'Maar jullie lijken helemaal niet bij elkaar te passen,' zei ik.

'Ja, maar je kent hem niet. We zijn nu anders. Iedereen, denk ik. We zijn echt een tijd gelukkig geweest. Hij vroeg of ik met hem wilde trouwen en ik zei ja. Nu kan ik bijna niets ergers bedenken.'

Ik zei niets, maar dacht erover na. Ik wist niet veel van de relaties tussen mannen en vrouwen, de intimiteiten die hen verbonden en de geheimen die hen uit elkaar dreven. Mijn ervaring met meisjes was beperkt tot Sylvia Carter. Het was nauwelijks te geloven dat die ene kus van vijf jaar geleden ook mijn laatste was, maar zo was het wel.

'Is hij daarginds geweest?' vroeg ik. Het zou kunnen, want hij leek me ongeveer even oud als Marian en maar een paar jaar ouder dan ik. 'Leonard, bedoel ik.'

'Nee, dat kon niet,' zei ze. 'Hij is heel erg bijziend. Op zijn zestiende heeft hij een ongeluk gehad. Gevallen met de fiets, de sufferd, en met zijn hoofd op een steen terechtgekomen. Hij is bewusteloos langs de weg gevonden en toen ze hem bij de dokter brachten wist hij niet wie of waar hij was. Het gevolg was dat er scheurtjes in het bindweefsel van zijn ogen zaten. Zijn rechteroog is bijna helemaal blind en zijn linkeroog heeft ook veel uitval. Hij vindt het natuurlijk vreselijk, hoewel je niet zou zeggen dat er iets mis is als je naar hem kijkt.'

'Geen wonder dat hij mijn neus miste toen hij me sloeg,' zei ik. Ik probeerde een glimlach te onderdrukken en Marian glimlachte me samenzweerderig toe. 'Ik had hem al eerder gezien,' ging ik verder. 'In het café, bedoel ik. Hij zat naar ons te kijken. Hij probeerde me aan te spreken toen ik naar het toilet ging.'

'Als ik geweten had dat hij daar was, was ik weggegaan,' zei ze. 'Hij loopt me nu overal achterna om te proberen het weer goed te maken. Het is knap irritant.'

'En vanwege zijn ogen kon hij niet in dienst?'

'Klopt,' zei ze. 'En eerlijk is eerlijk, dat heeft hem erg aangegrepen. Ik denk dat hij het gevoel had dat hij tekortschoot in mannelijkheid. Van zijn broers – hij had er vier – namen er twee dienst in 1916 en de andere twee, de jongsten, via de Derbyregeling. Er is er maar een levend teruggekomen en die is erg ziek. Hij kreeg een zenuwinstorting, geloof ik, en komt de deur haast niet uit. Ik hoor dat zijn ouders het er heel moeilijk mee hebben, wat ik ze niet toewens. Ik weet in ieder geval dat Leonard het verschrikkelijk vond dat hij niet kon gaan vechten. Hij is moedig en erg vaderlandslievend. Het was heel akelig voor hem om de enige jongeman in de stad te zijn toen het allemaal gaande was.'

'Akelig voor hem?' vroeg ik geërgerd. 'Ik zou zeggen dat dat geweldig voor hem was.'

'Ja, ik begrijp waarom je dat zegt,' stemde ze in. 'Maar probeer het eens van zijn kant te bekijken. Hij wilde daar bij jullie zijn, niet opgesloten zitten bij een stel vrouwen. Hij past helemaal niet bij de mannen die zijn teruggekomen. Ik heb hem in zijn eentje in de pubs zien zitten, zonder zich aan te sluiten bij de jongens met wie hij vroeger naar school ging. Hoe zou dat ook kunnen? Hij deelt hun ervaringen niet, hij weet niet wat ze hebben meegemaakt. Ik denk dat sommigen hem er wel bij willen betrekken, maar dat ze het hebben opgegeven omdat hij steeds agressief wordt. Waarom zouden ze van alles van hem moeten pikken? Ze hebben zichzelf niets te verwijten.'

Ik haalde mijn schouders op. Ik begreep wat ze bedoelde en was bereid te erkennen dat het best vervelend voor hem kon zijn, maar ik kon toch geen medelijden opbrengen voor een man die het geluk had gehad aan te loopgraven te ontsnappen, alleen maar omdat hij zich door datzelfde geluk minder man voelde.

'Nou, als hij toen niet kon vechten haalt hij het nu in ieder geval in,' zei ik. 'Waarom deed hij dat eigenlijk, mij zomaar slaan?'

'Hij dacht waarschijnlijk dat we iets met elkaar hadden,' legde ze uit. 'Hij kan verschrikkelijk jaloers zijn.'

'Maar hij was degene die het heeft uitgemaakt!' zei ik, maar ik had onmiddellijk spijt van mijn ongevoelige opmerking. Nors keek ze me aan.

'Ja, daar ben ik me van bewust, dank je. Kennelijk heeft hij daar nu spijt van.'

'En jij niet?'

Na een korte aarzeling schudde ze haar hoofd. 'Ik vind het jammer dat er een situatie is ontstaan die hem ertoe gebracht heeft om met me te breken,' zei ze. 'Maar ik vind het niet erg dat hij het heeft gedaan. Begrijp je?'

'Min of meer,' zei ik.

'Maar nu wil hij me terug en dat is stomvervelend. Hij heeft me geschreven om me het te laten weten. Hij loopt me overal in de stad achterna. Hij komt bij me thuis langs als hij te veel gedronken heeft, en dat is minstens een paar keer per week. Ik heb tegen hem gezegd dat hij geen schijn van kans maakt en dat hij zich daar beter bij neer kan leggen, maar hij is zo koppig als een ezel. Echt, ik weet niet wat ik met hem aan moet. Ik kan niet met zijn ouders praten, die willen niets met me te maken hebben. En ik kan ook niet aan mijn vader vragen om met hem te praten, want wat hem betreft bestaat Leonard niet meer.' Ze haalde diep adem voordat ze zei wat we alle twee dachten. 'Ik heb mijn broer nodig.'

'Misschien had ik iets moeten zeggen,' zei ik.

'Wat had je kunnen zeggen? Je kent hem niet, je weet niets van de omstandigheden.'

'Nee, maar als je er zo door van streek raakt…'

'Ik wil je niet beledigen, Tristan,' zei ze met een uitdrukking op haar gezicht die aangaf dat ze niet als een klein kind behandeld wilde worden. 'Maar je kent me nauwelijks. En ik heb je bescherming niet nodig, hoe dankbaar ik ook ben voor je aanbod.'

'Natuurlijk niet. Ik bedoelde alleen dat ik als vriend van je broer…'

'Begrijp je het dan niet?' vroeg ze. 'Dat maakt het alleen maar erger. Het kwam door zijn ouders. Ze hebben hem zwaar onder druk gezet. Ze hebben een groentewinkel hier in de stad en willen de klanten te vriend houden. Iedereen wist natuurlijk dat Leonard en ik zouden trouwen, dus na Wills dood kocht niemand meer bij de Leggs. Ze wilden iemand laten boeten, maar ze konden geen verhaal halen bij mijn vader. Hij was tenslotte hun dominee. Het decorum moest in stand worden gehouden. Dus waren de Leggs hun volgende doelwit.'

'Marian,' zei ik, terwijl ik mijn blik afwendde. Ik wilde dat er een bankje in de buurt was om even rustig te gaan zitten. Ik had grote behoefte aan een tijdje stilte.

'Nee, Tristan,' drong ze aan. 'Laat me uitpraten. Je kunt het nu net zo goed horen. We probeerden een tijdje gewoon door te gaan, maar het ging niet. De Leggs gingen mij uit de weg, de stad bleef weg bij de Leggs, het was allemaal afschuwelijk. Dus besloot Leonard dat hij er genoeg van had en zette hij me aan de kant in het belang van zijn familie. Zijn vader had het nieuws binnen een paar uur verspreid, zodat iedereen de volgende dag daar weer zijn inkopen deed. De zaken gingen weer als vanouds, hoera. Ongeacht het feit dat ik de moeilijkste periode van mijn leven meemaakte, dat ik rouwde om het verlies van mijn broer, besloot de man van wie ik juist dacht dat hij me door deze periode heen kon loodsen, dat hij niets meer met me te maken wilde hebben. En nu het een en ander overgewaaid is en niemand er meer over wil praten, besluit hij dat hij me terug wil. Iedereen hier wil nu doen alsof er nooit iets is gebeurd. Alsof er nooit een jongen tussen hen is opgegroeid die Will Bancroft heette, die in hun straten heeft gespeeld en is weggegaan om in hun vervloekte oorlog te vechten…' Ze ging steeds harder praten en ik zag een paar voorbijgangers naar haar kijken met een blik die leek te zeggen: O ja, dat meisje van Bancroft, we kunnen van haar ook niets anders verwachten. 'Nu het allemaal achter de rug is, Tristan, heeft mijn arme Leonard bedacht dat hij een enorme vergissing heeft begaan en dat zijn vader en moeder kunnen doodvallen met hun kassa, en nu wil hij me terug. Nou, dat gaat niet gebeuren, Tristan, dat gaat niet gebeuren. Vandaag niet en morgen niet. Nooit.'

'Oké,' zei ik in een poging haar te kalmeren. 'Het spijt me. Nu begrijp ik het.'

'Mensen doen alsof we ons te schande hebben gemaakt, begrijp je dat?' zei ze, nu rustiger. Terwijl ze sprak sprongen de tranen in haar ogen. 'Dat stel in het café bijvoorbeeld. Hun onbeschaamde grofheid. Hun ongevoeligheid. O, Tristan, kijk niet zo naar me. Doe niet alsof je het niet gezien hebt.'

Ik fronste mijn wenkbrauwen, maar kon me alleen het stel herinneren dat een paar tafeltjes bij ons vandaan had gezeten voordat ze naar een rustiger plek verhuisden om hun rendez-vous voort te zetten.

'Ze gingen weg vanwege mij!' riep ze. 'Toen ik terugkwam van de toiletten en ze zagen wie er naast hen zat, gingen ze zo ver mogelijk bij me vandaan zitten. Daar heb ik elke dag mee te maken. Het is niet meer zo erg als het is geweest, dat is waar, het was eerst afschuwelijk, maar op een bepaalde manier is het moeilijker nu de mensen weer tegen me praten. Het betekent dat ze Will gewoon vergeten zijn. En dat zal ik nooit doen. Ze behandelen mijn ouders en mij alsof ze willen laten merken dat ze ons vergeven, alsof ze denken dat ons iets vergeven moet worden. Maar eigenlijk zouden wij hun moeten vergeven hoe ze Will en ons behandeld hebben. Maar toch zeg ik niets. Ik zit vol mooie ideeën, Tristan, daar zou je achter komen als je gek genoeg was om hier nog langer te blijven. Maar daar blijft het bij. Mooie ideeën. In mijn geest ben ik net zo'n lafaard als iedereen denkt dat mijn broer was. Ik wil hem verdedigen, maar ik kan het niet.'

'Je broer was geen lafaard,' zei ik nadrukkelijk. 'Dat moet je geloven, Marian.'

'Natuurlijk geloof ik dat,' snauwde ze. 'Dat denk ik geen moment. Hoe zou ik dat kunnen? Ik kende hem zo goed. Hij was de moedigste van allemaal. Maar probeer dat de mensen hier maar eens uit te leggen. Ze schamen zich namelijk voor hem. De enige jongen in het hele land die in de oorlog voor het vuurpeloton is gesleept om wegens lafheid geëxecuteerd te worden. Ze schamen zich voor hem. Ze begrijpen niet hoe hij is. Hoe hij was. Dat hebben ze nooit gedaan. Maar jij toch wel, Tristan? Jij weet toch wel hoe hij was?'

# *Knipperend tegen het zonlicht*

FRANKRIJK, JULI – SEPTEMBER 1916

E r welt een schreeuw van wanhoop en vermoeidheid op uit het diepst van mijn buik als de wand achter me afbrokkelt en verandert in een trage stroom vette, zwarte, van ratten vergeven modder. De smurrie glijdt over mijn rug mijn laarzen in. Ik voel hem in mijn toch al doorweekte sokken sijpelen en zet mezelf schrap tegen de stroom, in een wanhopige poging de barricade weer op zijn plaats te krijgen voordat die mij verzwelgt. Ik voel een vlugge staart tegen mijn hand zwiepen en daarna nog een; vervolgens een vinnige beet. 'Sadler!' schreeuwt Henley hees en ademloos. Hij staat een klein stukje van me vandaan met naast hem Unsworth, geloof ik, en daarnaast korporaal Wells. De regen klettert zo hard neer dat hij samen met de modder van mijn lippen spat en ik niemand goed kan onderscheiden. 'De zandzakken – kijk dan, hier – stapel ze zo hoog op als je kunt.'

Om vooruit te komen moet ik mijn laarzen zien los te trekken uit een meter modder. Het afschuwelijke slurpende geluid waarmee ze loskomen doet me denken aan de klank van iemands laatste ademhaling, het diepe, heftige, vergeefse snakken naar lucht.

Instinctief spreid ik mijn armen als er een zandzak vol opgegraven aarde op me afkomt. Ik val bijna om als de zak mijn borst raakt, maar hoewel de lucht uit mijn longen wordt geperst weet ik me snel om te draaien naar de muur en de zandzak neer te smijten op de plek waar ik denk dat het fundament moet zijn. Dan draai ik me weer om, pak nog een zak aan om de wand te verstevigen en nog een en nog een en nog een. We doen nu met zijn vijven of zessen allemaal hetzelfde. We stapelen de zandzakken hoog op en roepen om meer voordat de hele zooi instort om ons heen. Het lijkt gekkenwerk, maar op een of andere manier lukt het en is het klaar, en vergeten we dat we vandaag bijna omgekomen zijn, net zoals dat morgen weer zal gebeuren.

De Duitsers gebruiken beton; wij hout en zand.

Het regent al dagen, eindeloze stortbuien waardoor de loopgraven meer op varkenstroggen lijken dan op verdedigingsgreppels waarin ons regiment zich kan verschansen tijdens onze sporadische aanvallen. Toen we aankwamen werd ons verteld dat de krijtachtige grond van Picardië, waar we nu al dagen doorheen trekken, minder snel afbrokkelt dan die in andere delen van het front, vooral in die belabberde stukken richting België, waar het drassige land een loopgravenstelsel bijna onmogelijk maakt. Ik kan geen ellendiger plek bedenken dan waar we nu zijn. Ik kan het alleen vergelijken met de geruchten die ik hoor.

Om me heen ligt een rivier van modder op de plek waar vanochtend nog een duidelijk pad liep. Er arriveren pompen en drie van de mannen gaan ermee aan de slag. Wells schreeuwt ons iets toe met een hese stem, die verloren gaat in de geluiden van de omgeving. Ik moet bijna om hem lachen, een soort ongelovig, hysterisch lachje.

'Godskolere, Sadler!' schreeuwt hij. Door mijn hoofd te schudden probeer ik hem duidelijk te maken dat ik zijn bevel niet heb verstaan. 'Doe het!' brult hij. 'Doe het of ik begraaf je in die verdomde modder!'

Boven mijn hoofd hoor ik over de borstwering het schieten weer beginnen, een soort proloog, want het is nog lang niet zo zwaar als het de laatste dagen is geweest. De Duitse loopgraven liggen zo'n driehonderd meter ten noorden van de onze. Op stille avonden horen we ze in de verte soms praten, af en toe zingen en lachen, of schreeuwen van angst. Zo verschillend zijn we niet, zij en wij. Als beide legers verdrinken in de modder, wie blijft er dan over om oorlog te voeren?

'Daar, daar!' schreeuwt Wells. Hij grijpt mijn arm en trekt me naar de plek waar Parks, Hobbs en Denchley met hun pompen in de weer zijn. 'Daar staan de emmers, man!' roept hij. 'Dit hele stuk moet leeggehoosd.'

Ik knik en kijk om me heen. Rechts van me zie ik tot mijn verbazing twee grijze metalen emmers, van het soort dat normaal gesproken achter de achterste loopgraaf staat, bij de latrines. Yates zorgt dat ze zo schoon mogelijk blijven. Zijn obsessie met hygiëne op een plek als deze grenst aan het psychotische. Wat doen die emmers hier in vredesnaam? vraag ik me af. Yates wordt gek als hij ze hier ziet rondslingeren. Ze kunnen onmogelijk door de regen en de grondverzakking hierheen zijn gerold, want tussen de achterste en de voorste loopgraaf ligt de ondersteuningsloopgraaf en alle drie de loopgraven zijn zo'n tweeënhalve meter diep. Degene die ze op de plek van bestemming moest brengen moet onderweg zijn neergeschoten. Terwijl de emmers aan mijn voeten liggen moet de transportsoldaat een paar meter boven me op zijn rug naar de donkere lucht boven Frankrijk liggen staren, met glazige ogen en een lichaam dat koud, stijf en vrij wordt. En dat is Yates, realiseer ik me dan. Natuurlijk. Yates is dood en in de toekomst zullen we smerige latrines hebben.

'Wat is er mis met jou, Sadler?' schreeuwt Wells. Ik verontschuldig me vlug terwijl ik de emmers oppak. Zo gauw ik de hengsels aanraak zitten mijn handen vol stront, maar wat maakt het uit, denk ik, wat doet het ertoe. Ik zet er een bij mijn voeten en pak de andere van boven en onderen vast. Ik schep een paar liter water op, kijk omhoog en smijt de natte rotzooi in noordoostelijke richting, naar Berlijn, de richting waarin de wind waait. Ik zie hoe de vieze smurrie door de lucht vliegt en boven me op de grond valt. Ik vraag me af of het boven op hem valt, op Yates. De dwangmatig schone Yates. Gooi ik nu stront over zijn hoofd?

'Doorgaan, man!' schreeuwt een stem links van me en wie het ook is – Hobbs? – blijft water wegpompen terwijl ik mijn emmer steeds dieper de modder in duw, het water naar boven haal en weggooi, steeds weer. En dan komt er een zwaar figuur veel te hard aanrennen, zodat hij uitglijdt in de modder. Vloekend komt hij overeind en duwt me opzij, zodat ik omvergelopen word en met mijn gezicht terechtkom in de modder, het water en de stront. Ik spuug de misselijkmakende troep uit en probeer me overeind te duwen met mijn handen, maar die lijken alleen maar dieper in de modder weg te zakken. Dan denk ik: hoe bestaat dit, hoe kan mijn leven verworden zijn tot deze vuiligheid en smeertroep? Vroeger ging ik op warme middagen met mijn vrienden zwemmen in het openbare zwembad. Ik speelde in Kew Garden *conkers* met paardenkastanjes, die ik eerst in azijn kookte om meer kans te hebben om te winnen.

Een hand helpt me overeind.

Er klinkt nu een hoop geschreeuw zonder dat duidelijk is waarom, dan krijg ik een grote plens water in mijn gezicht. Waar kwam dat vandaan? Steekt de wind op en wakkert die de regen aan? Mijn emmer wordt me weer hardhandig in mijn handen geduwd en ik kijk om om te zien wie me geholpen heeft; zijn gezicht is zwart van het vuil, hij is bijna onherkenbaar, maar even vang ik de blik op van de man die zijn hand uitstak om me omhoog te trekken en kijken we elkaar aan, Will Bancroft en ik. We zeggen geen woord en hij haast zich weer verder, op weg naar waar hij heen moet. Hij is niet naar ons toe gestuurd om te helpen, maar moet verder de loopgraaf in naar wie weet welke ellende drie, zes of dertig meter verderop.

'Het wordt zwaarder,' roept Denchley. Hij kijkt even naar de lucht en ik volg zijn voorbeeld. Ik doe mijn ogen dicht en laat de regen op mijn gezicht vallen om de troep af te spoelen. Ik weet dat ik er maar een paar seconden van kan genieten voordat Wells weer gaat schreeuwen dat ik mijn emmer moet vullen en door moet blijven scheppen, dit verdomde stuk loopgraaf moet uitscheppen voordat we allemaal hier in deze verdomd smerige Franse grond begraven worden.

Dus ga ik weer aan het werk, zoals altijd. Ik concentreer me. Ik vul mijn emmer en gooi de inhoud over de rand. Ik vul mijn emmer weer. En ik denk dat als ik maar gewoon doorga, de tijd vanzelf voorbijgaat en ik thuis wakker zal worden. Dat mijn vader zijn armen om me heen zal slaan en zal zeggen dat hij me vergeven heeft. Ik ga naar een diepere kuil rechts van me en speur de loopgraaf af, de zes of negen meter die ik kan zien – om te kijken waar Will is gebleven. Ik wil me ervan verzekeren dat alles goed met hem is en ik vraag me af, zoals altijd op dit soort momenten, of ik hem ooit nog levend terug zal zien.

Weer een dag.

Als ik wakker ben kom ik uit de schuilplaats waar ik geprobeerd heb drie of vier uur te slapen en verzamel ik mijn marstenue. Mijn geweer en bajonet, de ammunitie in mijn voor- en achterzakken, mijn troffel en een halflege fles met een vloeistof die voor water doorgaat maar naar chloorkalk smaakt en zo nu en dan diarree veroorzaakt. Maar als ik moet kiezen tussen uitdroging of buikloop, neem ik buikloop. Ik wikkel me in mijn zware overjas, het kogelvrije vest onder mijn hemd snijdt in mijn huid. Het past niet goed omdat het gemaakt is voor een man met een kleiner postuur, maar verdomme, Sadler, zeiden ze, we zijn hier niet in een warenhuis, je moet het er maar mee doen. Ik zeg tegen mezelf dat het dinsdag is, hoewel ik dat nergens op kan baseren. De dag benoemen geeft een gevoel van normaliteit.

Gelukkig regent het niet meer. De wanden van de loopgraven zijn weer stevig dankzij de op elkaar gestapelde zandzakken, die zwart van de modder zijn na het opstapelen van gisteren. In twintig minuten ben ik klaar. Als ik snel ben kan ik nog naar de mess voor thee en cornedbeef voor ik mijn positie weer moet innemen. Ik loop samen op met Shields, die er heel slecht uitziet. Zijn rechteroog is blauw en zit halfdicht; er loopt een spoortje geronnen bloed over zijn slaap. Het bloedspoor lijkt op de loop van de Theems; ter hoogte van zijn wenkbrauw buigt het zuidwaarts af naar Greenwich Pier, vervolgens op zijn voorhoofd in noordelijke richting naar London Bridge en het verdwijnt in de diepte van Blackfriars, oftewel zijn onverzorgde luizenbos. Ik zeg er niets over; niemand van ons ziet eruit zoals zou moeten.

'Al lang wakker, Sadler?' vraagt hij.

'Twintig minuten.'

'Ik ben net klaar. Ben wel toe aan eten en slapen.'

'Ik ben van plan straks naar de pub te gaan,' zeg ik. 'Voor een paar pintjes bier en een potje darts. Als je ook zin hebt?'

Hij zegt niets, reageert helemaal niet op de grap. Van tijd tot tijd zeggen we allemaal zulke dingen, en soms hebben we er lol om, maar Shields heeft op dit moment geen zin in grapjes. Hij laat me alleen als we bij Glover's Alley komen, die naar Pleasant Way leidt, die zich op zijn beurt links afsplitst en rechts naar Pilgrims Repose leidt. Hier leven we, als lijken onder de grond. We hakken straten uit in het terrein, geven die namen en zetten richtingaanwijzers neer om ons de illusie te geven dat we nog altijd deel uitmaken van een normale samenleving. Het is een doolhof hierbeneden; het loopgravenstelsel vertakt zich naar alle kanten, sluit aan bij het ene pad, snijdt een ander af en biedt een veilige doorgang naar een derde. Je verdwaalt heel gemakkelijk als je niet weet waar je bent en God helpe de man die niet op de plek is waar hij zou moeten zijn, op de tijd dat hij er zou moeten zijn.

Ik loop van de voorste loopgraaf naar de ondersteuningsloopgraaf, waar onze hulptroepen zich bevinden, het beetje medische hulp waarover we kunnen beschikken en een paar veldbedden voor de officieren. Vanaf hier kan ik de etensgeuren ruiken en ik haast me erheen. Als ik de rommelige rij eters langs de zuidelijke greppel van de derde loopgraaf bekijk zie ik vooral bekende gezichten en een paar nieuwe. Sommigen zeggen niets, anderen praten aan één stuk door. Sommigen zijn dapper, anderen overmoedig. En sommigen worden gek. Sommigen komen uit Aldershot, van voor ons of na ons. Met een Schots, Engels, of soms Iers accent. Terwijl ik in de rij sta klinkt het geroezemoes van gesprekken, als een vage begroeting. In de mess zet ik mijn helm af en krab ik op mijn hoofd zonder te kijken wat er onder mijn vingernagels achterblijft, want mijn hoofd zit vol luizen, evenals mijn oksels en mijn kruis. Waar ze zich maar kunnen nestelen en vermenigvuldigen. Vroeger was ik er vies van, maar nu kan het me niets meer schelen. Ik ben een gulle gastheer. We leven vreedzaam samen, zij eten van mijn vuile huid en ik pluk ze er af en toe af om ze fijn te knijpen tussen de nagels van mijn duim en wijsvinger.

Ik pak wat ik kan vinden en begin vlug te eten. De thee is verrassend lekker; vast nog maar net gezet. Hij roept iets op uit mijn jeugd, een herinnering die ik wel tot leven zou kunnen brengen, maar daar heb ik de energie en de interesse niet voor. De cornedbeef daarentegen is afschuwelijk. God mag weten wat ze in die blikken proppen; misschien wel das of rat of een of ander onbekend ongedierte dat het waagt hier te overleven, maar we noemen het rundvlees en doen het ermee.

Ik dwing mezelf niet rond te kijken, niet naar hem te zoeken, want daarmee doe ik mezelf alleen maar pijn. Als ik hem zie, durf ik niet naar hem toe te gaan uit angst afgewezen te worden, en dan is het niet denkbeeldig dat ik later uit pure boosheid zomaar uit de loopgraaf het niemandsland in spring om mijn noodlot tegemoet te treden. En als ik hem niet zie, zal ik mezelf aanpraten dat hij ergens in de afgelopen uren is neergeschoten om mezelf evengoed als makkelijk doelwit voor de sluipschutters over de rand te gooien. Want wat voor zin heeft doorgaan nog als hij dat niet ook doet?

Met een gevulde maag en de smaak van de thee nog in mijn mond sta ik na een tijdje op en loop terug naar waar ik vandaan kom. Ik feliciteer mezelf met het feit dat ik het zo goed heb gedaan; ik heb niet één keer naar hem gezocht. Op zulke momenten kun je weer even vooruit.

Als ik de voorste loopgraaf weer in klim hoor ik geruzie voor me. Ik heb weinig zin in gedoe, maar ik moet er wel langs, dus blijf ik even wachten. Ik zie sergeant Clayton, die in de paar weken dat we hier zijn broodmager is geworden, schreeuwen tegen Potter, een uitzonderlijk lange soldaat die in Aldershot populair was omdat hij zo goed kon imiteren. Op goede dagen kan hij niet alleen onze aanvoerder, maar ook zijn twee apostelen Wells en Moody heel goed nadoen. Clayton heeft hem eens in een verrassend vrolijke bui gevraagd om zijn sketches op te voeren voor het hele regiment. Hij heeft dat gedaan en het ging uitstekend. Het was niet venijnig, maar naar mijn mening zat er toch een scherp randje aan. Maar Clayton vond het geweldig.

De ruzie blijkt over Potters lengte te gaan. Op kousenvoeten steekt hij met zijn lengte van een meter zevenennegentig al boven ons uit, maar met laarzen aan en een helm op zijn hoge voorhoofd haalt hij dik twee meter. Wij zijn er natuurlijk allemaal aan gewend, maar het maakt zijn leven er hier niet makkelijker op, want in het meest noordelijke gedeelte zijn de loopgraven nog geen tweeënhalve meter diep en een meter vijfentwintig breed. De arme man kan niet rechtop lopen met zijn hoofd boven de borstwering uit, want dan blaast een Duitse kogels zijn hersens eruit. Wij hebben geen tijd om ons daar druk over te maken, maar Clayton staat hem toe te schreeuwen.

'Je maakt een schietschijf van jezelf!' schreeuwt hij. 'En daarmee breng je je hele regiment in gevaar. Hoe vaak heb ik al niet tegen je gezegd, Potter, dat je niet rechtop moet staan!'

'Maar het gaat niet, sergeant,' klinkt het wanhopige antwoord. 'Ik kan niet zo lang krom lopen. Dan gaat mijn rug zo verrot veel pijn doen.'

'En jij vindt een zere rug geen zacht prijsje om je hoofd te mogen houden?'

'Ik kan niet de hele dag krom lopen, sergeant,' klaagt Potter. 'Maar ik zal het proberen. Dat beloof ik.'

Dan roept Clayton hem in het wilde weg een paar verwensingen toe en stormt op hem af. Hij duwt hem met zijn rug tegen de muur en ik denk: toe maar, duw al die zandzakken maar los en breng ons in nog groter gevaar. Waarom gooi je niet meteen al onze artillerie weg, als je toch bezig bent?

Met de woordenwisseling nog in mijn oren draai ik de matinee-voorstelling de rug toe en loop terug naar mijn post, waar Tell al verlangend naar me uitkijkt. Hij hoopt me te zien verschijnen, want als dat niet gebeurt ben ik waarschijnlijk zo stom geweest mezelf 's nachts te laten doodschieten en dan moet hij op zijn post blijven tot Clayton, Wells of Moody langskomt en iemand besluit te zoeken om hem af te lossen. Dat kan uren duren, maar hij mag niet weg. Dat zou desertie zijn en de straf daarvoor is een rij soldaten tegenover je die allemaal hun geweer richten op het stukje stof dat boven je hart is gespeld.

'Christus, Sadler, ik dacht dat je nooit zou komen,' roept hij. Hij springt op en klopt me op mijn arm om me geluk te wensen. 'Alles goed daarachter?'

'Prima, Bill,' zeg ik – Tell is ook iemand die graag bij zijn voornaam aangesproken wil worden; misschien geeft het hem het gevoel dat hij nog altijd zijn eigen baas is – en dan zet ik mijn voeten in positie en trek de periscoop op ooghoogte. Ik sta op het punt hem te vragen of hij iets te melden heeft, maar hij is al weg. Met een zucht kijk ik met half toegeknepen ogen door het troebele glas in een poging onderscheid te maken tussen de horizon, de slagvelden en de donkere wolken erboven. En ik doe mijn uiterste best om me voor de geest te halen waar ik eigenlijk naar uit moet kijken.

Ik probeer de dagen na mijn vertrek uit Engeland te tellen en kom op vierentwintig.

De ochtend na de afronding van de opleiding gingen we met de trein naar Southampton om van daaruit naar de haven van Portsmouth te marcheren. Hele gezinnen stonden ons op het trottoir aan te moedigen voor de strijd. De meeste jongens genoten van de aandacht, vooral als er meisjes naar voren sprongen om hun wang te kussen, maar ik vond het moeilijk om mijn aandacht erbij te houden omdat mijn gedachten nog helemaal bij de gebeurtenissen van de vorige avond waren.

Na afloop had Will zich snel aangekleed en me aangekeken met een blik die ik nog nooit bij hem had gezien: verbazing over wat we hadden gedaan, vermengd met een onvermogen om te doen alsof hij alleen maar had meegedaan in plaats van de initiator te zijn. Hij wilde mij de schuld geven, dat zag ik, maar dat had geen zin. We wisten allebei hoe het begonnen was.

'Will...' begon ik, maar hij schudde zijn hoofd en probeerde de oever op te klimmen, struikelend in zijn haast om weg te komen. Hij gleed een paar keer terug voor hij weer vaste voet aan de grond kreeg. 'Will,' zei ik nog eens. Ik raakte hem aan, maar hij schudde ongeduldig mijn hand af en keek me aan met al zijn tanden bloot, een wolf klaar voor de aanval.

'Nee,' siste hij, waarna hij over de top van de heuvel in de nacht verdween.

Toen ik bij mijn brits kwam lag hij al in bed, met zijn rug naar me toe, maar ik wist dat hij nog wakker was. Zijn lichaam rees en daalde op een beheerste manier en hij haalde zwaarder adem dan normaal; het waren de bewegingen en ademhaling van iemand die doet alsof hij slaapt, maar niet zo goed kan acteren dat het overtuigt.

Dus ging ik zelf ook slapen, in de veronderstelling dat we de volgende ochtend wel zouden praten, maar toen ik wakker werd was hij al verdwenen, zelfs voordat Wells of Moody de bel had geluid. Buiten, na het appèl, stelde hij zich ver voor mij op in het midden van de groep voor onze laatste mars, een claustrofobische plek die hij normaal gesproken verafschuwde, met links, rechts, voor en achter nieuwbakken soldaten om zich heen, die stuk voor stuk een barrière tegen mij vormden, voor het geval dat nodig mocht zijn.

Ook in de trein was er geen gelegenheid om met hem te praten, want hij wist zich in een luidruchtig groepje bij het raam te verschansen, en ik zat me een stukje verderop in verwarring op te winden over deze duidelijke afwijzing. Pas later die avond, toen we naar Calais voeren, trof ik hem alleen bij de reling van de boot. Hij stond met zijn hoofd gebogen alsof hij diep in gedachten was verzonken, met zijn handen stevig om het metaal geklemd. Ik zag van een afstandje hoe moeilijk hij het had. Ik zou hem absoluut niet benaderd hebben als ik niet had gedacht dat we misschien nooit meer een kans zouden krijgen om te praten, want wie weet welke verschrikkingen er voor ons in het verschiet lagen als we eenmaal van de boot af waren.

Mijn voetstappen op het dek attendeerden hem op mijn aanwezigheid. Hij hief zijn hoofd een beetje, nu met open ogen, maar draaide zich niet om. Ik zag dat hij wist dat ik het was. Ik bleef een beetje op afstand, keek in de richting van Frankrijk, haalde een sigaret uit mijn zak en stak die aan voordat ik hem de halfvolle koker voorhield.

Hij schudde eerst zijn hoofd, maar bedacht zich toen en nam er een. Toen hij hem tussen zijn lippen stak gaf ik hem de mijne om hem op die manier een vuurtje te geven, maar hij schudde nogmaals kort zijn hoofd en diepte in plaats daarvan lucifers uit zijn zak op.

'Ben je bang?' vroeg ik na een lange stilte.

'Natuurlijk,' zei hij. 'Jij niet dan?'

'Ja.'

We rookten onze sigaretten en waren blij dat we die hadden, zodat we niet hoefden te praten. Eindelijk keek hij met een bedroefde, verontschuldigende blik naar mij en vervolgens weer naar zijn laarzen. Hij slikte nerveus, zijn wenkbrauwen en voorhoofd zorgelijk gerimpeld.

'Hoor eens, Sadler,' zei hij. 'Het kan niet. Dat weet je toch?'

'Uiteraard.'

'Het zou niet…' Hij bleef steken en probeerde het opnieuw. 'Niemand van ons kan nog helder nadenken, dat is het probleem. Die rotoorlog. Ik wou dat die al voorbij was. We zijn er nog niet eens en ik wil nu al dat het voorbij is.'

'Heb je er spijt van?' vroeg ik zachtjes, waarop hij zich met een agressieve uitdrukking op zijn gezicht naar me toedraaide.

'Waarvan?'

'Dat weet je best.'

'Dat heb ik toch gezegd? Het kan niet. Laten we maar doen alsof het nooit gebeurd is. Goedbeschouwd is dat ook zo. Het stelt alleen maar iets voor als het, weet je wel… als het met een meisje is.'

Ik schoot even in de lach; een onwillekeurig kort gesnuif. 'Natuurlijk stelt het iets voor, Will,' zei ik terwijl ik een stap naar hem toe deed. 'En waarom noem je me nu ineens Sadler?'

'Nou, zo heet je toch?'

'Ik heet Tristan. Jij zegt altijd dat je er zo'n hekel aan hebt dat we bij onze achternaam worden aangesproken. Je zei dat het ons ontmenselijkt.'

'Dat is ook zo,' antwoordde hij kortaf. 'We zijn geen mannen meer.'

'Natuurlijk wel.'

'Nee,' zei hij en hij schudde vlug zijn hoofd. 'Dat bedoelde ik niet. Ik bedoel dat we niet meer kunnen denken dat we gewone mannen zijn. We zijn soldaten, meer niet. We moeten oorlog voeren. Jij bent soldaat Sadler, ik soldaat Bancroft en daar blijft het bij.'

'Daar,' zei ik zachtjes met een knik in de richting waar we vandaan gekomen waren, in de richting van Engeland, 'betekende onze vriendschap heel veel voor me. In Aldershot, bedoel ik. Ik ben nooit zo goed geweest in vrienden maken en...'

'O, alsjeblieft, Tristan,' siste hij. Hij schoot zijn sigarettenpeuk overboord en keek me woedend aan. 'Ga nou niet tegen me praten alsof ik je liefje ben, oké? Daar word ik doodziek van. Ik pik dat niet.'

'Will,' zei ik nog eens. Ik stak mijn hand weer naar hem uit zonder er iets mee te bedoelen, ik wilde hem alleen maar beletten weg te lopen, maar hij sloeg mijn arm ruw opzij. Misschien ging het harder dan zijn bedoeling was, want toen ik struikelde keek hij naar me met een mengeling van spijt en zelfhaat. Toen vermande hij zich en liep terug naar het dek, waar de meeste van onze jongens bij elkaar zaten.

'Ik zie je daarginds wel,' zei hij. 'De rest doet er niet toe.'

Toch aarzelde hij even, draaide zich om en werd iets toegeeflijker toen hij de pijn en de verwarring op mijn gezicht zag. 'Het spijt me, oké?' zei hij. 'Ik kan het niet, Tristan.'

Sindsdien hebben we elkaar nauwelijks gesproken. Niet tijdens de mars naar Amiens, waarbij hij weer duidelijk afstand bewaarde, en evenmin toen we verder trokken naar Montauban-de-Picardië, wat

volgens de betrouwbare informatie van korporaal Moody de ge-
schonden streek is waar ik nu met mijn ogen tegen het modderige
glas van mijn periscoop sta. Ik heb geprobeerd hem te vergeten. Ik
heb geprobeerd mezelf ervan te overtuigen dat zulke dingen nu eenmaal gebeuren, maar dat is moeilijk met mijn lijf tweeënhalve meter
diep in de bodem van Noord-Frankrijk terwijl mijn hart nog bij een
beekje op een open plek in een bos in Engeland is, waar ik het twee
weken geleden heb achtergelaten.

Rich is dood. Parks en Denchley ook. Ik zie hoe hun lichamen uit de
loopgraven worden gehaald; hoe graag ik ook de andere kant uit wil
kijken, ik kan het niet. Ze zijn vannacht over de borstwering gestuurd om dikke lagen prikkeldraad voor onze verdedigingslinie aan
te leggen voordat het volgende vuurgevecht zou beginnen, en ze zijn
een voor een neergeschoten door Duitse sluipschutters.

Korporaal Moody ondertekent de vereiste formulieren om de
lichamen hiervandaan te mogen vervoeren. Als hij mijn voetstappen
hoort draait hij zich om, verbaasd om me daar te zien.

'O, Sadler,' zegt hij. 'Wat wil je?'

'Niets, sergeant,' zeg ik met een blik op de lijken.

'Blijf daar dan niet de hele dag als een idioot staan. Ben je vrij?'

'Ja, sergeant.'

'Goed. De trucks komen zo.'

'Trucks, sergeant?' vraag ik. 'Welke trucks?'

'We hebben planken besteld voor de nieuwe loopgraven en om
een paar oude te vervangen,' zegt hij. 'Als ze hier zijn kunnen we de
meeste zandzakken weghalen. De gangen versterken. Ga naar boven
om te helpen, Sadler.'

'Ik wilde net gaan slapen, sergeant,' zeg ik.

'Slapen kan altijd nog,' antwoordt hij zonder een spoortje sarcasme in zijn stem; ik denk dat hij het echt meent. 'Maar hoe sneller we

dit gedaan hebben, hoe veiliger we allemaal zijn. Vooruit, Sadler, actie graag, ze zijn er zo.'

Ik klim naar boven en loop naar de achterste loopgraaf zonder angst om beschoten te worden; de Duitse geweren kunnen ons vanaf deze afstand niet bereiken. Voor me zie ik sergeant Clayton wild staan gebaren tegen drie mannen, en als ik dichterbij kom, zie ik dat een van hen Will is, de tweede Turner en de andere een wat oudere man, midden twintig misschien, die ik nog nooit eerder heb gezien. Zijn rode haar is kortgeschoren en zijn huid ziet er verweerd en oud uit. Ze kijken alle vier om als ze me horen aankomen. Ik doe mijn best om niet naar Will te kijken, omdat ik niet wil weten of zijn eerste reactie er een zal zijn van genoegen of van irritatie.

'Sadler,' bijt sergeant Clayton me minachtend toe. 'Wat doe jij vredesnaam hier?'

'Korporaal Moody stuurt me, sergeant,' zeg ik. 'Hij zei dat u hulp nodig hebt met de trucks.'

'Ja, natuurlijk,' zegt hij alsof dat de meest vanzelfsprekende zaak van de wereld is. 'Waar blijven die eigenlijk?' Hij kijkt het hobbelige pad af dat in het terrein is uitgegraven, schudt zijn hoofd en kijkt op zijn horloge. 'Ik ben in de ondersteuningsloopgraaf,' mompelt hij en hij draait zich om. 'Bancroft, jij komt me halen als ze er zijn, ja?'

'Sergeant,' zegt Will als een korte bevestiging. Hij draait zich om en kijkt zelf de weg af. Ik wil met hem praten, maar dat is lastig hier, met Turner en de onbekende roodharige tussen ons in.

'Ik ben Rigby,' stelt de onbekende zich voor. Hij knikt in mijn richting, maar steekt zijn hand niet uit.

'Sadler,' zeg ik. 'Waar kom jij ineens vandaan?'

'Rigby is een witte veer,' zegt Turner rustig. Eigenlijk zegt hij het alsof het iets volstrekts natuurlijks is.

'Echt?' zeg ik. 'En toch ben je hier.'

'Het Centraal Hoofdkwartier plaatst me steeds over,' zegt hij.

'Ik denk dat ze hopen dat ik een dezer dagen word neergeschoten. Liever door een Duitse kogel dan een Britse, dat spaart hun weer buskruit. Ik heb zes dagen achter elkaar brancarddienst gedaan en ik leef nog steeds, geloof het of niet. Volgens mij is dat een record. Tenzij ik dood ben en jij ook en we nu in de hel zijn.' Hij klinkt opmerkelijk opgewekt en daarom neem ik aan dat hij volslagen doorgedraaid is.

Terwijl de drie mannen verder praten sta ik naar de grond te staren. Met de punt van mijn laars schuif ik het vuil van de stenen en kijk hoe de droge modder in stukken op de grond valt. Gewetensbezwaarden worden niet meer vijandig bejegend, althans niet als ze wel willen dienen, maar niet vechten. De mannen op de boerderijen of in de gevangenissen zullen wel minder sympathie krijgen, maar die komen wij natuurlijk nooit tegen. In feite loopt iedereen die hier is risico. In Aldershot was dat anders. Daar konden we politieke spelletjes spelen en elkaar ophitsen tot een laaiende vaderlandsliefde. We konden Wolfs leven tot een hel maken zonder ons daar slecht bij te voelen. We konden hem midden in de nacht uit zijn bed sleuren en zijn hoofd inslaan met een steen. Maar hier zal toch niemand van ons het overleven, denken we allemaal.

Will loopt in kringetjes rond, op veilige afstand van mij. Ik moet me inhouden om niet naar hem toe te rennen, hem bij de schouders te pakken en te zeggen dat hij op moet houden met die onzin.

'Rigby komt uit Londen, net als jij,' zegt Turner. Als ik opkijk zie ik dat hij het tegen mij heeft; aan hun gezichten te zien krijg ik de indruk dat Rigby dat al gezegd heeft en dat Turner zich geroepen voelt om het te herhalen.

'O ja?' zeg ik. 'Waarvandaan?'

'Brentford,' zegt hij. 'Ken je het?'

'Ja, mijn familie woont daar in de buurt.'

'Echt? Misschien ken ik er iemand van.'

'Slagerij Sadler,' zeg ik. 'Chiswick High Street.'

Hij kijkt me verbaasd aan. 'Serieus?' vraagt hij. Verwonderd vraag ik me af waarom ik in vredesnaam niet serieus zou zijn. Ik zie dat Will zich omdraait bij die onverwachte vraag en langzaam naar ons terug komt lopen.

'Natuurlijk,' zeg ik. 'Waarom niet?'

'Je bent toch niet de zoon van Catherine Sadler?' vraagt hij vervolgens. Ik word een beetje licht in mijn hoofd als ik haar naam hoor. Helemaal hier. In een veld in Frankrijk. Met de ontbindende lijken van Rich en Parks en Denchley zo'n honderd meter van me verwijderd.

'Dat klopt,' zeg ik rustig, en ik probeer me zo goed mogelijk te beheersen. 'Waar ken je mijn moeder van?'

'Ik ken haar niet echt,' zegt hij. 'Mijn moeder is een vriendin van haar. Alison Rigby. Je hebt je moeder vast wel eens over haar horen praten.'

Ik denk even na en haal mijn schouders op. Er gaat ergens een belletje rinkelen, maar mijn moeder heeft een netwerk van vriendinnen door de hele stad, voor wie ik nooit enige belangstelling heb gehad.

'Ja, ik geloof het wel,' zeg ik. 'Ik heb in ieder geval haar naam wel eens gehoord.'

'Wat toevallig! En Margaret Hadley, ken je Margaret?'

'Nee,' zeg ik hoofdschuddend. 'Zou dat moeten?'

'Ze werkt in Café Croft.'

'Ik ken Croft wel. Maar dat is al een paar jaar geleden. Hoezo, wie is zij dan?'

'Mijn meisje,' zegt hij met een brede glimlach. 'Ik dacht dat je haar misschien wel eens had ontmoet. Haar moeder, mevrouw Hadley, die in de toekomst hopelijk mijn schoonmoeder zal zijn, organiseert samen met jouw moeder en de mijne inzamelingsacties voor de oorlog. Die drie zijn dikke vriendinnen tegenwoordig. Ik kan me niet voorstellen dat je Margaret niet kent. Mooie meid, donker haar. Je moeder is erg op haar gesteld, dat weet ik zeker.'

'Ik ben al een tijdje niet thuis geweest,' zeg ik. 'Ik ga niet… mijn familie en ik trekken niet zo veel met elkaar op.'

'O,' zegt hij. Misschien voelt hij aan dat hij op gevoelig terrein is beland. 'Dat spijt me. Goh, Sadler, ik vond het zo erg om te horen van je…'

'Het is oké,' zeg ik. Ik weet niet goed hoe ik verder moet met dit gesprek, maar dat hoeft ook niet omdat Will bij ons komt staan. Alleen Turner staat nu tussen ons in. Het verbaast me om hem hier te zien, dat hij hier belangstelling voor heeft.

'Alles gaat toch goed met mevrouw Sadler?' vraagt Will. Rigby knikt.

'Bij mijn weten wel,' antwoordt hij. 'Hoezo, ken jij haar ook?'

'Nee. Maar ik denk dat Tristan graag wil horen dat alles goed met haar is.'

'Zo gezond als een vis, voor zover ik weet,' zegt hij, terwijl hij mij weer aankijkt. 'Margaret, mijn meisje, schrijft me vrij vaak. Ze vertelt me al het nieuws van thuis.'

'Dat moet prettig zijn,' zeg ik met een blik op Will. Ik ben hem dankbaar voor zijn tussenkomst.

'Het is natuurlijk afschuwelijk voor ze geweest,' gaat hij verder. 'Margarets broers zijn allebei al heel vroeg omgekomen, al in de eerste paar weken. Hun moeder was een wrak, nog steeds eigenlijk, maar ze is een geweldige vrouw. Natuurlijk was niemand blij toen ik bezwaar aantekende bij de Militaire Commissie, maar ik vond dat ik toch aan mijn principes moest vasthouden.'

'Maar was dat niet ontzettend moeilijk?' vraagt Will. Hij buigt zich nu geïnteresseerd naar hem toe. 'Om na dat alles toch te besluiten om door te zetten?'

'Verdomd moeilijk,' zegt hij met opeengeklemde kaken. 'Ik weet nog steeds niet of ik er goed aan heb gedaan, eerlijk gezegd. Ik weet alleen dat het op de een of andere manier logisch lijkt. Ik zou het gevoel hebben dat ik de boel in de steek liet als ik thuis zou blijven of mijn tijd in de gevangenis moest slijten. Hier voel ik me tenminste nuttig met het dragen van brancards en wat verder nodig is. Ook al ben ik niet bereid een wapen op te pakken.'

We knikken alle drie, maar gaan er niet op in. In een groter gezelschap zou het voor deze man lastiger zijn om dit soort dingen te vertellen, maar in dit kleine groepje is het niet zo moeilijk. Wij zijn niet van plan om met hem in discussie te gaan.

'Maar ze hebben het thuis hoe dan ook moeilijk gehad,' gaat hij weer verder tegen mij. 'Ik neem aan dat je moeder er alles over verteld heeft.'

'Niet veel,' zeg ik.

'Ja, er zijn honderden jongens gesneuveld. Heb jij Edward Mullins gekend?'

Ik knik. Een jongen die op school een jaar boven me zat. 'Ja,' zeg ik, en ik herinner me hem als een nogal plompe kerel met een slechte huid. 'Ja, ik herinner me hem.'

'Festubert,' zegt Rigby. 'Vergast. En Sebastian Carter?'

'Ja,' zeg ik.

'Die is gesneuveld bij Verdun,' zegt Rigby. 'En Alex Mortimer? Kende je die?'

Ik laat de naam even bezinken en schud dan mijn hoofd. 'Nee,' zei ik. 'Nee, ik geloof het niet. Weet je zeker dat hij bij ons uit de buurt komt?'

'Hij was import. Kwam oorspronkelijk uit Newcastle, geloof ik. Drie jaar geleden is hij met zijn hele familie naar Londen verhuisd. Trok altijd op met Peter Wallis.'

'Peter?' zeg ik verrast. 'Ik ken Peter wel.'

'Zeeslag bij Jutland,' zegt hij. Hij haalt er zijn schouders bij op alsof dit gewoon het zoveelste slachtoffer is, niets om over naar huis te schrijven. 'Gezonken met de Nestor. Mortimer heeft het overleefd, maar ik hoorde pas dat hij in een legerhospitaal ergens in Sussex ligt. Beide benen kwijt, de pechvogel. Zijn ballen zijn er ook af geschoten, dus dat wordt voor de rest van zijn leven de sopraanpartij in het kerkkoor.'

Ik blijf hem aankijken. 'Peter Wallis,' zeg ik. Ik probeer het trillen van mijn stem in bedwang te houden. 'Wat is er precies met hem gebeurd?'

'Nou, ik weet niet of ik me alles nog precies herinner,' zegt hij terwijl hij aan zijn kin krabt. 'Is de Nestor niet beschoten door Duitse slagkruisers? Ja, dat is het. Ze pakten eerst de Nomad en daarna de Nestor. Beng, beng, gezonken, de een na de ander. Gelukkig is niet iedereen omgekomen. Mortimer heeft het overleefd, zoals ik al zei. Maar Wallis was een van de ongelukkigen. Sorry, Sadler, was hij een vriend van je?'

Ik kijk de andere kant op met een gevoel alsof ik wel in elkaar kan zakken van ellende. We kunnen het dus nooit meer goedmaken. Ik zal nooit vergeving krijgen. 'Ja,' zeg ik zachtjes. 'Ja.'

'Dat werd verdomme eens tijd,' zegt Turner plotseling. Hij wijst voor zich uit. 'Daar komen de trucks. Zal ik de baas voor je gaan halen, Bancroft?'

'Graag,' zegt Will. Als ik me omdraai voel ik dat zijn ogen op mij gericht zijn. 'Een goede vriend?' vraagt hij.

'Vroeger wel,' zeg ik. Ik weet niet goed hoe ik hem moet noemen, ik wil hem niet afvallen nu hij dood is. 'We zijn samen opgegroeid. Kenden elkaar al sinds we baby's waren. We woonden naast elkaar. Hij was de enige... ja, de beste vriend die ik had, denk ik.'

'Rigby,' zegt Will, 'wil jij even aan de chauffeur vragen hoeveel planken er zijn? Dan kunnen we dat meteen tegen sergeant Clayton

zeggen als hij hier komt. We weten dan ongeveer hoeveel tijd het uit-
laden gaat kosten.' Rigby kijkt even naar ons, voelt kennelijk aan dat
de situatie ongemakkelijk is en knikt. Hij loopt weg en pas als hij uit
het zicht is komt Will naar me toe. Ik sta te trillen en wil weglopen;
ik zou overal willen zijn, behalve hier.

'Verman je, Tristan,' zegt hij zachtjes. Hij legt een hand op mijn
schouder en blijft in mijn ogen kijken. Zijn vingers drukken stevig
in mijn vlees, sturen ondanks mijn verdriet een elektrische tinte-
ling door mijn hele lijf. Dit is pas de tweede keer dat hij me aan-
raakt sinds Engeland – de eerste keer was toen hij me overeind
hielp in de ondergelopen loopgraaf – en de enige keer sinds de
boot dat hij tegen me praat. 'Verman je, ja? In het belang van ons
allemaal.'

Ik kom een stapje dichterbij. Hij klopt troostend op mijn arm en
laat zijn hand daar langer liggen dan nodig is.

'Wat bedoelde Rigby toen hij zei dat het hem speet om te horen…
je weet wel, hij maakte zijn zin niet af.'

'Het doet er niet toe,' zeg ik. Verdrietig leg ik mijn hoofd op zijn
schouder en hij trekt me even tegen zich aan met zijn hand op mijn
achterhoofd. Ik ben er bijna zeker van dat zijn lippen over mijn haar
strijken, maar dan komen Turner en sergeant Clayton in zicht, de
laatste luidkeels klagend over een nieuwe ramp, en laten we elkaar
weer los. Ik veeg de tranen uit mijn ogen en kijk naar hem, maar hij
heeft zich al van me afgewend. Mijn gedachten keren terug naar
mijn oudste vriend, dood, zoals zo veel anderen. Ik vraag me af
waarom ik in godsnaam naar de lichamen van Rich, Parks en
Denchley ben gaan kijken terwijl ik de hele tijd in mijn schuttersput
had kunnen liggen om een beetje te slapen en onwetend te blijven
van dit alles. Onwetend te blijven van thuis. Van Chiswick High
Street, mijn moeder, mijn vader, Peter en de hele bende.

We trekken op naar het noorden en nemen een lange, smalle rij Duitse loopgraven in. Er vallen weinig doden – aan onze kant in ieder geval – en het nieuws van ons succes leidt tot een bezoek van generaal Fielding.

Sergeant Clayton is de hele ochtend al buiten zichzelf van opwinding en staat erop alle mannen persoonlijk te inspecteren om er zeker van te zijn dat we het juiste evenwicht vertonen tussen de reinheid die de hygiënevoorschriften vereisen en het vuil dat laat zien dat we ons werk goed doen. Hij draagt Wells en Moody op hem te volgen op zijn gang door de gelederen, de een met een emmer water, de ander met een emmer modder. Hij boent of bevuilt persoonlijk het gezicht van elke man dat niet aan zijn nauwkeurige eisen voldoet. Het is een idiote vertoning. Tijdens zijn rondgang loopt hij uiteraard onafgebroken verwensingen of overdreven complimenten te schreeuwen, en ik vrees voor zijn geestelijke gezondheid.

Williams heeft me verteld dat Clayton er een van een drieling is en dat zijn beide broers in de eerste weken van de oorlog omgekomen zijn door handgranaten die voortijdig ontploften toen de pennen eruit werden getrokken. Ik weet niet of het waar is, maar het draagt zeker bij tot de legendevorming rond de man.

Later, als de generaal ruim twee uur te laat arriveert, is de sergeant onvindbaar. Hij blijkt in de latrine te zitten. Zijn timing is bijna komisch. Robinson wordt erop uitgestuurd om hem te zoeken, maar het duurt nog tien minuten voor Clayton, met een rood gezicht van woede, komt opdagen. Iedere soldaat die hij passeert kijkt hij aan alsof het diens schuld is dat hij uitgerekend dat moment heeft uitgekozen om te gaan poepen. Het is moeilijk om niet in lachen uit te barsten, maar op de een of andere manier weten we ons te beheersen; we zouden gestraft worden met deelname aan een nachtelijke prikkeldraadactie.

In tegenstelling tot Clayton lijkt generaal Fielding een sympathiekc en redelijke man. Hij toont bezorgdheid om het welzijn van de troepen onder zijn commando en belangstelling voor onze voortdurende overlevingsstrijd. Hij inspecteert de loopgraven en de schuttersputjes en praat intussen met de manschappen. We staan in het gelid alsof hij koninklijk bezoek is, wat hij in zekere zin ook is. Bij elke derde of vierde man vraagt hij: 'Word je goed behandeld?' Of 'Je zet je beste beentje voor, hoor ik?' maar als hij bij mij komt, lacht en knikt hij alleen even. Hij praat met Henley, die uit dezelfde streek komt als hij; binnen de kortste keren staan ze nieuwtjes uit te wisselen over de overwinningen van het First xi cricketteam van een of andere pub in Elephant & Castle. Sergeant Clayton luistert mee aan Fieldings rechterschouder. Hij ziet er nogal onrustig uit, alsof hij het liefst alles zou regisseren wat er tegen de generaal wordt gezegd.

Later die avond, als generaal Fielding is teruggekeerd naar het veilige Centraal Hoofdkwartier, horen we het krakerige geluid van onafgebroken schieten op zo'n vijfenveertig tot zestig kilometer ten zuidwesten van ons. Ik laat mijn orders even voor wat ze zijn en richt mijn periscoop op de lucht. Ik zie een plotselinge uitbarsting van elektrische vonkjes, wat betekent dat er bommen vallen op de hoofden van Duitse, Engelse of Franse soldaten. Het maakt eigenlijk niet uit op wie. Hoe eerder iedereen dood is, hoe eerder het allemaal voorbij is.

Het bombardement vanuit de vliegtuigen doet een beetje aan vuurwerk denken. Ik denk terug aan vijf jaar geleden, toen ik voor de eerste en enige keer in mijn leven zo'n schouwspel zag. Dat was in juni 1911, op de avond van de kroning van George v. Mijn zusje Laura lag met koorts in bed, dus mijn moeder moest thuisblijven om voor haar te zorgen. Mijn vader en ik wandelden door Londen naar Buckingham Palace en wachtten midden in de mensenmassa tot de koning en koningin Mary langs kwamen rijden op hun terugweg van Westminster Abbey. Ik vond het niet prettig daar. Ik was verlegen voor een kind van twaalf, klein voor mijn leeftijd, en ik kon midden in de menigte niets anders zien dan de jassen van de mannen en vrouwen die me aan weerskanten verdrongen. Ik kreeg het benauwd en wilde dat tegen mijn vader zeggen, maar hij liet mijn hand los en begon een gesprek met iemand die naast hem stond. Toen kwamen de koetsen voorbijrijden en ik rende erachteraan in mijn opwinding om het koninklijk paar te zien, en algauw wist ik niet meer waar ik was of hoe ik terug moest.

Zonder de moed te verliezen ging ik op zoek naar mijn vader. Ik riep hem en toen hij me een uur later eindelijk vond sloeg hij me zo hard en onverwacht in het gezicht dat ik niet eens de kans kreeg om te huilen. Maar toen ik met mijn ogen stond te knipperen dook er ineens een vrouw op die tegen mijn vader begon te schreeuwen en hem boos op zijn arm stompte. Hij negeerde die klap en trok me mee door de mensenmassa met de mededeling dat als ik nog eens van hem zou weglopen hij nog wel erger voor me in petto had. We waren algauw bij het Victoriamonument; toen het donker werd en het vuurwerk begon en de pijnlijke plek op mijn wang blauw kleurde, zette mijn vader me tot mijn verrassing op zijn schouders. Hij liet me daar zitten, zodat ik nu eens boven de mensenmassa uit kon kijken over de hoofden van de andere toeschouwers. Terwijl de bonte vuurpijlen in de lucht explodeerden keek ik om me heen naar de zee van mannen en vrouwen die zo ver reikte als mijn ogen konden zien en naar de andere kinderen die op de schouders van hun vaders opgewonden naar elkaar grinnikten.

'Sadler!' schreeuwt Potter, de Potter van twee meter lang op laarzen en met zijn helm op. Hij trekt me aan mijn schouder dieper de loopgraaf in. 'Wat heb jij in vredesnaam? Haal je kop eens uit de wolken.'

'Sorry,' zeg ik. Ik zet mijn periscoop in de juiste stand en zoek het terrein voor me af. In paniek stel ik me voor dat ik na mijn korte moment van concentratieverlies geconfronteerd word met een groep van twintig Duitsers, die als slangen op hun buik naar me toe kruipen en dat het te laat zal zijn om alarm te slaan. Maar nee, het is rustig ondanks het helse kabaal in de lucht en het blijft leeg in de kloof die de twee groepen doodsbange jonge mannen van weerszijden van de Noordzee scheidt.

'Zorg maar dat die ouwe je niet betrapt op dagdromen,' zegt Potter. Hij steekt een sigaret op, neemt een flinke trek en wrijft over zijn armen tegen de kou. 'En als je je hoofd nog eens een keer zo uitsteekt, dat kan ik je voorspellen dat Fritz niet zal aarzelen om het van je lijf af te schieten.'

'Ze kunnen me niet raken van die afstand.'

'Wil je dat soms uitproberen?'

Ik slaak een vermoeide zucht. Potter en ik zijn geen goede vrienden; zijn populariteit is gestegen naarmate zijn imitaties beter werden, maar nu luistert hij naar niemand meer, behalve naar zichzelf. Hij is niet hoger in rang dan ik, maar hij lijkt te denken van wel, dankzij een of andere ontheemde graaf ergens in zijn familiestamboom, terwijl mijn familie maar een winkel heeft, zoals hij vaak zegt.

'Oké, Potter,' zeg ik. 'Ik zal mijn hoofd laag houden, maar jouw helse geschreeuw helpt ook niet echt, vind je niet?'

Ik draai me om om de horizon af te zoeken. Ik ben ervan overtuigd dat ik daar iets hoor, maar alles lijkt rustig. Toch voel ik me ongemakkelijk; het voelt niet goed, al ziet het er leeg uit.

'Ik praat wanneer ik wil, Sadler,' snauwt Potter. 'En ik laat me niet door jouw soort zeggen wat ik moet doen.'

'Mijn soort?' vraag ik. Ik heb vannacht geen zin in dit soort onzin.

'Ja, jullie zijn toch allemaal hetzelfde? Niemand van jullie gebruikt zijn verstand.'

'Jouw vader is timmerman, Potter,' zeg ik, want ik heb gehoord dat hij ergens in Hammersmith een eigen groothandel drijft. 'Maar dat maakt jou nog niet tot Jezus Christus.'

'Pas op met godslastering, Sadler,' zegt hij nijdig. Hij staat nu in zijn volle lengte rechtop zodat zijn eigen hoofd boven de borstwering uit steekt, precies wat hij mij verweet. En hij houdt zijn sigaret omhoog; het roodgloeiende puntje is net zichtbaar boven de borstwering. Ik houd van schrik mijn adem in.

'Potter, je peuk...'

Als hij zich omdraait en ziet wat hij doet word ik ineens verblind door iets wat lijkt op een emmer hete slijm die in mijn gezicht wordt gekwakt. Ik spuug en knipper met mijn ogen, begin te kokhalzen tegen de wal van de loopgraaf en laat mezelf op de grond vallen, terwijl ik de viezigheid, wat het ook mag zijn, uit mijn ogen en mijn gezicht wrijf. Als ik opzij kijk zie ik Potters lichaam aan mijn voeten liggen. Er zit een groot gat in zijn hoofd waar de kogel is ingeslagen. Een oog is helemaal weg – en bevindt zich ergens op mijn lichaam, vermoed ik – en het andere hangt nutteloos uit zijn oogkas.

Het geluid van het bombardement vijfenveertig kilometer verderop wordt sterker. Ik doe heel even mijn ogen dicht, beeld me in dat ik ergens anders ben en hoor de stem van de vrouw die protesteerde toen mijn vader me sloeg, vijf jaar geleden op de avond van de kroning. 'Die jongen doet niets fout,' had ze gezegd. 'U moet een beetje vriendelijker voor hem zijn.'

De weken gaan voorbij. We rukken op, houden halt, we graven ons in, we vuren onze Smilers af en gooien onze granaten, en nooit schijnt er iets te veranderen. De ene dag wordt ons verteld dat het front oprukt in Europa en dat het nu niet lang meer zal duren, en de volgende dat het er beroerd voor staat en we ons moeten voorbereiden op het ergste. Mijn lijf is het mijne niet meer; de luizen hebben hun bezit gedeeld met de ratten en ander ongedierte en ik ben nu een kauwspeeltje voor ze. Ik troost mezelf met de gedachte dat dit per slot van rekening hun terrein is en ik de indringer. Als ik nu wakker word van een parasiet die aan mijn bovenlijf knabbelt en met trillende neus en snorharen een aanval overweegt spring ik niet meer schreeuwend op, maar veeg hem gewoon weg met mijn hand, zoals ik in St. James's Park een vlieg zou wegjagen die rond mijn hoofd zoemt. Dat is nu heel gewoon geworden en ik besteed er weinig aandacht aan. Ik volg mijn gebruikelijke routine van op mijn post staan, het front verdedigen, uit de loopgraaf klimmen als het mijn beurt is om de dood te riskeren. Als het kan eet ik, doe ik mijn ogen dicht en probeer ik te slapen, en ik laat de dagen voorbijgaan in de overtuiging dat er ooit een einde zal komen aan dit alles, of aan mijn leven.

Het is nu al weken geleden dat Potters hersenen over mijn uniform spatten. Het is daarna natuurlijk gewassen, maar ik maak me zorgen over de donkerrode en grijze vlekken bij de revers. Ik heb aan anderen gevraagd of ze die zien, maar zij zeggen dat er niets zit. Ze hebben ongelijk, natuurlijk. De vlekken zitten daar echt. Ik kan ze ruiken.

Na een dienst van meer dan tien uur loop ik dodelijk vermoeid naar de achterste loopgraaf. Het is al laat en we verwachten vannacht een bombardement; in verband daarmee zijn bijna alle kaarsen uit, maar toch zie ik iemand in een hoekje van de mess zitten, alleen. Ik ga naar hem toe omdat ik zin heb in een praatje voor ik ga slapen, maar ik aarzel als ik dichterbij kom en zie dat het Will is. Hij zit over een paar vellen papier gebogen en houdt zijn pen op een vreemde manier vast, en ik besef voor het eerst dat hij links is. Ik wil zo graag met hem praten, maar draai me toch weer om. Mijn laarzen zijn hoorbaar in de modder en dan zegt hij zachtjes mijn naam.

'Tristan.'

'Sorry,' zeg ik. Ik draai me weer om maar blijf waar ik ben. 'Het was niet mijn bedoeling je te storen.'

'Je stoort me niet,' zegt hij lachend. 'Dienst afgelopen?'

'Nu net. Ik kan beter gaan slapen, denk ik.'

'Slapen doe je daar,' zegt hij en hij wijst in de richting waar ik vandaan gekomen ben. 'Wat kom je hier doen?'

Ik doe mijn mond open maar kan geen antwoord bedenken. Ik wil niet tegen hem zeggen dat ik behoefte heb aan gezelschap. Met weer een glimlach knikt hij naar de stoel naast de zijne. 'Waarom kom je niet even zitten?' vraagt hij. 'Het is tijden geleden dat we elkaar gesproken hebben.'

Ik loop naar hem toe en probeer me er niet aan te storen dat hij doet alsof dat met wederzijdse instemming was. Het heeft ook geen zin om boos op hem te zijn; hij heeft me zijn gezelschap aangeboden en meer verwacht ik niet van het leven. Misschien komt er toch een eind aan de vijandelijkheden.

'Naar huis aan het schrijven?' vraag ik met een knik naar het papier voor hem.

'Ik doe een poging,' zegt hij. Hij raapt de velletjes papier bij elkaar en maakt er een net stapeltje van voor hij ze in zijn zak steekt. 'Naar mijn zus, Marian. Ik weet nooit goed wat ik moet vertellen, jij? Als ik haar vertel hoe het hier werkelijk toegaat, maakt ze zich alleen maar bezorgd. Maar als ik de waarheid achterhoud lijkt het zinloos om te schrijven. Lastig, vind je ook niet?'

'Hoe doe je het dan?' vraag ik.

'Ik heb het over andere dingen. Ik vraag hoe het thuis gaat. Het gaat over koetjes en kalfjes, maar het is bladvulling en ze schrijft me altijd terug. Ik zou stapelgek worden als ik haar brieven niet had om naar uit te kijken.'

Ik knik en wend mijn blik van hem af. Tot mijn verbazing is er verder niemand in de mess. Er zitten hier bijna altijd mensen over hun bord gebogen te eten en thee te drinken.

'Jij schrijft niet naar huis?' vraagt hij.

'Hoe weet je dat?'

'Nee, ik bedoel alleen maar dat ik je nooit heb zien schrijven. Je ouders zullen toch wel graag iets van je willen horen?'

Ik schud mijn hoofd. 'Ik denk het niet,' zeg ik. 'Ik ben namelijk uit huis gezet.'

'Ja, dat weet ik. Maar je hebt me nooit verteld waarom.'

'Nee?' vraag ik en daar laat ik het bij.

Hij zwijgt een tijdje, neemt een slok van zijn thee en kijkt dan op alsof hij zich iets herinnert. 'En je zus?' vraagt hij. 'Laura heet ze toch?'

Ik schud mijn hoofd weer en doe mijn ogen even dicht. Ik zou hem wel over Laura willen vertellen, maar ik kan het niet; daar is waarschijnlijk meer tijd voor nodig dan we hebben.

'Ik neem aan dat je het gehoord hebt van Rigby?' vraagt hij na een poosje. Ik knik.

'Ja,' zeg ik. 'Ik vond het erg om te horen.'

'Het was een prima kerel,' zegt Will ernstig. 'Maar echt, elke keer dat ze een witte veer het niemandsland in sturen, hopen ze dat hij wordt neergeschoten. En de arme ziel die daar opgehaald moest worden interesseert ze ook niet.'

'Wie was dat trouwens?' vraag ik. 'Daar heb ik niets over gehoord.'

'Ik weet het niet zeker,' zegt hij. 'Tell, misschien? Shields? Een van die twee.'

'Weer een van ons,' zeg ik, met het beeld voor ogen van die jongens in hun bed in Aldershot.

'Ja. Er zijn er nog maar elf van ons over. Negen dood.'

'Negen?' vraag ik bezorgd. 'Ik kom maar tot acht.'

'Heb je gehoord van Henley?'

'Ja, die heb ik meegeteld,' zeg ik. De moed zakt me in de schoenen bij de gedachte dat er nog iemand weg is; ik hou goed bij wie er nog is van de jongens van onze kazerne en wie er gesneuveld is. 'Yates en Potter. Tell, Shields en Parks.'

'Denchley,' zegt Will.

'Ja, Denchley, dat zijn er zes. Rich en Henley maakt acht.'

'Je vergeet Wolf,' zegt Will zachtjes.

'O ja,' zeg ik, en ik voel dat ik een beetje rood word. 'Natuurlijk, Wolf.'

'Wolf is de negende.'

'Ja,' stem ik in. 'Sorry.'

'Maar goed, ik denk dat Rigby daar nog ligt. Misschien sturen ze vannacht een team om hem op te halen, maar misschien ook niet. Zonde van de tijd, toch? Een brancarddrager wegsturen om een brancarddrager op te halen? Dan wordt die waarschijnlijk ook doodgeschoten en moet er weer een ander op uitgestuurd worden om hem op te halen. Het is een bloederige spiraal zonder einde.'

'Korporaal Moody zegt dat er tachtig man extra onze kant op komen, dus over een paar dagen hebben we versterking.'

'Voor wat het waard is,' zegt hij grimmig. 'Die duivelse Clayton. En dat bedoel ik letterlijk, Tris. Die verdomde duivel van een sergeant James Clayton.'

Tris. Eén enkele lettergreep van intimiteit en de wereld is weer goed.

'Hij kan er niets aan doen,' zeg ik. 'Hij volgt alleen bevelen op.'

'Ha!' snuift hij hoofdschuddend. 'Zie je niet dat hij de jongens die hij niet mag over de zandzakken stuurt? De arme Rigby. Ik begrijp er niets van dat hij het zo lang heeft kunnen uithouden, zo vaak als hij eropuit werd gestuurd. Clayton heeft van het begin af aan de pik op hem gehad.'

'De mannen hebben het niet op een witte veer,' zeg ik slap.

'Diep in ons hart zijn we allemaal witte veren,' antwoordt hij. Hij strekt zijn hand uit naar de brandende kaars voor zich, waar niet veel leven meer in zit. Met zijn wijsvinger gaat hij een paar keer vlug door de vlam heen en weer, daarna langzamer en nog langzamer.

'Hou daarmee op, Will,' zeg ik.

'Waarom?' vraagt hij. Hij kijkt me lachend aan en houdt zijn vinger steeds langer in de vlam.

'Je verbrandt jezelf,' zeg ik, maar hij haalt zijn schouders op.

'Maakt niet uit.'

'Hou op!' dring ik aan. Ik trek zijn hand weg van de kaars, die even flikkert en schaduwen op ons gezicht werpt. Als ik zijn hand vasthoud voel ik de ruwe eeltlaag die we allemaal op onze handen gekregen hebben. Hij kijkt naar mijn hand en dan weer in mijn ogen. Ik zie dat zijn gezicht vuil is van de aangekoekte modder, vooral onder zijn ogen. Als hij langzaam glimlacht komen de kuiltjes tevoorschijn – onaangetast door oorlog of loopgraven – en als hij zijn hand langzaam, heel langzaam terugtrekt, ben ik ontdaan, verward en vooral opgewonden.

'Hoe is het met die van jou?' vraagt hij met een knikje naar mijn handen. Ik strek ze plat voor me uit. Mijn vingers zijn bewegingsloos, alsof ze verlamd zijn. Het is soort spelletje onder de mannen geworden; mijn record is acht minuten zonder één enkele beweging. Hij lacht. 'Nog steeds zo onbeweeglijk als een rots. Ik snap niet hoe je het voor elkaar krijgt.'

'Stalen zenuwen,' zeg ik lachend.

'Geloof jij dat er een hemel is, Tristan?' vraagt hij zachtjes. Ik schud mijn hoofd.

'Nee.'

'Echt niet?' vraagt hij verbaasd. 'Waarom niet?'

'Omdat dat een bedenksel is van de mensen,' zeg ik. 'Het verbaast me om mensen te horen praten over hemel en hel en waar ze naartoe gaan als hun leven voorbij is. Er is niemand die beweert dat hij begrijpt waarom we het leven gekregen hebben, dat zou een soort ketterij zijn, maar heel veel mensen gaan er prat op precies te weten wat er na hun dood gebeurt. Absurd.'

'Laat mijn vader je maar niet horen,' zegt hij lachend.

'De dominee,' zeg ik. Ik herinner het me weer.

'Hij is een goed mens,' zegt Will. 'Ik geloof wel dat er een hemel is. Ik weet niet precies waarom. Misschien wil ik het gewoon. Ik ben niet erg godsdienstig, maar je kunt niet opgroeien met een vader als de mijne zonder er iets van mee te krijgen. Zeker niet als die vader zo'n integer mens is.'

'Daar kan ik niet over meepraten,' zeg ik.

'O ja, de Beul van Brentford.'

'De slager van Chiswick.'

'Brentford is vlakbij. En het klinkt beter.'

Ik knik en wrijf in mijn ogen. Ik ben nu moe; misschien is het tijd om welterusten te zeggen en naar mijn schuttersputje terug te gaan om te slapen.

'Die avond,' zegt Will, terwijl ik doodstil blijf zitten zonder iets te bewegen, net zo stil en strak als mijn handen daarvoor, 'een tijdje geleden, bedoel ik.'

'In Aldershot?' zeg ik.

'Ja.' Hij aarzelt even voor hij verder gaat. 'Merkwaardig was dat, hè?'

Ik adem zwaar door mijn neus en denk even na. 'Ik denk dat we bang waren,' zeg ik dan. 'Voor wat er zou komen, bedoel ik. Het was niet gepland.'

'Nee,' zegt hij. 'Nee, natuurlijk niet. Ik bedoel, ik heb altijd gedacht dat ik in de toekomst graag zou willen trouwen. Een paar kinderen krijgen, dat soort dingen. Wil jij dat niet, Tristan?'

'Niet echt,' zeg ik.

'Ik wel. En ik weet dat mijn ouders dat ook willen.'

'En zij zijn heel belangrijk, hè?' vraag ik bitter.

'Voor mij wel,' zegt hij. 'Maar die avond…'

'Wat is daarmee?' vraag ik teleurgesteld.

'Had jij er wel eens eerder aan gedacht?' vraagt hij, terwijl hij me recht aankijkt. In het kaarslicht zie ik zijn ogen vochtig worden. Ik zou hem willen vasthouden en zeggen dat hij alleen maar mijn vriend weer moet zijn; ik kan zonder al het andere leven, als het moet.

'Ja,' zeg ik zacht. 'Ja, ik denk dat het... ja, het is er. In mijn gedachten, bedoel ik. Ik heb natuurlijk geprobeerd het uit mijn hoofd te zetten.' Ik aarzel even en hij blijft afwachtend naar me kijken. 'Maar dat ging niet,' geef ik toe. 'Het was er al voordat ik wist wat het was.'

'Je hoort wel eens over die mannen,' zegt hij. 'Er zijn natuurlijk rechtszaken. Daar lees je over in de kranten. Maar het lijkt allemaal zo... zo smerig, vind je niet? De geheimzinnigheid die erbij komt kijken. Het bedrog. Het lage en verachtelijke ervan.'

'Maar dat is niet hun eigen vrije wil,' zeg ik, voorzichtig mijn woorden kiezend. 'Ze moeten wel verborgen levens leiden. Hun vrijheid hangt ervan af.'

'Ja,' stemt hij in. 'Ja, dat denk ik ook wel. Maar toch heeft het me altijd fijn geleken om getrouwd te zijn, jou niet? Met een net meisje uit een goede familie. Iemand die graag een gelukkig gezin wil.'

'Een traditioneel iemand,' zeg ik.

'O, Tristan,' zegt hij met een zucht, terwijl hij dichter naar me toe schuift. Het is de derde keer nu dat hij mijn naam zo uitspreekt en voor ik iets terug kan zeggen is zijn mond al stevig op de mijne. Ik val bijna achterover van verbazing, maar weet mezelf overeind te houden en laat het gebeuren terwijl ik me afvraag wanneer ik mezelf kan laten gaan en gewoon van de omhelzing kan genieten.

'Wacht,' zegt hij als hij zich terugtrekt. Ik denk dat hij van gedachten is veranderd, maar het verlangen en de opwinding op zijn gezicht geven iets anders aan. 'Niet hier,' zegt hij. 'Er kan iemand binnenkomen. Kom mee.'

Ik loop achter hem aan de tent uit en zet het praktisch op een rennen voor het geval ik hem kwijtraak in het duister. We lopen snel weg van de loopgraven, zo ver dat ik me afvraag of dit niet als desertie beschouwd kan worden; ook ben ik benieuwd hoe hij dit verborgen terrein zo makkelijk kan vinden. Is hij hier al eerder geweest? Met iemand anders? Met Milton of Sparks misschien? Of een van de nieuwe jongens? Maar eindelijk lijkt hij het veilig genoeg te vinden en gaan we allebei liggen. Hoezeer ik hier ook naar verlang en hoe graag ik hem ook wil, ik moet denken aan die avond in Aldershot en de manier waarop hij na afloop naar me keek. En aan het feit dat hij tussen toen en nu nauwelijks tegen me heeft willen praten.

'Deze keer is het oké, toch?' vraag ik terwijl ik me even van hem losmaak, en hij kijkt verward op me neer en knikt dan.

'Ja, ja,' zegt hij. Dan begint hij elk stukje van mijn lichaam te strelen, van boven naar beneden, en ditmaal vertel ik mezelf dat ik niet moet luisteren naar de stem in mijn hoofd die zegt dat dit maar een paar minuutjes plezier zijn in ruil voor wie weet hoe lang afkeer van zijn kant, want het maakt niet uit: deze paar minuten kan ik tenminste denken dat er geen oorlog is.

Ik kruip naar voren en kom half overeind, struikel dan over het lijk van een nieuwe jongen, die ik half herken, en beland met een klap in de modder. Ik zet mijn hakken in de grond, hijs mezelf overeind, spuug het vuil en het gruis van mijn lippen, doe alsof ik hem niet zie en ga door. Het heeft geen zin de viezigheid van me af te vegen; ik ben al maanden niet schoon geweest.

Elke keer wordt het beangstigender om niemandsland in te moeten gaan. Het is net Russische roulette: steeds wanneer de trekker wordt overgehaald heb je minder kans om het volgende schot te overleven.

Ik hoor Wells of Moody, een van beiden, een stukje verderop orders uitdelen, maar ik kan niet goed horen wat hij zegt; de combinatie van de harde wind en de hagel maakt het onmogelijk om anders te handelen dan uit puur instinct. Het is waanzin om in deze weersomstandigheden het niemandsland in te gaan, maar de orders kwamen van het Centraal Hoofdkwartier en die worden niet in twijfel getrokken. Unsworth, kregelig als altijd, vroeg zich hardop af of het wel verstandig was om dit te doen. Net toen ik dacht dat Clayton hem daarvoor tegen de grond zou slaan bood hij zijn verontschuldigingen aan en rende naar de ladders, kennelijk minder bang voor de geweren van de vijand dan voor de woede van onze sergeant. Sinds het bezoek van generaal Fielding lijkt Clayton zijn verstand, of wat daar nog van over was, compleet te hebben verloren. Hij slaapt bijna niet en ziet eruit als een lijk. Zijn gebrul is op alle wachtposten te horen. Ik vraag me af waarom Wells of Moody er niets aan doet; hij moet van zijn gezag ontheven worden voordat hij iets doet wat ons allemaal in gevaar brengt.

Op mijn buik kruip ik verder, met mijn geweer voor me uit en mijn linkeroog stijf dicht terwijl ik door het vizier kijk of er iemand mijn richting uit komt. Ik stel mezelf voor dat ik oog in oog kom te staan met een jongen van mijn leeftijd en dat we die ene seconde voor we elkaar doodschieten doodsbang zijn. De lucht boven ons is vol vliegtuigen. Het donkerblauw dat door de grijze wolken dringt heeft een zekere schoonheid, maar het is gevaarlijk om naar boven te kijken, dus kruip ik met een bonkend hart verder. Mijn ademhaling gaat staccato.

Afgelopen nacht zijn Will en Hobbs op een verkenning uitgestuurd die zo lang duurde dat ik ervan overtuigd raakte dat we ze geen van beiden nog levend terug zouden zien. Toen ze eindelijk weer opdoken meldden ze korporaal Wells dat de Duitse loopgraven zo'n kilometer ten noorden van de onze lagen, maar dat het afzonderlijke rijen zonder onderlinge verbindingen waren, zoals ook op andere plekken. We zouden ze een voor een kunnen veroveren als we tactisch te werk gingen, zei Hobbs. Will zweeg en toen sergeant Clayton brulde: 'En jij, Bancroft, klootzak? Wat vind jij ervan?' knikte hij alleen en zei dat hij het eens was met soldaat Hobbs.

Ik wendde me af toen ik zijn stem hoorde. Ik zal geloof ik blij zijn als ik die nooit meer hoef te horen.

Onze tweede intieme ontmoeting is nu drie weken geleden en sindsdien heeft hij niets meer tegen me gezegd en me geen antwoord gegeven als ik hem iets vroeg. Als hij me ziet aankomen – omdat ik hem per ongeluk tegenkom, want ik zoek hem niet op – draait hij zich om en loopt de andere kant uit. Als hij de mess binnenkomt terwijl ik zit te eten verandert hij van gedachten en gaat terug naar zijn privé-inferno. Nee, hij heeft toch één keer tegen me gepraat; we kwamen een hoek om, liepen elkaar tegen het lijf en waren even alleen. Ik wilde iets zeggen, maar hij schudde snel zijn hoofd, stak zijn handen op om me af te weren en zei: 'Donder gewoon op, ja?' en daar bleef het bij.

Er klinkt artillerievuur boven ons. 'Gelederen gesloten houden,' geven we elkaar door. We kruipen met negentien of twintig man in een slordige rij dichter naar de vijandelijke loopgraaf toe. Het schieten stopt; er is een vaag licht te zien, van een paar kaarsen waarschijnlijk, en dan horen we gedempt praten. Wat is daar aan de hand, vraag ik me af. Waarom zien ze ons niet naderen en schieten ze ons niet een voor een neer? Waarom maken ze ons verdomme niet gewoon af?

Maar zo worden oorlogen gewonnen, denk ik dan. De ene partij laat haar waakzaamheid even verslappen en de andere maakt er gebruik van. En deze nacht zijn wij de gelukkigen. Binnen een minuut staan we allemaal overeind met onze geladen geweren in de aanslag, handgranaten bij de hand, en dan is er een continu gebulder van geschutvuur. Het explosieve licht van onze kogels schiet door de nacht in de loopgraven onder ons. Beneden horen we schreeuwen en het doffe geluid van hout dat aan de kant wordt gegooid – ik krijg een beeld van een groep Duitse jongens die een potje kaarten om de spanning te verdrijven en daarbij hun taak vergeten – en dan krioelen ze als mieren onder ons. Ze brengen hun geweren te laat in de aanslag en wij zijn in het voordeel omdat we hoger staan en we ze verrast hebben en we blijven schieten en herladen, schieten en herladen, schieten en herladen. We verbreken de gelederen een beetje terwijl we de hele loopgraaf afgaan, die, zoals Will en Hobbs ons hadden beloofd, niet meer dan vijfhonderd meter lang is.

Er zoemt iets langs mijn oor. Ik voel iets steken en denk dat ik geraakt ben, maar als ik mijn hand tegen de zijkant van mijn hoofd leg zit er geen bloed op. Kwaad breng ik mijn Smiler in de aanslag, richt lukraak op de mannen onder me en haal de trekker over, steeds weer opnieuw.

Met een geluid alsof er een ballon knapt valt de jongen naast me schreeuwend neer en ik kan hem niet helpen, maar het flitst door me heen dat het Turner moet zijn. Turner, die drie keer achter elkaar van me heeft gewonnen met schaken en een hoogst onsportieve winnaar was.

Tien dood, tien over.

Ik ren naar voren, struikel over een ander lichaam en denk: alsjeblieft God, laat het niet Will zijn. Maar nee, als ik onwillekeurig naar beneden kijk, zie ik Unsworth liggen, met zijn mond wijd open en een gekwelde uitdrukking op zijn gezicht. Unsworth, die de moed had om te twijfelen aan de wijsheid van deze strategie. Hij is al dood. Twee weken geleden heb ik een paar uur lang dienst met hem gehad. Hoewel we niet echt bevriend waren vertelde hij me dat zijn meisje thuis zwanger was en ik feliciteerde hem en zei dat ik niet wist dat hij getrouwd was.

'Ben ik ook niet,' zei hij en hij spuugde op de grond.

'O,' zei ik. 'Nou ja, dat kan gebeuren, lijkt me.'

'Doe niet zo stom, Sadler,' snauwde hij. 'Ik ben al zes maanden niet thuis geweest. Het is echt niet van mij. Die vuile hoer.'

'Nou, mooi toch?' zei ik. 'Dan hoef je je ook geen zorgen te maken.'

'Maar ik wilde met haar trouwen,' huilde hij met een rood gezicht van vernedering en verdriet. 'Ik ben stapelgek op haar. En dan ben ik nog geen vijf minuten het land uit of dit gebeurt.'

Elf – negen.

We gaan door en springen naar beneden, ik ben voor het eerst in een Duitse loopgraaf. We schreeuwen alsof ons leven ervan afhangt terwijl we door de onbekende gangen rennen en ik schiet in het wilde weg om me heen. Als ik me even omdraai sla ik met de kolf van mijn geweer een oudere man neer; voor hij in elkaar zakt hoor ik het geluid van een brekende neus of kaak.

Ik heb geen idee hoe lang we daar al zijn, maar al snel hebben we hem veroverd. We hebben de Duitse loopgraaf veroverd. Iedereen om ons heen is dood, tot op de laatste man, en sergeant Clayton verrijst als Lucifer uit het diepst van de hel en spreekt ons gezamenlijk toe. We zijn uitstekende kerels, hebben onze plicht gedaan zoals hij ons geleerd heeft en dit is een belangrijke overwinning van het Goede op het Kwade, maar we moeten vannacht wel doorgaan. We moeten doorzetten. Er is nog een kleinere loopgraaf op zo'n anderhalve kilometer ten noordwesten van de onze en daar moeten we onmiddellijk op af, anders raken we onze voorsprong kwijt.

'Vier van jullie blijven hier om dit terrein te verdedigen,' zegt hij en allemaal bidden we in stilte dat wij dat zullen zijn. 'Milton, Bancroft, Attling, Sadler, jullie vieren, oké? Alles zou nu veilig moeten zijn, maar hou je kop erbij. Milton, neem jij mijn pistool maar. En de leiding. De rest van jullie zal op zijn geweer moeten vertrouwen als er rottigheid komt. Er kan een ander regiment vanuit het oosten naar jullie oprukken.'

'Als dat gebeurt, sergeant,' vraagt Milton onnozel, 'hoe verdedigen we onszelf dan?'

'Gebruik je hersens, man,' zegt Clayton. 'Daar ben je voor opgeleid. Maar als ik er later achter kom dat Fritz zijn loopgraaf heeft terugveroverd, schiet ik jullie tot de laatste man eigenhandig af.'

In de gekte van het moment barst ik in lachen uit, want zijn dreigementen zijn volslagen zinloos; in dat geval zijn we allang van deze wereld naar de volgende overgegaan.

'Ik ga op onderzoek uit,' zegt Will. Met zijn geweer losjes over zijn schouder verdwijnt hij om de hoek.

'Ik kon het haast niet geloven toen die ouwe zei dat wij hier mochten blijven,' zegt Milton met een grijns in mijn richting. 'Wat een bof, hè?'

'Ik vind van niet,' zegt Attling, een magere jongen met grote ogen. Hij heeft wel iets weg van een amfibie. 'Ik had best verder willen gaan.'

'Makkelijk praten,' antwoordt Milton smalend, 'als je weet dat dat niet hoeft. Wat jij, Sadler?'

'Makkelijk praten,' stem ik in. Ik kijk even om me heen. Het hout dat de Duitsers hebben gebruikt voor hun vuurbanket is beter dan het onze. De wanden zijn van ruw beton en ik vraag me af of er geniesoldaten bij waren toen ze de loopgraven hier aanlegden. Overal om ons heen liggen dode lichamen, maar ik heb geen afkeer meer van lijken.

'Moet je deze schuilplaatsen zien,' zegt Milton. 'Ze hebben het zichzelf wel makkelijk gemaakt, hè? Luxe hoor, vergeleken met de onze. En wat een stomme idioten om zich zo te laten pakken.'

'Ze zaten te kaarten,' zegt Attling. Hij pakt een schoppenacht en een ruitenvier op; mijn eerdere idee over wat er hier gaande was blijkt vreemd genoeg te kloppen.

'Hoe lang zou het duren voor ze de volgende loopgraaf hebben ingenomen?' vraagt Milton. Hij kijkt naar mij en ik haal mijn schouders op terwijl ik een sigaret uit mijn borstzakje haal.

'Ik zou het niet weten,' zeg ik terwijl ik opsteek. 'Een paar uur? Als ze het al voor elkaar krijgen.'

'Zeg dat nou niet, Sadler,' zegt hij agressief. 'Natuurlijk lukt het ze.'

Ik knik en kijk om me heen waar Will blijft. Precies op dat moment hoor ik laarzen door de modder stappen en komt hij de hoek om. Maar hij is niet alleen.

'Wel verdomme,' zegt Milton. De opgetogen uitdrukking op zijn gezicht verraadt dat hij zijn ogen niet kan geloven. 'Wat heb je daar nou, Bancroft?'

'Ik vond hem in een van de schuilplaatsen aan het eind,' zei Will. Hij duwt een jongen naar voren, die ons om beurten aankijkt met een uitdrukking van pure doodsangst op zijn gezicht. Het is een extreem magere jongen met een bos blond haar en een pony die eruitziet alsof iemand er kortgeleden een schaar in heeft gezet en simpelweg in een horizontale lijn heeft geknipt om het haar uit zijn ogen te houden. Hij staat zichtbaar te beven, maar probeert een dappere indruk te maken. Onder de modder en het vuil heeft hij een aardig, jongensachtig gezicht.

'Wie ben jij, Fritzje?' vraagt Milton. Hij spreekt de jongen aan alsof het een halvegare is, met een harde dreigende stem. Als hij met zijn kolossale gestalte op hem afloopt, deinst de jongen bang terug.

'*Bitte tut mir nichts*,' zegt hij, zo vlug dat hij struikelt over zijn woorden.

'Wat zegt hij?' vraagt Milton. Hij kijkt naar Attling, alsof die het kan weten.

'Ik heb geen flauw idee,' zegt Attling kregelig.

'Daar heb ik geen moer aan,' zegt Milton.

'*Ich will nach Hause*,' zegt de jongen nu. '*Bitte, ich will nach Hause*.'

'Hou je kop dicht, verdomme,' snauwt Milton. 'Niemand begrijpt een woord van wat je zegt. Is hij de enige?' vraag hij aan Will.
'Volgens mij wel,' antwoordt Will. 'De loopgraaf eindigt ongeveer daar. Er zijn wel een hoop lijken natuurlijk. Maar hij is de enige die nog leeft.'
'We kunnen hem beter vastbinden, lijkt me,' zeg ik. 'Dan kunnen we hem meenemen als we weg gaan.'
'Hem meenemen?' vraagt Milton. 'Waarom zouden we dat doen?'
'Omdat hij een krijgsgevangene is,' zegt Will. 'Wat stel jij dan voor, dat we hem laten gaan?'
'Nee, verdomme, natuurlijk stel ik dat niet voor,' zegt Milton sarcastisch. 'Maar we zitten niet te wachten op een blok aan ons been. Laten we er hier en nu een eind aan maken.'
'Je weet dat dat niet kan,' zegt Will scherp. 'We zijn geen moordenaars.'
Milton kijkt lachend om zich heen en wijst op de dode Duitsers aan onze voeten; het moeten er tientallen zijn. Ik zie de Duitse jongen ook kijken en lees in zijn ogen dat hij ze allemaal kent. Dat er vrienden van hem bij zijn, zonder wie hij zich nu moederziel alleen voelt. Hij zou willen dat ze wakker werden om hem te beschermen.
'*Was habt ihr getan?*' vraagt de jongen aan Will, die – misschien voelt hij het aan – hem zal beschermen omdat hij hem heeft gevonden.
'Stil,' zegt Will. 'Sadler, wil jij kijken of je ergens een stuk touw kunt vinden?'
'We gaan hem niet vastbinden, Bancroft,' houdt Milton vol. 'Hang niet de heilige uit, wil je? Dat wordt stomvervelend.'
'Dat maak jij niet uit,' zegt Will met stemverheffing. 'Hij is mijn gevangene, ja? Ik heb hem gevonden. Dus ik beslis wat er met hem moet gebeuren.'
'*Mein Vater ist in London zur Schule gegangen,*' zegt de jongen. Ik

zou willen dat hij zijn mond hield omdat zijn smeekbedes het gevaar alleen maar groter maken. 'Piccadilly Circus!' gaat hij geforceerd opgewekt verder. 'Trafalgar Square! Buckingham Palace!'

'Piccadilly Circus?' vraagt Milton verbijsterd. 'Trafalgar Square, verdomme? Waar heeft hij het over?' Hij slaat hem onverwacht hard in zijn gezicht, zo hard dat een van zijn rotte tanden – we hebben allemaal slechte tanden – uit zijn mond valt en op een van de lijken valt.

'Jezus christus, Milton,' zegt Will. Hij loopt op hem af. 'Waar ben je in vredesnaam mee bezig?'

'Het is toch een Duitser?' zegt Milton. 'Het is verdomme de vijand. Je weet wat onze opdracht is. De vijand doden.'

'Maar niet diegenen die we gevangen hebben genomen,' houdt Will vol. 'Dat is wat ons onderscheidt. We behandelen anderen met respect. We benaderen menselijk leven met…'

'O, natuurlijk,' roept Attling, die nu ook mee gaat doen. 'Dat was ik vergeten, jouw ouweheer is dominee, hè? Heb je te veel miswijn binnengekregen, Bancroft?'

'Hou je mond, Attling,' zegt Will kortaf en Attling, de lafbek, gehoorzaamt meteen.

'Hoor eens, Bancroft,' zegt Milton. 'Ik ben niet van plan om ruzie met je te maken, maar er is maar één manier om dit op te lossen.'

'Will heeft gelijk,' zeg ik. 'We binden hem nu vast en dragen hem later over aan sergeant Clayton, zodat hij kan beslissen wat er met hem moet gebeuren.'

'Heeft iemand jou iets gevraagd, Sadler?' vraagt Milton minachtend. 'Natuurlijk vind jij dat. Bancroft hoeft maar te zeggen dat de maan van kaas is en jij vraagt al of iemand de crackers wil doorgeven.'

'Hou je verdomde rotkop, Milton,' zegt Will terwijl hij op hem afkomt.

'Ik hou mijn verdomde rotkop niet,' zegt hij kwaad. Hij kijkt ons tweeën aan alsof we zo nietig zijn dat hij ons van zich af zou kunnen meppen met hetzelfde gemak als waarmee hij de Duitse jongen heeft geslagen.

'*Bitte, ich wil nach Hause*,' herhaalt de jongen nu. Zijn stem breekt van emotie en we zien alle drie dat hij heel langzaam, heel erg langzaam, een hand naar de borstzak van zijn jasje brengt. Nieuwsgierig kijken we toe. Het is zo'n klein zakje dat het onvoorstelbaar is dat er iets in kan zitten, maar even later haalt hij er een kaartje uit, dat hij ons met een bevende hand toesteekt. Ik pak het als eerste aan. Een echtpaar van middelbare leeftijd kijkt lachend in de camera en tussen hen in staat een blond jongetje met zijn ogen te knipperen tegen het zonlicht. De gezichten zijn niet goed te zien omdat de foto nogal korrelig is; hij zit kennelijk al heel lang in zijn zak.

'*Mutter!*' zegt hij en hij wijst op de vrouw op de foto. '*Und Vater*,' gaat hij verder terwijl hij naar de man wijst. Ik kijk naar hen en dan naar hem; hij kijkt ons smekend aan.

'O verdomme,' zegt Milton. Hij trekt hem aan zijn schouder weer naar zich toe en doet een paar stappen achteruit in de modder, zodat Will, Attling en ik nu aan de overkant van de loopgraaf staan. Hij trekt het pistool dat sergeant Clayton hem heeft gegeven uit de holster en controleert of het geladen is.

'*Nein!*' schreeuwt de jongen voluit, met een schrille stem van angst. '*Nein, bitte!*'

Ik sta wanhopig naar hem te kijken. Hij kan niet ouder zijn dan zeventien of achttien. Mijn leeftijd.

'Stop dat weg, Milton,' zegt Will. Hij pakt nu ook zijn wapen. 'Ik meen het. Doe het weg.'

'En anders?' vraagt hij. 'Wat ga je dan doen, dominee Bancroft? Me neerschieten?'

'Leg het wapen weg en laat de jongen los,' antwoordt Will kalm. 'In godsnaam, man, denk eens even na. Het is nog maar een kind.'

Milton kijkt aarzelend naar de jongen en even zie ik iets van medelijden in zijn blik, alsof hij terugdenkt aan de jongen die hij zelf was voordat dit allemaal begon, voordat hij de man werd die nu voor ons staat. Maar precies op dat moment verliest de Duitse jongen de controle over zijn blaas en kleurt zijn ene broekspijp donker van een grote straal urine, de broekspijp die tegen Milton aan gedrukt staat. Die kijkt naar beneden en schudt vol walging zijn hoofd.

'O, verdomme!' roept hij weer en voordat iemand van ons iets kan zeggen of doen zet hij zijn pistool tegen het hoofd van de jongen, spant de haan – 'Mutter!' schreeuwt de jongen weer – en schiet zijn hersenen tegen de wand van de loopgraaf. De bloedspetters raken een wegwijzer die naar het oosten wijst en waarop staat: FRANKFURT, 380 MEILEN.

De volgende avond komt Will weer naar me toe. Ik ben uitgeput. Ik heb al achtenveertig uur niet geslapen. Ik moet ook iets verkeerds hebben gegeten, want ik krijg met het uur ergere maagkrampen. Voor de verandering voel ik eens geen opwinding of hoop als ik hem zie, maar alleen spanning.

'Tristan,' zegt hij zonder acht te slaan op de drie andere mannen die bij me zitten. 'Kunnen we even praten?'

'Ik voel me niet goed,' zeg ik. 'Ik zit uit te rusten.'

'Het duurt niet lang.'

'Ik zei dat ik zit uit te rusten.'

Hij kijkt me aan en zijn gezicht wordt zachter. 'Alsjeblieft, Tristan,' zegt hij zacht. 'Het is belangrijk.'

Met een zucht sta ik op. Ik wou bij god dat ik hem kon weerstaan. 'Wat is er?' vraag ik.

'Niet hier. Ga je even mee?'

Hij loopt weg zonder mijn reactie af te wachten, wat me verschrikkelijk irriteert, maar natuurlijk ga ik hem achterna. Hij loopt niet in de richting van de nieuwe achterste loopgraaf, maar naar een plek verderop waar een rij brancards staat. De lichamen erop zijn bedekt met de jassen van de omgekomen mannen.

Taylor ligt onder een van de jassen; twaalf – acht.

'Wat?' vraag ik als hij weer naar me kijkt. 'Wat is er met je?'

'Ik heb met de ouwe gesproken,' zegt hij.

'Sergeant Clayton?'

'Ja.'

'Waarover?'

'Dat weet je donders goed.'

Ik weet niet precies wat hij bedoelt. Hij kan hem onmogelijk hebben verteld wat wij met elkaar hebben gedaan; we zouden allebei voor de krijgsraad worden gebracht. Tenzij hij probeert mij de schuld in de schoenen te schuiven, zodat ik uit het regiment word gezet? Maar hij ziet het ongeloof op mijn gezicht en schudt licht blozend zijn hoofd om me van die gedachte af te helpen.

'Over die Duitse jongen,' zegt hij. 'Over wat Milton met hem heeft gedaan.'

'O,' zeg ik bedachtzaam knikkend. 'Dat.'

'Ja, dat. Het was moord in koelen bloede, dat weet jij ook. Je hebt het gezien.'

Ik zucht nog eens. Het verbaast me dat hij het hier over wil hebben. Ik dacht dat het afgehandeld was. 'Ik weet niet,' zeg ik ten slotte.

'Ja, ik denk het wel.'

'O, kom op, daar bestaat geen twijfel over. Die jongen, dat kind, was een krijgsgevangene. En Milton heeft hem doodgeschoten. Hij vormde op geen enkele manier een bedreiging.'

'Het was niet goed, Will, natuurlijk niet. Maar dit soort dingen gebeuren. Ik heb wel erger gezien. En jij ook.' Met een bitter lachje kijk ik naar de brancards om ons heen. 'Kijk in vredesnaam eens om je heen. Wat maakt eentje meer nou uit?'

'Je weet waarom dat wel iets uitmaakt,' houdt hij vol. 'Ik ken je, Tristan. Je kent toch het verschil tussen goed en kwaad?'

IJzig kijk ik hem aan, nijdig omdat hij durft te pretenderen dat hij me goed kent, na de manier waarop hij me behandeld heeft. 'Wat wil je van me, Will?' vraag ik hem na een tijdje. Ik wrijf met de rug van mijn hand over mijn vermoeide ogen, mijn stem klinkt ook moe. 'Zeg het maar gewoon, goed?'

'Ik wil dat je mijn verhaal bevestigt,' zegt hij. 'Nee, dat is het eigenlijk niet. Ik wil dat je sergeant Clayton gewoon vertelt wat er is gebeurd. Ik wil dat je hem de waarheid vertelt.'

'Waarom zou ik dat doen?' vraag ik verward. 'Je zei net dat jij dat al hebt gedaan.'

'Hij wil me niet geloven. Hij zegt dat geen enkele Engelse soldaat zich zo zou gedragen. Hij heeft Milton en Attling erbij geroepen en die ontkennen het allebei. Ze geven toe dat er een Duitse jongen was, die nog in leven was toen zij ons daar achterlieten, maar ze beweren dat hij ons wilde aanvallen zodat Milton hem uit noodweer wel moest neerschieten.'

'Zeggen ze dat?' vraag ik. Ik ben verbaasd, en toch ook weer niet.

'Ik wil eigenlijk naar generaal Fielding,' gaat Will verder. 'Maar die ouwe zegt dat daar geen sprake van is als niemand mijn verhaal bevestigt. Ik heb gezegd dat jij het allemaal hebt gezien.'

'Jezus christus, Will,' zeg ik nijdig, 'waarom betrek je mij hierbij?'

'Omdat je erbij was!' roept hij. 'Mijn god, man, moet ik je nou echt alles uitleggen? Ondersteun je mijn verhaal of niet?'

Als ik er even over nagedacht heb, schud ik mijn hoofd. 'Ik wil er niet bij betrokken raken,' zeg ik.

'Dat ben je al.'

'Nou, laat me dan gewoon met rust, ja? Je hebt wel lef, Will, dat moet ik je nageven. Je hebt verdomd veel lef.'

Met opgetrokken wenkbrauwen en zijn hoofd een beetje scheef

kijkt hij me aan. 'Wat bedoel je daar eigenlijk mee?' zegt hij.

'Je weet heel goed wat ik daarmee bedoel,' zeg ik.

'Jezus christus, Tristan. Wil je nu beweren dat je gaat liegen om Milton te beschermen, alleen omdat je pissig bent? Je doet dit om me terug te pakken, hè?'

'Nee,' zeg ik hoofdschuddend. 'Dat zeg ik helemaal niet. Waarom verdraai jij alles wat ik zeg? Ik zeg dat ik hier niet bij betrokken wil raken omdat er zo veel gebeurt en ik niet inzie wat één dode soldaat extra nu uitmaakt op het totaal. En daarbij…'

'Eén extra?' begint hij. In zijn stem hoor ik verbazing over de achteloosheid waarmee ik dit zeg, hoewel hij onmogelijk erger geschrokken kan zijn dan ik toen ik het mezelf hoorde zeggen.

'En daarbij wil ik niets meer met jou te maken hebben, Will, als je je toch niet verwaardigt om met me te praten. Begrijp je? Ik wil dat je me met rust laat, oké?'

Even zeggen we geen van beiden iets. Ik weet dat het nu twee kanten op kan gaan. Hij kan kwaad op me worden of hij kan spijt krijgen. Tot mijn verrassing kiest hij voor het laatste.

'Sorry,' zegt hij. En dan harder: 'Het spijt me, oké?'

'Het spijt je,' herhaal ik en ik schud mijn hoofd.

'Tristan, begrijp je niet hoe moeilijk dit voor me is? Waarom moet je altijd overal zo dramatisch over doen? Kunnen we niet… je weet wel… kunnen we niet gewoon vrienden zijn als we eenzaam zijn en voor de rest van de tijd soldaten?'

'"Vrienden"?' vraag ik. Ik moet er bijna om lachen. 'Dus zo noem je dat, hè?'

'In hemelsnaam, man,' snauwt hij terwijl hij nerveus om zich heen kijkt. 'Praat niet zo hard. Iedereen kan het horen.'

Ik zie dat ik hem onzeker heb gemaakt. Het lijkt alsof hij nog iets terug wil zeggen, want hij komt een stap dichter naar me toe en brengt langzaam een hand naar mijn gezicht, maar hij bedenkt zich en trekt zich terug alsof we elkaar nauwelijks kennen.

'Ik wil dat je met me meegaat,' zegt hij. 'Ik wil nu direct naar sergeant Clayton. Jij gaat hem precies vertellen wat er met de Duitse jongen is gebeurd. We brengen verslag uit en staan erop dat de zaak wordt voorgelegd aan generaal Fielding.'

'Ik doe het niet, Will,' zeg ik ondubbelzinnig.

'Je beseft dat de zaak dan is afgedaan en dat Milton ermee wegkomt?'

'Ja,' zeg ik. 'Maar dat kan me niets schelen.'

Hij blijft lang naar me kijken, slikt, en als hij weer iets zegt klinkt zijn stem mat en uitgeput. 'En dat is je definitieve antwoord?' vraagt hij.

'Ja,' zeg ik.

'Goed,' zegt hij gelaten. 'Dan laat je me geen andere keuze.'

Hij laat zijn geweer van zijn schouder glijden, opent het magazijn, laat de kogels in de modder vallen en legt het wapen voor zich op de grond.

Dan draait hij zich om en loopt weg.

# Impopulaire opvattingen

NORWICH, 16 SEPTEMBER 1919

M arian en ik lunchten in de Murderers pub op Timber Hill aan een tafeltje bij het raam. Het incident met Leonard Legg was verleden tijd, hoewel de blauwe plek op mijn kaak nog herinnerde aan wat er voor het café was voorgevallen.

'Doet het pijn?' vroeg Marian toen ze zag dat ik er voorzichtig met mijn vinger aan voelde.

'Niet echt. Het zal morgen misschien een beetje beurs zijn.'

'Het spijt me,' zei ze. Ze probeerde niet om mijn ongemak te lachen.

'Jij kon er niets aan doen.'

'Evengoed kan dit natuurlijk niet en dat zal ik hem zeggen ook, de volgende keer dat ik hem zie. Hij zit nu waarschijnlijk ergens zijn wonden te likken. Als het meezit, zien we hem vandaag niet meer.'

Ik hoopte maar dat dat het geval zou zijn en richtte mijn aandacht op mijn eten. Tijdens de wandeling hiernaartoe hadden we controversiële onderwerpen vermeden en alleen maar over koetjes en kalfjes gepraat. Nu ik bijna klaar was met mijn lunch bedacht ik weer dat ik helemaal niet wist wat Wills zus eigenlijk in Norwich deed.

'Vond je het niet lastig om op een doordeweekse dag af te spreken?' vroeg ik. 'Ik bedoel, kon je makkelijk weg van je werk?'

'Het was niet lastig,' zei ze schouderophalend. 'Ik werk voornamelijk parttime. En het is toch allemaal vrijwillig, dus het maakt niet zo veel uit of ik kom of niet. Nou, nee, dat is niet helemaal waar. Ik bedoel alleen dat het geen invloed heeft op mijn levensstandaard, omdat ik niet betaald word.'

'Mag ik vragen wat je doet?'

Ze schoof het laatste stukje van haar pastei met een grimas van zich af en pakte een glas water. 'Ik werk vooral met ex-militairen zoals jij,' vertelde ze. 'Mannen die in de oorlog hebben gevochten en moeite hebben met het verwerken van hun ervaringen.'

'En dat kan parttime?' vroeg ik met een vage glimlach. Zij lachte en keek naar beneden.

'Eigenlijk niet, geloof ik,' gaf ze toe. 'Ik zou dag en nacht met ze bezig kunnen zijn en dan kon ik nog maar een fractie doen van wat er moet gebeuren. Ik ben natuurlijk maar een manusje-van-alles voor de artsen, die echt weten wat ze doen. Ik denk dat het is wat we "emotionele ontlading" noemen. Maar ik doe wat ik kan. Het zou beter zijn als ik deskundig was.'

'Misschien kun je een opleiding tot verpleegster volgen?'

'Misschien kan ik een opleiding tot arts volgen,' verbeterde ze me. 'Zo'n gek idee is dat toch niet, Tristan?'

'Nee, natuurlijk niet,' zei ik met een lichte blos. 'Ik bedoelde alleen…'

'Ik zit je gewoon te plagen, je hoeft je niet zo opgelaten te voelen. Maar als ik een paar jaar jonger was zou ik zeker medicijnen gaan studeren. Ik had me graag willen verdiepen in een studie van de geest.'

'Maar je bent nog jong,' zei ik. 'Het is toch nog niet te laat? In Londen…'

'Ja natuurlijk, in Londen,' onderbrak ze me met haar handen omhoog. 'Hoe komt het toch dat mensen uit Londen altijd denken dat dat het middelpunt van het heelal is? We hebben hier in Norwich ook ziekenhuizen, weet je. En gewonde jongens. Een heleboel zelfs.'

'Uiteraard. Ik blijf maar de verkeerde dingen zeggen, hè?'

'Het is erg moeilijk voor vrouwen, Tristan,' legde ze uit terwijl ze zich naar hem toe boog. 'Misschien beseffen jullie dat onvoldoende. Je bent per slot van rekening een man. Jij hebt het makkelijk.'

'Geloof je dat echt?'

'Dat het moeilijk is voor vrouwen?'

'Dat ik het makkelijk heb.'

Ze zuchtte en haalde nietszeggend haar schouders op. 'Ja, ik ken je natuurlijk niet. Ik kan niets zeggen over jouw specifieke omstandigheden. Maar geloof me, de dingen zijn voor jou niet zo moeilijk als voor ons.'

'De afgelopen vijf jaar lijken dat toch tegen te spreken.'

Nu was het haar beurt om te blozen. 'Ja, natuurlijk, je hebt gelijk,' zei ze. 'Maar laten we de oorlog er even buiten laten en onze situatie nagaan. De manier waarop vrouwen in dit land behandeld worden is bijna onverdraaglijk. En trouwens, denk je niet dat de helft van ons graag naast de mannen in de loopgraven gevochten zou hebben, als dat was toegestaan? Ik weet van mezelf dat ik er als een speer naartoe zou zijn gegaan.'

'Ik vind het soms wijzer om handelen en discussiëren aan de mannen over te laten.'

Ze staarde me aan; als ik op tafel was gesprongen om al dansend het liedje 'Stop al je zorgen in je plunjezak' te zingen had ze niet verbaasder kunnen kijken. 'Pardon?' vroeg ze koeltjes.

'Nee,' zei ik, nu lachend. 'Dat zijn niet mijn woorden. Ze komen uit *Howards End*. Heb je Forster gelezen?'

'Nee,' zei ze hoofdschuddend. 'En dat ga ik niet doen ook als hij met dit soort belachelijke ideeën aankomt. Hij klinkt als een hoogst onaangenaam type.'

'Maar deze uitspraak komt van een vrouw, Marian. Mevrouw Wilcox zegt het tijdens een lunch ter harer ere. Tot afschuw van het gezelschap, als ik me goed herinner.'

'Ik zei al dat ik geen moderne romans lees, Tristan,' zei ze. 'Handelen en discussiëren aan de mannen overlaten, ja hoor! Zoiets heb ik nog nooit gehoord. Die mevrouw Wilton...'

'Wilcox.'

'Wilton, Wilcox, hoe ze dan ook heet. Ze verraadt haar eigen sekse met zo'n opmerking.'

'Dan zul je ook niet waarderen wat ze daarna zegt.'

'Ga maar door. Choqueer me maar.'

'Ik herinner het me niet letterlijk. Maar het is iets van de strekking dat er veel op het vrouwenkiesrecht tegen is. Ze merkt op dat ze maar al te blij is dat ze zelf niet hoeft te stemmen.'

'Wonderlijk,' zei Marian. 'Ik sta perplex, Tristan. Ik heb er eerlijk gezegd geen woorden voor.'

'Tja, kort na deze toespraak overlijdt ze, dus haar denkbeelden zijn met haar het graf in gegaan.'

'Waar is ze aan overleden?'

'Impopulaire opvattingen, geloof ik.'

'Net als mijn broer.'

Ik zei niets omdat ik daar niet op wilde ingaan. Ze hield mijn blik lang vast voordat ze van me wegkeek en haar gezicht zich ontspande.

'Ik ben zelf bij de suffragettebeweging betrokken geweest,' zei ze na een tijdje.

'Ik kan niet zeggen dat me dat verbaast,' antwoordde ik lachend. 'Wat heb je daar gedaan?'

'O, niets bijzonders. Demonstreren, pamfletten door brievenbussen gooien, dat soort dingen. Ik heb mezelf nooit vastgeketend aan de balustrade van het Parlementsgebouw of voor het huis van Asquith staan roepen om gelijkheid. Mijn vader zou dat trouwens nooit goedgevonden hebben. Al geloofde hij wel in de beweging, hij geloofde er heilig in. Maar hij is er ook van overtuigd dat een mens zijn waardigheid moet behouden.'

'Nou, je hebt uiteindelijk je zin gekregen,' zei ik. 'Het stemrecht is toegekend.'

'Het stemrecht is níét toegekend, Tristan,' antwoordde ze scherp. 'Ik heb géén stemrecht. Pas als ik dertig ben. En dan nog alleen als ik kostwinner ben. Of als ik getrouwd ben met iemand die dat is. Of als ik een universitair diploma bezit. Maar jij hebt al wel stemrecht en je bent jonger dan ik. Nou, vind jij dat eerlijk?'

'Natuurlijk niet,' zei ik. 'Ik wilde zelfs een verhandeling over dit onderwerp uitgeven van een jongeman die, geloof het of niet, de ongelijkheid in het kiesrecht aantoont. Het was een saillant stuk dat zeker ophef zou hebben veroorzaakt.'

'En heb je het uitgegeven?'

'Nee,' moest ik toegeven. 'Meneer Pynton wilde er niets van weten. Hij is niet zo modern.'

'Nou, zie je wel. Jij hebt je rechten, wij moeten ze nog steeds krijgen. Verbazingwekkend dat iedereen wel bereid is in het buitenland te gaan vechten voor de rechten van buitenlanders, terwijl er maar zo weinig belangstelling is voor die van hun eigen landgenoten in het vaderland. Maar hoor eens, ik kan hier maar beter over ophouden. Als ik begin over de ongelijkheid die we klakkeloos accepteren in dit land, zitten we hier vanavond nog.'

'Ik heb geen haast,' zei ik en dat leek ze te waarderen, want ze legde lachend haar hand op de mijne en liet hem daar langer liggen dan nodig was.

'Is er iets mis?' vroeg ze even later.

'Nee,' zei ik terwijl ik mijn hand terugtrok. 'Waarom vraag je dat?'

'Omdat je er ineens zo verslagen uitzag.'

Ik schudde mijn hoofd en keek naar buiten. De waarheid was dat het contact van haar hand met de mijne me zo deed denken aan Will dat het me van mijn stuk bracht. Ik zag in haar gezicht natuurlijk veel van hem terug. Vooral in haar gezichtsuitdrukking, haar hoofdbewegingen en haar lach, die plotseling kuiltjes in haar wangen bracht, maar ik had nooit geweten dat de manier waarop je iemand aanraakte ook een familietrek kon zijn. Of hield ik mezelf voor de gek? Schreef ik dit alleen aan haar toe uit een verlangen om weer intiem met Will te zijn en te boeten voor mijn daden?

'Het moet veel voldoening geven,' zei ik ten slotte.

'Wat moet veel voldoening geven?'

'De soldaten helpen. Soldaten die het moeilijk hebben.'

'Dat zou je wel denken, hè?' reageerde ze nadenkend. 'Hoor eens, het is afschuwelijk om te zeggen, maar ik voel veel wrok tegenover de meesten van hen. Is dat niet raar? Als ze het hebben over wat ze hebben meegemaakt of over loyaliteit onder de manschappen en hun kameraadschappelijkheid, heb ik zin om hard gillend weg te lopen.'

'Maar er was ook loyaliteit,' protesteerde ik. 'Waarom zou je dat ontkennen? En soms was er een bijna overweldigend gevoel van kameraadschap. Dat kon behoorlijk verstikkend zijn.'

'En waar was die kameraadschap toen ze mijn broer te grazen namen?' snauwde ze met in haar ogen dezelfde woede, zag ik voor me, als die haar dwong weg te lopen uit ziekenzalen of behandelkamers om haar zelfbeheersing niet te verliezen. 'Waar was die kameraadschap toen ze hem tegen de muur zetten en hun geweren op hem richtten?'

'Niet doen,' smeekte ik. Ik sloeg een hand voor mijn ogen in de hoop dat ik zo de beelden in mijn geest zou kunnen verdrijven. 'Alsjeblieft, Marian.' Haar plotselinge woordenstroom had vreselijke herinneringen opgeroepen, die nu door mijn lichaam sneden.

'Het spijt me,' zei ze zachtjes, waarschijnlijk overvallen door mijn heftige reactie. 'Maar je kunt me niet kwalijk nemen dat er naar mijn gevoel dubbele normen gelden bij die zogenaamde broederbanden. Maar goed, het heeft geen zin om hierop door te gaan. Ik weet dat jij hem tot het allerlaatste moment hebt gesteund. Ik zie hoe het je raakt als ik het over zijn dood heb. Vanzelfsprekend, jullie waren dikke vrienden. Vertel eens, klikte het direct tussen jullie?'

'Ja,' zei ik, nu weer glimlachend bij die herinnering. 'Ja, we hadden hetzelfde gevoel voor humor, denk ik. En we sliepen naast elkaar, dus hadden we automatisch een band.'

'Arme jij,' reageerde ze, ook glimlachend.

'Hoe dat zo?'

'Omdat mijn broer een hoop goede eigenschappen had,' zei ze, 'maar hygiëne hoorde daar niet bij. Ik weet nog dat ik bijna flauwviel van de stank als ik hem 's morgens wakker ging maken voor hij daarheen ging. Wat is dat toch met jongens en jullie afgrijselijke geur?'

Ik lachte. 'Ik zou het niet weten,' zei ik. 'We waren met zijn twintigen in de barak, dus ik kan me niet voorstellen dat het er erg hygiënisch aan toeging. Hoewel Links en Rechts, zoals jij ze noemt – zoals hij ze noemde – er wel op toezagen dat we onze bedden en spullen op orde hielden. Maar we werden inderdaad snel vrienden.'

'En hoe was hij?' vroeg ze. 'In het begin, bedoel ik. Leek hij blij dat hij daar was?'

'Ik weet niet of hij daarover nadacht,' zei ik na even nadenken. 'Het was gewoon het volgende onderdeel van het leven dat geleefd moest worden. Ik denk dat de oudere mannen het moeilijker vonden dan wij. Hoe stom het achteraf ook klinkt, voor ons leek het één groot avontuur, althans in het begin.'

'Ja, ik heb anderen exact dezelfde woorden horen gebruiken,' zei Marian. 'Een aantal van de mannen met wie ik heb gewerkt, de jongeren vooral, spraken erover alsof ze pas in de gaten kregen wat er voor hen lag toen ze daarginds waren.'

'Maar zo was het ook,' stemde ik in. 'We oefenden wel, maar dat voelde niet veel anders dan trainen voor voetbal of rugby op school. Misschien dachten we wel dat als we alles eenmaal hadden geleerd we op een gegeven moment naar het sportveld gestuurd zouden worden voor een stevig robbertje vechten, om elkaar daarna de hand te schudden en terug te keren naar de kleedkamers en daar partjes sinaasappel te eten en een warm bad te nemen.'

'Je weet nu natuurlijk wel beter,' mompelde ze.

'Ja.'

Iemand van de bediening kwam onze borden weghalen. Marian trommelde even met haar vingers op tafel voordat ze weer naar me keek. 'Zullen we hier weggaan, Tristan?' vroeg ze. 'Vind je het ook zo warm hier? Ik zou zo van mijn stokje kunnen gaan.'

'Ja, prima,' zei ik. Deze keer betaalde zij de rekening, waarna we naar buiten liepen. Ik volgde haar in de veronderstelling dat zij wel bedacht zou hebben waar we nu naartoe konden gaan.

'Hoe lang duurde het voor hij zijn ware aard liet zien?' vroeg ze me onder het lopen. Ik draaide me verrast naar haar toe omdat ik niet zeker wist wat ze bedoelde.

'Pardon, wat zei je?' zei ik.

'Mijn broer,' zei ze. 'Ik kan me niet herinneren dat hij zo'n pacifist was voor hij vertrok. Hij was op school altijd betrokken bij de grootste vechtpartijen, als ik me goed herinner. Maar toen hij eenmaal had besloten om niet meer te vechten kreeg ik heel akelige brieven van hem, vol woede en frustratie over wat daar gaande was. Hij was zo gedesillusioneerd.'

'Het is moeilijk te zeggen wanneer het precies begon,' zei ik nadenkend. 'De waarheid is dat niet iedere soldaat daar wil vechten, in tegenstelling tot wat de kranten en politici je willen laten geloven. We namen ieder een eigen positie in op de schaal van pacifisme tot onvervalst sadisme. Er waren bloeddorstige kerels die doordrenkt waren van een overijverige vaderlandsliefde en het liefst nog altijd Duitsers zouden doodschieten, als ze de kans kregen. Maar er waren ook bedachtzame jongens die gewoon hun plicht uitvoerden, die deden wat van hen werd gevraagd, maar dat eigenlijk helemaal niet wilden. We hebben het al over Wolf gehad...'

'De jongen die vermoord is?'

'Nou, ja, misschien,' zei ik. Om de een of andere reden was ik nog steeds niet bereid op dit punt toe te geven. 'Ik bedoel, hij heeft zeker invloed gehad op Wills manier van denken.'

'Waren zij ook goed bevriend?'

'Nee, niet echt goed,' zei ik. 'Maar Will was wel door hem geboeid, dat zeker.'

'En jij, Tristan, was jij ook door hem geboeid?'

'Door Wolf?'

'Ja.'

'Nee, helemaal niet. Ik vond hem een beetje een aansteller, eerlijk gezegd. Een witte veer van het ergste soort.'

'Het verbaast me dat je dat zo zegt.'

'Waarom?' vroeg ik fronsend.

'Nou, vanwege je manier van praten. Het klinkt alsof je het eens was met alles wat deze Wolf zei. Weet je, we kennen elkaar nog maar net, maar je lijkt me helemaal geen vechtersbaas. Je sloeg Leonard niet eens terug toen hij je daarnet aanviel. Waarom had je minder belangstelling voor Wolf dan mijn broer?'

'Hij was... ik bedoel, als je hem gekend had...' Nu had ik het moeilijk. Eigenlijk had ik geen antwoord op haar vraag. Ik wreef in mijn ogen en vroeg me af of ik echt geloofde wat ik over Wolf had gezegd; dat hij een aansteller was. Of had ik gewoon een hekel aan hem gehad omdat hij zo goed met Will kon opschieten? Was ik zo kinderachtig? Wees ik uit pure jaloezie een fatsoenlijk, bedachtzaam mens af? 'Hoor eens, we hadden misschien wel dezelfde overtuigingen,' zei ik ten slotte. 'Maar we hadden ook veel wederzijdse irritaties. En ja, hij kwam om of werd vermoord, wat het juiste woord ook mag zijn. En dat heeft je broer inderdaad erg aangegrepen.'

'Dus zo is het begonnen?' vroeg ze.

'Ja. Maar bedenk wel dat dit nog allemaal in Engeland was. Pas in Frankrijk werd er een kritiek punt bereikt. Er ging namelijk een incident vooraf aan Wills beslissing om zijn wapens neer te leggen. Hoewel ik achteraf denk dat het ook niet juist is om het helemaal aan die ene gebeurtenis toe te schrijven. Er zijn ook andere dingen gebeurd, dat weet ik zeker. Soms was ik erbij, vaak ook niet. Het was een samenloop van omstandigheden over een langere tijd, het waren maanden van doorlopende spanning, klinkt dat logisch?'

'Een beetje,' antwoordde ze. 'Maar ik heb het gevoel dat er iets speciaals moet zijn. Om hem zo extreem antioorlog te maken, bedoel ik. Zei je dat er een incident aan voorafging?'

'Ja. Het gebeurde nadat we een van de Duitse loopgraven hadden veroverd,' zei ik. 'Het is geen leuk verhaal, Marian. Ik weet niet of je het wel wilt horen.'

'Vertel het alsjeblieft,' zei ze, 'het zou kunnen helpen het te begrijpen.'

'We waren met zijn vieren,' zei ik, nerveus nu ik het moest vertellen. 'We hielden een Duitse jongen gevangen, die als enige van zijn regiment nog in leven was.' Ik vertelde haar het verhaal van Milton en Attling en hoe Will de jongen had gevonden en naar ons had gebracht. Ik vertelde alles, van Wills besluit om hem als krijgsgevangene naar het Hoofdkwartier te brengen tot het moment dat de jongen in zijn broek piste en zich Miltons woede op de hals haalde.

'Sorry voor mijn taalgebruik,' zei ik aan het eind van mijn verhaal. 'Maar je wilde het horen zoals het is gegaan.'

Ze knikte bezorgd. 'Denk je dat hij zichzelf verwijten maakte?' vroeg ze.

'Voor de dood van de jongen?'

'Voor de moord op de jongen,' verbeterde ze me.

'Nee, ik geloof niet dat het zo simpel lag,' antwoordde ik. 'Hij was er tenslotte niet verantwoordelijk voor. Hij heeft die jongen niet neergeschoten. In feite heeft hij gedaan wat hij kon om zijn leven te redden. Nee, ik denk dat hij de koelbloedige wreedheid verafschuwde en het liefst Miltons hoofd eraf had willen schieten, als je het echt wilt weten. Zoiets heeft hij tegen me gezegd.'

'Maar hij heeft de jongen gevonden,' hield ze aan. 'Hij heeft hem gevangengenomen. Als hij dat niet had gedaan was het nooit gebeurd.'

'Ja, maar hij kon niet verwachten dat dit het gevolg zou zijn.'

'Ik denk dat hij het zichzelf verweten heeft,' zei ze beslist. Het irriteerde me een beetje, want ze was er niet bij geweest en kon niet precies weten hoe het was gegaan. Ze had de uitdrukking op Wills gezicht niet gezien toen de hersenen van de Duitse jongen over Attlings uniform spatten. Ze had alleen mijn globale beschrijving om zich een beeld te vormen van de gruwelijke gebeurtenis. 'Ik denk dat het dat geweest moet zijn,' voegde ze eraan toe.

'Maar dat was het niet, Marian,' hield ik vol. 'Je kunt het niet aan één ding toeschrijven. Dat is te simplistisch.'

'Maar jij dan, Tristan?' vroeg ze, nogal fel nu. 'Was jij niet van slag door wat je zag?'

'Natuurlijk,' zei ik. 'Ik had wel een steen willen pakken om Miltons hoofd mee in te slaan. Welke redelijk denkende man zou dat niet willen? Die jongen was buiten zichzelf van angst. Zijn laatste minuten waren één grote kwelling. Je moet wel een sadist zijn om daar genoegen in te scheppen. Maar we waren allemaal doodsbang, Marian. Wij allemaal. Het was oorlog!'

'Maar jij voelde je niet geroepen om Will te helpen,' zei ze. 'Het woog voor jou niet zo zwaar als voor hem. Jij hebt je wapens niet neergelegd. Jij ging door met vechten.'

Ik weifelde en dacht er even over na. 'Dat is waar,' gaf ik toe. 'Eerlijk gezegd had ik een ander gevoel bij dat incident dan je broer. Ik weet niet wat dat over mij zegt, of het betekent dat ik een gevoelloos of wreed persoon ben, of iemand die geen medeleven kan voelen. Ja, ik voelde dat het fout en ongerechtvaardigd was, maar voor mij was het ook gewoon iets wat daar elke dag gebeurde. In feite zag ik continu mannen op de meest afschuwelijke manieren om het leven komen. Ik was dag en nacht bang dat ik door een sluipschutter zou worden neergeschoten. Het is afschuwelijk om te zeggen, maar ik was immuun geworden voor willekeurige uitbarstingen van geweld. Mijn god, als ik daar niet immuun voor was geworden, zou ik nooit in staat zijn geweest om…' Ik onderbrak mezelf en bleef midden op straat stilstaan, verbluft omdat ik die zin bijna had uitgesproken.

'Waar zou je nooit toe in staat zijn geweest, Tristan?' vroeg ze.

'Om… om het vol te houden, denk ik,' zei ik in een poging me uit de situatie te redden. Met half toegeknepen ogen keek ze me aan, alsof ze vermoedde dat ik eigenlijk iets anders had willen zeggen. Maar om een of andere reden besloot ze niet aan te dringen. 'Waar zijn we eigenlijk?' vroeg ik terwijl ik om me heen keek. We waren niet meer in het centrum van de stad, maar halverwege Tombland en de kathedraal, waar ik mijn dag was begonnen. 'Moeten we niet terug?'

'Ik zei daarnet dat ik graag wilde dat je iets voor me deed,' zei ze zacht. 'Weet je dat nog?'

'Ja,' zei ik. Ze had het gezegd toen we uit het café kwamen, maar ik had er op dat moment niet veel aandacht aan besteed. 'Daarom ben ik per slot van rekening hiernaartoe gekomen. Als er iets is wat ik kan doen om de dingen makkelijker te maken voor je…'

'Het gaat niet om mezelf,' zei ze, 'het gaat om mijn ouders.'

'Je ouders?' vroeg ik, en toen ik om me heen keek begreep ik waar ze op uit was. 'Je woont toch niet hier?' vroeg ik nerveus.

'De pastorie is hier vlakbij,' zei ze met een knikje naar de bocht aan het eind van de weg, waar een landweggetje uitkwam op een doodlopende straat. 'Dat is het huis waar ik ben opgegroeid. Waar Will is opgegroeid. En waar mijn ouders nog altijd wonen.'

Ik bleef staan en had het gevoel alsof ik tegen een stenen muur was gelopen. 'Mijn dochter heeft iets geregeld,' had haar vader gezegd toen ik hem onverhoeds was tegengekomen bij het graf van zuster Cavell. 'Het spijt me,' zei ik hoofdschuddend. 'Nee, dat kan ik niet.'

'Maar je weet nog niet eens wat ik vragen wilde.'

'Je wilt dat ik bij je moeder en vader op bezoek ga. Om te praten over de dingen die gebeurd zijn. Sorry, Marian, maar nee, geen sprake van.'

Ze staarde me aan, met een voorhoofd vol denkrimpels. 'Maar waarom niet?' vroeg ze. 'Als je er met mij over kunt praten, waarom dan niet met hen?'

'Dat is iets heel anders,' zei ik, hoewel ik niet precies wist waarom. 'Jij was Wills zus. Je moeder heeft hem het leven geschonken. Je vader... nee, het spijt me, Marian, ik kan de moed niet opbrengen. Breng me alsjeblieft weg van hier. Ik wil naar huis. Alsjeblieft.'

Haar gezichtsuitdrukking verzachtte. Ze zag hoe moeilijk het voor me was en pakte mijn armen vast, net boven mijn ellebogen. 'Tristan,' zei ze zachtjes. 'Je weet niet wat het voor me betekent om iemand te ontmoeten die met zo veel respect over mijn broer praat. De mensen hier' – ze knikte in beide richtingen van de straat – 'praten helemaal niet over hem, dat zei ik al. Ze schamen zich voor hem. Het zou mijn ouders enorm helpen als ze jou konden ontmoeten. Om te horen hoeveel jij om Will gaf.'

'Vraag me alsjeblieft niet om dit te doen,' zei ik smekend. De paniek sloeg toe bij de gedachte dat er eigenlijk geen andere manier was om hieronder uit te komen dan door gewoon weg te lopen. 'Ik zou niet weten wat ik tegen ze moest zeggen.'

'Dan zeg je toch niets,' zei ze. 'Je hoeft ook niet over Will te praten als je dat niet wilt. Maar geef hun de kans je te ontmoeten en thee aan te bieden in de wetenschap dat de jongen die in hun voorkamer zit een vriend van hun zoon is geweest. Zij zijn daar ook een beetje omgekomen, Tristan, begrijp je dat? Zij zijn net zo goed als mijn broer tegen die muur gezet. Denk aan je eigen familie, je eigen vader en moeder. Als er, God verhoede, daarginds iets met jou was gebeurd, denk je dan niet dat ze ook graag rust zouden willen vinden? Ze houden vast evenveel van je als mijn ouders van Will hebben gehouden. Alsjeblieft, even maar. Een half uurtje, meer niet. Zeg dat je meegaat.'

Ik keek de straat in en wist dat ik geen keus had. Doe het nu maar, dacht ik. Wees sterk. Doe het maar gewoon. Ga daarna naar huis. En vertel haar nooit de waarheid over het einde.

Maar zelfs terwijl ik dit dacht gonsde mijn hoofd van wat ze over mijn moeder en vader had gezegd. Als ik daar werkelijk gesneuveld was, vroeg ik me af, zouden ze dat dan erg hebben gevonden? Gezien de manier waarop het tussen ons was afgelopen dacht ik van niet. Alles wat er tussen Peter en mij was gebeurd, hoe ik mezelf voor gek heb gezet, de vergissing die me mijn ouderlijk huis heeft gekost. Wat zei mijn vader ook weer toen ik uiteindelijk vertrok?

'Het zou voor ons allemaal het beste zijn als de Duitsers je onmiddellijk doodschoten.'

Peter en ik waren al bevriend sinds we baby's waren. We waren altijd met zijn tweeën, tot op de dag dat de Carters arriveerden. Hun hele hebben en houden stond op straat terwijl zij het huis betrokken naast mijn vaders slagerij, twee deuren bij Peters huis vandaan.

'Hallo, jongens,' zei meneer Carter, een corpulente automonteur met haar dat in plukjes uit zijn oren groeide en over de kraag van zijn te krappe hemden viel. Hij had een halve sandwich in zijn hand, die hij in zijn mond propte terwijl hij keek hoe wij een voetbal heen en weer schopten. 'Naar mij!' schreeuwde hij, zonder acht te slaan op het geërgerde gezucht van zijn vrouw. 'Hierheen, jongens. Naar mij!'

Peter keek hem even aan en schopte de bal toen met de punt van zijn laars behendig de lucht in, waarna die met jaloersmakende precisie in zijn armen belandde.

'In vredesnaam, Jack,' zei mevrouw Carter.

Schouderophalend liep hij naar zijn vrouw, die even dik was als hij, en op dat moment verscheen Sylvia. Het was wonderbaarlijk dat dit echtpaar zo'n dochter had kunnen produceren.

'Zal wel geadopteerd zijn,' fluisterde Peter in mijn oor. 'Ze kan onmogelijk van hen zijn.'

Voor ik iets kon zeggen kwam mijn moeder in haar zondagse jurk de trap af vanuit onze woonetage – ze moet hebben geweten dat de nieuwe buren die dag zouden komen en had op de uitkijk gezeten – en ze knoopte een gesprek aan dat het midden hield tussen hen welkom heten en nieuwsgierigheid. De strijd wie het meeste geluk had met zijn buren brandde los zodra Sylvia Peter en mij aanstaarde alsof we een nieuw soort wezens waren, totaal verschillend van de jongens die ze in haar vroegere buurt had gekend.

'Ik zal in elk geval niet om vlees verlegen zitten,' zei mevrouw Carter met een knikje in de richting van onze etalage, waar een paar konijnen met hun nek aan stalen haken hingen. 'Stallen jullie die altijd op die manier uit?'

'Op welke manier?' vroeg mijn moeder.

'Voor de hele wereld. Voor iedereen zichtbaar.'

Mijn moeder keek bedenkelijk, want waar moet een slagerij haar producten anders etaleren? Maar ze zei niets.

'Eerlijk gezegd,' zei mevrouw Carter, 'ben ik meer van de vis.'

Omdat ik genoeg had van hun kletspraat probeerde ik Peter weer aan het spelen te krijgen, maar hij nam wat afstand, schudde zijn hoofd en liet de voetbal een keer vallen, waarna hij hem minstens tien keer hooghield op zijn knie. Sylvia stond zonder iets te zeggen naar hem te kijken. Daarna richtte ze haar aandacht op mij. Haar lippen krulden zich tot een glimlach en toen verdween ze achter de voordeur om haar nieuwe huis te gaan verkennen.

En dat was dat, wat mij betreft.

Maar het duurde niet lang voor ze een nagenoeg constante aanwezigheid in ons leven werd. Peter was smoorverliefd op haar en het was duidelijk dat een poging om haar uit ons gezelschap te weren er alleen maar toe zou leiden dat ik zelf geweerd zou worden uit het zijne, een uiterst pijnlijke gedachte voor mij.

Maar toen gebeurde er iets merkwaardigs. Of het nu door Peters overduidelijke toewijding kwam of door mijn voelbare onverschilligheid, Sylvia begon al haar aandacht op mij te richten.

'Zullen we Peter niet even roepen?' vroeg ik altijd als ze bij me aanklopte met plannen voor de middag, en dan schudde ze vlug haar hoofd.

'Vandaag niet, Tristan,' zei ze dan. 'Hij kan zo saai zijn.'

Ik werd kwaad als ze zo smalend over hem deed. Ik had natuurlijk voor hem op kunnen komen, maar ik denk dat ik me gevleid voelde door haar aandacht. Per slot van rekening had ze iets exotisch over zich – ze was niet opgegroeid in Chiswick en had een tante in Parijs – en ze was duidelijk mooi. Elke jongen wilde graag haar vriendje zijn; Peter probeerde wanhopig bij haar in de gunst te komen. Maar toch koos zij voor mij. Hoe had ik niet gevleid kunnen zijn?

Natuurlijk merkte Peter het, en hij werd halfgek van jaloezie. Ik wist niet goed hoe ik het probleem moest oplossen. Maar hoe langer ik haar zou aanmoedigen, hoe kleiner de kans dat ze mij voor mijn vriend zou inruilen.

Omstreeks mijn zestiende verjaardag werd het steeds moeilijker. Mijn gevoelens voor Peter waren nu helder voor mezelf – ik begreep wat ze betekenden – en werden alleen maar sterker doordat ik ze niet kon uiten of omzetten in daden. 's Avonds verwelkomde ik, opgekruld in bed, de meest sensationele fantasieën tijdens de donkere uurtjes, maar tegelijkertijd hoopte ik vurig dat ze zouden verdwijnen uit pure angst voor wat ze betekenden. Toen het zomer werd en Peter en ik zoals gewoonlijk naar de eilandjes aan de andere kant van Kew Bridge gingen, haalde ik op de rivieroever allerlei capriolen uit om fysiek contact te forceren, maar ik moest me altijd op het meest opwindende moment terugtrekken uit angst voor ontdekking.

En dus liet ik me door Sylvia kussen onder de kastanjeboom en probeerde ik mezelf wijs te maken dat dit was wat ik wilde.

'Vond je het fijn?' vroeg ze na afloop, half bedwelmd door het idee van haar eigen aantrekkelijkheid.

'Heerlijk,' loog ik.

'Wil je nog een keer?'

'Later misschien. Iedereen kan ons hier zien.'

'En wat dan nog? Wat geeft dat?'

'Later misschien,' zei ik nog een keer.

Dat was duidelijk niet het antwoord dat ze verwachtte en zo luidde mijn blijvende onverschilligheid, mijn pertinente weigering om me door haar te laten verleiden, een abrupt einde van haar campagne in. Ze knikte kort en schudde met haar hoofd alsof ze me voor eens en altijd uit haar gedachten zette.

'Dan ga ik maar naar huis,' zei ze. Ze liep in haar eentje weg over het veld en liet mij achter om over mijn zonden na te denken. Ik wist onmiddellijk dat ik bij haar uit de gratie was, maar het interesseerde me niets. Ga maar, dacht ik. Ga maar terug naar waar je vandaan gekomen bent. Zoek je heil maar bij je tante in Parijs, als je daar zin in hebt. Maar laat ons met rust.

Twee dagen later kwam Peter me in een staat van grote opwinding opzoeken.

'Ik moet je iets vragen, Tristan,' zei hij. Hij beet op zijn lip en deed zijn best zijn enthousiasme te beteugelen. 'Je geeft me een eerlijk antwoord, toch?'

'Natuurlijk,' zei ik.

'Jij en Sylvia,' zei hij. 'Er is toch niets tussen jullie?'

Ik schudde zuchtend mijn hoofd. 'Natuurlijk niet,' zei ik. 'Hoe vaak moet ik je dat nog vertellen?'

'Nou ja, ik moest het wel vragen,' zei hij breeduit lachend. Hij kon het nieuws niet langer voor zich houden. 'Weet je, zij en ik, nou ja, we zijn nu een stel, Tristan. De kogel is door de kerk.'

Ik weet nog dat ik op dat moment rechtop stond, met links van mij een tafeltje waarop mijn moeder 's avonds voor ik naar bed ging altijd een kan water met een kom voor me neerzette om me 's morgens mee te wassen. Ik legde instinctief mijn hand op die tafel omdat ik bang was dat ik door mijn benen zou zakken.

'Is dat zo?' vroeg ik. 'Nou, je boft.'

Ik maakte mezelf wijs dat het allemaal niets voorstelde, dat hij vroeg of laat een domme opmerking zou maken die haar niet beviel en dat ze het dan uit zou maken. Maar nee, dat was onmogelijk, besefte ik, want welk mens met gezond verstand zou zich eerst van Peters genegenheid verzekeren om die daarna weer af te wijzen? Nee, ze zou hem bedriegen met een ander en dan zou hij haar aan de kant zetten, bij mij terugkomen en ermee instemmen dat meisjes niet deugden en dat wij van nu af aan maar beter bij elkaar konden blijven.

Natuurlijk gebeurde dat niet. Er ontvouwde zich voor mijn ogen een heuse romance, wat pijnlijk was om te zien. En zo beging ik mijn grote vergissing, de vergissing die binnen een paar uur leidde tot mijn verbanning van school, huis en familie en het enige leven dat ik ooit had gekend.

Het gebeurde op een donderdag, een schooldag. Ik was met Peter alleen in onze klas, wat zelden voorkwam nu Sylvia altijd aan zijn zijde was, of liever gezegd, hij altijd aan de hare. Hij vertelde me over de avond daarvoor, hoe hij en Sylvia langs de rivier hadden gewandeld, en omdat er niemand was die hen kon betrappen had zij het goedgevonden dat hij zijn hand op de zachte katoenen stof van haar bloes legde. Om haar 'een beetje te voelen', zoals hij het noemde. 'Ze vond het natuurlijk niet goed dat ik verder ging,' zei hij. 'Zo'n soort meisje is mijn Sylvia niet.' *Mijn Sylvia!* Ik werd er misselijk van. 'Maar ze zei dat we dit weekend misschien weer konden gaan als het zonnig weer is en zij een excuus kan vinden om bij die draak van een moeder weg te komen.'

Hij praatte maar door, zo vol van zijn gevoelens dat hij niet te stuiten was. Het was duidelijk hoeveel ze voor hem betekende en zonder goed na te denken over de consequenties van wat ik deed, overweldigd door de kracht van zijn eigen verlangen, nam ik zijn gezicht in mijn handen en kuste hem. De omhelzing duurde zo'n twee seconden, meer niet. Van schrik deinsde hij hijgend achteruit. Hij struikelde over zijn eigen voeten, terwijl ik voor hem bleef staan. Hij staarde me aan met onbegrip en vervolgens met afkeer, veegde met zijn hand over zijn mond en keek ernaar alsof ik een vieze plek op zijn huid had achtergelaten. Ik wist natuurlijk direct dat ik een grote inschattingsfout had gemaakt.

'Peter,' zei ik, bereid om me aan zijn genade over te leveren, maar het was al te laat. Hij was het lokaal al uit gerend; zijn laarzen stampten zwaar in de gang terwijl hij zo veel mogelijk afstand tussen ons schiep.

Het is iets ongelofelijks: we waren ons hele leven vrienden geweest, maar ik heb hem daarna nooit meer gezien. Niet één keer.

Ik ben die middag niet meer naar de les gegaan. Ik ben naar huis gegaan, heb tegen mijn moeder gezegd dat ik buikpijn had en dacht erover mijn tas te pakken en weg te lopen voordat iemand zou ontdekken wat ik had gedaan. Toen ik op bed lag begonnen de tranen te stromen en toen ik daarna in de badkamer stond over te geven voelde ik het klamme zweet en de vernedering samenspannen om me te veroordelen. Waarschijnlijk stond ik daar nog toen onze hoofdonderwijzer zich beneden in de winkel aandiende, niet om een lamsbout of een paar varkenskoteletjes voor zijn avondeten te kopen, maar om mijn vader in te lichten over de klacht die tegen me was ingediend, een klacht van buitengewoon weerzinwekkende en verachtelijke aard. Hij deelde mee dat ik niet langer welkom was als leerling op zijn school en dat ik, als het aan hem lag, voor de rechter zou worden gesleept op beschuldiging van grove obsceniteiten.

Ik bleef in mijn kamer. Een vreemd soort kalmte nam bezit van me, alsof ik niet meer thuishoorde in mijn eigen lijf. Ik woonde even op een andere planeet, als een etherisch wezen dat deze jonge, hopeloos verwarde jongen op zijn bed zag zitten, verloren voor de wereld maar nieuwsgierig naar wat er nu zou gebeuren.

Later die dag werd ik het huis uit gezet en na een paar weken begonnen de meeste blauwe plekken en striemen die mijn vader me had toegebracht te genezen en begon de pijn van de littekens op mijn rug en gezicht af te nemen. Mijn linkeroog kon weer open, zodat ik weer normaal kon zien.

Ik verzette me niet toen ik de straat op gegooid werd. Mevrouw Carter, die net haar hortensia's water stond te geven, schudde haar hoofd toen ze me zag, teleurgesteld over de plek waar het leven haar gebracht had, want diep in haar hart wist ze dat ze voor iets beters in de wieg was gelegd.

'Alles in orde, Tristan?' vroeg ze.


De pastorie deed me denken aan een ansichtkaart. Hij lag aan het eind van een doodlopend straatje en had een korte oprijlaan, omzoomd met bomen, waarvan de bladeren net begonnen te vallen. De ramen waren omlijst met dichte, donkergroene klimop. Ik keek naar het onberispelijke gazon van de voortuin en de varens en perkplanten naast een rotstuintje in een hoek. Het zag er idyllisch uit, een heel verschil met het appartementje boven de slagerij waar ik mijn eerste zestien jaar had doorgebracht.

In de hal rende een enthousiast hondje met een onderzoekend snuitje op me af. Toen ik hem wilde aaien zette hij zijn voorpoten op mijn knieën en balanceerde op zijn achterpoten om geduldig alle strelingen in ontvangst te nemen die ik voor hem in petto had. Hij kwispelde enthousiast met zijn staart.

'Bobby, af, ga liggen,' zei Marian. 'Je bent toch niet bang voor honden, Tristan? Leonard kon ze niet in zijn buurt verdragen.'

Ik moest er een beetje om lachen; Bobby was niet bepaald intimiderend. 'Helemaal niet,' zei ik. 'Hoewel we er nooit een hebben gehad. Welk ras is het trouwens, een spaniël?'

'Ja, een King Charles. Al aardig op leeftijd natuurlijk. Hij is bijna negen.'

'Was hij van Will?' vroeg ik verbaasd, omdat ik zijn naam nog nooit had gehoord. Daarginds spraken sommige jongens met meer genegenheid over hun honden dan over hun familie.

'Nee, niet speciaal. Als hij van iemand is, is hij van moeder. Negeer hem maar, dan houdt hij vanzelf op je lastig te vallen. Laten we naar de voorkamer gaan, dan zal ik moeder laten weten dat je er bent.'

Ze opende de deur naar een comfortabele zitkamer. Ik liep naar binnen met Bobby op mijn hielen en keek eens rond. Het was er net zo behaaglijk als ik verwachtte; de banken waren zo stevig dat ik vermoedde dat de kamer was voorbehouden aan speciale bezoekers, van wie ik er kennelijk een was. De hond snuffelde aan mijn enkels. Toen ik hem aankeek stopte hij onmiddellijk en ging op de vloer naar me zitten kijken, kennelijk nog niet zeker of ik zijn goedkeuring kon wegdragen. Hij liet zijn kop naar links zakken alsof hij een besluit had genomen en deed een nieuwe poging om tegen me op te klimmen.

'Meneer Sadler,' zei mevrouw Bancroft toen ze even later binnenkwam. Ze leek een beetje zenuwachtig. 'Wat vriendelijk van u om langs te komen. U hebt het vast erg druk. Af, Bobby.'

'Het is me een genoegen,' zei ik glimlachend. Dat was niet waar en ik was blij dat Marian bijna direct achter haar moeder binnenkwam met een pot thee. Nog meer thee.

'Mijn man is er helaas nog niet,' zei ze. 'Hij heeft beloofd erbij te zijn, maar soms wordt hij op weg naar huis opgehouden door parochianen. Ik weet dat hij ernaar uitziet u te ontmoeten.'

'Dat geeft niet,' zei ik. De aanblik van de fijne porseleinen kopjes met hun moeilijk te hanteren oortjes bracht me van mijn stuk. Vanaf de binnenkomst van Wills moeder was mijn rechterwijsvinger weer oncontroleerbaar gaan beven en ik was bang dat ik de inhoud van zo'n kopje over mijn overhemd zou gieten als ik eruit moest drinken.

'Maar hij zal hier wel snel zijn,' mompelde ze met een vlugge blik uit het raam, alsof dat garandeerde dat hij gauw zou komen. Ze was helemaal de moeder van haar dochter; een aantrekkelijke, goed verzorgde vrouw van begin vijftig, ontwikkeld en elegant. 'Hebben jullie een leuke dag gehad?' vroeg ze na een tijdje, alsof dit niets anders was dan een gezelligheidsbezoek.

'Erg leuk, dank u,' zei ik. 'Marian heeft me de stad laten zien.'

'Er is helaas niet zo veel te zien,' antwoordde ze. 'Iemand uit Londen zal ons vast erg saai vinden.'

'Integendeel,' zei ik. Ik hoorde Marian zuchten in de stoel naast de mijne.

'Waarom zegt u dat, moeder?' vroeg ze. 'Waarom denken wij toch altijd dat we minder zijn dan mensen die toevallig honderdvijftig kilometer verderop wonen?'

Mevrouw Bancroft keek naar haar dochter en daarna weer glimlachend naar mij. 'U moet het mijn dochter maar vergeven,' zei ze. 'Ze kan zich soms opwinden over de kleinste dingen.'

'Ik wind me niet op,' zei ze. Alleen... O, het maakt niet uit. Ik erger me eraan, dat is het. Dat we onszelf altijd zo kleineren.'

Marian leek nu wel een beetje op een gefrustreerde puber, een heel verschil met de zelfverzekerde jonge vrouw met wie ik het grootste deel van de dag had doorgebracht. Ik keek naar het dressoir, waar een serie foto's van Will, genomen op verschillende momenten van zijn leven, mijn aandacht trok. Op de eerste stond hij als een brutaal lachend jongetje in voetbalkledij, op de volgende was hij iets ouder en keek hij over zijn schouder alsof hij onverwacht op de foto werd gezet. Op de derde foto liep hij weg, met zijn handen in zijn zakken en zijn hoofd gebogen; zijn gezicht was niet te zien.

'Wilt u ze van dichtbij bekijken?' vroeg mevrouw Bancroft, die me zag kijken. Ik knikte en liep naar het dressoir, waar ik ze een voor een oppakte en bekeek. Ik moest me inhouden om de contouren van zijn gezicht niet te volgen met mijn vinger.

'U hebt geen foto van hem in uniform, zie ik.'

'Nee,' zei mevrouw Bancroft. 'Ik heb er wel een gehad. Toen hij net in dienst was, bedoel ik. We waren natuurlijk verschrikkelijk trots op hem, dus dat leek alleen maar logisch. Maar ik heb hem weggehaald. Ik wil niet herinnerd worden aan dat deel van zijn leven, weet u. Hij ligt ergens in een la, maar...'

Haar stem stierf weg en ik ging er niet verder op in. Ik had die vraag niet moeten stellen. Maar even later zag ik een andere foto van een man in uniform, een ander uniform dan Will of ik ooit hadden gedragen. Zijn gezicht stond kalm, alsof hij zich had neergelegd bij wat het lot ook maar voor hem in petto had. Hij had een heel opvallende snor.

'Mijn vader,' zei mevrouw Bancroft. Ze pakte de foto van het dressoir en keek er glimlachend naar. Met haar andere hand streek ze onbewust even over mijn arm. Ik voelde me erdoor getroost. 'Marian en Will hebben hem natuurlijk nooit gekend. Hij heeft in de eerste Transvaaloorlog gevochten.'

'O ja,' knikte ik. In mijn jeugd waren de Boerenoorlog en zijn voorganger de belangrijkste oorlogsherinneringen van de generatie van mijn ouders en er werd nog steeds veel over gepraat. Iedereen had wel een grootvader of een oom die had gevochten in Ladysmith of Mafeking, het leven had gelaten op de hellingen van de Drakensberg of op een afschuwelijke manier aan zijn eind was gekomen in de vervuilde Modderrivier. Mensen spraken over de Boeren, een ras dat zich niet onder de voet liet lopen door indringers van een ander halfrond, als de laatste grote vijand van het Britse volk en over de oorlog als ons laatste grote conflict. Bittere ironie, zou ik zeggen.

'Ik heb mijn vader nauwelijks gekend,' zei mevrouw Bancroft zachtjes. 'Hij was nog maar drieëntwintig toen hij sneuvelde en ik pas drie. Mijn moeder en hij zijn jong getrouwd. Ik heb niet veel herinneringen aan hem, maar de paar die ik heb zijn goed.'

'Die verduivelde oorlogen kosten onze familie al onze mannen,' merkte Marian op vanuit haar fauteuil.

'Marian!' riep mevrouw Bancroft. Ze keek vlug naar mij om te zien of ik er aanstoot aan nam.

'Nou, het is toch zo?' zei ze. 'En niet alleen de mannen. Mijn grootmoeder, dat wil zeggen de moeder van mijn moeder, is ook omgekomen in de Transvaaloorlog.'

Ik trok een wenkbrauw op, want dat kon onmogelijk zo zijn.

'Doe niet zo belachelijk, Marian,' zei mevrouw Bancroft. Ze zette de foto weer terug en keek me onzeker aan. 'Mijn dochter is een geëmancipeerde vrouw, meneer Sadler, maar ik weet niet of dat wel zo'n goede zaak is. Ik heb er zelf nooit behoefte aan gehad.' Ik moest weer aan mevrouw Wilcox denken, die zichzelf voor schut zette tijdens een lunch met de familie Schlegel.

'Oké, ze is niet letterlijk gesneuveld in de Transvaaloorlog,' gaf Marian nu wat rustiger toe. 'Maar ze heeft de dood van mijn grootvader niet overleefd.'

'Marian, alsjeblieft!' snauwde mevrouw Bancroft.

'Waarom mag hij dat niet weten? We hebben niets te verbergen. Mijn grootmoeder, Tristan, kon niet leven zonder mijn grootvader en heeft zelfmoord gepleegd.'

Ik wendde mijn blik van haar af. Ik wilde geen deelgenoot zijn van dit geheim.

'Dat is geen onderwerp van gesprek,' zei mevrouw Bancroft. Er lag geen boosheid meer in haar stem, eerder verdriet. 'Mijn moeder was nog erg jong toen ze overleed. Ze was pas negentien toen ik geboren werd. Ik denk dat ze de verantwoordelijkheid en het verdriet niet aankon. Ik heb het haar natuurlijk nooit kwalijk genomen. Ik heb geprobeerd het te begrijpen.'

'Er is ook geen reden om het haar kwalijk te nemen, mevrouw Bancroft,' zei ik. 'Dit zijn tragedies. Niemand doet zoiets uit vrije wil; iemand doet het omdat hij ziek is.'

'Ja, ik denk dat u gelijk hebt,' zei ze, terwijl ze weer ging zitten. 'Maar voor onze familie was het indertijd een grote schande. Zo ironisch na het trotse gevoel dat mijn vader ons gaf door zijn bijdrage aan de oorlog.'

'Eigenaardig, toch, Tristan?' vroeg Marian. 'Dat we de dood van een soldaat eerder zien als een bron van trots dan als een nationale schande. We hadden toch helemaal niets in Transvaal te zoeken.'

'Mijn vader heeft zijn plicht gedaan, meer niet,' zei mevrouw Bancroft.

'Ja, en dat heeft hem veel goeds gebracht,' merkte Marian op. Ze stond op, liep naar het raam en keek naar de dahlia's en chrysanten die haar moeder – daar twijfelde ik niet aan – in nette rijen langs de rand had geplant.

Ik ging weer zitten en wenste dat ik hier nooit gekomen was. Het leek wel alsof ik halverwege een toneelstuk een podium was op gelopen waar de andere spelers al jarenlang verwikkeld waren in een gevecht dat pas na mijn komst tot een climax mocht komen.

Ik hoorde de voordeur open- en dichtgaan. Als reactie op het vertrouwde geluid ging de hond onmiddellijk rechtop zitten. Ik kreeg het gevoel dat degene die voor de deur stond aarzelde om die open te doen.

'Meneer Sadler,' zei dominee Bancroft toen hij even later de kamer binnenkwam. Hij nam mijn hand tussen zijn twee handen en hield hem even vast terwijl hij me recht in mijn ogen keek. 'We zijn zo blij dat u kon komen.'

'Ik kan helaas niet lang blijven,' antwoordde ik. Ik wist wat een onbeleefde eerste reactie dit was, maar daar maakte ik me niet druk om. Ik had het gevoel dat ik nu wel lang genoeg in Norwich was geweest en wilde graag terug naar het station en naar Londen, naar de beslotenheid van mijn huis.

'Ja, het spijt me, ik werd opgehouden,' zei hij met een blik op zijn horloge. 'Ik was van plan geweest voor vier uur hier te zijn, maar ik raakte betrokken bij een parochiekwestie en ben de tijd vergeten. Ik neem aan dat mijn vrouw en dochter u intussen aangenaam hebben beziggehouden?'

'Hij is hier niet om beziggehouden te worden, vader,' zei Marian, die met haar armen over elkaar bij de deur stond. 'En ik heb zo mijn twijfels of het aangenaam was.'

'Ik wilde meneer Sadler net naar de brieven vragen,' zei mevrouw Bancroft. We keken haar allemaal aan. 'Mijn dochter zei dat u een paar brieven in uw bezit had,' voegde ze eraan toe. Ik knikte snel, blij met de afleiding.

'Ja,' zei ik en ik haalde ze uit mijn zak. 'Ik had ze je al eerder moeten geven, Marian, tenslotte was het de reden voor mijn bezoek.'

Ik legde het pakketje voor me op tafel. Marian keek naar de stapel met een rood bandje bij elkaar gebonden enveloppen, met haar regelmatige handschrift op de bovenste, maar verroerde zich niet.

Haar moeder pakte ze ook niet op, maar bleef ernaar kijken alsof het bommen waren die zouden ontploffen als ze er te ruw mee omsprong.

'Willen jullie me even excuseren?' zei Marian uiteindelijk en ze stormde als een wervelwind de kamer uit, met haar rug naar me toe. Bobby rende achter haar aan, op zoek naar avontuur. Haar ouders keken haar na met een gelaten, verdrietige uitdrukking op hun gezicht.

'Onze dochter kan wel eens wat lichtgeraakt 'overkomen, meneer Sadler,' zei mevrouw Bancroft. Ze keek me verontschuldigend aan. 'Vooral als ik in de buurt ben. Maar ze hield zo veel van haar broer. Ze waren altijd zo goed met elkaar. Zijn dood heeft haar geknakt.'

'Ik vind haar helemaal niet lichtgeraakt,' antwoordde ik. 'Ik ken haar natuurlijk pas een paar uur. Maar ik geloof dat ik haar pijn en verdriet wel kan begrijpen.'

'Het is erg moeilijk voor haar geweest,' ging ze verder. 'Voor ons allemaal natuurlijk, maar we gaan allemaal op onze eigen manier met tegenspoed om. Mijn dochter uit haar verdriet heel duidelijk, terwijl ik mijn emoties liever niet laat zien. Ik weet niet of dat goed of verkeerd is, het is gewoon de manier waarop ik ben opgevoed. Mijn grootvader heeft me namelijk in huis genomen,' legde ze uit. 'Na de dood van mijn ouders. Hij was weduwnaar en de enige familie die ik nog had. Maar hij was geen gevoelsmens. En ik denk dat hij me ook zo heeft opgevoed. Mijn man daarentegen heeft veel meer het hart op zijn tong. Ik waardeer dat in hem, meneer Sadler. Ik heb in de loop van de jaren mijn best gedaan om het van hem over te nemen, maar het lukt niet. Ik denk dat ons karakter als volwassene al in onze kindertijd wordt gevormd en dat daar niets aan te doen is. Denkt u ook niet?'

'Misschien wel,' zei ik. 'Maar we kunnen er toch wel tegen vechten? Proberen te veranderen?'

'En waar vecht u tegen, meneer Sadler?' vroeg haar man. Hij zette zijn bril af en veegde de glazen schoon met zijn zakdoek.

Ik zuchtte. 'Eerlijk gezegd, meneer, ben ik het vechten moe en zou ik wensen dat ik het nooit meer hoef te doen.'

'Dat hoeft u toch ook niet,' zei mevrouw Bancroft fronsend. 'De oorlog is eindelijk voorbij.'

'Er komt er binnenkort vast weer een,' zei ik en ik glimlachte. 'Zo gaat dat meestal.'

Ze gaf geen antwoord, maar pakte mijn hand. 'Onze zoon wilde erg graag in dienst,' vertelde ze. 'Misschien had ik die foto van zijn grootvader niet al die jaren zo in het zicht moeten houden.'

'Nee, Julia,' zei dominee Bancroft. Hij schudde zijn hoofd. 'Je bent altijd trots geweest op het offer dat je vader heeft gebracht.'

'Ja, dat weet ik, maar William was er altijd zo door gefascineerd, dat bedoel ik. Hij stelde vragen, wilde meer over hem weten. Ik vertelde hem natuurlijk zo veel als ik kon, maar eerlijk gezegd wist ik maar heel weinig. Ik weet nog steeds heel weinig. Maar soms ben ik bang dat het mijn schuld is. Dat William op die manier in dienst is gegaan. Hij had kunnen wachten, zie je. Tot ze hem opriepen.'

'Dat was alleen maar een kwestie van tijd geweest,' zei ik. 'Het had geen verschil gemaakt.'

'Maar dan had hij in een ander regiment gezeten,' zei ze. 'En dan was hij op een andere dag daarnaartoe gestuurd. Zijn levensloop was dan anders geweest. Hij had misschien nog geleefd,' hield ze vol. 'Net als u.'

Ik trok mijn hand terug en wendde mijn blik af. Er klonk iets beschuldigends in die laatste woorden en dat kwam keihard aan.

'U hebt onze zoon dus goed gekend, meneer Sadler?' vroeg dominee Bancroft even later.

'Dat klopt, meneer,' zei ik.

'Waren jullie vrienden?'

'Goede vrienden,' zei ik. 'We zijn samen opgeleid in Aldershot en...'

'Ja, ja,' praatte hij er snel overheen. 'Hebt u kinderen, meneer Sadler?'

'Nee,' zei ik hoofdschuddend. De vraag verbaasde me een beetje. 'Nee, ik ben niet getrouwd.'

'Zou u kinderen willen?' vroeg hij. 'In de toekomst, bedoel ik.'

'Ik weet het niet,' zei ik. Ik durfde hem niet goed aan te kijken. 'Daar heb ik nog niet echt over nagedacht.'

'Een man moet kinderen hebben,' ging hij door. 'We zijn op aarde om ons voort te planten.'

'Er zijn massa's mannen die hun steentje daaraan bijdragen,' zei ik luchtig. 'Zij compenseren het voor diegenen onder ons die zich aan hun plicht onttrekken.'

Dominee Bancroft keek bedenkelijk; ik zag dat de sarcastische opmerking hem niet beviel. 'Bent u zo iemand, meneer Sadler?' vroeg hij. 'Onttrekt u zich aan uw plicht?'

'Nee, ik geloof het niet. Ik heb mijn aandeel wel geleverd.'

'Dat hebt u zeker gedaan,' zei hij. 'En nu bent u weer veilig thuis.'

'Dat ik niet gesneuveld ben wil niet zeggen dat ik niet heb gevochten,' zei ik, geërgerd door zijn toon. 'We vochten allemaal. We hebben verschrikkelijke omstandigheden doorstaan. We zagen afschuwelijke dingen. Die zullen we nooit vergeten. En wat betreft de dingen die we moesten doen, tja, daar hoef ik u eigenlijk niets over te vertellen.'

'Daar moet u me juist wel over vertellen,' zei hij. Hij boog zich naar me toe. 'Weet u waar ik vanmiddag was? Weet u waarom ik zo laat was?' Ik schudde mijn hoofd. 'Ik dacht dat u ons misschien had gehoord. Vanochtend, bedoel ik. Bij de kerk.'

Ik boog mijn hoofd en voelde dat ik rood werd. 'U herkende me dus. Dat vroeg ik me al af.'

'Ja, meteen al,' zei hij. 'In feite had ik vanochtend, toen u wegrende, al een idee van wie u was. Mijn dochter had me verteld over uw bezoek. Dus u lag me nog vers in het geheugen. En u bent van dezelfde leeftijd als William. Bovendien wist ik zeker dat u in de oorlog had gevochten.'

'Is dat zo duidelijk te zien?'

'Het is alsof u er niet helemaal van overtuigd bent dat de wereld waarnaar u bent teruggekeerd dezelfde is als die u hebt achtergelaten. Ik zie dat in de gezichten van de jongens uit mijn parochie, de jongens die zijn teruggekomen, de jongens met wie Marian werkt. Voor sommigen van hen treed ik als een soort raadgever op. En niet alleen op religieus gebied. Ze komen naar me toe omdat ze op zoek zijn naar innerlijke rust, en ik vrees dat ik niet genoeg in huis heb om ze die te geven. Ik denk wel eens dat velen van hen half en half geloven dat ze daar omgekomen zijn en dat dit allemaal een vreemde droom is. Of het vagevuur. Of zelfs de hel. Klopt dat een beetje, meneer Sadler?'

'Een beetje wel,' zei ik.

'Ik heb natuurlijk nooit gevochten,' ging hij verder. 'Ik weet niets van dat leven. Ik heb een erg vredig bestaan, in de kerk en hier met mijn gezin. Wij zijn eraan gewend dat de oudere generatie neerkijkt op de jongere en tegen hen zegt dat ze de wereld nog niet kennen. Maar nu zijn de rollen omgedraaid, nietwaar? Het is uw generatie die besef heeft van de wreedheid van de mensheid, niet de onze. Jongens zoals u moeten leven met wat jullie hebben gezien en gedaan. Jullie zijn de generatie geworden die de antwoorden kan geven. Terwijl jullie ouders alleen maar naar jullie kunnen kijken en vragen stellen.'

'En over vanmiddag?' vroeg ik. 'U wilde me vertellen waar u was.'

'Bij een groepje parochianen,' zei hij met een bitter lachje. 'Er is een plan om een monument op te richten. Voor alle jongens uit Norwich die in de oorlog zijn gevallen. Een groot, stenen beeldhouwwerk met de namen van alle jongens erop die hun leven hebben gegeven. Dat gebeurt in de meeste steden van Engeland, u zult er wel van gehoord hebben.'

'Natuurlijk,' zei ik.

'Meestal wordt dat door de kerk georganiseerd. De parochieraad zorgt voor de geldinzameling. We geven een beeldhouwer opdracht om een ontwerp te leveren, kiezen er een uit en de namen van alle gevallenen worden geïnventariseerd. Kort daarna gaat ergens in een atelier iemand op een krukje naast een steenmassa zitten met een hamer en beitel in zijn hand om de namen van de jongens die we hebben verloren uit te hakken. Vandaag zouden de laatste besluiten erover genomen worden. En natuurlijk moest ik, als dominee, daarbij zijn.'

'O,' zei ik en ik knikte langzaam. Ik begreep al waar hij heen wilde.

'Kunt u zich voorstellen hoe dat is, meneer Sadler?' vroeg hij, met tranen in zijn ogen.

'Natuurlijk niet,' zei ik.

'Om te horen dat je eigen zoon, die zijn leven voor zijn land heeft gegeven, niet op die steen vermeld mag worden vanwege zijn lafheid, vanwege zijn gebrek aan vaderlandsliefde, zijn verraad? Om dat te horen over een jongen die je hebt opgevoed, die op je schouders heeft gezeten bij voetbalwedstrijden, die je hebt gevoed, gewassen en gevormd? Het is onmenselijk, meneer Sadler, dat is het. Onmenselijk.'

'Ik vind het verschrikkelijk voor u,' zei ik. Zodra de woorden over mijn lippen kwamen, wist ik hoe machteloos ze waren.

'En wat heb ik daaraan? Brengt het mijn jongen bij me terug? Een naam op een steen, eigenlijk stelt het niets voor, maar toch betekent het iets. Begrijpt u dat?'

'Ja, natuurlijk. Het moet bijna niet te verdragen zijn.'

'We hebben steun aan ons geloof,' zei mevrouw Bancroft. Haar echtgenoot wierp een scherpe blik in haar richting, die me de indruk gaf dat hij daar niet echt van overtuigd was.

'Daar weet ik helaas niet zo veel van,' zei ik.

'U bent niet gelovig, meneer Sadler?' vroeg de dominee.

'Nee, niet echt.'

'Sinds de oorlog merk ik dat jonge mensen ofwel dichter bij God komen, of zich volledig van Hem afkeren,' zei hij. 'Ik vind het verwarrend. Om te weten hoe ik hen moet begeleiden, bedoel ik. Ik ben bang dat ik te oud word.'

'Is het zwaar om geestelijke te zijn?' vroeg ik.

'Waarschijnlijk niet zwaarder dan andere beroepen,' zei hij. 'Er zijn dagen waarop je denkt dat je het goed doet. Maar ook dagen waarop je het gevoel hebt dat niemand iets aan je heeft.'

'Gelooft u in vergeving?' vroeg ik.

'Ik geloof in het zoeken ernaar, ja,' zei hij. 'En ik geloof in vergeving schenken. Waarom, meneer Sadler, waar hebt u vergeving voor nodig?'

Ik schudde mijn hoofd en wendde mijn hoofd af. Ik had het idee dat ik deze man en zijn vrouw nooit recht zou kunnen aankijken, al bleef ik de rest van mijn leven in dit huis.

'Ik begrijp niet zo goed waarom Marian u hierheen heeft meegenomen,' vervolgde hij toen duidelijk was dat hij geen antwoord van me zou krijgen. 'U wel?'

'Ik wist niet eens dat ze dat van plan was,' zei ik. 'Niet voordat we hier op de stoep stonden. Ze zal wel gedacht hebben dat het een goed idee was.'

'Voor wie dan? O, begrijp me alstublieft niet verkeerd, meneer Sadler, het is niet mijn bedoeling u het gevoel te geven dat u niet welkom bent, maar u kunt niets doen om onze zoon terug te brengen.

Eigenlijk herinnert u ons alleen maar aan wat er in Frankrijk is gebeurd.'

Ik knikte, want zo was het ook.

'Maar er zijn van die mensen, en onze dochter is er een van, die maar blijven wroeten naar de redenen waarom dit kon gebeuren. Ik ben niet zo en mijn vrouw ook niet, geloof ik. Weten hoe en waarom verandert tenslotte verdraaid weinig. Misschien zijn we alleen op zoek naar een schuldige. In ieder geval...' Hij aarzelde en keek me daarna vriendelijk aan. 'Ik ben blij dat u het hebt overleefd, meneer Sadler,' zei hij. 'Eerlijk waar. U lijkt me een aardige jongeman. Uw ouders zullen blij geweest zijn u weer heelhuids terug te krijgen.'

'Nou, dat weet ik niet,' zei ik schouderophalend, en dat gebaar leek zijn vrouw erger te schokken dan alles wat ik tot dan toe had gezegd.

'Hoe bedoelt u?' vroeg ze.

'We zijn niet zo goed met elkaar,' zei ik. Ik vond het vervelend dat dit ter sprake kwam. 'Het maakt niet uit. Het is niet echt iets wat ik...'

'Maar dat is te gek voor woorden, meneer Sadler,' zei ze. Ze stond op en met haar handen op haar heupen keek ze me vertwijfeld en boos aan.

'Het was niet mijn keuze,' legde ik uit.

'Maar weten ze dat u gezond bent? Dat u nog leeft?'

'Ik denk het wel,' zei ik. 'Ik heb ze natuurlijk geschreven. Maar ik krijg nooit antwoord.'

Ze bleef naar me kijken met een uitdrukking van pure woede op haar gezicht. 'Ik kan de wereld soms niet meer volgen, meneer Sadler,' zei ze. Haar stem sloeg over. 'Uw ouders hebben een zoon die in leven is, maar die ze niet zien. Ik heb een zoon die ik wil zien, maar die is dood. Wat voor mensen zijn het eigenlijk? Monsters?'

Mijn laatste week voor Aldershot piekerde ik me suf of ik mijn familie nog moest opzoeken voor mijn vertrek. Het leek alleszins aannemelijk dat ik daarginds zou sneuvelen, en hoewel we elkaar al meer dan anderhalf jaar niet hadden gesproken, had ik het gevoel dat een verzoening tot de mogelijkheden zou kunnen behoren, met het oog op die onzekere toekomst. En dus besloot ik bij hen langs te gaan op de middag voor mijn vertrek naar het opleidingskamp. Op een kille woensdag stapte ik uit op Kew Bridge Station en ging te voet verder naar Chiswick High Street.

De straten waren vertrouwd, maar tegelijkertijd ook vreemd; het leek wel alsof ik ze bij elkaar gefantaseerd had en ze nu één keer in een volledige staat van bewustzijn mocht bezoeken. Ik voelde me merkwaardig rustig, wat ik toeschreef aan het feit dat ik er als kind over het algemeen gelukkig was geweest. Weliswaar had mijn vader me vaak geslagen, maar dat was niets ongewoons; hij deed het niet vaker dan de vaders van de meeste van mijn vriendjes. En mijn moeder was altijd een vriendelijke, zij het wat afstandelijke aanwezigheid in mijn leven geweest. Ik wilde haar graag weer zien. Haar weigering om me te zien of om mijn brieven te beantwoorden schreef ik toe aan het feit dat mijn vader erop stond dat ze alle contact met mij verbrak.

Maar toen ik dichter bij huis kwam, merkte ik dat mijn zenuwen me parten begonnen te spelen. De rij winkels met mijn vaders slagerij aan het einde ervan kwam in zicht, met daarnaast de huizen van de families van Sylvia en Peter. Het appartement waar ik was opgegroeid was goed te zien. Aarzelend ging ik even op een bankje zitten en nam een sigaret uit mijn zak om mijn moed bijeen te rapen.

Ik keek op mijn horloge en vroeg me af of ik de hele onderneming niet beter als zinloos kon beschouwen en met de eerstvolgende bus moest teruggaan naar mijn rustige appartement in Highgate, voor een laatste eenzame maaltijd en een goede nachtrust voordat de trein me de volgende dag naar mijn nieuwe leven als soldaat zou brengen. Ik had al bijna besloten om dat te doen, was zelfs al opgestaan om naar Kew terug te lopen, toen ik tegen iemand op botste die me tegemoet kwam. Ze liet van pure schrik een mand met boodschappen op de grond vallen.

'Het spijt me verschrikkelijk,' zei ik. Ik bukte me en raapte de appels, de fles melk en het doosje eieren op die gevallen maar gelukkig nog heel waren. 'Ik lette niet goed op waar ik liep.' Toen tot me doordrong dat degene tegen wie ik sprak niet reageerde, keek ik op en zag tot mijn schok wie daar stond. 'Sylvia,' zei ik.

'Tristan?' zei ze, met grote ogen. 'Dat bestaat niet.'

Ik haalde mijn schouders op om aan te geven dat ik het toch echt was. Met haar gezicht van me af gewend zette ze de mand op de bank naast ons en beet op haar lip. Ze bloosde een beetje, van verlegenheid misschien of van verwarring. Ik voelde me totaal niet ongemakkelijk, ondanks alles wat ze van me wist. 'Goed om je weer te zien,' zei ik eindelijk.

'Jou ook,' zei ze. Ze stak onhandig een hand uit, die ik aannam. 'Je bent nauwelijks veranderd.'

'Hopelijk is dat niet waar,' zei ik. 'Het is al anderhalf jaar geleden.'

'Zo lang al?' vroeg ze.

'Ja,' zei ik en ik keek haar eens goed aan. Ze was veranderd. Ze was natuurlijk nog steeds mooi, nu op haar zeventiende zelfs mooier dan ze op haar vijftiende was geweest, maar dat was te verwachten. Haar haar, dat een zonnige lichtblonde tint had, hing los over haar schouders. Ze was slank en goed gekleed. Een vleugje rode lippenstift verleende haar iets exotisch en ik vroeg me af hoe ze daar aan was gekomen; de kerels met wie ik samenwerkte bij de aannemer waren altijd op zoek naar lippenstift of kousen voor hun liefjes; zulke luxeartikelen waren moeilijk te krijgen.

'Dit is wel pijnlijk, hè?' zei ze na een korte stilte. Ik vond het bewonderenswaardig dat ze niet wilde doen alsof het niet zo was.

'Ja,' zei ik. 'Een beetje wel.'

'Wil jij ook wel eens door de grond gaan en zomaar verdwijnen?'

'Soms,' gaf ik toe. 'Niet meer zo vaak als vroeger.'

Ze dacht erover na, misschien vroeg ze zich af wat ik daar precies mee bedoelde; ik wist het zelf ook niet goed. 'Hoe gaat het met je?' vroeg ze. 'Je ziet er goed uit.'

'Het gaat prima,' zei ik. 'En met jou?'

'Ik werk in een fabriek, geloof het of niet,' zei ze met een grimas. 'Had je ooit gedacht dat ik nog eens als fabrieksmeisje zou eindigen?'

'Je bent nog nergens geëindigd. We zijn pas zeventien.'

'Het is er vreselijk, maar ik heb het gevoel dat ik iets moet doen.'

'Ja,' knikte ik.

'En jij?' vroeg ze aarzelend. 'Je bent nog niet…?'

'Morgenochtend,' zei ik. 'Morgenochtend vroeg. Aldershot.'

'O, ik ken een paar jongens die daar zijn geweest. Ze zeiden dat het er wel oké was.'

'Ik zal het gauw genoeg merken,' zei ik. Ik was benieuwd hoe lang dit zo zou doorgaan. Het voelde onecht en ongemakkelijk en ik vermoedde dat we allebei liever ons masker wilden afleggen om vrijuit met elkaar te praten.

'Je bent teruggekomen om je familie op te zoeken, neem ik aan?' vroeg ze.

'Ja,' zei ik. 'Ik dacht dat het goed was om ze even te zien voor ik wegga. Het zou tenslotte de laatste keer kunnen zijn.'

'Zeg dat niet, Tristan,' zei ze. Ze raakte even mijn arm aan. 'Dat brengt ongeluk. Dat wil je toch niet over jezelf afroepen?'

'Sorry,' zei ik. 'Ik bedoelde alleen maar dat het een goed idee leek om naar huis te komen. Het is… tja, ik heb al gezegd hoe lang het geleden is.'

Ze keek verlegen. 'Zullen we even gaan zitten?' vroeg ze met een blik op het bankje. Ik haalde mijn schouders op en ging naast haar zitten. 'Ik had je willen schrijven,' zei ze. 'Nou ja, niet meteen natuurlijk. Maar later. Toen ik besefte wat we je aangedaan hadden.'

'Het was niet echt jouw schuld,' zei ik.

'Nee, maar ik heb wel een handje geholpen. Herinner je je die keer dat we elkaar gezoend hebben? Onder de kastanjeboom?'

'Als de dag van gisteren,' zei ik, met iets tussen een lach en glimlach in. 'We waren nog kinderen.'

'Misschien,' zei ze, ook met een glimlach. 'Maar ik was stapelgek op je.'

'Echt?'

'O ja. Ik kon de hele tijd alleen maar aan jou denken.'

Ik dacht erover na. Het was zo vreemd om haar dit te horen zeggen. 'Het verbaasde me altijd dat je Peter niet veel leuker vond,' zei ik.

'Ik weet ook niet waarom,' zei ze. 'Ik bedoel, hij was heel aardig en ik was ook wel erg op hem gesteld, maar ik ging alleen maar met hem omdat jij me afwees. Het lijkt nu allemaal zo onnozel, hè? Zo onbelangrijk. Zoals we ons gedroegen. Maar toen leek het ontzettend belangrijk. Zo word je volwassen, denk ik.'

'Ja,' zei ik. Ik was nog steeds stomverbaasd dat het mogelijk was dat ze mij leuker vond dan Peter, dat dat sowieso mogelijk was. 'En Peter?' vroeg ik voorzichtig. 'Is hij nog…?'

'O nee,' zei ze. 'Hij is acht maanden geleden vertrokken, geloof ik. Hij zit bij de marine, heb je dat niet gehoord? Ik kom zijn moeder af en toe tegen en die zegt dat alles goed met hem is. Nee, er zijn hier alleen nog maar meisjes, Tristan, het is vreselijk. Je zou keus genoeg hebben als je hier bleef.'

Zodra de woorden over haar lippen waren zag ik dat ze er spijt van had, want ze keek met een kleur als vuur de andere kant op en wist niet hoe ze het moest goedmaken. Ik geneerde me ook en kon haar niet aankijken.

'Ik moet het je vragen,' zei ze na een tijdje. 'Die hele toestand. Met jou en Peter, bedoel ik. Het was toch niet zoals ze zeiden?'

'Nou, dat hangt ervan af,' zei ik. 'Wat zeiden ze dan?'

'Peter... vertelde me iets. Iets wat jij had gedaan. Ik zei dat hij zich moest vergissen, dat het niet kon, maar hij hield vol dat...'

'Wat hij vertelde was waar,' zei ik zachtjes.

'O,' zei ze. 'O.'

Ik wist niet goed hoe ik het haar moest uitleggen, ook niet of ik dat wel wilde of moest doen, maar ik had er zo lang niet over gepraat dat ik er ineens behoefte aan had. 'Hij kon er niets aan doen, weet je,' legde ik uit. 'Hij zou nooit hetzelfde hebben gevoeld. Maar bij mij is het altijd zo geweest. Dat wil zeggen, in mijn gedachten. Er is met mij altijd iets mis geweest op dat punt.'

'Iets mis met jou?' vroeg ze. 'Denk je er zo over?'

'Natuurlijk,' zei ik, alsof het de vanzelfsprekendste zaak van de wereld was. 'Jij niet dan?'

'Ik weet het niet,' zei ze. 'Ik weet niet of het zo veel uitmaakt. Ik ben zelf pas verliefd geworden op een totaal ongeschikt iemand. Toen hij had gekregen wat hij wilde, zette hij me meteen aan de kant. Zei dat ik niet uit het goede hout gesneden was voor potentiële echtgenote, wat dat ook mag betekenen.'

Ik schoot in de lach. 'Sorry,' zei ik. 'Maar jij en Peter zijn dus...?'

'O nee,' zei ze hoofdschuddend. 'Nee, dat heeft nauwelijks langer geduurd dan met jou. Hij was een armzalige plaatsvervanger, om eerlijk te zijn. En toen jij weg was had het geen zin meer om ermee door te gaan. Ik deed het alleen maar om jou jaloers te maken, en daar had ik mezelf mee.'

'Ik sta versteld, Sylvia,' zei ik ongelovig, 'dat ik je dit hoor zeggen.'

'Dat is alleen omdat je niet kunt begrijpen dat niet iedereen Peter het neusje van de zalm vindt. Hij was eigenlijk behoorlijk egoïstisch, als ik er zo aan terugdenk. En gemeen. Jullie waren zulke goede vrienden, en op het moment dat hij doorkreeg dat jij... wat je eigenlijk voelde, liet hij je vallen als een baksteen. En dat na al die jaren. Gemeen.'

Ik haalde mijn schouders op. Wat ik voor Peter had gevoeld was niet helemaal verdwenen, maar ik kon het nu tenminste zien zoals het was geweest: een kalverliefde. Maar ik vond het vreselijk om op die manier over hem te denken. Ik wilde graag geloven dat hij nog steeds mijn vriend was, ergens op de wereld, en dat alle vijandigheid uit het verleden vergeten zou zijn als we elkaar weer zouden tegenkomen, wat ik graag zou willen. Dat is natuurlijk nooit gebeurd.

'Hoe dan ook,' zei ze, 'hij nam het slecht op. Zat maanden achter me aan tot mijn vader daar een eind aan maakte. Daarna wilde hij niet meer met me praten. Ik heb hem nog gesproken voor hij wegging en toen hebben we even normaal gepraat, maar het was niet meer hetzelfde. Het is voor geen van ons drieën goed uitgepakt, hè? Hij hield van mij, maar ik voelde niets voor hem. Ik hield van jou, maar jij was niet geïnteresseerd. En jij...'

'Ja, ik,' zei ik en ik wendde mijn gezicht af.

'Heb je nu iemand?' vroeg ze. Verrast door haar lef keek ik haar weer aan. Ik kon me niet voorstellen dat iemand anders zo'n gedurfde vraag zou stellen.

'Nee,' zei ik vlug. 'Nee, natuurlijk niet.'

'Waarom "natuurlijk niet"?'

'Sylvia, alsjeblieft,' zei ik geërriteerd. 'Hoe kan dat nou? Ik zal altijd alleen blijven.'

'Dat weet je niet, Tristan,' zei ze. 'Dat moet je nooit zeggen. Je kunt iemand tegenkomen die...'

Ik sprong op en blies warme lucht in mijn gebalde vuisten, die koud geworden waren terwijl we daar zaten. Ik had genoeg van dit gesprek. Ik had geen behoefte om door haar bemoederd te worden.

'Ik moet verder,' zei ik.

'Ja, natuurlijk,' zei ze en ze stond ook op. 'Ik hoop dat ik je niet van je stuk heb gebracht.'

'Nee. Maar ik moet naar de winkel en dan weer terug naar huis. Ik heb nog een hoop te doen voor ik morgen wegga.'

'Oké,' zei ze. Ze boog zich naar me toe en kuste me zachtjes op mijn wang. 'Pas goed op jezelf, Tristan,' zei ze. 'En zorg dat je het overleeft, oké?'

Ik knikte en glimlachte. Ik waardeerde de manier waarop ze dat formuleerde. Ik keek de straat door in de richting van mijn vaders winkel en zag een bekende oude klant naar buiten komen met een zak vlees onder zijn arm.

'Oké,' zei ik. 'Op hoop van zegen. Ik hoop dat een van de drie in elk geval blij zal zijn om me te zien.' Toen ik dat zei zag ik haar gezicht betrekken, eerst in verwarring en daarna vol begrip, afschuw zelfs, en de lach verdween van mijn gezicht. 'Wat?' vroeg ik. 'Wat is er?'

'"Een van de drie"?' herhaalde ze. 'O, Tristan,' en ze trok me onverwacht weer naar zich toe, wat de herinnering opriep aan die middag onder de kastanjeboom toen we elkaar hadden gekust en ik had gedaan alsof ik verliefd was.

Er waren geen klanten in de winkel en er stond ook niemand achter de toonbank. Eigenlijk had mijn maag nu salto's moeten maken, maar ik voelde niets. Misschien hooguit iets wat op een gevoel van bevrijding leek. Ik herkende de geuren onmiddellijk, de zurige combinatie van vlees en bloed en ontsmettingsmiddel, die me rechtstreeks terugvoerden naar mijn jeugd. Als ik mijn ogen dichtdeed zag ik mezelf als jongen weer op maandagochtend de achtertrap naar de koelruimte af rennen. Dan kwam meneer Gardner de karkassen brengen die mijn vader die week in stukken zou snijden om aan zijn klanten te verkopen. Nooit sneed hij verkeerd, nooit sjoemelde hij met het gewicht. Op het moment dat ik hieraan stond te denken kwam hij met een blad varkenskoteletjes diezelfde koelruimte uit. Met zijn schouder duwde hij de deur achter zich dicht.

Op een werkbank ver buiten het bereik van de klanten zag ik zijn fraaie verzameling uitbeen- en hakmessen staan, maar ik wendde snel mijn ogen af voor ze me op ideeën konden brengen.

'Ik kom zo bij u, meneer,' zei hij. Zonder in mijn richting te kijken opende hij de glazen plaat van de vitrine voor hem om het blad op een lege plek te zetten. Hij bleef heel even staan met het blad nog in de lucht en schoof toen de plaat weer dicht. Toen hij opkeek, moest hij zichzelf staande houden. Hij slikte en wist niet wat hij moest zeggen – wat in zijn voordeel sprak.

We keken elkaar aan. Ik zocht op zijn gezicht naar tekenen van berouw, naar iets wat op schaamte zou lijken en even dacht ik dat ook te zien. Maar even snel was het weer verdwenen en vervangen door een koude blik, een blik van walging, en een houding van weerzin dat een schepsel als ik uit zijn lendenen was voortgekomen.

'Ik ga morgen weg,' zei ik. 'Ik krijg negen weken training in Aldershot. En daarna ga ik. Ik dacht dat u dat wel zou willen weten.'

'Ik nam aan dat je daar al zou zijn,' zei hij. Hij pakte een doek vol bloedvlekken van de toonbank en veegde er zijn handen aan af. 'Wilde je soms niet?'

'Ik kon heel lang niet vanwege mijn leeftijd,' zei ik. Het neerbuigende in zijn opmerking kwam me bekend voor.

'Hoe oud ben je nu dan?'

'Zeventien,' zei ik. 'Ik heb gelogen. Gezegd dat ik achttien was en toen schreven ze me in.'

Hij dacht even na en knikte. 'Nou, ik weet niet waarom je dacht dat het me zou interesseren, maar ik denk dat het goed is om te weten,' zei hij. 'Dus als je niet voor gehakt komt of…'

'Waarom hebben jullie het me niet laten weten?' vroeg ik en ik deed mijn uiterste best om mijn stem niet te laten trillen.

'Het jou laten weten?' zei hij fronsend. 'Wat hadden we je moeten laten weten?'

'Ze was mijn zusje!'

Hij had het fatsoen om mij niet aan te kijken, maar naar de stukken vlees te staren die voor hem lagen zonder direct antwoord te geven. Ik zag hem weer slikken, een antwoord overwegen, weer naar mij kijken met iets van verdriet op zijn gezicht en toen, waarschijnlijk zonder dat hij dat zelf in de gaten had, met een vuile hand over zijn ogen en wangen te strijken, waarna hij zijn hoofd schudde.

'Het had niets met jou te maken,' zei hij. 'Het was een familieaangelegenheid.'

'Ze was mijn zusje,' herhaalde ik. Ik voelde de tranen opwellen.

'Het was een zaak van de familie.'

Een tijdlang zeiden we geen van beiden iets. Een vrouw vertraagde haar pas toen ze langs de etalage liep, keek naar het vlees dat daar lag, bedacht zich kennelijk en liep door.

'Hoe heb je het trouwens gehoord?' vroeg hij ten slotte.

'Ik kwam Sylvia tegen,' zei ik. 'Nu net. Nadat ik uit de bus was gestapt. We kwamen elkaar toevallig tegen. Zij vertelde het.'

'Sylvia,' zei hij en hij snoof minachtend. 'Die is geen spat veranderd. Ze had toen al geen fatsoen en nu nog steeds niet.'

'U had me kunnen schrijven,' zei ik. Ik weigerde over iemand anders dan Laura te praten. 'U had me kunnen zoeken om het te vertellen. Hoe lang is ze ziek geweest?'

'Een paar maanden.'

'Had ze pijn?'

'Ja. Heel veel.'

'Jezus christus,' zei ik, terwijl ik vooroverboog van de pijn in mijn maag.

'In godsnaam, Tristan,' zei hij. Hij liep om de toonbank heen en ging voor me staan; ik moest me bedwingen om niet vol walging een stap achteruit te doen. 'Je had niets kunnen doen om haar te helpen. Het was gewoon een van die dingen die gebeuren. Het heeft zich als een lopend vuurtje door haar lichaam verspreid.'

'Ik had haar willen zien,' zei ik. 'Ik ben haar broer.'

'Niet echt,' zei hij nonchalant. 'Vroeger wel, denk ik. Dat geef ik toe. Maar dat is lang geleden. Ik denk dat ze je op het laatst al zo'n beetje vergeten was.'

Tot mijn verbazing legde hij een arm om mijn schouder. Ik dacht dat hij me zou omhelzen, maar in plaats daarvan draaide hij me om en liep langzaam met me naar de deur.

'Om je de waarheid te zeggen, Tristan,' zei hij terwijl hij me weer naar buiten leidde, 'je bent evenmin haar broer als mijn zoon. Dit is je familie niet. Je hebt hier niets te zoeken, niet meer. Het zou voor ons allemaal het beste zijn als de Duitsers je onmiddellijk doodschoten.'

Daarna deed hij de deur voor mijn neus dicht en draaide zich om. Ik zag hoe hij even voor de vitrine bleef staan om de verschillende vleessoorten te bekijken en toen weer in de koelruimte en voorgoed uit mijn leven verdween.

'Misschien was het toch niet zo'n goed idee,' zei Marian toen we door de stad naar het treinstation liepen. 'Ik heb je er nogal mee overvallen, hè? Om je op die manier naar mijn ouders mee te nemen.'

'Het geeft niet,' zei ik. Ik stak een broodnodige sigaret op en liet de kalmerende rook door mijn lichaam gaan. Het enige wat me nu nog ontbrak was een pint koud bier. 'Het zijn beste mensen.'

'Ja, dat geloof ik ook. We maken elkaar elke dag gek, maar dat is ook te verwachten, denk ik. Als ik kon kiezen zou ik liever een eigen huis willen hebben. Dan konden zij op bezoek komen en zouden we vrienden kunnen zijn zonder al die dagelijkse confrontaties.'

'Je zult vast wel een keer trouwen,' zei ik.

'Een eigen huis,' herhaalde ze. 'Niet van iemand anders. Zoals jij hebt.'

'Dat van mij is maar een klein appartementje,' zei ik. 'Het is comfortabel, maar niet te vergelijken met wat jij hier hebt, geloof me.'

'Maar het is wel helemaal van jou. Je hoeft aan niemand verantwoording af te leggen.'

'Weet je, je hoeft echt niet dat hele eind met me mee te lopen,' zei ik. 'Ik wil niet ondankbaar overkomen, maar ik weet zeker dat ik het wel kan vinden.'

'Het is geen moeite,' zei ze. 'Ik vind het niet erg. We zijn tenslotte ook samen tot hier gekomen.'

Ik knikte. De avond begon te vallen, de hemel werd donkerder en de lucht koeler. Ik knoopte mijn jas dicht en nam nog een trekje van mijn sigaret.

'Wat ga je nu doen?' vroeg ze na een tijdje.

'Terug naar Londen, natuurlijk,' zei ik.

'Nee, dat bedoel ik niet. Ik bedoel morgen en overmorgen en de dag daarna. Wat zijn je plannen voor de toekomst, nu de oorlog achter de rug is?'

Ik dacht erover na. 'Morgenochtend zit ik weer achter mijn bureau bij Whisby Press,' zei ik. 'Er moeten manuscripten gelezen worden, afwijzingsbrieven de deur uit gedaan, boeken uitgegeven. Volgende week presenteren we onze toekomstige uitgaven aan boekhandelaren en ik moet dat voor elk boek voorbereiden.'

'Je werkt daar met plezier, hè?' vroeg ze.

'Ja,' zei ik enthousiast. 'Ik ben graag met boeken bezig.'

'Denk je dat je daar blijft? Promotie maken? Zelf uitgever worden?'

Ik aarzelde. 'Misschien probeer ik zelf wel iets te schrijven,' zei ik. Het was de eerste keer dat ik dat hardop tegen iemand uitsprak. 'Ik heb er de afgelopen jaren een beetje mee gestoeid. Ik heb wel zin om daar nu serieuzer mee aan de slag te gaan.'

'Zijn er nog niet genoeg romans op de wereld?' vroeg ze plagend. Ik lachte.

'Nog een paar kan vast geen kwaad,' zei ik. 'Ik weet het niet, misschien wordt het wel niets.'

'Maar je gaat het proberen?'

'Ik ga het proberen.'

'Will las ook graag,' zei ze.

'Ja, ik zag hem af en toe met een boek,' zei ik. 'Een paar van de jongens brachten er wel eens een mee en dat ging dan van hand tot hand.'

'Hij kon al lezen toen hij drie was,' zei ze. 'En hij probeerde toen ook al te schrijven. Op zijn vijftiende schreef hij al een heel vindingrijk slot voor *The Mystery of Edwin Drood*.'

'Hoe eindigde het?'

'Precies zoals het hoorde,' zei ze. 'Edwin kwam gezond en wel terug bij zijn familie. En ze leefden nog lang en gelukkig.'

'Denk je dat dat het slot is dat Dickens voor ogen had?'

'Ik denk dat het het slot is dat Will het liefst zag. Waarom blijven we hier staan?'

'Dit is het pension van mevrouw Cantwell,' zei ik met een blik op de voordeur. 'Ik moet mijn reistas even ophalen. We kunnen hier afscheid nemen als je wilt?'

'Ik wacht even op je,' zei ze. 'Het station is aan de overkant. Ik kan er net zo goed voor zorgen dat je daar veilig aankomt.'

Ik knikte. 'Ik ben zo terug,' zei ik en ik liep snel de trap op.

Toen ik binnenkwam was mevrouw Cantwell nergens te zien, maar haar zoon David stond achter de receptiebalie naar een kaart te kijken met de punt van een potlood tegen zijn tong.

'Meneer Sadler,' zei hij. 'Goedenavond.'

'Goedenavond,' zei ik. 'Ik kom even mijn tas ophalen.'

'Natuurlijk.' Hij bukte zich, pakte de tas achter de balie vandaan en gaf hem aan me. 'Hebt u een goede dag gehad?'

'Ja, dank u,' zei ik. 'De rekening is al in orde gemaakt, hè?'

'Ja, meneer,' zei hij, terwijl hij me achternaliep naar de deur. 'Zien we u nog eens terug in Norwich?'

'Nee, ik denk het niet,' zei ik. Ik draaide me naar hem toe. 'Ik denk dat dit mijn eerste en enige bezoek is.'

'O jee. We hebben u toch niet erg teleurgesteld, hoop ik?'

'Nee, helemaal niet. Alleen... ik geloof niet dat ik hier nog hoef te zijn voor mijn werk. Dag, meneer Cantwell,' zei ik en ik stak mijn hand uit. Hij keek er even naar voor hij hem drukte.

'Ik wil nog even zeggen dat ik ook had willen vechten,' zei hij. 'Ze zeiden dat ik te jong was. Maar ik had niets liever gewild.'

'Dat is dan heel dom van je,' zei ik. Ik deed de deur open en stapte naar buiten.

Op weg naar het station pakte Marian mijn arm. Ik voelde me gestreeld, maar ook verward door dat gebaar. Ik had zo lang gewacht om haar te schrijven, er zo veel tijd aan besteed om deze ontmoeting te regelen en nu was ik weer op weg naar huis, terwijl ik mezelf nog steeds niet zover had gekregen om haar te vertellen over de laatste uren van haar broer. We liepen zwijgend verder, maar zij moest hetzelfde hebben gedacht, want toen we het station binnenkwamen stond ze stil, trok haar arm terug en begon te praten.

'Ik weet dat hij geen lafaard was, meneer Sadler,' zei ze. 'Dat weet ik. Ik wil weten wat er echt is gebeurd.'

'Marian, alsjeblieft,' zei ik en ik wendde mijn hoofd af.

'Er is iets wat je me niet vertelt,' zei ze. 'Iets wat je de hele dag al probeert te zeggen, maar wat je niet lukt. Ik zie het, ik ben niet dom. Je wilt het heel graag vertellen. Nu zijn we hier met zijn tweeën, Tristan. Ik wil dat je me precies vertelt wat het is.'

'Ik moet naar huis,' zei ik nerveus. 'Mijn trein…'

'Gaat pas over veertig minuten,' zei ze met een blik op de klok. 'Tijd genoeg. Alsjeblieft.'

Ik haalde diep adem en dacht: zal ik het haar vertellen? Kan ik het vertellen?

'Je hand, Tristan,' zei ze. 'Wat is daarmee?'

Ik hield mijn hand plat voor me uitgestrekt en zag dat de wijsvinger wispelturig trilde. Ik keek er met interesse naar en trok hem toen weer terug.

'Ik kan je vertellen wat er is gebeurd,' zei ik ten slotte zacht. 'Als je het echt wilt weten.'

'Natuurlijk wil ik het weten,' zei ze. 'Ik denk niet dat ik verder kan als ik het niet weet.'

Ik keek haar aan en vroeg me af of dat waar was.

'Ik kan je vragen beantwoorden,' zei ik. 'Ik kan je alles vertellen. Alles over die laatste dag. Maar ik vraag me af of het je troost zal bieden. En je zult het absoluut niet kunnen vergeven.'

'Dat maakt niet uit,' zei ze, terwijl ze op een bankje ging zitten. 'Niet weten doet het meeste pijn.'

'Goed dan,' zei ik en ik ging naast haar zitten.

# De zesde man

FRANKRIJK, SEPTEMBER – OKTOBER 1916

Hobbs is gek geworden. Hij staat voor mijn schuilplaats met uitpui-
lende ogen naar me te kijken en begint dan met een hand voor zijn
mond te giechelen als een bakvis.

'Wat heb jij?' vraag ik als ik naar hem opkijk. Ik heb geen zin in
spelletjes. Bij wijze van antwoord barst hij uit in een ongecontro-
leerd, hysterisch gelach.

'Koppen dicht!' schreeuwt een stem van om de hoek. Hobbs stopt
onmiddellijk met lachen, maakt een schunnige opmerking en rent
weg. Ik denk er verder niet over na en doe mijn ogen weer dicht,
maar een paar minuten later is er hevige commotie verderop in de
loopgraaf. Het ziet er niet naar uit dat ik daardoorheen kan slapen.
Misschien is de oorlog wel voorbij.

Als ik op het lawaai afloop zie ik dat Warren, een neef van de ge-
sneuvelde Shields, die hier volgens mij nu zo'n zes of zeven weken
is, in bedwang wordt gehouden door een groepje mannen terwijl
Hobbs als een smekeling op de grond ligt. Maar hij lacht nog
steeds. Aan de gezichten van de mannen die hem overeind willen
trekken is te zien dat ze bang zijn voor zijn reactie als ze hem aan-
raken.

'Wat voor de duivel is hier aan de hand?' vraag ik aan Williams
naast me, die het gedoe verveeld staat te bekijken.

Zonder me aan te kijken zegt hij: 'Hobbs. Zo te zien heeft hij zijn verstand verloren. Hij stond op Warren te pissen terwijl die lag te slapen.'

'Jezus christus,' zeg ik en ik haal een sigaret uit mijn zak. 'Hoe komt-ie daar nou bij?'

'Geen idee,' zegt Williams met een ongeïnteresseerd schouderophalen.

Ik blijf naar het schouwspel kijken tot er twee ziekenbroeders arriveren die Hobbs zover krijgen dat hij overeind komt. Als ze hem meenemen begint hij in een of ander onbekend dialect tegen ze te praten. Om de hoek hoor ik hem heel hard de namen van Engelse koningen en koninginnen roepen, precies in de juiste volgorde, van Harold af. Waarschijnlijk een overblijfsel van zijn schooltijd, maar bij het Huis van Hannover wordt zijn stem al zwakker en na Willem IV wordt het helemaal stil. Ik neem aan dat hij naar de ziekenboeg wordt gebracht om vandaar naar een veldhospitaal te worden vervoerd. En daar zal hij wegkwijnen of genezen en teruggestuurd worden naar het front.

Dertien van onze mannen weg, nog zeven over.

Ik ga terug naar mijn schuilplaats om nog een paar uur te slapen. Als ik bij het ondergaan van de zon wakker word, merk ik dat ik lig te trillen; alles aan mijn lijf beeft. Ik heb het al koud vanaf mijn eerste dag in Frankrijk, maar dit is iets heel anders. Het voelt alsof ik een week in een sneeuwstorm heb gelegen en de vrieskou mijn botten is binnengedrongen. Robinson, die me komt zoeken, schrikt zich wezenloos.

'Jezus christus,' hoor ik hem zeggen en dan, veel harder: 'Sparks, kom eens kijken!'

Even stilte, dan een tweede stem.

'Die is er geweest.'

'Een uur geleden was er nog niets aan hem te zien.'

'Kijk eens naar zijn kleur. Die haalt de zonsopgang niet.'

Binnen de kortste keren lig ik in de ziekenboeg op een brits, voor het eerst in ik-weet-niet-hoe-lang onder warme dekens, met een kompres op mijn voorhoofd en een provisorisch infuus in mijn arm. Ik zweef op het randje van bewustzijn en als ik weer bijkom, zie ik mijn zusje Laura over me heen gebogen staan. Ze voert me iets warms en zoets.

'Hallo, Tristan,' zegt ze.

'Jij,' zeg ik, maar voor ik nog meer kan zeggen verandert haar mooie gezichtje in de veel grovere, ongeschoren gelaatstrekken van een arts. Zijn ogen liggen zo diep in zijn gezicht verzonken dat hij eruitziet als een levende dode. Ik verlies het bewustzijn weer en als ik bijkom, zie ik dat er een dokter over me heen gebogen staat met naast hem een duidelijk geïrriteerde sergeant Clayton.

'U hebt niets aan hem,' zegt de dokter terwijl hij de vloeistof in mijn infuus controleert door met de wijsvinger van zijn rechterhand op het slangetje te kloppen. 'Nu niet, in elk geval. Het is het beste om hem terug naar huis te sturen om op te knappen. Een maand ongeveer, langer niet. Dan kan hij terugkomen.'

'In godsnaam, man, als hij daar beter kan worden, kan hij het hier ook,' zegt Clayton koppig. 'Ik ga niet iemand naar Engeland sturen voor een beetje bedrust.'

'Hij ligt hier al bijna een week, sergeant. We hebben het bed nodig. Als hij nu naar huis gaat…'

'Hebt u me niet gehoord, dokter? Ik zei dat ik Sadler niet terugstuur. U zei zelf dat hij tekenen van vooruitgang vertoont.'

'Van vooruitgang, ja. Maar nog niet van herstel. Geen volledig herstel, in elk geval. Luister, ik wil met alle plezier het formulier voor zijn vervoer ondertekenen, als dat het probleem is.'

'Met deze man,' dringt Clayton aan terwijl hij zijn vuist hard en pijnlijk op mijn enkel laat neerkomen, 'is niets mis in vergelijking met de mannen die al gesneuveld zijn. Hij kan voorlopig hier blijven. Voer hem bij, geef hem vocht en zorg dat hij op zijn benen kan staan. En stuur hem dan terug naar mij. Begrepen?'

Een lange stilte, en daarna een naar mijn idee kortaf knikje. 'Begrepen, sergeant.'

Ik draai mijn hoofd om op het kussen. Even leek ik de kans te krijgen naar huis te mogen gaan, maar die is me direct weer afgenomen. Als ik mijn ogen dichtdoe en weer wegzak, vraag ik me af of deze scène zich wel echt heeft afgespeeld; misschien was het wel een droom en word ik nu net wakker. Dit verwarrende gevoel blijft de hele dag en nacht bij me, maar als ik de volgende ochtend wakker word van het gekletter van de regen op de canvas tent waarin wij zieken liggen, voel ik de mist in mijn hoofd optrekken. Dan weet ik dat wat er ook mis is geweest met me, het in ieder geval verbeterd is, zo niet genezen.

'Zo, Sadler,' zegt de dokter terwijl hij een thermometer in mijn mond steekt. Terwijl hij op de uitslag wacht, steekt hij een hand onder de dekens om mijn hartslag te voelen, die naar ik hoop regelmatig is. 'Je ziet er beter uit. Je hebt tenminste weer een beetje kleur op je wangen.'

'Hoe lang ben ik hier al?' vraag ik.

'Vandaag een week.'

Verbaasd schud ik mijn hoofd; waarom ben ik nog zo moe als ik al een week in bed lig?

'Ik denk dat je het ergste hebt gehad. In het begin dachten we dat we je kwijt zouden raken. Je bent wel een vechter, hè?'

'Vroeger niet,' zeg ik. 'Heb ik iets gemist?'

'Niets,' zegt de dokter een beetje lachend. 'Het is nog steeds oorlog, mocht je je daar zorgen over maken. Hoezo, wat zou je gemist kunnen hebben?'

'Is er iemand gesneuveld?' vraag ik. 'Iemand uit mijn regiment, bedoel ik.'

Hij haalt de thermomcter uit mijn mond, bestudeert hem en kijkt me dan met een eigenaardige uitdrukking op zijn gezicht aan. 'Iemand uit jouw regiment?' vraagt hij. 'Nee. Niet sinds je hier bent. Niet dat ik weet. Het is betrekkelijk rustig geweest. Waarom vraag je dat?'

Ik schud mijn hoofd en staar naar het plafond. Ik heb de afgelopen twee dagen grotendeels geslapen, maar ik wil nog langer slapen. Ik heb het gevoel dat ik nog wel een maand zou kunnen slapen als ik de kans kreeg.

'Veel beter,' zegt de dokter monter. 'Je temperatuur is weer normaal. Of in ieder geval zo normaal als dat kan hier.'

'Heb ik nog bezoek gehad?'

'Hoezo, wie had je verwacht, de aartsbisschop van Canterbury?'

Ik sla geen acht op zijn sarcasme en draai me om. Het zou kunnen dat Will zo af en toe eens langsgekomen is; deze dokter zal mijn bed heus niet vierentwintig uur per dag in de gaten hebben gehouden.

'Wat gaat er nu met me gebeuren?' vraag ik.

'Terug in actieve dienst, denk ik. We geven je nog een dag of wat. Hoor eens, kom maar een poosje uit bed. Ga naar de kantine om wat te eten. Drink veel warme, zoete thee als dat er is. Meld je dan weer hier, dan kunnen we kijken hoe het met je gaat.'

Ik hijs zuchtend mijn lijf uit bed, voel de druk van een volle blaas in mijn buik en kleed me vlug aan voordat ik naar de latrine ga. Als ik door de flap van de tent de duistere, onheilspellende schemer in stap, valt er van het tentzeil boven me een grote plas water op mijn hoofd. Ik blijf staan als een verzopen kat in de hoop dat de elementen me weer ziek zullen maken zodat ik terug kan naar de warmte en behaaglijkheid van de ziekenboeg.

Maar tot mijn teleurstelling knap ik steeds meer op en ben ik gauw weer terug in actieve dienst.

Later op die dag krijg ik huiduitslag op mijn arm, die aanvoelt alsof mijn huid in brand staat. Na een middag wachten in de ziekenboeg word ik vluchtig onderzocht en krijg ik te horen dat er niets met me aan de hand is. Het zit allemaal tussen mijn oren en ik kan terug naar de loopgraven.

Als ik 's avonds alleen met mijn geweer over mijn schouder door mijn periscoop over niemandsland sta uit te kijken, raak ik ervan overtuigd dat er aan de andere kant een Duitse jongen van mijn eigen leeftijd ook naar mij staat te kijken. Hij is moe en bang; hij heeft elke avond gebeden dat hij ons niet over de zandzakken heen ziet komen, want op het moment dat wij uit onze modderige graven komen moet hij zijn eigen kameraden alarmeren en zal de afschuwelijke strijd beginnen.

Niemand heeft het over Will en ik ben te nerveus om naar hem te vragen. De meesten van ons oorspronkelijke regiment zijn dood, of zoals in Hobbs' geval naar een veldhospitaal overgebracht, dus is er geen enkele reden waarom ze aan Will zouden denken. Ik sterf van de eenzaamheid. Ik heb Will niet meer gezien sinds ik ziek werd. Na mijn weigering om Milton bij sergeant Clayton aan te geven heeft hij zijn uiterste best gedaan om mij te mijden. Toen werd ik ziek en dat was dat.

Wanneer sergeant Clayton een groep van twaalf man uitkiest om in het holst van de nacht over de zandzakken heen bij de Duitse verdedigingslinie op verkenning uit te gaan, komen er van de zestig man die er in totaal op uit zijn gestuurd maar achttien terug, een ramp van grote omvang. Onder de gesneuvelden is korporaal Moody, die een kogel in zijn oog heeft gekregen.

Later die nacht zie ik korporaal Wells in zijn eentje over een tafel gebogen zitten met een kop thee in zijn hand. Ik voel onverwachts medelijden met hem. Ik weet eigenlijk niet of het gepast is om bij hem te gaan zitten of niet – we zijn nooit echt bevriend geweest – maar ik voel me ook alleen en heb behoefte aan gezelschap, dus vat ik de koe bij de horens, schenk mezelf thee in en ga voor hem staan.

'Avond, korporaal,' zeg ik aarzelend.

Het duurt even voor hij opkijkt en dan zie ik dat hij donkere wallen onder zijn ogen heeft. Ik vraag me af hoe lang hij al niet geslapen heeft. 'Sadler,' zegt hij. 'Geen dienst?'

'Nee, korporaal,' zeg ik, met een knik naar de lege bank tegenover hem. 'Wilt u alleen zijn of kan ik bij u komen zitten?'

Hij kijkt naar de lege plek alsof hij niet goed op de hoogte is van de nu geldende etiquette, maar maakt met een schouderophalen duidelijk dat ik kan gaan zitten.

'Het spijt me van korporaal Moody,' zeg ik na een passend moment van stilte. 'Hij was een goed mens. Hij heeft me altijd juist behandeld.'

'Ik vond dat ik zijn vrouw maar eens moest schrijven,' zegt hij, terwijl hij op het papier en de pen voor zich wijst.

'Ik wist niet eens dat hij getrouwd was.'

'Er is ook geen reden waarom je dat zou moeten weten. Maar ja dus, hij had een vrouw en drie dochters.'

'Schrijft sergeant Clayton zijn vrouw niet, korporaal?' vraag ik, want dat is de gebruikelijke gang van zaken.

'Ik denk het wel, ja. Maar ik kende Martin beter dan wie ook. Ik dacht dat het goed zou zijn als ik ook schreef.'

'Natuurlijk,' zeg ik, en terwijl ik mijn beker optil voel ik dat mijn arm slap wordt en mors ik thee op de tafel.

'In vredesnaam, Sadler,' zegt hij. Hij schuift papier en pen snel opzij voordat ze vies worden. 'Doe toch niet zo verdomd nerveus de hele tijd, het werkt op mijn zenuwen. Hoe is het trouwens met je? Helemaal beter?'

'Heel goed, dank u,' zeg ik. Ik veeg de thee weg met mijn mouw.

'Ik dacht even dat we je kwijt waren. Het laatste wat we nodig hebben, nog iemand minder. Er zijn er niet veel meer over van je oorspronkelijke groep uit Aldershot, hè?'

'Zeven,' zeg ik.

'Als ik goed tel, zes.'

'Zes?' vraag ik. Ik voel het bloed uit mijn gezicht trekken. 'Wie is er dood?'

'Sinds jij ziek werd? Bij mijn weten niemand.'

'Maar dan zijn het er zeven,' houd ik vol. 'Robinson, Williams, Attling...'

'Je bent toch niet van plan om Hobbs te noemen? Die is teruggestuurd naar Engeland. Zit in een gekkenhuis. Hobbs tellen we niet mee.'

'Ik telde hem ook niet mee,' zeg ik. 'Maar dan blijven er nog altijd zeven over: Robinson, Williams en Attling, zoals ik al zei, en Sparks, Milton, Bancroft en ik.'

Korporaal Wells lacht en schudt zijn hoofd. 'Nou, als we Hobbs niet meetellen, tellen we Bancroft ook niet mee,' zegt hij.

'Er is toch niets met hem?'

'Waarschijnlijk is hij in betere conditie dan wij allemaal. Op dit moment dan. Maar wacht eens even,' gaat hij verder met zijn ogen een beetje toegeknepen, alsof hij me beter wil opnemen. 'Jij en hij trokken toch vroeger veel met elkaar op?'

'We sliepen naast elkaar op Aldershot,' zeg ik. 'Hoezo? Waar is hij trouwens? Ik heb in de loopgraven naar hem uitgekeken sinds ik terug ben aan het front, maar ik zie hem nergens.'

'Heb je het dan niet gehoord?'

Ik schud mijn hoofd, maar zeg niets.

'Soldaat Bancroft,' begint Wells met nadruk op alle lettergrepen alsof ze erg beladen zijn, 'heeft een afspraak gemaakt voor een gesprek met sergeant Clayton. Hij bracht die kwestie van de Duitse jongen weer ter sprake. Daar heb je wel iets over gehoord, lijkt me?'

'Ja, korporaal,' antwoord ik. 'Ik was erbij toen het gebeurde.'

'O ja, dat is waar. Dat zei hij. In ieder geval wilde hij dat Milton in staat van beschuldiging werd gesteld, daar stond hij op, en in niet mis te verstane bewoordingen. De sergeant weigerde dat voor de derde maal, en ditmaal werd het een nogal verhit gesprek tussen die twee. Het eind van het liedje was dat Bancroft zijn wapens inleverde bij sergeant Clayton met de mededeling dat hij niet meer meedeed aan de militaire operatie.'

'Wat betekent dat?' vraag ik. 'Wat gebeurt er nu?'

'Sergeant Clayton heeft tegen hem gezegd dat hij als gewoon soldaat niet kon weigeren om te vechten. Dat zou plichtsverzuim zijn en daarvoor zou hij voor de krijgsraad moeten verschijnen.'

'En wat zei Will?'

'Wie is Will?' vraagt Wells stompzinnig.

'Bancroft.'

'O, heeft hij een voornaam. Ik wist wel dat jullie vrienden waren.'

'Ik zei al dat we naast elkaar sliepen tijdens de opleiding, dat is alles. Luister, gaat u me nog vertellen wat er met hem gaat gebeuren of niet?'

'Rustig aan, Sadler,' zegt Wells nadrukkelijk. 'Vergeet niet tegen wie je praat.'

'Neem me niet kwalijk, korporaal,' zeg ik. Ik strijk met mijn hand over mijn ogen. 'Ik wil het gewoon weten. We kunnen... we kunnen ons niet veroorloven nog een man minder te hebben. Het regiment...' zeg ik weifelend.

'Nee, natuurlijk niet. Nou, sergeant Clayton heeft tegen hem gezegd dat hij geen keuze had, dat hij moest vechten. Maar Bancroft beweerde dat hij niet meer geloofde in het morele gelijk van deze oorlog; dat het leger voor zijn gevoel tactieken gebruikte die indruisten tegen het algemeen belang en Gods geboden. Heeft hij wel eens religieuze interesse getoond, Sadler? Ik ben benieuwd of dat deze plotselinge gewetensnood zou kunnen verklaren.'

'Zijn vader is dominee,' zeg ik. 'Maar ik heb Bancroft er nooit veel over horen zeggen.'

'Nou, in elk geval zal hij er niet veel aan hebben. Sergeant Clayton heeft hem meegedeeld dat hij zich hier niet kon aanmelden als gewetensbezwaarde, voor die onzin was het te laat. Er is hier geen militaire commissie om zich over zijn zaak te buigen. Nee, hij wist waar hij aan begon en als hij weigert te vechten hebben we nog maar één keuze. En jij weet wat die is, Sadler, ik hoef jou niet te vertellen wat we doen met een witte veer.'

Ik slik en voel mijn hart wild in mijn borst tekeergaan. 'Jullie sturen hem toch niet over de zandzakken heen?' vraag ik. 'Als brancarddrager?'

'Dat was wel de bedoeling,' antwoordt hij. Hij haalt zijn schouders op alsof het de gewoonste zaak van de wereld is. 'Maar nee, dat wilde Bancroft ook niet. Hij is tot het uiterste gegaan. Heeft zich tot absolutist uitgeroepen.'

'Pardon?'

'Tot absolutist,' herhaalt hij. 'Ken je die term niet?'

'Nee, korporaal,' zeg ik.

'Dat gaat nog een stap verder dan bezwaar maken op grond van gewetensbezwaren,' legt hij uit. 'De meeste van die mannen zijn tegen vechten, doodschieten enzovoort, maar willen wel op andere manieren helpen, op meer menslievende manieren naar hun idee. Ze gaan in de hospitaals werken of op het Centraal Hoofdkwartier of zoiets. Tja, het is natuurlijk vreselijk laf, maar ze doen tenminste iets terwijl de rest van ons zijn leven in de waagschaal stelt.'

'En een absolutist?' vraag ik.

'Die zit helemaal aan het eind van het spectrum, Sadler,' zegt hij.

'Die wil helemaal niets doen om aan de oorlog bij te dragen. Die wil niet vechten, wil degenen die wel vechten niet helpen, wil niet in een hospitaal werken of de gewonden verzorgen. Die wil helemaal niets doen, behalve op zijn handen zitten en klagen dat het allemaal een grote schijnvertoning is. Erg slap, Sadler, echt. Lafheid van de bovenste plank.'

'Will is geen lafaard,' zeg ik zachtjes. Onder de tafel ballen mijn handen zich tot vuisten.

'O jawel,' zegt hij. 'Hij is verschrikkelijk laf. Maar hoe dan ook, hij heeft zijn status laten registreren, dus er moet alleen nog besloten worden wat er met hem gaat gebeuren.'

'Waar is hij nu?' vraag ik. 'Is hij teruggestuurd naar Engeland?'

'Naar zijn luizenleventje? Dat dacht ik niet.'

'Ik zou denken dat hij gevangengezet zou worden,' merk ik op. 'En ik kan me niet voorstellen dat daar iets makkelijks aan is.'

'Echt niet, Sadler?' zegt hij bedenkelijk. 'Als je de volgende keer op je buik door niemandsland kruipt en de kogels om je hoofd fluiten en je je afvraagt of je neergeschoten gaat worden zoals Martin Moody, moet je nog maar eens terugdenken aan die woorden. Ik vermoed dat je op zo'n moment wel zult verlangen naar een paar jaar Strangeways.'

'Dus daar is hij naartoe?' vraag ik met pijn in mijn hart bij de gedachte dat ik hem misschien nooit meer zal zien, dat Will en ik als vijanden uit elkaar zijn gegaan, net zoals Peter Wallis en ik, en dat ik dood zal gaan zonder dat we het goedgemaakt hebben.

'Nog niet, nee,' zegt Wells. 'Hij is hier nog op de legerplaats. Opgesloten op last van sergeant Clayton. Voor de krijgsraad gebracht.'

'Maar er is nog geen proces geweest?'

'We hebben hier geen proces nodig, Sadler, dat weet je. Kijk, als hij tijdens een gevecht zijn wapens had neergelegd zou hij direct zijn neergeschoten wegens lafheid. Nee, de komende vierentwintig uur komt er een groot offensief en ik denk dat hij voor die tijd zijn verstand wel weer terugkrijgt. Als hij zich weer in de strijd wil mengen is het allemaal vergeven en vergeten. Voorlopig, in elk geval. Misschien moet hij er zich later nog voor verantwoorden, maar dan leeft hij tenminste nog en kan hij zijn kant van het verhaal vertellen. Hij boft, als je het goed bekijkt. Als we niet allemaal tot de laatste man bezig waren geweest met de opmars of de loopgraven, zou hij nu al geëxecuteerd zijn. Nee, we houden hem voorlopig vast waar hij zit en sturen hem de strijd in als die begint. Hij heeft allemaal mooie praatjes over nooit meer vechten, maar dat slaan we er wel op tijd uit. Let op mijn woorden.'

Ik knik, maar zeg niets. Ik ben er niet van overtuigd dat iemand iets uit Will Bancrofts hoofd kan slaan als het er eenmaal in zit en wil dat ook zeggen, maar ik blijf zwijgen. Even later drinkt Wells zijn beker leeg en staat op.

'Nou, ik moet maar eens terug,' zegt hij. 'Kom je ook, Sadler?'

'Nog niet,' zeg ik.

'Oké dan.' Hij loopt weg, draait zich dan weer om en vraagt, weer met half toegeknepen ogen: 'Zijn Bancroft en jij echt niet bevriend? Ik heb altijd gedacht dat jullie gezworen kameraden waren.'

'We hadden de britsen naast elkaar,' zeg ik. Ik kan hem niet recht aankijken. 'Dat is alles. Ik ken hem eigenlijk nauwelijks.'

Tot mijn verbazing zie ik Will de volgende middag. Hij zit niet ver van het hoofdkwartier in zijn eentje in een verlaten schuttersput. Hij is ongeschoren en ziet bleek; met een verloren uitdrukking op zijn gezicht zit hij met de punt van zijn laars de grond los te woelen. Ik blijf even naar hem staan kijken zonder hem op mijn aanwezigheid attent te maken, om te zien of hij er anders uitziet nu hij zich heeft uitgesproken. Na een paar minuten heft hij met een ruk zijn hoofd en ontspant als hij ziet dat ik het ben.

'Je bent vrij,' zeg ik terwijl ik naar hem toe loop. Ik neem niet de moeite hem te begroeten, hoewel we elkaar al een tijd niet hebben gezien. 'Ik dacht dat ze je ergens hadden opgesloten.'

'Dat hebben ze ook,' zegt hij. 'En ik denk dat ze me zo weer terug brengen. Er is daar een of andere vergadering en ik geloof dat ik niet mag horen waar ze het over hebben. Korporaal Wells zei dat ik hier moest wachten tot iemand me komt halen.'

'En ze gaan er gewoon van uit dat je niet wegloopt?'

'Tja, waar zou ik heen kunnen, Tristan?' vraagt hij, terwijl hij om zich heen kijkt. Hij heeft gelijk; hij kan nergens heen. 'Heb je toevallig sigaretten bij je? Ze hebben me de mijne allemaal afgenomen.'

Ik zoek in mijn jaszak en geef hem er een. Hij steekt hem vlug op en sluit even zijn ogen als hij de eerste nicotine in zijn longen zuigt.

'Is het heel erg?' vraag ik.

'Wat?' vraagt hij.

'Zo opgesloten worden. Wells vertelde me waar je mee bezig bent. Ik heb het idee dat ze je heel slecht behandelen.'

Hij haalt zijn schouders op en kijkt de andere kant uit. 'Het gaat wel,' zegt hij. 'Meestal doen ze alsof ik er niet ben. Ze geven me eten, brengen me naar de latrine. Er is daar zelfs een brits, geloof het of niet. Het is een stuk comfortabeler dan liggen stinken in de loopgraven, neem dat maar van mij aan.'

'Maar dat is niet de reden waarom je dit doet, toch?'

'Nee, natuurlijk niet. Waar zie je me voor aan?'

'Is het om die Duitse jongen?'

'Onder andere,' zegt hij. Hij kijkt naar de punt van zijn laarzen. 'Maar ook om Wolf. Om wat er met hem is gebeurd. De moord op hem, bedoel ik. Het lijkt wel alsof we allemaal immuun zijn geworden voor geweld. Ik ben ervan overtuigd dat sergeant Clayton zich huilend ter aarde zou storten als hij hoorde dat de oorlog voorbij was. Hij geniet ervan. Dat besef je toch wel, Tristan?'

'Hij geniet er niet van,' zeg ik.

'Die man is gestoord. Iedereen kan dat zien. De hele dag raaskallen. Woede-uitbarstingen, huilbuien. Hij moet worden afgevoerd naar het gekkenhuis. Maar goed, ik heb nog niet gevraagd hoe het met jou gaat.'

'Goed,' zeg ik. Ik wil het gesprek niet mijn kant op sturen.

'Je bent ziek geweest.'

'Ja.'

'Ik heb even gedacht dat je eraan onderdoor zou gaan. De dokter gaf je ook niet veel kans. De sufferd. Ik heb tegen hem gezegd dat je het wel zou redden. Dat je uit sterker hout was gesneden dan hij besefte.'

Ik schiet even in de lach en voel me ook een beetje gevleid. Dan kijk ik hem verbaasd aan. 'Heb jij de dokter dan gesproken?' vraag ik.

'Even, ja.'

'Wanneer?'

'Nou, toen ik bij je op bezoek kwam, natuurlijk.'

'Maar ze zeiden dat ik geen bezoek heb gehad,' zeg ik. 'Toen ik ernaar vroeg leken ze me stapelgek te vinden omdat ik dat dacht.'

Hij haalt zijn schouders op. 'Nou, ik ben geweest.'

Er komen drie soldaten de hoek om, nieuwe rekruten die ik nog nooit heb gezien. Ze aarzelen even als ze Will daar zien zitten en staren hem aan; dan spuugt er een in de modder en de anderen volgen zijn voorbeeld. Ze zeggen niets, althans niet in zijn gezicht, maar in het voorbijgaan hoor ik ze 'verdomde lafaard' fluisteren. Ik kijk ze na tot ze uit het zicht zijn verdwenen en wend me dan weer tot Will.

'Het geeft niet,' zegt hij zachtjes.

Ik zeg dat hij op moet schuiven en ga naast hem zitten. Ik moet er steeds aan denken dat hij me in de ziekenboeg heeft opgezocht, aan wat dat betekent.

'Zou je het niet allemaal naast je neer kunnen leggen?' vraag ik. 'Je bezwaren, bedoel ik. Tot het allemaal voorbij is?'

'Wat zou ik daarmee bereiken?' vraagt hij. 'Ik moet me uitspreken nu de strijd nog in volle gang is. Anders heeft het geen zin. Dat begrijp je toch wel?'

'Ja, maar als ze je hier niet fusilleren wegens lafheid zetten ze je op transport naar Engeland. Ik heb gehoord wat er daar in de gevangenissen gebeurt met witte veren. Je boft als je dat overleeft. En hoe denk je dat de rest van je leven eruit zal zien? Je zult nooit meer welkom zijn in beschaafde kringen.'

'Ik geef geen bal om beschaafde kringen,' antwoordt hij met een bitter lachje. 'Waarom zou ik, als dit is waar ze voor staan? En ik ben geen witte veer, Tristan,' zegt hij nadrukkelijk. 'Dit is geen daad van lafheid.'

'Nee, je bent een absolutist,' zeg ik. 'En je denkt zeker dat alles gerechtvaardigd is als je er maar een net woord voor kunt bedenken. Maar dat is niet zo.'

Will neemt de sigaret uit zijn mond en haalt met zijn duim en wijsvinger een tabakssliertje tussen zijn voortanden vandaan. Hij kijkt er even naar voordat hij het in de modder naast zijn voeten schiet. 'Wat kan jou dat eigenlijk schelen?' vraagt hij. 'Wat heb je eraan om zo met me te praten?'

'Dezelfde reden als waarom jij me kwam opzoeken in de ziekenboeg,' zeg ik. 'Ik zie je niet graag een vreselijke vergissing maken die je voor de rest van je leven zult betreuren.'

'En jij denkt niet dat jij spijt zult krijgen?' vraagt hij. 'Als dit voorbij is en jij weer veilig in Londen zit, denk je dan niet dat je uit je nachtmerries zult opschrikken met de gezichten van alle mannen die je hebt doodgeschoten op je netvlies? Wil je me echt wijsmaken dat je dat allemaal kunt vergeten? Volgens mij heb je er nooit over nagedacht,' gaat hij verder, een stuk koeler nu. 'Je hebt het over lafheid, je hebt het over witte veren en je richt je minachting op iedereen behalve jezelf. Je ziet het niet, hè? Dat jij degene bent die laf is en niet ik? Ik kan 's nachts niet slapen, Tristan, omdat ik moet denken aan die jongen die in zijn broek stond te pissen vlak voordat Milton zijn pistool tegen zijn hoofd zette. Elke keer als ik mijn ogen dichtdoe zie ik zijn hersens tegen de wand van de loopgraaf spatten. Als ik terug in de tijd kon gaan, zou ik Milton eigenhandig een kogel door de kop hebben geschoten voor hij die jongen neer kon schieten.'

'Als je dat gedaan had, zou je gefusilleerd zijn.'

'Dat word ik toch wel. Waar denk je dat ze het daar over hebben? Het gebrek aan fatsoenlijke thee in de kantine? Ze bespreken wat het beste moment is om van me af te komen.'

'Ze gaan je niet neerschieten,' houd ik vol. 'Dat kunnen ze niet. Ze moeten je eerst horen.'

'Hier hoeft dat niet,' zegt hij. 'Niet op het slagveld. En wie zou me hebben aangegeven als ik Milton had neergeschoten? Jij soms?'

Voordat ik hierop kan antwoorden wordt er links van me 'Bancroft!' geschreeuwd. Als ik me omdraai zie ik Harding, de nieuwe korporaal die het Centraal Hoofdkwartier heeft gestuurd als vervanger voor Moody. 'Wat denk je dat je aan het doen bent? En wie ben jij?' vraagt hij als ik opspring.

'Soldaat Sadler,' zeg ik.

'En waarom zit je verdomme met de gevangene te praten?'

'Hij zat hier gewoon, korporaal,' zeg ik, me er niet van bewust dat ik iets misdaan heb. 'En ik kwam langs, meer niet. Ik wist niet dat hij in isolatie zat, korporaal.'

Harding bekijkt me met toegeknepen ogen van onder tot boven alsof hij probeert in te schatten of ik hem voor de gek houd. 'Ga terug naar de loopgraaf, Sadler,' zegt hij. 'Daar zijn ze vast naar je op zoek.'

'Ja, korporaal,' zeg ik. Voor ik vertrek knik ik naar Will. Hij reageert niet, maar als ik wegloop staart hij naar me met een eigenaardige blik in zijn ogen.

Avond.

Ergens links van me valt een bom die me op de grond werpt. Naar adem happend blijf ik op de grond liggen, benieuwd of mijn laatste uur geslagen heeft. Zijn mijn benen onder me weggeschoten? Of mijn armen eraf? Glibberen mijn darmen mijn lijf uit om op te lossen in de modder? Maar de seconden gaan voorbij en ik voel geen pijn. Ik zet mijn handen op de grond en duw mezelf overeind. Alles oké. Ik ben niet gewond. Ik leef.

Ik stort mezelf de loopgraaf in terwijl ik vlug naar links en naar rechts kijk om overzicht over de situatie te krijgen. Er rennen soldaten langs, die zich drie rijen dik opstellen aan de voorste verdedigingslinie. Korporaal Wells staat helemaal aan het eind instructies naar ons te schreeuwen. Zijn arm gaat omhoog en omlaag alsof hij ergens in staat te hakken, en als de eerste groep een stap achteruit doet komt de tweede groep naar voren, terwijl de derde, waar ik bij hoor, achter de tweede klaar gaat staan.

Door het gebulder van de kanonnen en het geweervuur kan ik onmogelijk horen wat er wordt gezegd, maar met suizende oren zie ik hoe Wells snelle instructies geeft aan de vijftien mannen in de voorste rij. Ze kijken elkaar even aan voordat ze de ladder opklimmen en zich met gebogen hoofd over de zandzakken heen in het niemandsland storten, dat beurtelings aardedonker en fel verlicht is.

Wells trekt een periscoop naar zich toe. Als hij erdoorheen staat te kijken kan ik aan de pijnlijke uitdrukking op zijn gezicht zien wanneer er iemand geraakt wordt. Dan duwt hij hem weer opzij terwijl de volgende rij aantreedt.

Sergeant Clayton is er nu ook. Hij staat aan de andere kant van de rij instructies naar de troepen te schreeuwen. Ik doe mijn ogen even dicht. Hoe lang nog, vraag ik me af, twee, drie minuten, voordat ik ook over de zandzakken heen ben? Komt er vannacht een eind aan mijn leven? Ik ben er eerder overheen geweest en heb het overleefd, maar vannacht… vannacht voelt het anders, al weet ik niet waarom.

Voor me staat een jongen te beven. Hij is nog jong en onervaren, een nieuwe rekruut. Ik geloof dat hij eergisteren is aangekomen. Als hij zich met een smekend gezicht naar me omdraait zie ik pure angst in zijn ogen. Hij kan niet veel jonger zijn dan ik, misschien is hij zelfs ouder, maar hij ziet eruit als een kind, als een jongetje dat eigenlijk niet goed weet wat hij hier doet.

'Ik kan het niet,' zegt hij smekend tegen me met zijn Yorkshire-accent. Met toegeknepen ogen dwing ik hem me aan te kijken.

'Jawel,' zeg ik.

'Nee,' zegt hij hoofdschuddend. 'Ik kan het niet.'

Er klinkt weer geschreeuw van beide kanten van de rij en dan komt er een lichaam naar beneden vallen, uit de hemel lijkt het wel. Het valt tussen ons in. Het is een van de andere nieuwe rekruten, een jongen met voortijdig grijs haar, die me minder dan vijf minuten geleden al was opgevallen. Het bloed sijpelt uit een kogelwond in zijn keel. De jongen voor me schreeuwt het uit, doet een stap naar achteren en botst tegen me op, maar ik duw hem weer naar voren. Er kan niet van me verwacht worden dat ik me nu ook nog met hem bezighoud, nu mijn eigen leven zo goed als voorbij is. Dat is niet eerlijk.

'Alsjeblieft,' zegt hij smekend, alsof ik iets te zeggen heb over wat hier gebeurt.

'Hou je kop,' zeg ik. Ik heb geen zin meer om hem te bemoederen. 'Hou verdomme je kop en loop door, ja? Doe je plicht.'

Hij schreeuwt, maar ik geef hem nog een duw zodat hij nu naast zo'n twaalf anderen onder aan de ladders staat.

'Volgende rij in positie!' schreeuwt sergeant Clayton. De soldaten zetten hun voeten nerveus op de onderste sport van de ladder en houden hun hoofd zo diep mogelijk gebogen zodat ze niet eerder dan noodzakelijk over de rand uitsteken. De jongen voor me doet dat ook, maar maakt geen aanstalten om naar boven te klimmen. Hij laat zijn rechtervoet stevig in de modder staan.

'Die man daar!' schreeuwt Clayton. 'Naar boven! Naar boven! Nu naar boven!'

'Ik kan het niet,' huilt de jongen. De tranen stromen over zijn gezicht en, God helpe me, ik kan er niet meer tegen. Ik heb genoeg van dit alles. Als ik dan toch dood moet, laat het dan maar snel gebeuren. Maar het kan niet voordat ik aan de beurt ben, dus leg ik mijn hand tegen zijn billen en duw hem de ladder op. Ik voel hoe zijn gewicht me tegenwerkt. 'Nee!' huilt hij smekend, maar zijn lichaam laat hem in de steek. 'Nee, alsjeblieft.'

'Naar boven met die vent!' schreeuwt Clayton, die naar ons toe komt rennen. 'Sadler, duw hem naar boven!'

Ik doe het, ik denk niet eens aan de gevolgen. Samen duwen Clayton en ik de jongen de ladder op en nu kan hij nergens anders heen dan over de rand. Hij valt op zijn buik eroverheen en de terugweg naar de loopgraaf is afgesloten. Ik zie hoe hij naar voren kruipt en hoe zijn laarzen uit mijn gezichtsveld verdwijnen. Clayton staat naar me te kijken, en ik zie de waanzin in zijn ogen en denk: wat hebben we gedaan? Hij loopt weer terug naar de rij, waar Wells de rest van ons naar boven commandeert. Nu aarzel ik niet, ik klim de ladder op en werp mezelf over de rand. Ik blijf rechtop staan, breng mijn geweer niet in de aanslag, maar kijk naar de chaos om me heen en denk: hier sta ik, pak me nu maar, vooruit. Schiet maar.

Ik leef nog steeds.

De stilte is onthutsend. Sergeant Clayton spreekt ons toe, terwijl we met zijn veertigen in slordige rijen staan die in niets lijken op de strakke gelederen die we in Aldershot hebben leren vormen. Ik ken maar een paar van deze mannen; ze zijn vuil en uitgeput, sommigen ernstig gewond, anderen halfgek. Tot mijn verbazing is Will er ook. Hij staat tussen Wells en Harding, die hem allebei bij een arm vasthouden alsof hij anders zou kunnen vluchten. Will ziet er opgejaagd uit en kijkt nauwelijks op; één keer maar, in mijn richting, maar hij lijkt me niet te herkennen. Hij heeft donkere kringen onder zijn ogen en een gezwollen blauwe plek op zijn linkerwang.

Clayton schreeuwt het ene moment tegen ons dat we de afgelopen acht uur zo dapper geweest zijn en scheldt ons vervolgens uit voor een stelletje bange muizen. Hij is nooit helemaal normaal geweest, denk ik, maar nu is hij echt de weg kwijt. Hij raaskalt over moraal en over hoe we de oorlog gaan winnen, maar heeft het meer dan eens over de Grieken in plaats van de Duitsers en raakt steeds de draad kwijt. Het is duidelijk dat hij daar niet zou moeten staan.

Ik kijk naar Wells, de volgende in rang, om te zien of hij beseft hoezeer onze sergeant beschadigd is, maar hij heeft zijn aandacht er niet echt bij. Hij zou trouwens toch niets kunnen doen. Rebelleren is onmogelijk.

'En deze man, deze man hier!' schreeuwt Clayton terwijl hij naar Will toe loopt, die verbaasd opkijkt alsof hij nog niet in de gaten had dat hij er ook bij is. 'Deze verdomde lafaard die weigert te vechten wat denken jullie van hem, hij heeft beter geleerd dat weet ik ik was degene die hem dat geleerd heeft maar hij maakt idiote opmerkingen met zijn hoofd in zijn kussen in zijn cel terwijl jullie dappere mannen hier zijn om te oefenen want over een paar weken gaan we naar Frankrijk om te vechten en deze man hier deze man zegt hij heeft er geen zin in maar hij was altijd al een oplichter hoorde ik…'

Eindeloos gaat hij zo door. Het slaat nergens op, het zijn geen zinnen, alleen maar aan elkaar geregen woorden die hij vol haat in onze richting slingert.

Hij loopt weg, komt even later weer terug, trekt een handschoen uit en slaat Will ermee in zijn gezicht. Hoewel we immuun zijn voor geweld verbaast deze actie ons allemaal een beetje. Het is tam en wreed tegelijk.

'Lafaards kan ik niet verdragen,' zegt Clayton. Hij slaat hem weer, hard nu, en Wills hoofd draait weg door de klap. 'Ik kan het niet verdragen met een lafaard te eten, met hem te praten of er een onder mijn gezag te hebben.'

Harding kijkt naar Wells. Hij lijkt te willen vragen of ze tussenbeiden moeten komen, maar Clayton is inmiddels gestopt en richt zich weer tot de manschappen, terwijl hij naar Will wijst.

'Deze man,' kondigt hij aan, 'heeft geweigerd om mee te vechten in de aanval van vanavond. Hiervoor is hij naar behoren voor de krijgsraad gebracht en schuldig bevonden aan lafheid. Morgenochtend om zes uur zal hij gefusilleerd worden. Zo straffen we lafaards.'

Will kijkt op, maar het lijkt hem niet te kunnen schelen. Ik staar hem aan en wens vurig dat hij in mijn richting kijkt, maar dat doet hij niet. Zelfs nu, zelfs op dit moment, staat hij me dat niet toe.

Nu is het nacht. Het is donker en opmerkelijk rustig. Ik ga naar de ondersteuningsloopgraaf waar een groep ziekenbroeders bezig is gesneuvelden op brancards te leggen voor het vervoer naar huis. Ik blijf even kijken en zie Attling en Williams, en Robinson met een gat in zijn schedel van een Duitse kogel. Op de brancard naast hem ligt het lichaam van Milton, de moordenaar van de Duitse jongen, nu ook dood. Er zijn er nog maar drie van ons. Sparks, Will en ik.

Hoe heb ik zo lang in leven kunnen blijven?

Ik loop door naar het verblijf van de sergeant, waar Wells buiten een sigaret staat te roken. Hij ziet er bleek en nerveus uit. Hij neemt een lange trek van zijn sigaret, zuigt de nicotine diep in zijn longen en ziet me met toegeknepen ogen dichterbij komen.

'Ik moet sergeant Clayton spreken,' zeg ik.

'"Ik wil sergeant Clayton graag spreken, korporaal,"' corrigeert hij me.

'Het is belangrijk.'

'Nu niet, Sadler. De sergeant slaapt. Hij laat ons alle drie neerschieten als we hem te vroeg wekken.'

'Korporaal, er moet iets gebeuren met de sergeant,' zeg ik.

'"Iets"? Wat bedoel je daarmee?'

'Heb ik permissie om vrijuit te spreken, korporaal?'

Wells zucht. 'Voor de draad ermee, dan,' zegt hij.

'De baas heeft zijn verstand verloren,' zeg ik. 'Dat ziet u toch ook? Zoals hij Bancroft daarnet sloeg? En die nepkrijgsraad? Die hoort hier niet gehouden te worden, dat weet u. Hij moet terug naar het Centraal Hoofdkwartier en berecht worden door een jury van gelijken.'

'Dat is ook gebeurd, Sadler. Jij was ziek, weet je nog?'

'Maar het is wel hier gebeurd.'

'Dat is toegestaan. We zitten in een veldslag. Dat valt onder buitengewone omstandigheden. Het militaire handboek stelt duidelijk dat in dit soort gevallen…'

'Ik weet wat er staat,' zeg ik. 'Maar kom nou, korporaal. Hij wordt gefusilleerd over…' Ik kijk op mijn horloge. '… minder dan zes uur. Het klopt niet, meneer. U weet dat het niet klopt.'

'Eerlijk gezegd, Sadler, kan het me niet schelen,' zegt Wells. 'Naar huis verschepen, over de rand sturen, fusilleren in de vroege ochtend, mij maakt het allemaal geen reet uit. Begrijp je dat niet? Het enige wat ertoe doet is het volgende uur, het uur daarna en het uur daar weer na, en of de rest van ons in leven blijft. Laat Bancroft maar doodgaan als hij weigert te vechten.'

'Maar, korporaal…'

'Genoeg, Sadler. Terug naar je schuttersput, ja?'

Ik kan natuurlijk niet slapen; de uren kruipen voorbij. Ik houd de horizon in de gaten en wens vurig dat de zon niet opkomt. Als ik om een uur of drie afwezig door de loopgraaf loop zonder echt te kijken waar ik ben, struikel ik over een paar uitgestoken voeten en moet ik mijn best doen om niet languit in de modder te vallen.

Kwaad kijk ik achterom en zie dat een van de nieuwe rekruten, een lange roodharige jongen die Marshall heet, overeind komt en zijn helm weer goed zet, die hij over zijn ogen had gelegd om te slapen.

'In godsnaam, Marshall,' zeg ik. 'Ga niet zo in de weg liggen, ja?'

'Wat heb jij daarmee te maken?' vraagt hij. Hij blijft zitten met zijn armen over elkaar alsof hij me uitdaagt. Hij is nog jong, hij is een van die jongens die zijn eerste vriend nog doodgeschoten moet zien worden en die waarschijnlijk denkt dat deze vervloekte oorlog alleen nog niet voorbij is omdat hij en mannen zoals hij er nog niet aan mee hebben gedaan.

'Wat ik ermee te maken heb, is dat ik mijn nek niet wil breken door over je voeten te vallen,' zeg ik bars. 'Je bent een gevaar voor iedereen als je er zo bij ligt.'

Hij fluit tussen zijn tanden door, schudt lachend zijn hoofd en wuift me weg met zijn handen. Hij wil het laatste woord hebben, vooral omdat er een paar andere nieuwe rekruten toekijken, snakkend naar een gevecht als onderbreking van de geestdodende routine.

'Als jij je hoofd nou eens uit de wolken haalt, Sadler, dan zou je ook geen ongelukjes krijgen,' stelt hij voor. Hij legt de helm weer over zijn ogen en doet alsof hij weer in slaap valt, maar ik weet natuurlijk dat hij graag zijn gezicht bedekt wil houden totdat hij weet hoe dit gesprek afloopt. Zonder erbij na te denken en tot mijn eigen verbazing schiet mijn arm uit en wipt de helm van zijn hoofd, die met een perfecte boog in een hoop modder valt met de rand naar beneden, zodat hij schoongemaakt moet worden voordat hij hem weer op kan zetten.

'In godsnaam, man!' roept hij. Hij springt op en kijkt me kwaad en gefrustreerd aan. 'Waarom doe je zoiets?'

'Omdat je een stomme idioot bent,' zeg ik.

'Ga mijn helm halen,' zegt hij. Zijn stem wordt nu zachter van nauwverholen razernij. Ik merk dat een aantal jongens bij elkaar gaan zitten en sigaretten opsteken om iets met hun handen te doen terwijl ze op de voorstelling wachten.

'Haal hem zelf maar, Marshall,' is mijn antwoord. 'En zorg ervoor dat je er de volgende keer wat wakkerder uitziet als er een meerdere langskomt.'

'Een meerdere?' vraagt hij. Hij barst in lachen uit. 'En ik maar denken dat je een gewone soldaat was, net als ik.'

'Ik ben hier langer,' houd ik vol, maar zelfs in mijn eigen oren klinkt het slap. 'Ik weet veel beter dan jij wie wie is en wat wat.'

'En als je dat zo wilt houden, zou ik mijn helm maar even gaan halen,' zegt hij. Zijn gele tanden zijn niet om aan te zien.

Ik voel mijn mond samentrekken. Jongens zoals hij ben ik eerder tegengekomen. Pestkoppen. Tijdens mijn schooltijd en ook daarna, en ik heb genoeg van ze. De wond op mijn arm, de wond waarvan de dokters zeggen dat hij er niet zit, doet verschrikkelijk veel pijn en ik ben zo woedend over wat er met Will gebeurt dat ik eigenlijk niet helder kan denken.

'Ik zie geen spoor van vechtlust bij jou,' zegt hij na een tijdje. Hij kijkt naar het groepje mannen om steun te zoeken. 'Ben je er ook zo een?'

'Wat voor een?' vraag ik.

'Zoals die maat van je, hoe heet-ie, Bancroft?'

'Dat klopt,' zegt een stem een eindje van ons vandaan, van een van de nieuwe rekruten. 'Die is raak, Tom. Bancroft en Sadler zijn van het begin af dikke vrienden. Dat heb ik tenminste gehoord.'

'Ben jij ook een witte veer, net als hij?' vraagt Marshall. 'Bang om te vechten?'

'Will is niet bang om te vechten,' zeg ik. Ik loop naar hem toe tot ik zijn stinkende adem kan ruiken.

'O. Hij heet Will, hè?' lacht hij minachtend. 'Dus Will is een dappere man? Makkelijk om dapper te zijn als je veilig zit opgesloten, met drie maaltijden per dag en een bed om in te slapen. Wil je hem daar soms gezelschap houden, Sadler, is dat het? Of word je liever Tristan genoemd? Het zou er natuurlijk veel leuker op worden als je lekker met hem onder de dekens lag te knuffelen.'

Met een grijns draait hij zich om naar zijn vrienden, die staan te ginnegappen om zijn zielige grap, maar voor mij is het genoeg geweest. Binnen een fractie van een seconde raakt mijn vuist zijn kaak en ik sla hem met evenveel precisie onderuit als even daarvoor zijn helm. Zijn hoofd slaat tegen een van de planken van de wand van de loopgraaf, maar het kost hem niet lang om zich te herstellen en hij springt onder luid gejuich van de mannen boven op me. Ze schreeuwen hard als een van ons een rake klap uitdeelt en lachen ons uit in ons gezicht als we struikelen in de modder en misslaan. Het wordt een soort gratis bokswedstrijd; Marshall en ik rammen er in de beperkte ruimte op los als agressieve chimpansees. Ik besef nauwelijks wat er precies gebeurt, maar het voelt alsof maanden van opgespaarde ellende er in één klap uitkomen. Zonder te merken dat ik aan de winnende hand ben zit ik schrijlings boven op hem en stomp hem steeds weer in zijn gezicht, zodat hij steeds dieper wegzakt in de modder.

Daar is hij, zijn gezicht, als hij zich van me losmaakt nadat ik hem in het klaslokaal gekust heb.

En daar, terwijl hij achter de slagerstoonbank vandaan komt en een arm om mijn schouder legt om me mee te delen dat het voor iedereen beter zou zijn als ik daarginds word doodgeschoten. En daar, tijdens de vrijpartij bij het beekje in Aldershot, voor hij zijn kleren aantrekt en wegloopt met een blik vol minachting en afkeer.

En daar nog eens, op het moment dat hij tegen me zegt dat het een vergissing was; dat mannen onder zulke omstandigheden troost zoeken waar ze die maar kunnen vinden.

Ik deel een stomp uit voor elke gebeurtenis en Marshall ondergaat ze. Ik ben ver van de wereld, zelfs als ik voel dat een paar armen achter me me van de jongen af trekken en me overeind zetten. De mannen roepen: 'Genoeg, genoeg, in godsnaam man, als je niet uitkijkt vermoord je hem nog!'

'Je bent verdomme een schande, Sadler, dringt dat tot je door?' vraagt sergeant Clayton. Hij komt achter zijn bureau vandaan en gaat naar mijn smaak een beetje te dicht bij me staan. Zijn adem stinkt en ik zie dat zijn linkeroog trilt en dat hij alleen de linkerkant van zijn gezicht heeft geschoren.

'Ja, sergeant,' zeg ik. 'Daar ben ik me van bewust.'

'Een schande,' herhaalt hij. 'En dat voor een man van Aldershot. Een man die ik zélf heb opgeleid. Hoeveel zijn er nu nog van jullie over?'

'Drie, sergeant,' zeg ik.

'Twee, Sadler,' zegt hij nadrukkelijk. 'Bancroft telt niet mee. De lafaard. Nog maar twee over en dan gedraag je je zo? Hoe kun je van de nieuwe rekruten verwachten dat ze tegen de vijand vechten als jij ze verrot slaat?' Zijn gezicht loopt rood aan en zijn stem klinkt bij elk woord kwader.

'Het was duidelijk niet zo verstandig, sergeant,' zeg ik.

'Niet zo verstandig? Niet zo verstandig?' brult hij. 'Probeer geen grapjes met me uit te halen, Sadler, want dan beloof ik je...'

'Ik probeer niet grappig te zijn, sergeant,' onderbreek ik hem. 'Ik weet niet wat me overkwam. Ik werd gewoon een beetje gek. Marshall werkte me vreselijk op mijn zenuwen.'

'Gek?' vraagt hij, terwijl hij zich naar me toe buigt. 'Zei je "gek", Sadler?'

'Ja, sergeant.'

'Nou ga je me toch niet vertellen dat je probeert hier weg te komen op grond van vermeende krankzinnigheid, want dat zal ik ook niet toestaan.'

'Weg waarvan, sergeant? Uit uw kantoor?'

'Weg uit Frankrijk, achterlijke idioot!'

'O. Nee, sergeant,' zeg ik. 'Helemaal niet. Nee, het was iets tijdelijks. Ik kan alleen maar mijn excuses aanbieden. Ik viel over hem heen, er ontstond een woordenwisseling en toen liep het uit de hand. Een grote vergissing.'

'Je hebt ervoor gezorgd dat hij vierentwintig uur geen actieve dienst kan doen,' zegt hij, maar zijn boosheid lijkt wat af te nemen. 'Ik weet dat ik hem flink heb toegetakeld, sergeant.'

'Dat is wel een verduiveld simpele weergave van wat er is gebeurd,' antwoordt hij terwijl hij iets naar achteren loopt en zijn hand in zijn broek steekt. Zonder enige schaamte krabt hij met zijn hand diep in zijn kruis, veegt met dezelfde hand over zijn gezicht en gaat dan met een zucht zitten. 'Ik ben ook doodop,' mompelt hij. 'Ben ik hiervoor wakker gemaakt? Maar,' gaat hij op een meer gematigde toon verder, 'ik wist niet dat je dit in je had, Sadler, als ik eerlijk ben. En die idioot mocht best eens een toontje lager zingen, dat weet ik ook. Gezien de last die hij me heeft bezorgd had ik het zelf ook kunnen doen. Maar dat gaat niet, hè? Moet het goeie voorbeeld aan de manschappen geven. De stomme idioot heeft me vanaf de dag dat hij hier kwam alleen maar ellende bezorgd.'

Ik sta in de houding verbaasd te luisteren naar deze onverwachte wending van het gesprek. Ik had niet verwacht dat ik in sergeant Claytons ogen een held zou zijn, maar hij is een man die over het algemeen onmogelijk te doorgronden is. Hij kan zich elk moment weer tegen me keren.

'Maar luister eens, Sadler,' zegt hij. 'Ik kan dit soort dingen niet ongestraft laten passeren, dat besef je toch wel? Dat zou al te makkelijk zijn.'

'Natuurlijk, sergeant,' zeg ik.

'Dus wat zal ik met je doen?'

Ik kijk hem aan om erachter te komen of dit een retorische vraag is of niet. Terugsturen naar Engeland? zou ik willen zeggen, maar ik doe het niet omdat ik zeker weet dat dat zijn woede zal opwekken.

'Je wordt de komende uren opgesloten,' zegt hij ten slotte gedecideerd. 'En als Marshall morgen weer dienst heeft, bied je hem ten overstaan van de manschappen je excuses aan. Geef hem de hand en zeg dat alles is geoorloofd in liefde en oorlog, zoiets. De mannen moeten zien dat je er niet zomaar op kunt slaan zonder dat het consequenties heeft.'

Hij kijkt naar de deur en roept korporaal Harding, die meteen binnenkomt. Hij moet de hele tijd achter de deur hebben staan luisteren.

'Sluit soldaat Sadler op tot zonsopgang, ja?'

'Ja, sergeant,' zegt Harding. Ik hoor aan zijn stem dat hij niet precies weet wat Clayton bedoelt. 'Waar moet ik hem precies opsluiten?'

'Op-slui-ten,' herhaalt de sergeant. Hij benadrukt de lettergrepen alsof hij een kind of een halve debiel toespreekt. 'Je verstaat toch wel Engels, man?'

'We hebben alleen de cel waar Bancroft zit, sergeant,' antwoordt Harding. 'En die moet in afzondering.'

'Nou, dan gaan ze maar samen in afzondering,' zegt hij kortaf, zonder zich te bekommeren om de tegenstrijdigheid hiervan. 'Dan kunnen ze samen hun wonden likken. En nu ingerukt, alletwee. Ik heb werk te doen.'

'Je beseft toch wel dat je tegen de Duitsers moet vechten en niet tegen onze eigen mensen?'

'Leuk hoor,' zeg ik, terwijl ik op een van de britsen ga zitten. Het is hier koud. De muren zijn vochtig en brokkelen af; door de opening bovenin en het getraliede deurgat valt maar weinig licht naar binnen.

'Ik moet zeggen dat ik nogal verbaasd ben,' zegt Will peinzend. Ondanks de omstandigheden klinkt hij geamuseerd. 'Ik had je niet aangezien voor een vechtersbaasje. Was je op school ook zo?'

'Soms. Zoals iedereen. Gewoon, en jij?'

'Soms.'

'En toch wil je nu helemaal niet meer vechten.'

Langzaam verschijnt er een glimlachje op zijn gezicht. Hij kijkt me zo strak aan dat ik mijn hoofd moet afwenden. 'O, is dit waarom je hier eigenlijk bent?' vraagt hij. 'Had je dit allemaal gepland zodat je hier ook vastgezet zou worden en me zou kunnen overhalen om van gedachten te veranderen?'

'Ik heb je precies verteld waarom ik hier zit,' zeg ik, geërgerd door de beschuldiging. 'Ik zit hier omdat die idioot van een Marshall het op zijn heupen kreeg.'

'Ik ken hem zeker niet?' vraagt hij.

'Nee, hij is nieuw. Maar hoor eens, laten we het niet over hem hebben. Clayton is gek geworden, iedereen ziet het. Ik denk dat we ons kunnen verzetten als we ons best doen, we hoeven alleen maar met Wells en Harding te praten om…'

'Waartegen verzetten, Tristan?' vraagt hij.

'Nou, dit natuurlijk,' zeg ik verbaasd, terwijl ik om me heen kijk alsof verdere uitleg overbodig is. 'Wat denk jij dan dat ik bedoel? Over je veroordeling.'

Hij schudt zijn hoofd en ik zie dat hij een beetje trilt. Hij is dus toch bang. Hij wil leven. Hij zegt een hele tijd niets en ik ook niet; ik wil hem niet opjagen. Ik wil dat hij zelf beslist.

'De ouwe is hier natuurlijk een paar keer geweest,' zegt hij eindelijk. Hij strekt zijn handen voor zich uit en bekijkt de binnenkant alsof hij daar antwoorden kan vinden. 'Om te proberen me van gedachten te laten veranderen. Om me zover te krijgen dat ik mijn wapens weer zou oppakken. Het is zinloos, zeg ik tegen hem, maar dat wil hij niet accepteren. Ik denk dat hij het ziet als een smet op zijn eigen blazoen.'

'Waarschijnlijk wil hij niet aan generaal Fielding hoeven rapporteren dat een van zijn eigen mannen weigert te vechten.'

'En nog wel een man van Aldershot,' vult hij aan. Hij houdt zijn hoofd een beetje schuin en glimlacht naar me. 'Wat een schande!'

'Er zijn dingen veranderd. Milton is dood, bijvoorbeeld,' zeg ik. Ik weet niet of dit stukje informatie wel tot hier is doorgedrongen. 'Het maakt dus niets meer uit. Je kunt hem toch niet meer voor het gerecht brengen, wat je ook doet. Je kunt je verzet wel opgeven.'

Hij denkt even na, maar verwerpt het idee. 'Jammer dat hij dood is,' zegt hij. 'Maar dat verandert niets. Het gaat om het principe.'

'Niet helemaal,' houd ik vol. 'Het gaat om leven en dood.'

'Dan kan ik het over een paar uur weer goedmaken met Milton.'

'Niet doen, Will, alsjeblieft,' zeg ik, geschrokken van wat hij zegt.

'Ik hoop dat er in de hemel geen oorlogen zijn.'

'Will…'

'Kun je je dat voorstellen, Tristan? Dit alles achter je laten, alleen maar om te ontdekken dat er boven een oorlog in volle gang is tussen God en Lucifer? Het zou nog een hele kluif zijn om Hem iets te weigeren, hè?'

'Wees nou eens even serieus. Luister, als je aanbiedt om weer mee te vechten laat die ouwe je ermee wegkomen. Hij heeft elke soldaat nodig die hij kan krijgen. Je zou na de oorlog natuurlijk vervolgd kunnen worden, maar dan ben je tenminste niet dood.'

'Ik kan het niet, Tris,' zegt hij. 'Ik zou het wel willen, echt waar. Ik wil niet dood. Ik ben negentien, ik heb mijn hele leven nog voor me.'

'Ga dan ook niet dood,' zeg ik, terwijl ik dichter naar hem toe stap. 'Ga niet dood, Will.'

Fronsend kijkt hij naar me op. 'Heb jij geen principes, Tristan?' vraagt hij. 'Principes waar je je leven voor zou geven, bedoel ik?'

'Nee,' zeg ik. 'Voor mensen misschien. Maar niet voor principes. Wat heeft dat voor zin?'

'Daarom hebben de dingen altijd zo gecompliceerd gelegen tussen ons,' zegt hij. 'Als het erop aankomt zijn we zo verschillend. Jij gelooft echt nergens in, hè? Terwijl ik…'

'Niet doen, Will,' zeg ik en ik wend mijn hoofd weer af.

'Ik zeg het niet om je te kwetsen, Tristan, echt niet. Ik wil alleen maar zeggen dat jij wegloopt voor dingen. Voor je familie bijvoorbeeld. Voor vriendschappen. Voor goed en kwaad. Maar ik niet, weet je. Ik kan dat niet. Ik zou best graag een beetje meer zoals jij willen zijn. Dan had ik meer kans om levend uit deze ellende te komen.'

Ik voel woede in me oplaaien. Zelfs nu, op dit moment, wil hij me nog de les lezen. Ik vraag me af waarom ik ooit iets voor hem heb gevoeld.

'Toe,' zeg ik in een poging me niet te laten meeslepen door mijn groeiende verontwaardiging, 'zeg maar wat ik voor je moet doen om een einde aan deze waanzin te maken. Ik doe alles wat je vraagt.'

'Ik wil dat je naar sergeant Clayton gaat om hem te vertellen dat Milton die jongen in koelen bloede heeft vermoord. Als je echt meent wat je zegt, moet je dat doen. En als je er toch bent, zeg dan meteen tegen hem wat je weet van de moord op Wolf.'

'Maar Milton is dood,' houd ik vol. 'En Wolf ook. Wat valt hiermee te winnen?'

'Zie jij de ironie er niet van in, Tristan?'

Ik schud mijn hoofd. Hij lijkt vastbesloten om niets meer te zeggen voor ik antwoord heb gegeven. 'Welke ironie?' vraag ik na een tijdje. Ik struikel over mijn eigen woorden.

'Dat ik word neergeschoten omdat ik een lafaard ben, terwijl jij als lafaard in leven blijft?'

Ik sta op en ga zo ver mogelijk van hem vandaan staan. 'Dat is gemeen,' zeg ik zachtjes.

'Ja? Ik dacht dat het eerlijk was.'

'Waarom ben je altijd zo hardvochtig?' vraag ik, nu nog zachter.

'Dat heb ik hier geleerd,' zegt hij. 'Jij hebt het ook geleerd, maar je beseft het nog niet.'

'Maar zij proberen ons ook dood te schieten,' protesteer ik. 'Je bent zelf in de loopgraven geweest. Je hebt de kogels langs je hoofd voelen suizen. Je hebt in het niemandsland tussen de lijken door gekropen.'

'Ja, en wij doen hetzelfde met hen, dus zijn wij dan niet even slecht? Dit meen ik, Tristan, ik wil het graag weten. Geef antwoord. Laat me het kunnen begrijpen.'

'Er valt niet met jou te praten,' zeg ik.

'Waarom niet?' vraagt hij oprecht verbijsterd.

'Omdat je gelooft wat je wilt geloven zonder naar argumenten te luisteren. Je zit vol overtuigingen waardoor je je een beter mens dan anderen gaat voelen, maar waar blijven je hoogstaande principes als het gaat om de rest van je leven?'

'Ik denk niet dat ik beter ben dan jij, Tristan,' zegt hij. Hij kijkt op zijn horloge en slikt nerveus. 'Het duurt niet lang meer.'

'We kunnen het nog voorkomen.'

'Wat bedoel je met "de rest van mijn leven"?' vraagt hij terwijl hij me met geïrriteerd opgetrokken wenkbrauwen aankijkt.

'Dat hoef ik je toch niet voor te kauwen?' zeg ik.

'Jawel,' zegt hij. 'Vertel. Als je me iets te zeggen hebt, moet je het nu doen. Ik denk niet dat je nog een kans krijgt.'

'Vanaf het begin,' zeg ik zonder enige aarzeling, 'vanaf het allereerste begin heb je me slecht behandeld.'

'Is dat zo?'

'Laten we er niet omheen draaien,' zeg ik. 'We zijn vrienden geworden in Aldershot, jij en ik. Ik dacht in elk geval dat we vrienden waren.'

'Maar we zijn ook vrienden, Tristan,' zegt hij nadrukkelijk. 'Waarom denk je van niet?'

'Ik dacht dat we misschien meer waren dan dat.'

'Hoe kwam je daarbij?'

'Moet ik je dat echt vertellen?' vraag ik.

'Tristan,' zegt hij zuchtend, terwijl hij over zijn ogen wrijft. 'Kom daar nu alsjeblieft niet weer mee aan. Niet nu.'

'Je praat erover alsof het niets voorstelde.'

'Het stelde ook niets voor, Tristan,' houdt hij vol. 'Mijn god. Wat is er eigenlijk met jou aan de hand? Ben je emotioneel zo beschadigd dat je troost niet herkent? Meer was het niet.'

'Troost?' vraag ik ontzet.

'Je blijft er maar op terugkomen, hè?' zegt hij, nu kwaad. 'Je bent nog erger dan een vrouw, weet je dat?'

'Sodemieter op,' zeg ik, hoewel ik het niet meen.

'Echt. En als je hierover door blijft gaan roep ik korporaal Moody om hem te vragen je ergens anders op te sluiten.'

'Korporaal Moody is dood, Will,' zeg ik. 'En als je had meegedaan aan wat zich hier afspeelt in plaats van in je nutteloze holletje weg te kruipen, had je dat geweten.'

Nu aarzelt hij. Hij bijt op zijn bovenlip.

'Wanneer is dat gebeurd?'

'Een paar nachten geleden,' zeg ik nonchalant; ik ga er niet op door, zo immuun ben ik geworden voor het verschijnsel dood. 'Hoor eens, het doet er niet toe. Hij is dood. Williams en Attling zijn dood. Milton is dood. Iedereen is dood.'

'Niet iedereen is dood, Tristan. Overdrijf niet zo. Jij leeft, ik leef.'

'Maar jij wordt doodgeschoten,' zeg ik, bijna lachend om de absurde situatie. 'Dat doen ze met een witte veer.'

'Ik ben geen witte veer,' zegt hij. Hij staat kwaad op. 'Witte veren zijn lafaards. Ik ben geen lafaard, ik ben principieel. Dat is een groot verschil.'

'Ja, voor jou kennelijk. Weet je, als het één keer gebeurd was, zou ik het misschien kunnen begrijpen. Misschien had ik dan gedacht: nou ja, het was het eind van onze opleiding. We waren ongerust, we waren bang voor wat zou komen. Je zocht troost waar je die maar kon vinden. Maar jij, Will, jij begon de tweede keer zelf. En daarna keek je naar mij alsof ik je afkeer inboezemde.'

'Dat doe je soms ook,' zegt hij nonchalant. 'Als ik bedenk hoe je bent. En ik besef dat jij denkt dat ik ook zo ben, maar dat is niet zo. Je hebt gelijk. Op zulke momenten voel ik afkeer voor jou. Misschien hoort het bij je leven. Misschien is het jouw lot, maar niet het mijne. Ik heb het niet gewild. Nooit.'

'Je bent een leugenaar,' zeg ik.

'Ik zou maar op mijn woorden passen,' antwoordt hij met half toegeknepen ogen. 'We zijn vrienden, Tristan. Dat wil ik in elk geval graag denken. En ik zou het niet prettig vinden als we ruzie kregen. Niet nu. Niet op het laatste moment.'

'Dat wil ik ook niet,' zeg ik. 'Je bent de beste vriend die ik heb, Will. Je bent... oké, luister' – ik moet het zeggen; onze tijd raakt op – 'als ik je nu vertel dat ik van je hou?'

'In godsnaam, man,' sist hij. Er valt een sliert speeksel uit zijn mond op de grond. 'Zeg zoiets niet. Als ze ons nu eens horen?'

'Kan me niet schelen,' zeg ik, en ik ga voor hem staan. 'Luister naar me, één keer maar. Als dit allemaal voorbij is...'

'Ga weg,' dringt hij aan. Hij duwt me opzij, harder dan hij misschien bedoelde, want ik val zo hard met mijn schouder op de grond dat er een pijnscheut door mijn lijf trekt.

Hij kijkt naar me en bijt op zijn lip alsof hij er spijt van heeft, maar dan staat zijn gezicht ineens weer koel.

'Waarom kun je me eigenlijk niet met rust laten?' vraagt hij. 'Waarom moet je altijd zo nodig bij me in de buurt zijn? Waarom val je me steeds lastig? Mijn maag draait om als ik hoor wat je net zei. Ik hou niet van je, Tristan. Ik ben niet eens meer echt op je gesteld. Je was er, dat was alles. Je was er. Ik voel alleen maar minachting voor je. Waarom ben je nu weer hier? Heb jij dat geregeld? Ben je over Marshall heen gevallen zodat je bij me binnengesleept zou worden?'

Hij doet een stap naar voren en slaat me in mijn gezicht; geen stomp, zoals hij bij een andere man zou doen, maar een klap met de vlakke hand. Mijn hoofd klapt om door de kracht ervan, maar ik ben te onthutst om iets te zeggen of te doen.

'Verwacht je iets van me, Tristan, is dat het?' gaat hij verder. 'Want dat zul je niet krijgen. Dat begrijp je toch wel?'

Hij geeft me nog een klap en ik laat hem begaan.

'Denk je dat ik iets te maken wil hebben met iemand zoals jij?'

Hij staat nu recht voor me en slaat me voor de derde keer; mijn rechterwang gloeit van pijn, maar ik kan nog steeds niet terugslaan.

'Mijn god! Als ik denk aan wat we gedaan hebben, dan ga ik over mijn nek, hoor je dat? Dan krijg ik braakneigingen.'

Een vierde klap, maar nu storm ik op hem af, blind van woede, en wil hem slaan en stompen, maar hij interpreteert het verkeerd en duwt me van zich af. Ik val weer op mijn zere schouder en nu verga ik van de pijn.

'Blijf met je poten van me af!' schreeuwt hij. 'Jezus christus, Tristan! Ik ben bijna dood en jij wilt het nog een keer met me doen, als herinnering aan die goeie ouwe tijd? Wat ben jij eigenlijk voor man?'

'Dat is niet wat ik...' begin ik, terwijl ik probeer op te staan. 'Godverdomme!' snauwt hij, over me heen gebogen. 'Ik ga zo meteen dood! Kun je me nou nog geen vijf minuten alleen laten met mijn gedachten?'

'Will, alsjeblieft,' zeg ik, met tranen van boosheid op mijn wangen. 'Het spijt me, oké? We zijn vrienden...'

'We zijn verdomme geen vrienden!' schreeuwt hij. 'We zijn nooit vrienden geweest! Snap je dat niet, idioot?' Hij loopt naar de deur, gaat erop staan bonken en schreeuwt door de tralies. 'Haal hem hier weg!' brult hij terwijl hij me tegen de deur duwt. 'Ik wil even rust voordat ik sterf.'

'Will...' zeg ik, maar hij schudt zijn hoofd; toch trekt hij me nog een keer naar zich toe.

'Luister naar me,' fluistert hij in mijn oor, 'en onthoud wat ik tegen je zeg: ik ben niet zoals jij. Ik wou dat ik je nooit had ontmoet. Wolf heeft me alles over jou verteld, over hoe je bent, en ik ben uit medelijden vrienden met je gebleven. Omdat ik wist dat niemand anders je vriend zou willen zijn. Ik veracht je, Tristan.'

Het duizelt me. Ik had nooit gedacht dat hij zo gemeen kon zijn, maar hij lijkt elk woord te menen. Ik voel tranen achter mijn ogen. Ik doe mijn mond open, maar merk dat ik niets tegen hem kan zeggen. Ik wil op mijn brits liggen met mijn gezicht naar de muur en doen alsof hij niet bestaat, maar op dat moment hoor ik voetstappen voor onze deur, een sleutel in het slot. De deur gaat open. En er stappen twee mannen naar binnen die naar ons kijken.

Ik sta al eindeloos op de binnenplaats en heb het gevoel dat mijn hoofd zal ontploffen. Er zit een vuurbal van woede in me. Ik haat hem. Alles wat hij me heeft laten doen, alles wat hij tegen me zei. De manier waarop hij me verleid heeft. Ik voel een schrijnende pijn in mijn schouder van die twee keer dat hij me tegen de grond heeft geslagen en mijn gezicht is beurs van zijn klappen. Ik kijk naar de plek waar hij nog steeds zit opgesloten, met korporaal Harding en de veldpredikant. Ik zou terug willen gaan om hem net zo lang met zijn hoofd tegen de stenen vloer te rammen tot zijn hersens eruit komen. Ik wil dat hij doodgaat, verdomme. Ik hou van hem, maar toch wil ik dat hij doodgaat. Ik kan niet leven in een wereld waarin hij ook leeft.

'Ik moet er nog een hebben!' schreeuwt sergeant Clayton tegen Wells.

Maar Wells schudt zijn hoofd. 'Ik niet,' zegt hij.

Ik kijk naar het executiepeloton dat al voor me staat – de zon is op, het is zes uur – vijf mannen op een rij, met een lege plek voor de zesde.

'U weet dat dat niet kan, sergeant,' zegt Wells. 'Het moet een gewone soldaat zijn.'

'Dan doe ik het zelf,' brult Clayton.

'Dat kan niet, sergeant,' houdt Wells vol. 'Dat is tegen de regels. Wacht even, dan ga ik terug naar de loopgraaf om iemand te halen. Een van de nieuwe jongens, iemand die hem niet kent.'

Ik ken de jongens niet die in het gelid staan om Will neer te schieten. Ze zien er ontzettend bang uit. Ze zien er onschuldig uit. Twee van hen staan zichtbaar te beven.

Als ik naar hen toe loop kijkt Clayton me verbaasd aan. 'Hebt u een zesde man nodig?' vraag ik.

'Nee, Sadler,' zegt Wells, die ook al verbaasd kijkt. 'Jij niet. Ga naar de loopgraven om Morton te zoeken. En stuur hem dan naar me toe, ja?'

'Hebt u een zesde man nodig?' herhaal ik.

'Ik zei: jij niet, Sadler.'

'En ik zei dat ik het zal doen,' zeg ik. Ik pak het zesde geweer op; haat vloeit door mijn aderen. Ik beweeg mijn kaak om mijn pijnlijke wang te ontspannen, maar steeds als ik dat doe voelt het alsof hij me nog een klap geeft.

'Dan zijn we er klaar voor,' zegt sergeant Clayton kort. Hij wenkt de bewaker dat hij de deur open kan doen. 'Breng hem maar, het is tijd.'

'Sadler, denk eens na, in godsnaam,' sist Wells. Hij pakt me bij mijn arm, maar ik schud hem af en ga op mijn plaats staan. Ik wil zijn hoofd op een schotel. Ik controleer het magazijn en vergrendel het. Ik kijk niet naar de jongens die om me heen staan.

'Korporaal Wells, ga aan de kant,' snauwt sergeant Clayton. En dan zie ik hem. Ik zie Will door de bewaker de trap op geleid worden, met een zwart masker voor zijn ogen en een lapje rode stof boven zijn hart. Hij loopt aarzelend door tot hij bij het platform is. Ik kijk naar hem en herinner me alles; zijn woorden klinken weer in mijn oren en ik moet me beheersen om niet naar hem toe te rennen en hem met blote handen in stukken te scheuren.

Sergeant Clayton geeft ons het commando om in de houding te gaan staan en dat doen we, zes mannen naast elkaar met het geweer in de aanslag.

Wat ben je aan het doen? zegt een verstandig stemmetje in mijn hoofd. Een stem die ik niet wil horen.

'Aanleggen!' roept Clayton, en op dat moment trekt Will, moedig tot het laatste moment, zijn blinddoek weg om zijn moordenaars te kunnen zien terwijl ze hem neerknallen. Hij ziet er bang uit, maar straalt ook kracht uit. Maar dan ziet hij mij in het peloton staan en verandert zijn gezicht. Hij is geschokt. Hij staart. Hij vertrekt zijn gezicht.

'Tristan,' zegt hij, zijn laatste woord.

En dan komt het bevel. De wijsvinger van mijn rechterhand

kromt zich om de trekker en in een oogwenk zijn de zes geweren af-
gevuurd, het mijne even snel als dat van de anderen, en ligt mijn
vriend op de grond, onbeweeglijk, zijn oorlog voorbij.

De mijne staat op het punt te beginnen.

# De schande van mijn daden

LONDEN, OKTOBER 1979

I k heb haar nog één keer gezien.

Het was bijna zestig jaar later, in de herfst van 1979. Een paar maanden eerder was Thatcher aan de macht gekomen en er heerste een algemeen gevoel dat de beschaving zoals we die kenden op haar einde dreigde te lopen. Mijn eenentachtigste verjaardag had in de kranten gestaan en ik had een brief ontvangen van een literair genootschap dat me wilde verblijden met een vormeloos bronzen voorwerp in een blok hout waar aan de bovenkant een zilveren pen uit stak, op voorwaarde dat ik een smoking zou aantrekken, aan een diner zou aanzitten, een korte speech zou houden, een nog korter stukje voor zou lezen en mezelf een dag of twee beschikbaar zou houden voor de pers.

'Maar waarom kan ik niet weigeren?' vroeg ik aan Leavitt, mijn uitgever, tweeëndertig jaar oud, compleet met bretels en vetkuif, toen die erop aandrong dat ik de uitnodiging aannam; hij had me twee boeken eerder geërfd na het overlijden van Davies, jarenlang mijn redacteur en vriend.

'Nou, om te beginnen zou dat erg onbeleefd zijn,' zei hij alsof ik een kind was dat een standje moest krijgen omdat het weigert naar beneden te komen om de gasten te begroeten; zing eens een liedje. 'De prijs wordt maar zelden uitgereikt, je zou pas de vierde zijn die hem krijgt.'

'En de andere drie zijn allemaal dood,' zei ik met een blik op de namen van die auteurs – twee dichters en een romanschrijver – die de prijs eerder hadden gekregen. 'Dat krijg je als je dit soort prijzen gaat accepteren. Dan blijft er niets meer te wensen over. En dus ga je dood.'

'Je gaat niet dood, Tristan.'

'Ik ben eenentachtig,' merkte ik op. 'Ik waardeer je positieve houding, maar zelfs jij, Leavitt, zult moeten toegeven dat die mogelijkheid zeker bestaat.'

Maar ze bleven maar zeuren en ik was te moe om nee te zeggen – alleen al het verzet zou mijn dood hebben betekend – dus ging ik maar. Ik zat aan de hoofdtafel, omringd door jonge, intelligente types die me op een alleraardigste manier vertelden hoeveel bewondering ze voor me hadden. Ze probeerden zelf natuurlijk een heel ander effect te bereiken in hun werk, maar voor jonge mensen was het essentieel om hun voorgangers te blijven lezen.

Het genootschap gaf me zeven extra kaartjes voor het evenement, wat ik nogal onnadenkend vond, omdat ze wisten dat ik mijn hele leven alleen was gebleven en geen familie had. Ik had zelfs geen neef of nicht om me gezelschap te houden of mijn brieven te verzamelen wanneer ik overleden was. Ik overwoog de kaartjes terug te sturen of ze uit te delen op een universiteit in de buurt waar ik af en toe een lezing gaf, maar uiteindelijk gaf ik ze aan een paar mensen die door de jaren heen mijn zakelijke belangen trouw behartigd hadden. Literair agenten, pr-mensen enzovoort, van wie de meesten al lang met pensioen waren en die kennelijk maar al te graag hun avond aan mijn huldiging wilden besteden, als een soort terugkeer naar de tijd waarin we met zijn allen de avant-garde hadden gevormd.

'Wie wilt u graag naast u hebben tijdens het diner?' vroeg een secretaresse, die me halverwege de ochtend opbelde; ze stoorde me geweldig, want ik schrijf altijd tussen acht en twee.

'Prins Charles,' zei ik zonder erbij na te denken. Ik had hem een keer ontmoet op een tuinfeest, waar hij indruk op me had gemaakt met een paar losse opmerkingen over Orwell en armoede, maar afgezien daarvan kenden we elkaar niet.

'O,' zei de secretaresse, een beetje van haar stuk gebracht. 'Ik geloof niet dat hij op de gastenlijst staat.'

'Nou, dat laat ik dan graag over aan uw deskundigheid,' zei ik. Ik verbrak de verbinding, pakte vervolgens de hoorn weer op en legde hem voor de rest van de dag naast het toestel.

Uiteindelijk kwam links van mij een jongeman te zitten – hij was kort daarvoor uitgeroepen tot de belangrijkste jonge schrijver van de wereld of iets dergelijks, op basis van een novelle en een verhalenbundel. Met zijn golvende blonde haar deed hij me denken aan Sylvia Carter in haar bloeitijd. Terwijl hij sprak zwaaide hij zijn sigaret rond en blies rook in mijn gezicht; ik vond hem bijna niet te verdragen.

'Ik hoop dat u het niet vervelend vindt,' zei hij, terwijl hij een tas van Foyles op Charing Cross onder de tafel vandaan haalde, 'maar ik heb een paar van uw vroegere boeken gekocht. Hebt u er bezwaar tegen om die te signeren?'

'Helemaal niet,' zei ik. 'Welke naam moet ik erin schrijven?'

'De mijne natuurlijk,' zei hij met een zelfvoldane grijns. Hij leek te denken dat een avond die aan mij was gewijd gewoon een truc was om zijn aanwezigheid op het feestje te garanderen.

'En wie mag u wel zijn?' vroeg ik beleefd.

Nadat de boeken naar behoren gesigneerd waren en de tas weer veilig onder de tafel stond legde hij met een knipoog een hand op mijn onderarm.

'Ik heb u gelezen op de universiteit,' vertrouwde hij me toe, op zo'n voorzichtige toon dat hij eerder een ongezonde belangstelling voor jonge schoolmeisjes leek op te biechten. 'Ik moet bekennen dat ik tot die tijd nog nooit van u had gehoord. Maar ik vond een paar van uw boeken verdomd goed.'

'Dank u. En de andere? Niet zo verdomd goed?'

Hij vertrok zijn gezicht en dacht na. 'Hoor eens, het is niet aan mij om daar een oordeel over uit te spreken,' zei hij. Hij morste as in zijn garnalencocktail en begon vervolgens allerlei zwakke plekken in mijn boeken te bespreken; dat het prima was om een en ander in een bepaalde context te plaatsen, maar dat bij het inbouwen van die en die verwikkeling het hele kaartenhuis in elkaar stortte. 'Maar ja, we zouden de hedendaagse literatuur niet hebben als de voorgaande generaties niet zo'n stevig fundament hadden gelegd. Daarvoor verdient u in ieder geval veel lof.'

'Maar ik ben er nog steeds,' merkte ik op. Ik leek wel een geest aan mijn eigen tafel.

'Natuurlijk bent u er nog,' zei hij, alsof hij dat voor me moest bevestigen; alsof ik de opmerking had gemaakt om mezelf te wapenen tegen voortschrijdende dementie, een onzekerheid over mijn voortbestaan.

Maar goed. Waar het om gaat is dat ik gewoon meedeed. Er werden speeches gehouden, foto's genomen en boeken gesigneerd. Er was een telegram van Harold Wilson, die beweerde me te bewonderen, maar mijn naam verkeerd spelde. (Hij noemde me 'Meneer Sandler'.) En een van John Lennon.

'U hebt in de Eerste Wereldoorlog gevochten?' vroeg een journalist van *The Guardian* me in een lang interview ter gelegenheid van de prijs.

'Helaas wel,' merkte ik op. 'Dat was een van de ergste periodes uit mijn leven.'

'Ja, dat kan ik me voorstellen,' zei de journalist een beetje ongemakkelijk. 'Maar toch hebt u er nooit over geschreven.'

'O, nee?'

'Niet expliciet, in elk geval,' zei hij terwijl er een lichte paniek op zijn gezicht verscheen, alsof hij ineens bedacht dat hij misschien een belangrijk werk over het hoofd had gezien.

'Dat hangt misschien af van je definitie van "expliciet",' antwoordde ik. 'Ik weet vrij zeker dat ik er een aantal keren over geschreven heb. Soms duidelijk herkenbaar. Andere keren meer indirect. Maar het was er wel. Vindt u ook niet? Of houd ik mezelf voor de gek?'

'Nee, natuurlijk niet. Ik bedoelde alleen...'

'Tenzij mijn werk natuurlijk volslagen mislukt is. Misschien heb ik mijn bedoelingen niet duidelijk genoeg gemaakt. Misschien stelt mijn hele schrijverscarrière wel niets voor.'

'Nee, meneer Sadler, natuurlijk niet. Ik denk dat u me niet goed hebt begrepen. Het is duidelijk dat de Eerste Wereldoorlog een belangrijke rol speelt in uw...'

Als je eenentachtig bent moet je jezelf soms een pleziertje gunnen.

De nacht na het diner logeerde ik in een hotel in Londen. Ik was zo'n vijftien jaar eerder weggegaan uit de stad om me, zoals ze dat noemen, op het platteland terug te trekken. Ondanks vele verzoeken van oude vrienden om samen met hen tot in de kleine uurtjes mijn tijd te verdoen in de bars van Londen en mijn gezondheid en levensverwachting op het spel te zetten, nam ik op een fatsoenlijk tijdstip afscheid en vertrok naar West End. Ik verlangde naar een goede nachtrust en naar de vroege ochtendtrein naar huis. En dus verbaasde het me dat ik een van de portiers naar me hoorde roepen toen ik langs de receptiebalie liep.

'Ik ben Sadler,' zei ik. Ik liet mijn sleutel zien, omdat ik vermoedde dat hij me aanzag voor een tachtigjarige insluiper. 'Elf-nul-zeven.'

'Natuurlijk, meneer,' zei hij. Hij kwam naar me toe en hield me staande voor ik in een van de liften kon stappen. 'Maar ik moet tegen u zeggen dat er een dame op u zit te wachten. Ze zit al ongeveer een uur in de hotelbar.'

'Een dame?' zei ik nadenkend. 'Zo laat op de avond? Vergist u zich niet?'

'Nee, meneer. Ze vroeg speciaal naar u. Ze zei dat u haar kende.'

'O, wie is het?' vroeg ik ongeduldig. Het laatste wat ik wilde was op dit late uur te worden lastiggevallen door nog een journalist of een lezer. 'Heeft ze een stapel boeken onder haar arm?'

'Ik heb geen boeken gezien, meneer, nee.'

Ik dacht even na. 'Luister, wilt u me een plezier doen?' zei ik. 'Zeg tegen haar dat ik al naar bed ben gegaan, met excuses en de hele handel. Vraag haar maar om contact op te nemen met mijn agent, die weet wel hoe hij dit moet afhandelen. Wacht, ik moet zijn kaartje hier ergens hebben.'

Uit mijn zak diepte ik een handjevol visitekaartjes op, die ik moedeloos bekeek. Zo veel namen, zo veel gezichten die ik moest onthouden. En in geen van beide was ik ooit goed geweest.

'Meneer, ik geloof niet dat ze een bewonderaarster van u is. Zou ze familie kunnen zijn? Ze is al behoorlijk op leeftijd, als ik het zo mag zeggen.'

'Dat mag, als dat zo is,' zei ik. 'Maar nee, ze kan geen familie zijn. Heeft ze soms een briefje voor me achtergelaten?'

'Nee, meneer. Ze zei dat ik kon zeggen dat ze helemaal uit Norwich komt om u te zien. Ze zei dat u wel zou weten wat dat betekende.'

Ik staarde hem aan. Hij was best mooi en het vuur dooft natuurlijk nooit.

'Meneer Sadler? Meneer Sadler, is alles in orde?'

Nerveus stapte ik de donkere lounge binnen. Terwijl ik de ruimte afzocht, trok ik mijn das een beetje los. Het was er verrassend druk voor dat tijdstip op de avond, maar ik zag haar meteen. En niet alleen omdat ze de enige dame op leeftijd in de lounge was; ik denk dat ik haar overal zou hebben herkend. Ondanks het verstrijken van al die jaren was ze nooit ver uit mijn gedachten geweest. Ze zat een boek te lezen dat ik niet herkende. Toen ze voelde dat er naar haar gekeken werd (denk ik) keek ze op, maar niet in mijn richting en ik dacht haar gezicht te zien betrekken. Ze bracht haar wijnglas naar haar mond, maar leek zich te bedenken en zette het weer terug op de tafel. Ik bleef vrij lange tijd roerloos midden in de ruimte staan; pas toen ze me licht toeknikte kwam ik naar voren en ging tegenover haar zitten. Ze had een goed plekje gekozen; een kleine nis, afgezonderd van anderen. Zachte verlichting. Goed voor ons allebei.

'Ik las in de krant over je prijs,' zei ze zonder inleiding toen ik ging zitten. 'En ik was toevallig in Londen vanwege de bruiloft van mijn kleinzoon gisteren. Ik weet niet precies waarom, maar ik vond ineens dat ik je op moest zoeken. Het was een impulsieve beslissing. Ik hoop dat je het niet erg vindt?'

'Ik ben er blij mee,' zei ik, voornamelijk uit beleefdheid, want ik wist niet echt hoe ik het vond om haar weer te zien.

'Je herinnert je me dus nog?' vroeg ze met een klein glimlachje.

'Ja, ik herinner me je nog.'

'Dat dacht ik wel.'

'Die bruiloft,' zei ik in een poging een onschuldig gespreksonderwerp te vinden om ondertussen mijn gedachten te kunnen ordenen. 'Was het leuk?'

'Voor zover zulke dingen leuk zijn,' zei ze schouderophalend. Ze knikte naar de ober, die haar glas wilde bijvullen; ik bestelde een glas whisky, bedacht me toen en maakte er een dubbele van. 'Wij doen niets anders dan samen eten en drinken, Tristan,' zei ze. 'Vreemd, hè? Maar goed, ja, het was wel leuk, geloof ik, hoewel ik niet zo gesteld ben op dat meisje. Het is een snolletje; zo, ik heb het gezegd. Ze zal Henry het leven zuur maken, dat zie ik nu al.'

'Is Henry je kleinzoon?'

'Ja. De jongste zoon van mijn oudste dochter. Ik heb acht kleinkinderen, geloof het of niet. En zes achterkleinkinderen.'

'Gefeliciteerd.'

'Dank je. Je zult je wel afvragen waarom ik gekomen ben?'

'Ik heb nog niet veel tijd gehad om me iets af te vragen,' zei ik. Ik bedankte de ober, die mijn glas voor me neerzette. 'Je overvalt me een beetje, Marian. Je moet het me maar vergeven als ik niet op mijn best ben.'

'Nou ja, je bent ook zo oud als de weg naar Rome,' zei ze luchtig.

'Al ben ik zelfs nog ouder. Het feit dat we allebei nog bij ons volle verstand zijn is waarschijnlijk een triomf van goede voeding en een gezonde levensstijl.'

Ik glimlachte en nipte van mijn whisky. Ze was niet echt veranderd. Ze praatte nog steeds even ongerijmd, gevat en intelligent.

'Ik moet je natuurlijk feliciteren,' zei ze na een tijdje.

'Feliciteren?'

'Met je prijs. Ik heb gehoord dat die tamelijk prestigieus is.'

'Ja, dat heb ik ook gehoord,' zei ik. 'Maar hij is eerlijk gezegd nogal lelijk. Ik vraag me af waarom ze niet iets moois hebben geregeld.'

'Waar staat hij dan? Op je kamer?'

'Nee, ik heb hem bij mijn agent achtergelaten. Hij was vrij zwaar. Ik denk dat ze hem wel na zullen sturen.'

'Er stond een foto van je op de voorpagina van *The Times*,' zei ze. 'Maandag las ik een artikel over je in de trein. En je naam kwam voor in een aanwijzing in een cryptogram. Je bent wel geslaagd.'

'Ik heb geluk gehad,' beaamde ik. 'Ik heb het leven kunnen leiden dat ik wilde. Tot op een bepaalde hoogte, in elk geval.'

'Ik weet nog dat je die dag, voor we afscheid namen, vertelde dat je een beetje had gestoeid met schrijven, maar dat je er serieuzer mee aan de gang zou gaan als je terug was in Londen. Nou, dat heb je dus gedaan. Je hebt een respectabel aantal boeken op je naam staan. Ik moet wel bekennen dat ik geen ervan gelezen heb. Ben je beledigd?' 'Helemaal niet,' zei ik. 'Dat had ik ook niet verwacht. Je houdt niet van romans, herinner ik me.' 'Uiteindelijk is het er toch van gekomen. Alleen niet de jouwe. Ik heb ze natuurlijk de hele tijd in de boekhandels zien liggen. En ik ga naar de bibliotheek, waar ze je erg bewonderen. Maar ik heb er zelf nooit een gelezen. Denk je wel eens aan me, Tristan?' 'Vrijwel elke dag,' gaf ik zonder aarzeling toe. 'En aan mijn broer?' vroeg ze, kennelijk niet verbaasd door mijn bekentenis. 'Vrijwel elke dag,' herhaalde ik. 'Ja.'

Ze wendde haar blik af, nam nog een slokje wijn en sloot haar ogen even toen het druivennat haar bloedsomloop bereikte.

'Ik weet eigenlijk niet waarom ik hier ben,' zei ze even later met een glimlach, een radeloos uitziende glimlach. 'Ik wilde je zien, maar nu weet ik niet waarom. Ik lijk wel gek. Ik kom je niet aanvallen, mocht je daar soms bang voor zijn.'

'Vertel eens over je leven, Marian,' zei ik, benieuwd naar wat ze te vertellen zou hebben. Mijn laatste beeld van haar was dat ze huilend en overstuur op het perron in Thorpe had gezeten, tussen allerlei mensen die haar aangaapten, en hoe ze op me af was gestormd toen ik al achter het raam van de vertrekkende trein zat. Ik had naar adem gehapt, want ik dacht dat ze zichzelf voor de wielen wilde gooien, maar nee, ze had me alleen maar willen aanvallen. Als ze me toen te pakken had gekregen, had ze me misschien wel vermoord. En dan had ik haar haar gang laten gaan.

'Mijn hemel,' zei ze. 'Je wilt niets over mijn leven weten, Tristan. Dat moet wel erg saai lijken in vergelijking met het jouwe.'

'Het mijne is veel eentoniger dan de mensen misschien denken,' zei ik. 'Alsjeblieft, ik wil het graag horen.'

'Nou, de beknopte versie dan. Even denken. Ik ben onderwijzeres. Dat was ik in elk geval. Nu uiteraard gepensioneerd. Maar ik heb kort na mijn echtscheiding de opleiding gedaan en ben, o hemel, meer dan dertig jaar op dezelfde school blijven werken.'

'Vond je het leuk?'

'Ontzettend. Kleine kinderen, Tristan. De enige die ik aankon. Zet er twee boven op elkaar en als je dan nog steeds groter bent dan zij, dan ben je veilig. Dat is altijd mijn stelregel geweest. Vier- en vijfjarigen. Ik was dol op ze. Ik heb veel plezier aan ze beleefd. Sommigen waren gewoon geweldig.' Haar gezicht straalde.

'Mis je het nog steeds?' vroeg ik.

'O, elke dag. Het moet fantastisch zijn om werk te hebben zoals jij, waarbij niemand tegen je zegt dat je ermee moet stoppen. Romanschrijvers lijken alleen maar beter te worden naarmate ze ouder worden, hè?'

'Sommigen,' zei ik.

'En jij?'

'Ik geloof het niet. Ik denk dat ik rond de middelbare leeftijd mijn top heb bereikt en daar ben blijven steken, dat ik sindsdien alleen maar op het oude heb voortgeborduurd. Wat spijtig om te horen dat je huwelijk is stukgelopen.'

'Ja, ach, het moest wel zo aflopen. Ik had nooit met hem moeten trouwen, om je de waarheid te zeggen. Ik moet niet goed bij mijn hoofd zijn geweest.'

'Maar toch hadden jullie kinderen samen?'

'Drie. Alice is dierenarts, heeft zelf drie kinderen en doet het uitstekend. Helen is psycholoog en heeft vijf kinderen, geloof het of niet. Ik weet niet hoe ze het allemaal doet. Ze gaan binnenkort natuurlijk allebei met pensioen, waardoor ik me zo oud voel als Methusalem. En dan heb ik nog een zoon.'

'De jongste?'

'Ja. Maar hij is al begin vijftig, dus niet echt jong.'

Ik bleef zonder iets te zeggen naar haar kijken, benieuwd naar wat ze verder nog over hem zou vertellen.

'Wat is er?' vroeg ze na een tijdje.

'Nou, heeft hij een naam?'

'Natuurlijk heeft hij een naam,' zei ze. Toen ze van me wegkeek begreep ik ineens wat die naam was en ik schaamde me dat ik ernaar had gevraagd. Om me een houding te geven pakte ik gauw mijn glas.

'Eerlijk gezegd heeft mijn zoon het nogal moeilijk gehad in zijn leven,' zei ze even later. 'Ik weet niet precies waarom. Hij heeft dezelfde opvoeding gehad als zijn zussen, bijna dezelfde, maar zij deden het goed en bij hem liep alles steeds weer op een teleurstelling uit.'

'Wat erg om te horen.'

'Ja, ik doe natuurlijk voor hem wat ik kan. Maar het is nooit genoeg. Ik vraag me af wat er gebeurt als ik er niet meer ben. Zijn zussen vinden hem erg lastig.'

'En zijn vader?'

'O, Leonard leeft al lang niet meer. Hij is overleden in de jaren vijftig. Getrouwd met iemand anders, naar Australië geëmigreerd en omgekomen bij een brand in huis.'

Ik staarde haar aan; de naam kwam zonder enige moeite bij me naar boven drijven. 'Leonard?' vroeg ik. 'Toch niet Leonard Legg?'

'Ja, hoezo?' zei ze fronsend. 'Hoe weet jij... O ja, natuurlijk. Dat was ik helemaal vergeten. Je hebt hem die dag ontmoet, hè?'

'Hij heeft me in mijn gezicht geslagen.'

'Hij dacht dat we iets romantisch met elkaar hadden.'

'Je bent met hem getrouwd?' vroeg ik ontzet.

'Ja, Tristan, ik ben met hem getrouwd. Maar zoals ik al zei, dat huwelijk heeft nog geen tien jaar standgehouden. We maakten elkaar ongelukkig. Kijk niet zo verbaasd.'

'Ik bén verbaasd,' zei ik. 'Luister, ik kende hem natuurlijk niet. Maar ik weet nog wel wat je die dag allemaal hebt gezegd. Hoe je tegen hem gekant was. Ik bedoel, hij had je zo in de steek gelaten.'

'We zijn vrij snel daarna getrouwd,' zei ze. 'Ik wil niet beweren dat het de slechtste beslissing van mijn leven was, want ik heb drie kinderen uit dat huwelijk, maar het getuigde zeker van slecht inzicht van mijn kant. Ik ben de dag daarop naar hem teruggegaan, weet je. Toen jij weg was had ik iemand nodig en hij was beschikbaar. Ik kan het niet uitleggen. Ik weet dat je het… heel dom zult vinden.'

'Ik vind niets,' zei ik. 'Het is niet aan mij om over je te oordelen.'

Ze keek me ineens beledigd aan. 'Nee, inderdaad niet,' zei ze. 'Luister, hij was er gewoon op het moment dat ik iemand nodig had om voor me te zorgen. Ik liet hem weer toe in mijn leven, maar uiteindelijk vertrok hij weer en dat was dat. Maar laten we ophouden over mij. Ik heb er genoeg van. Hoe zit het met jou, Tristan? Nooit getrouwd? Er stond niets over in de kranten.'

'Nee,' zei ik, met afgewend hoofd. 'Maar je wist al dat dat niet kon. Dat heb ik je uitgelegd.'

'Ik wist dat je het niet zou moeten doen,' antwoordde ze. 'Maar wie weet hoe onoprecht jij zou zijn? Ik had eigenlijk verwacht dat je het toch zou hebben gedaan. Mensen deden dat in die tijd. En nog steeds, denk ik. Maar jij dus niet.'

'Nee, Marian,' zei ik hoofdschuddend. Ik incasseerde de klap die ze opzettelijk uitdeelde. 'Nee, ik niet.'

'En is er ooit sprake geweest van een… ik weet niet hoe mensen dat noemen, ik ben niet zo modern, Tristan, een partner? Is dat het juiste woord?'

'Nee,' zei ik.

'Is er nooit iemand geweest?' vroeg ze verbaasd en ik moest lachen om haar verbazing.

'Nee,' zei ik. 'Niemand. Nooit. Geen enkele relatie.'

'Goeie genade! Was het niet eenzaam? Je leven, bedoel ik.'

'Ja.'

'Je bent alleen?'

'Ja.'

'Je woont alleen?'

'Ik ben helemaal alleen, Marian,' herhaalde ik zachtjes.

'Tja,' zei ze. Haar gezicht werd hard.

We bleven een poosje zo zitten tot ze weer begon te praten. 'Toch zie je er goed uit,' zei ze.

'Echt?'

'Nee, eigenlijk niet. Je ziet er oud uit. En moe. Ik ben zelf ook oud en moe, ik bedoel het niet vervelend.'

'Ja, ik ben oud en moe,' gaf ik toe. 'Het is een lange rit geweest.'

'Bof jij even,' zei ze bitter. 'Maar ben je gelukkig geweest?'

Ik dacht erover na. Dit was een van de moeilijkste vragen in het leven, vond ik. 'Ik ben niet ongelukkig geweest,' zei ik. 'Maar ik weet niet of dat hetzelfde is. Ik heb erg genoten van mijn werk. Het heeft me veel voldoening geschonken. Maar net als jouw zoon heb ik natuurlijk ook geworsteld.'

'Waarmee?'

'Mag ik zijn naam noemen?'

'Nee,' siste ze. Ze boog zich naar me toe, 'Nee, dat mag je niet.'

Ik knikte en leunde achterover in mijn stoel. 'Misschien betekent het iets voor je, of misschien ook niet,' zei ik, 'maar ik leef al drieënzestig jaar met de schaamte voor wat ik heb gedaan. Er is geen dag geweest dat ik er niet aan heb gedacht.'

'Het verbaast me dat je er nooit over hebt geschreven, als het je zo bezighoudt.'

'Dat heb ik wel.' Toen ik haar verbijsterde gezicht zag, schudde ik snel mijn hoofd. 'Om precies te zijn heb ik er wel over geschreven, maar het nooit gepubliceerd. Ik was van plan het te laten liggen. Tot na mijn dood.'

Gespannen boog ze zich naar me toe. 'En wat heb je geschreven, Tristan?'

'Het hele verhaal,' zei ik. 'Onze tijd in Aldershot, wat ik voor hem voelde, alles wat er gebeurd is. Onze periode in Frankrijk. Een paar dingen over mijn leven voor die tijd, dingen die me als kind zijn overkomen. En daarna de problemen, de keuzes die je broer heeft gemaakt. En wat ik hem ten slotte heb aangedaan.'

'Dat je hem vermoord hebt, bedoel je?'

'Ja. Dat.'

'Omdat je hem niet kon krijgen.'

Ik slikte en keek naar de grond. Ik knikte. Ik kon haar nu evenmin in de ogen kijken als haar ouders jaren geleden.

'En verder?' vroeg ze. 'Vertel. Ik heb het recht om het te weten.'

'Ik heb onze dag samen beschreven. Hoe ik geprobeerd heb je de dingen uit te leggen. En dat ik dat niet kon.'

'Je hebt over mij geschreven?'

'Ja.'

'Maar waarom heb je het niet gepubliceerd? Iedereen is zo vol lof over jou. Waarom zou je hun dit boek niet ook geven?'

Ik dacht even na, deed alsof ik de reden probeerde te doorgronden, maar die kende ik maar al te goed. 'Ik denk dat ik de schande niet zou kunnen verdragen,' zei ik. 'Als iedereen zou weten wat ik had gedaan. Ik zou niet kunnen leven met de manier waarop mensen naar me zouden kijken. Als ik dood ben maakt het niet meer uit. Dan mogen ze het lezen.'

'Je bent echt een lafaard, hè, Tristan?' vroeg ze. 'Tot op het allerlaatst. Een enorme lafaard.'

Ik keek haar aan; ze kon maar weinig dingen zeggen die me zouden kwetsen. Maar ze had iets gevonden. Iets wat waar was.

'Ja,' zei ik. 'Ja, ik geloof van wel.'

Zuchtend wendde ze haar blik af. Aan haar gezicht was te zien dat ze zich moest beheersen om niet tegen me uit te vallen. 'Ik weet niet waarom ik hiernaartoe ben gekomen,' zei ze. 'Maar het is al laat. Ik moet weg. Vaarwel, Tristan,' zei ze toen ze opstond. 'We zullen elkaar niet meer zien.'

'Nee.'

En daarmee was ze verdwenen.

Ze had natuurlijk gelijk. Ik ben laf geweest. Ik had dit manuscript jaren geleden al moeten laten uitgeven. Misschien heb ik gewacht tot het verhaal op de een of andere manier afgerond zou worden, in de overtuiging dat dat vroeg of laat zou gebeuren. En vanavond is dat eindelijk gebeurd.

Kort na haar vertrek ging ik naar mijn kamer. Toen ik mijn rechterhand voor me uit hield, zag ik dat er geen enkele trilling in mijn spastische wijsvinger zat, de vinger die de trekker had overgehaald om een kogel in het hart van mijn geliefde te jagen, eindelijk tevreden. Ik haalde het manuscript uit mijn tas; ik neem het namelijk altijd mee als ik op reis ga. Ik wil het graag dicht bij me hebben. En nu schrijf ik over ons gesprek, over die laatste, korte ontmoeting tussen Marian en mij. Ik hoop dat het haar genoegdoening heeft geschonken, al weet ik zeker dat ze, waar ze ook is, niet zal kunnen slapen, en dat ze als dat wel lukt achtervolgd zal worden door nachtmerries uit het verleden.

Daarna haal ik iets anders uit mijn tas, iets wat ik ook altijd bij me heb, voor het moment dat het goed voelt om het te gebruiken.

Over een tijdje zullen ze me hier vinden, in deze kamer in een onbekend hotel. De politie en de ambulancedienst zullen worden gebeld en ik zal worden overgebracht naar een koud lijkenhuis in het hartje van Londen. En morgen zal mijn overlijdensbericht in de kranten verschijnen, waarin zal staan dat ik de laatst overgeblevene van een generatie was en dat het jammer is dat er weer een schakel met het verleden weg is, maar kijk eens wat hij ons heeft nagelaten, mijn god, wat een nalatenschap om hem in ere te houden. Kort daarna zal dit manuscript verschijnen, mijn laatste boek, door Leavitt uitgegeven in hardcover. Er zal verontwaardiging en afschuw zijn en de mensen zullen zich uiteindelijk tegen me keren. Ze zullen me haten, mijn reputatie zal voorgoed verwoest zijn. Ik zal mijn verdiende straf krijgen, door mijn eigen hand, net zoals de wond van mijn pistoolschot, en dan zal de wereld eindelijk weten dat ik de grootste witte veer was van allemaal.